ro
ro
ro

rororo

Ines Thorn ist in Leipzig aufgewachsen und lebt seit 1990 in Frankfurt. Bei rororo sind bereits ihre historischen Romane »Die Pelzhändlerin« (rororo 23762), »Die Silberschmiedin« (rororo 23857), »Die Wunderheilerin« (rororo 24264), »Unter dem Teebaum« (rororo 24484) und »Die Verbrechen von Frankfurt. Galgentochter« (rororo 24603) erschienen.

Ines Thorn

Die Kaufmannstochter

Historischer Roman

Rowohlt Taschenbuch Verlag

Veröffentlicht im Rowohlt Taschenbuch Verlag,
Reinbek bei Hamburg, Oktober 2008
Genehmigte Lizenzausgabe der Verlagsgruppe Weltbild GmbH
Abteilung Weltbild Buchverlag – Originalausgaben

Umschlaggestaltung any.way, Barbara Hanke / Cordula Schmidt
(Foto: akg-images)
Druck und Bindung CPI – Clausen & Bosse, Leck
Printed in Germany
ISBN 978 3 499 24766 8

Prolog

Burg Sauerthal in der Nacht zum 1. Januar 1500

Ein Schrei durchbrach den nächtlichen Frieden der Burg, ging in schrilles Stöhnen über. Die Kerzen im Zimmer der Burgherrin flackerten und warfen zuckende Schatten an die Wände. Im Kohlebecken glimmten die rot glühenden Augen des letzten Holzscheites, während es zu Asche wurde. Draußen rüttelte ein Schneesturm an Fenstern und Türen, drückte die Bäume auf den Boden und brüllte mit der Kreißenden um die Wette.

»Gelobt sei Jesus Christus«, keuchte die Hebamme, riss sich den nassen Umhang vom Leib und wischte sich ein paar Eiskristalle von der Haube.

»In Ewigkeit, Amen«, flüsterte die Magd, die sich mit beiden Händen an den Bettpfosten klammerte. Angstvoll starrte sie auf das Gesicht der Kreißenden, die schlaff im Gebärstuhl hing und mit den Händen am Stoff ihres Kleides riss.

»Wie geht es Euch, Herrin?«

»Das Kind«, stammelte diese matt aus schweißfeuchten Kleidern. »Es liegt so schwer wie ein Stein. Gott wird uns alle strafen.«

Die Hebamme rieb die blassen, eiskalten Hände aneinander. »Abwarten, Herrin. Zwar sagte der Priester, dass die Welt in der heutigen Nacht, die die Jahrhunderte scheidet, untergehen wird, dass Gott uns alle für unsere Sünden strafen wird und deshalb diesen eisigen Sturm als Boten geschickt hat, aber erst bringen wir Euer Kind zur Welt.«

Dann trat sie zu den Fenstern, hängte Decken davor. Doch auch die hielten die Kälte und den Sturm nicht ab, sondern bewegten sich wie Leichentücher im Wind.

»Mir … mir ist so kalt, als stünde der Tod schon im Zimmer«, flüsterte die junge Burgherrin und wand sich in einer Wehe.

»Pscht, pscht«, machte die Hebamme und betastete den Leib der Kreißenden mit sorgenvollem Ausdruck. Dann schlug sie ihr die Röcke nach oben, spreizte die Schenkel und ließ die Hände in ihrem Schoß verschwinden. Die junge Frau wimmerte.

»Das Kind«, murmelte die Hebamme. »Ihr habt recht, es liegt falsch. Eine Arschgeburt wird es wohl werden.«

Die Magd schrie auf und schlug sich die Hand vor den Mund. »Eine Arschgeburt?«, murmelte sie und riss die Augen weit auf.

»Ja. Das Kind, so es lebt, wird mit dem Hintern zuerst in die Welt gucken. Du, schrei nicht, sondern geh und hole Branntwein. Wird genug davon in diesem Hause geben, wie ich den Herrn kenne. Die junge Frau kann's brauchen.«

Die Kreißende starrte wild auf die Magd. »Sag dem Burgherrn nichts von der Arschgeburt«, bat sie. »Halt den Mund! Er wird das Kind sonst verstoßen, noch bevor die Welt untergegangen ist.«

Die Hebamme stemmte die Hände in die Hüften.

»Jetzt hört mit dem Geschwätz auf, Herrin, Ihr werdet Eure Kräfte noch brauchen. Wenn Gott im Himmel wirklich zum Jüngsten Gericht blasen sollte, werden wir es noch früh genug erfahren.«

Sie hätte gern weiter geschimpft, doch im selben Augenblick schlug draußen die Glocke des Kirchturms ein Mal, dann ein zweites Mal. Die Hebamme stand stumm und bekreuzigte sich.

»Gleich Mitternacht«, flüsterte die Kreißende und sah die Hebamme flehend an. »Macht, dass das Kind jetzt kommt. Sofort! Ihr wisst, dass es zum Unglück bestimmt ist, wenn ich es beim zwölften Glockenschlag zur Welt bringe. Und noch dazu eine Arschgeburt!«

Drei Mal, vier Mal schlug die Glocke. Die Tür flog auf und der Burgherr kam, gefolgt von der Magd, mit der Branntweinflasche herein. »Eine Arschgeburt«, schrie er. »Hebamme, ich werde dich der Inquisition ausliefern, wenn du das Balg verhext hast.« Er nahm einen langen Schluck vom Branntwein.

Fünfter, sechster, siebter Glockenschlag. Die junge Frau schrie in den Wehen, krallte ihre Hände in die Lehnen des Gebärstuhls, während die Hebamme, die Arme bis zu den Ellbogen im Schoß der Frau, versuchte, das Kind in die richtige Lage zu bringen.

»Ich kann es nicht drehen, es geht nicht!«

»Tu endlich was!«, brüllte der Burgherr. »Sonst bist du des Teufels!«

Der Hebamme lief der Schweiß in Strömen über das Gesicht, während sie zugleich vor Kälte zitterte. Acht, neun Schläge. Sie riss dem Burgherrn den Branntwein aus den Händen, nahm einen kräftigen Schluck, goss wenig feinfühlig auch der Kreißenden davon in den offenen Mund.

Zehn Mal, elf Mal tönte die Kirchenglocke. Die junge Burgherrin schrie in schrillen Tönen, die Magd betete laut das Vaterunser.

Die Hebamme kniete zwischen den Schenkeln der Kreißenden. »Es kommt! Jetzt kommt es!«

Mit dem mitternächtlichen Glockenschlag ertönte das erste zaghafte Schreien des Säuglings in dieser Welt. Seine Mutter wandte sich ab, bedeckte die Augen und begann zu schluchzen.

Sein Vater aber starrte auf das schreiende Bündel und sagte dumpf: »Eine Arschgeburt um Mitternacht und zwischen zwei Jahrhunderten! Tötet das Kind, damit es kein Unglück über uns bringt.«

1

Rhein-Taunus, im Jahre 1508

Die Bauern holten das Korn von den Feldern, und die Sonne zeigte erste Anzeichen von Schwäche, als der Junge sah, wie ein paar Männer in den Burghof ritten, der Burgherr und der Rossknecht ihre Pferde bestiegen und alle gemeinsam durch das Tor und hinüber in den Wald ritten, der bis zur großen Straße reichte. Der Junge war neugierig geworden. Schon oft waren die Männer so weggeritten und spät am Abend erschöpft und lärmend mit staubigen Umhängen und verdreckten Stiefeln zurückgekommen. Und immer hatten sie volle Satteltaschen gehabt, die sie nachts mit stolzer Brust in die Vorratskammern schleppten. Der Junge wäre so gern mit den Männern geritten, aber er durfte dem Burgherrn nicht unter die Augen kommen. Gleich nach seiner Geburt hatte der Taunusritter Wolf von Sauerthal ihn töten wollen, aber die Frauen hatten es verhindert, hatte ihm die Magd Burga erzählt. Jetzt musste er dafür sorgen, dass er unsichtbar blieb, sonst warf ihn der Herr doch noch in den Burggraben und den Raben zum Fraß vor.

Schon oft hatte sich der Junge vorgestellt, wie es wäre, mit den Männern gemeinsam durch den Wald zu reiten, die Hunde voran, und ein Wildschwein zu schießen oder eine Hirschkuh. Heute aber hatten sie keine Hunde dabei, und der Junge ahnte, dass sie zur Straße ritten. Er hatte keine Ahnung, was sie da taten, doch oft hatte er gehört, dass sich die »Straße gelohnt hatte«.

So lief er den Männern wenigstens hinterher und in den Wald, aber schon bald hatte er sie aus den Augen verloren. Er war allein. Seit seiner Geburt war er das. Die Burga gab ihm zu essen und zu trinken, wusch im Frühling und im Herbst seinen Kittel, schnitt ihm an Karfreitag und zu Erntedank das Haar. Die Nacht verbrachte er im Stall, den Tag auf den Wiesen und Feldern, am Bach oder im Wald.

Er war jetzt an eine Stelle gekommen, an der sich der Weg gabelte. Unter seinen Füßen raschelte frisch gefallenes Laub, es roch nach Eicheln, Erde, feuchtem Moos und Pilzen. Ein paar blasse Sonnenstrahlen spielten mit dem letzten Grün der Blätter, malten helle Streifen auf den trockenen Waldboden. Unschlüssig sah der Junge in alle vier Richtungen, suchte vergebens auf dem Boden nach Hufabdrücken. Den kleinen Weg, breit genug für seine Füße, aber zu schmal für Pferd und Reiter, hatte er schon im Frühling entdeckt.

Der Pfad führte durch den Wald bis zur Straße. Vielleicht würde der Junge heute vor den Männern da sein. Er streifte zwischen Bäumen und Gesträuch, erschrak vor einem Eichelhäher, aß ein paar späte Blaubeeren, trank aus dem Bach und hatte endlich den Waldrand erreicht. Eine Mannshöhe unter ihm zog sich in einem weiten Bogen die Straße entlang. Sie kam von Rüdesheim, führte am anderen Ufer des Flusses an Mainz vorbei und endete in Frankfurt, der großen Stadt, in der die Könige gekrönt wurden. Über den abgeernteten Feldern neben der Straße kreisten die Raben. Weit hinten konnte der Junge dichte graubraune Staubwolken erkennen. Das hieß, dass sich eine Kolonne oder ein Trupp Reiter näherte. Es konnten die Leute von der Burg sein, die da kamen. Und wenn nicht, so würde er die Wagenkolonne, die Wandermönche, die Gauklertruppe, entflohene Söldner, fahrende Schüler, einzelne Reiter oder wenigstens einen Bauern mit einem voll beladenen Karren beobachten.

Er setzte sich mit dem Rücken gegen einen Baum, verschmolz in seinem grauen Kittel beinahe mit dem Stamm, legte die Arme um die Knie, stützte das Kinn darauf und wartete.

Schon hörte er das Rumpeln der schweren Fuhrwerke, roch den Staub und Pferdeschweiß, schon konnte er Schutzleute erkennen, die den Kaufmannszug begleiteten.

Der Junge liebte den Anblick der Wachmänner. Groß schienen sie ihm, stark in ihren schwarzen Umhängen, den schwarzen Baretten und den Dolchen, die sie am Gürtel hängen hatten. Fast so groß und stark wie der Burgherr und seine Leute.

Zwei von ihnen ritten der Kolonne voran, zwei folgten ihr.

Die Fuhrmänner scherzten mit ihnen, nur der, der die Pferde einer Kutsche lenkte, schaute ernst und aufmerksam auf den Weg.

Der Junge wollte gerade aufstehen und den Leuten ein »Gelobt sei Jesus Christus« mit auf die Reise geben, als er sah, dass sich von hinten im Galopp mehrere Reiter näherten, die Kapuzen mit Sehschlitzen über den Köpfen trugen. Er erschrak und verbarg sich hinter dem Baumstamm.

Auch die Wachleute hatten die Kapuzenmänner entdeckt. Sie brüllten einander Befehle zu, lösten ihre Dolche vom Gürtel, zogen die Schwerter aus der Scheide.

Der Fuhrmann der Kutsche holte eine Hakenbüchse unter seinem Sitz hervor, eine Frau schimpfte.

Alles ging so schnell, dass der Junge nicht richtig sah, was genau geschah. Er duckte sich hinter den Baum, riss einige Zweige von Sträuchern und hielt sie sich vor das Gesicht, in der Hoffnung, unkenntlich zu sein.

Schon sanken die Wachmänner vom Pferd, schon kamen die Reiter, rissen den Kutscher vom Bock und schlugen ihm die Hakenbüchse über den Schädel, sodass er reglos liegenblieb.

Die anderen Fuhrmänner hatten ihre Wagen gestoppt und standen mit erhobenen Händen.

»Verschont uns. Um des Herrgotts willen, lasst uns am Leben«, riefen sie, schlugen das Kreuz und warfen ihre Dolche zum Zeichen der Unterwerfung in den Staub.

»Los!«, schrie einer der Kapuzenmänner. »Bindet sie an den Baum. Ich kümmere mich um die Wachleute.«

Wieder ging alles rasend schnell, Männer gingen zu Boden, Wut- und Schmerzensschreie ertönten, Metall schlug auf Metall, Holz krachte, Knochen splitterten. Ein einziges Keuchen und Stöhnen, Schreien und Wüten war zu hören.

Der Junge sah, wie zwei andere Kapuzenmänner Kisten und Fässer, Truhen und Ballen von den Fuhrwerken luden und sie zu einem Gefährt schafften, das plötzlich aus einem Seitenweg aufgetaucht war.

Dann hörte er eine Weiberstimme aufschreien und wagte sich ein Stück nach vorn. Er sah eine Frau, die älter als die Magd Burga, aber jünger als die dicke Köchin mit dem grauen Haar war. Ein Kapuzenmann stand vor ihr und hielt ihr einen Dolch an die Kehle.

»Sing, Vögelchen! Los, sing!«, befahl der Mann und lachte.

Der Junge erstarrte. Die Stimme! Er kannte sie! Unzählige Male hatte er sie fluchen hören. Es war die Stimme des Burgherrn, Wolf von Sauerthal.

Der Junge sah, wie der maskierte Burgherr den Dolch beinahe zärtlich gegen den Hals der Frau drückte. Ein einzelner Blutstropfen rollte herunter und verschwand zwischen den Brüsten der Frau, die am ganzen Leib zitterte.

»Lasst mich am Leben«, bat sie. »Ich habe Kinder!«

»Dann sing für mich, mein Vögelchen«, wiederholte der Burgherr.

Er lachte dröhnend. In diesem Augenblick wurde das Gesicht der Frau grau wie Herdasche. Sie hob die Hand und riss an der Kapuze. Der Junge konnte für einen Lidschlag lang das Gesicht des Burgherrn erkennen, die wilden Augen, den schmalen, zusammengekniffenen Mund. Er begann zu zittern, war nur knapp eine Mannshöhe über ihm und hatte Angst, sein hastiger Atem würde ihn verraten.

Schon schob sich der Mann die Kapuze zurecht, hob die Hand, gab einen tierischen Laut von sich – und stach der Frau seinen Dolch in die Brust! Niemand hatte das gesehen. Nur der Junge.

Er sah, wie ihre Augen zu rollen begannen, dann sank sie nach vorn, tiefer in den Dolch hinein. Mit einem heftigen Aufschrei stieß der Ritter die Frau von sich, sodass sie hintenüber in den Straßenstaub fiel. Der Junge sah den blutroten Fleck, der sich unter ihrem Mieder ausbreitete. Der Kapuzenmann starrte auf die Frau, deren Leib sich noch einmal aufbäumte, ehe er erlosch, dann auf den Dolch, schleuderte ihn auf die Wiese neben der Straße.

Im selben Augenblick riefen die, die das Gefährt beladen hatten: »Wir sind fertig, Herr.«

Auch diesmal hatte der Junge eine Stimme erkannt; es war die Stimme von Andres, dem Pferdeknecht.

»Lasst uns verschwinden.« Der Burgherr blickte noch einmal auf die Frau, die sich nicht mehr rührte, dann rannte er zu seinen Kumpanen, sprang auf sein Pferd und verschwand hinter einer riesigen Staubwolke.

Am Abend dauerte die Messe in der Burgkapelle länger als gewöhnlich. Der Junge stand in einer Ecke, von einem Pfeiler verborgen, und starrte auf den Ritter.

Der Burgherr war auf die Knie gesunken, hatte vor der Statue der Heiligen Mutter Maria mit Inbrunst gebetet. Zuerst das Sündenbekenntnis, dann den Rosenkranz, zum Schluss das Vaterunser. Sogar eine dicke Wachskerze hatte er angezündet, die es sonst nur an Weihnachten oder Ostern gab, und war schließlich, den Priester vor sich her stoßend, in den Beichtstuhl geschritten. Der Junge hatte gewartet, ob die Statue der Jungfrau Maria, die neben dem Beichtstuhl stand, hölzerne Tränen vergießen würde, doch nichts war passiert. Auch später, als der Burgherr längst in der Halle feierte, das größte Stück Braten in der Hand und die Burga auf dem Schoß, war der Zorn Gottes zum großen Erstaunen des Jungen nicht über ihn gekommen.

Am nächsten Tag lief der Junge wieder durch den Wald bis hin zur Straße. Vorsichtig spähte er aus seinem Versteck hinunter an die Stelle, an der gestern der Überfall stattgefunden hatte. Dann atmete er auf. Die Frau war weg, die Fuhrleute, Wachmänner und die Wagen ebenfalls. Nur Holzsplitter, Sackfetzen, niedergetretenes Gras und ein dunkler Fleck, genau dort, wo die Frau gelegen hatte, waren noch zu sehen.

Der Junge starrte auf den Fleck, bekreuzigte sich, sah sich nach allen Seiten um. Als er sicher war, dass die Gegend ruhig lag und kein Reiter, kein Bauer, keine Kolonne sich näherte, stieg er den Abhang hinab und lief auf die Wiese. Er musste nicht lange suchen. Der Dolch des Burgherrn blitzte in der Sonne. Vorsichtig hob der Junge ihn auf und wischte das Blut, das noch daran klebte, am feuchten Gras ab, betrachtete den schön gearbeiteten Griff mit dem Wappen des Burgherrn. Er sah sich um, dann steckte er das Messer vorsichtig unter seinen Kittel.

Der Winter hatte gerade begonnen, als die Magd Burga aufhörte, dem Jungen zu essen und zu trinken zu bringen, ihm das Haar nicht mehr schnitt und den Kittel nicht wusch. Er hatte rasch begriffen, dass die Burga ihn schon noch versorgen würde, wenn er ihr etwas dafür gab. Für ihre Arbeit auf der Burg bekam sie Lohn; für einen Platz auf ihrer Bettstatt gaben ihr der Burgherr und der Pferdeknecht bunte Bänder, Spangen, ein Stück Tuch oder Naschwerk. Jetzt, so schien es dem Jungen, war auch er dran, der Burga etwas zu bezahlen. Er hatte Hunger. Sein Haar hing ihm ins Gesicht, und im Kittel hausten die Wanzen. Aber er hatte weder Naschwerk noch Bänder oder Spangen.

Er kratzte sich, dann ging er hinüber in den Wald. Er schlang die Arme um den Körper, setzte seine nackten Füße ganz vorsichtig auf, denn der Boden war gefroren. Die ganze Nacht hatte er zitternd wach gelegen, immer neue Hände voll Heu über sich gepackt, doch ihm war nicht warm geworden. Selbst seine Knochen schienen vereist zu sein, bereit, bei jedem falschen Schritt zu splittern. Er lief im Wald umher auf der Suche nach ein wenig Holz. Der Burga wollte er es bringen, damit sie das Kohlebecken heizen konnte und ihn aus Dankbarkeit für eine Nacht bei sich in der Kammer schlafen ließ. In das letzte Eckchen würde er sich quetschen, kein Wort sagen, kaum atmen würde er, wenn sie ihn nur bleiben ließe. Schon jetzt schimmerte seine Haut bläulich. Der Kittel war dünn, der Wind zerrte daran, und der Junge klapperte mit den Zähnen. Den Dolch, den er in den Wiesen gefunden hatte, trug er an einem Strick um den bloßen Leib. Er hätte ihn eintauschen können, doch aus einem Grund, den er sich selbst nicht erklären konnte, behielt er ihn.

Eine Weile schritt er auf seinem Pfad entlang, doch er fand keinen Ast, kein bisschen Reisig. Die Leute aus dem Dorf hatten schon alles abgegrast, hatten jeden Tannenzapfen, jedes Zweiglein und sogar trockenes Laub weggesammelt. Die Kälte war viel zu früh gekommen. Selbst Kühe, hatte die Burgköchin erzählt, waren schon draußen auf den Weiden erfroren. Der Junge schaute nach oben in die Bäume und sah, dass die unteren Äste abgehackt waren. Er schnüffelte in der Luft herum und roch, dass es bald schneien würde. Jetzt musste er Holz finden. Morgen, unter dem Schnee, würde es ganz und gar unmöglich sein.

Als eine blattlose Birke sich über den Pfad beugte, bog er nach links ab, lief ein paar Schritte weiter, zwängte sich rechts durch das Unterholz, kroch auf allen Vieren wie ein Tier und lud jämmerlich dünne Zweiglein in seinen Kittel. Seine Knie schmerzten von den Tannennadeln, doch der Junge gab nicht auf. Er brach hier einen Zweig und dort einen morschen Ast, kroch vorwärts, immer weiter. Plötzlich teilte sich das Dickicht, und eine kleine Lichtung vor einer Felswand tat sich auf. Erschöpft ließ sich der Junge auf den Boden sinken, lehnte sich mit dem Rücken an einen Stamm. Hier war er noch nie gewesen. Ganz moosbewachsen war der Fels und versteckt hinter Bäumen und Büschen. Es schien, als wäre noch keine Menschenseele vor ihm hier gewesen. Es gab keinen Pfad, kein heruntergetretenes Gras, aber einige Äste und Zapfen. Er rappelte sich hoch, blies in seine klammen Hände, dann lief er an dem Fels entlang, bückte sich nach jedem Zweig. Einmal wollte er einen Tannenzapfen greifen, doch seine Augen tränten von der Kälte, sodass er danebengriff und der Zapfen davonrollte. Der Junge wischte sich die Augen blank und sah hinterher. Der Zapfen war in eine Felsöffnung gerollt und darin verschwunden. Auf einmal spürte der Junge seine Müdigkeit. Er hätte gern ausgeruht, nur ein bisschen. Ob es in der windgeschützten Höhle wärmer war? Er sah zum Himmel und las am Stand der blassen Sonne die Stunde ab. Er hatte noch ein bisschen Zeit. Ein wenig konnte er ausruhen, dann war er trotzdem noch vor Einbruch der Dunkelheit zu Hause.

Er schlüpfte durch die Öffnung, die gerade hoch genug für ihn war, und tauchte ein in nachtschwarze Dunkelheit. Plötzlich bekam er Angst. Ob es wilde Tiere hier gab? Tief sog er die Luft in die Nase, doch was er roch, war nicht der Geruch eines Tieres. Nicht beißend und modrig, sondern so ähnlich wie in der Küche und den Kammern auf der Burg. Es roch nach Gewürzen, nach Wachs und nach Wein, aber auch nach Stoffen und nach Duftwässern. Langsam gewöhnten sich seine Augen an die Dunkelheit. Er trat einen Schritt zur Seite, sodass die Helligkeit von draußen durch die Felsöffnung ins Innere gelangen konnte. Als er sah, was vor ihm lag, stieß er einen Ruf der Überraschung aus. Die steinerne Halle war voll mit Fässern und Kisten, Ballen und Körben, Truhen und Säcken. Er stand mit weit aufgerissenen Augen und fühlte sich wie im Schlaraffenland. Da lagerten Felle und Stoffe, da hingen Schinken, Speckseiten und Würste, da roch es nach

Zimt und Nelken. Der Junge breitete die Arme aus, als wollte er die Schätze umarmen. Er lachte laut auf, und plötzlich war er nicht mehr müde. Nicht einmal die Kälte spürte er noch.

Zaghaft öffnete er eine Truhe, fuhr andächtig über die zarten Stoffe, das weiche Leder der Gürtel und Schuhe. Er befühlte einen Sack, und das, was er fühlte, erinnerte ihn an Getreide. In einer weiteren Truhe fand er gegerbtes Leder, in einer anderen Leinwand und in der nächsten Gewürze. Er kippte einen Korb mit Kohlköpfen aus, legte zwei Felle hinein, dazu den bestickten Gürtel. Einmal hielt er inne, betrachtete verwundert seine Finger, die ein Paar wollene Strümpfe hielten. Was mache ich hier?, dachte er. Die Sachen gehören mir nicht. Er hob die Strümpfe hoch und drückte sein Gesicht in den weichen Wollstoff.

Am besten wäre es, ich blieb für immer hier mit all den Fellen und Würsten und Schinken und Strümpfen, dachte er. Ich müsste nicht mehr frieren und hätte genug zu essen.

Der Junge ahnte, woher die Waren stammten, wusste, dass Wolf von Sauerthal ein Raubritter war. Was würde geschehen, wenn der Burgherr ihn hier erwischte? Totschlagen würde er ihn. Er konnte nicht hierbleiben, musste zurück auf die Burg, in den Stall, und so tun, als ob nichts wäre.

Er schloss die Truhen und Kisten, rückte die Säcke gerade und verließ mit dem voll beladenen Korb die Felsengrotte. Nur so viel hatte er von den Schätzen genommen, wie er dringend brauchte: Einen Gürtel für die Burga, zwei Felle, die Strümpfe und eine Räucherwurst. Er hatte noch nicht einmal von den Lebkuchen gekostet, die er in einer Holzkiste gefunden hatte.

Draußen stapelte er das Holz und die Zapfen über die

Dinge im Korb und wartete, bis die Dämmerung hereinbrach. Dann ging er zurück zur Burg.

Am Abend zeigte er der Burga den Gürtel. »Du kannst ihn haben, wenn du mir das Haar schneidest, zu essen gibst und meinen Kittel wäschst.«

Die Augen der Burga glitzerten wie die Steine auf dem Gürtel.

»Gib her!«

Der Junge versteckte den Gürtel hinter seinem Rücken.

»Erst bist du dran.«

Als er satt, das Haar geschnitten und der Kittel gewaschen war, gab er der Burga den Gürtel. Er hatte ein wenig Angst, dass der Ritter die Sachen erkennen würde, wenn er sie an der Burga sah, aber er wusste nicht, wie er sonst zu Essen und einem warmen Eckchen für die Nacht kommen sollte. Es sind so viele Waren in der Grotte, tröstete er sich. Der Burgherr wird sich nicht an jedes einzelne Stück erinnern können.

In den nächsten Tagen tauschte er Holz gegen einen Schlafplatz in der Kammer, danach ein Fell.

Einige Zeit später, es war inzwischen etwas milder geworden, sah er die Burga mit dem neuen Fell über der Schulter und angetan mit dem Gürtel über den Burghof spazieren. Da ging die Tür auf, und der Herr trat aus der Halle, sah die Magd und riss verblüfft den Mund auf.

»Burga!« rief er dröhnend. »Komm sofort her.«

Die Burga gehorchte und fing eine so gewaltige Maulschelle, dass das Fell von ihren Schultern flog.

»Woher hast du das?«, schrie der Burgherr und schüttelte sie.

Die Burga begann zu heulen, und der Junge, der aus der

offenen Stalltür sah, erschrak bis ins Innerste. Sein Herz schlug bis zum Hals, er hörte das Blut in seinen Ohren rauschen, der Schweiß brach ihm aus, die Knie wurden weich. Würde der Burgherr ihn auch abstechen wie die Frau auf der Straße?

»Woher hast du das Fell, verdammt? Soll ich die Antwort herausprügeln aus dir?«, hörte er den Burgherrn so laut brüllen, dass die Pferde sich ängstlich aneinanderdrängten.

»Neihein«, gellte die Burga in höchster Not. »Der … der Junge. Von ihm habe ich es. Aufgedrängt hat er es mir. Ich wollte es gar nicht, Herr. Glaubt mir, der Junge war es.«

Der Burgherr ließ die Burga los, und die taumelte gegen die Wand, schlug die Arme um ihren Körper und versuchte, mit der Mauer eins zu werden.

»Wo ist der Bastard?«, brüllte der Mann so laut, dass die Köchin aus der Küche und der Pferdeknecht aus dem Stall geeilt kamen.

»Wo ist die Arschgeburt?«

Er rannte zum Stall, riss die Pferde zur Seite, die ängstlich auskeilten, stieß Tröge, Eimer und Schemel um, doch den Jungen fand er nicht.

Der hatte sich in eine Nische geflüchtet, die neben der Tür zum Verlies lag und voller Dreck und Spinnweben war. Er hatte die Arme um die Knie geschlungen und brummte leise, um das Geschrei des Burgherrn nicht hören zu müssen. Sein Herz trommelte. Einmal ging der Wüterich brüllend an ihm vorüber, und der Junge zog die Arme über den Kopf und schloss die Augen. Der Luftzug, mit dem der Burgherr eine Peitsche schwang, drang bis zu ihm und ließ ihn frösteln.

Als der Burgherr wutschnaubend im Garten nach ihm suchte, kroch der Junge aus seinem Versteck und lief so schnell er konnte über den Burghof. Doch er war nicht schnell genug. Kurz vor dem Tor kam der Ritter schreiend näher. Er packte den Jungen am Kragen, hob ihn hoch und schmetterte ihn mit voller Wucht gegen die Wand. Der Junge riss die Arme über den Kopf, als er sah, dass Wolf von Sauerthal die Peitsche schwang. Er sah die wilden Augen, dann sauste die Peitsche herunter und wie ein heißer Blitz in sein Gesicht, er hörte wie aus weiter Ferne sein eigenes, gellendes Geschrei und dann nichts mehr.

Erst, als jemand ihm einen Eimer kaltes Wasser über den Kopf goss, konnte er wieder hören und sehen. »Lauf, Junge. Lauf, so schnell du kannst, und komm niemals mehr hierher zurück. Gott behüte dich.« Die Köchin zog ihn hoch und stieß ihn durch die Seitenpforte hinaus.

Er lief und lief und lief. Sträucher droschen gegen seinen Körper, Steine schnitten in seine nackten Fußsohlen, er rutschte auf dem glitschigen Laub aus und schlug hin. Sein Körper schmerzte, und besonders sein Gesicht. Die Peitsche hatte ihn mitten auf die linke Wange getroffen. Er spürte, wie das Blut ihm über das Gesicht lief, warm und feucht. Ihm war übel, alles um ihn herum drehte sich, wieder fiel er hin, japste nach Atem. Schon hatte er sich wieder aufgerappelt und rannte weiter. Als die Sonne untergegangen war, wühlte er sich in einen Laubhaufen, erschrak vor jedem Geräusch, fürchtete sich vor jedem Laut, zitterte vor Kälte und vor Angst. Sein Magen rumorte; er hatte seit dem Morgen nichts gegessen. Doch er blieb, dicht an einen Baumstamm geschmiegt und mit Laub bedeckt, bis zur Morgendämmerung, ohne sich zu rühren. Er lag wie ein Tier im Laub, bereit zu sterben. Doch sein Körper war jung, sein Herz kräftig. Es trommelte gegen seine Rippen, als wollte es daraus hervorbrechen.

Da sprang er auf und rannte weiter. Er kannte keinen Weg, kein Ziel. Er rannte, rannte, rannte. Seine Füße schmerzten, doch er achtete nicht darauf. Seine Seiten stachen, er presste die Hände dagegen und rannte weiter.

Als die Sonne sich erneut anschickte, hinter den Horizont zu fallen, kam er zu einem Steingebäude, das in einem kleinen Tal lag und an eine Kapelle anschloss.

»Was ist das?«, fragte der Junge einen Bauern, der des Weges kam, die Axt über der Schulter.

»Ein Kloster«, erwiderte der Bauer.

»Ein Kloster«, wiederholte der Junge und lächelte.

2

Kloster Marienthal, 1508 bis 1515

Der Junge klopfte an die Klosterpforte und wartete. Er war so erschöpft, dass er beinahe umfiel. In den Ohren hörte er sein Blut rauschen, vor seinen Augen schwammen bunte Flecken. Er hatte keine Angst mehr und keine Wünsche. Alles tat ihm weh, und er war bereit zu sterben, doch wenigstens wollte er einen Platz haben dafür.

Endlich wurde die Tür aufgetan, und ein Mann mit einer Kutte und mit der halbkugelförmigen Kopfbedeckung des Ordens der Brüder vom Gemeinsamen Leben sah ihn an.

»Na, Junge, was willst du denn hier?«

»Die Burga«, keuchte er, stützte sich an der Mauer ab und schloss die Augen. »Die Burga … hat einmal gesagt, dass die, die nicht wissen, wohin, Aufnahme in einem Kloster finden.«

Der Mönch war unter dem Türchen hervorgetreten und fasste den Jungen am Arm.

»So, die Burga hat das gesagt«, sprach er freundlich. »Wo kommst du denn her? Ist die Burga deine Mutter? Und wer um des Herrgotts willen hat dich so zugerichtet?«

Der Junge fasste nach der Peitschenwunde auf seiner Wange. »Der Esel hat mich im Galopp verloren, hat die Burga gesagt. Und vor zwei Tagen bin ich … bin ich … gestürzt.«

Er wollte nicht lügen, gewiss nicht, aber ganz hinten in seinem Kopf saß die Angst, dass der Mönch ihn vielleicht nicht einlassen würde, wüsste er, dass der Burgherr ihn erschlagen wollte, weil er die Höhle gefunden und Diebesgut daraus gestohlen hatte.

»Hmm!« Der Mönch kratzte sich am Kinn und sah unschlüssig in das Innere der kleinen Klosteranlage, dann betrachtete er den Jungen. »Du bist viel zu klein, um allein in der Welt zu stehen, Junge. Du siehst müde und erschöpft aus und hast bestimmt Hunger.«

Der Mönch betrachtete ihn von oben bis unten und strich ihm sanft über den Kopf, doch der Junge zuckte zurück.

»So ist das also«, seufzte der Mönch und trat zur Seite. »Komm rein, Junge. Sollst nicht länger so mutterseelenallein und gottverlassen sein.«

Der Junge folgte dem Mann. Sie liefen durch einen von Fackeln erleuchteten Kreuzgang, der ein Geviert mit einem Brunnen in der Mitte einschloss, und kamen schließlich zu einer großen, mit Eisen beschlagenen Tür.

»Psst!«, machte der Mönch. »Meine Brüder sitzen beim Abendessen im Refektorium. Danach werde ich dich zum Abt bringen. Du hast doch auch Hunger, oder?«

Der Junge nickte. Sein Magen hatte zu schmerzen begonnen.

»So, halt dich still. Wir gehen jetzt hinein und werden essen.«

Der Mönch öffnete die Tür und schob den Jungen vor sich her. Die Blicke des Jungen hetzten durch den Raum. Er sah Kerzen flackern, sah Männer auf hölzernen Bänken um einen langen Tisch sitzen. Vorn stand einer an einem Pult und las aus einem großen Buch vor. Jetzt unterbrach er und räusperte sich.

Ein knappes Dutzend Augenpaare starrten den Jungen an.

Er starrte zurück, sah in Augen, die seinen Blick erwiderten, Augen, die sich abwandten von ihm, zusammengekniffene, schmale, runde, freundliche, fragende.

»Nun komm, geh!«

Der Mönch nahm ihn bei der Hand und führte ihn zu einem Platz am unteren Ende des großen Holztisches. Die Kerzen, die durch den Luftzug der offenen Tür geflackert hatten, beruhigten sich, und die Männer in den Kutten aßen wortlos weiter. Noch einmal räusperte sich der Mönch am Pult, dann fuhr er mit der Lesung fort.

Der Mönch von der Pforte brachte ihm eine Holzschüssel und einen Löffel, deutete auf den großen Kessel in der Mitte des Tisches, der mit Bohnensuppe gefüllt war.

Dem Jungen lief das Wasser im Mund zusammen. Er konnte den Blick nicht von der Schüssel wenden, in der daumengroße Stücke Hammelfleisch schwammen. Hastig führte er den Löffel zum Mund, verbrannte sich die Zunge.

»Langsam, Junge. Es nimmt dir niemand etwas weg.«

Der Mann, der so sprach, saß am Kopfende des Tisches. Der Junge sah auf und begegnete dem Blick eines Mönchs, der größer schien als die übrigen. Der Junge wurde rot, senkte den Blick und bemühte sich, langsamer zu essen.

Als alle mit dem Essen fertig waren, brachte ihn der Mönch von der Pforte zu einem Mitbruder, der den Jungen mitnahm in ein Seitengebäude und sein Gesicht behutsam wusch. Der Junge schrie leise auf. Er zitterte am ganzen Leib, seine Augen flackerten.

»Es ist ja gut, ist ja gut«, murmelte der alte Mönch. »Gleich mache ich dir einen Breiumschlag. Weißt du, wie das geht?«

Der Junge schüttelte den Kopf, und der Mönch sprach ruhig und leise weiter. »Das ist ganz einfach. Ich gebe vier

Löffel Beinwellwurzelpulver in ein Gefäß, verrühre es mit heißem Wasser zu einem Brei. Siehst du, da ist der Brei, der helfen soll, die Wunde zu verschließen.«

Die Erklärungen ließen den Jungen ruhig werden. Er wagte sogar, den Bruder anzusehen, der gerade einen Streifen Leinwand mit dem Brei bestrich und dem Jungen einen Verband anlegte.

»Na, tut das gut?«, wollte der Mönch wissen. Der Junge nickte und ließ sich willig in das Zimmer des Abtes führen. Wieder dachte der Junge, dass der Abt größer schien als die anderen Mönche. Größer und älter.

Wahrscheinlich, dachte er, wird auch er gleich fragen, was ich mit meinem Gesicht gemacht habe. Doch der Abt tat nichts dergleichen: »Wo kommst du her?«, fragte er.

»Von der Burga«, sagte der Junge. Er hatte solche Angst, zurück nach Sauerthal und dort sterben zu müssen, dass er Ort und Namen der Burg verschwieg. »Ich bin lange gelaufen.«

»Warum bist du der Burga weggelaufen?«

Der Junge schwieg und senkte den Blick. Er konnte dem Abt nicht erzählen, dass er ein Dieb war, eine Arschgeburt, die der Esel im Galopp verloren hatte und den Menschen nichts als Unglück brachte. Der Abt würde ihn wegschicken, und er würde nicht wissen, wohin.

»Wo hast du bisher gelebt?«, fragte der Abt weiter.

»Im Pferdestall einer Burg. Die Burga hat mir früher Essen gebracht, dann nicht mehr«, erwiderte der Junge. »Ich hatte Hunger, und es war kalt dort.«

Der Abt nickte. Dann wandte er sich an den Mönch, der den Jungen hergebracht hatte. »Die Zeiten werden immer schlechter. Ich hörte von anderen Klöstern, dass immer mehr

Findelkinder gefunden werden: Kinder von Armen, von ledigen Frauen, Früchte verbotener Liebschaften.«

Der andere nickte. »Aber dieser hier ist schon ein Knabe, Bruder Abt.«

»Wir werden herausfinden, was es mit ihm auf sich hat. Nun geht, Bruder, lasst mich allein mit ihm.«

Als der andere weg war, fragte der Abt ihn: »Wie heißt du?«

Der Junge hob die Schultern. »Junge«, sagte er.

»Das ist kein Name. Ungefähr die Hälfte der Kinder nennt man Mädchen, weil sie später einmal Frauen werden, und die, die zu Männern reifen, nennt man in der Kindheit Jungen.«

»Dann vielleicht Rabe?«, fragte er. »So hat die Burga manchmal zu mir gesagt. Und … und der Herr nannte mich Rabenaas und Bastard.«

Der Abt sah ihn aufmerksam an und schüttelte den Kopf. »Nein, das ist kein Name für einen Menschen. Raben sind Vögel. Sie ernähren sich von Aas. Manche nennen sie Totenvögel. Im Alten Testament sind sie die Verkörperung des Bösen. In anderen Ländern werden sie als Götzen angebetet. Die meisten Menschen fürchten sie. Zu Unrecht, denn Raben sind kluge und treue Vögel. Nein, Rabe kannst du nicht heißen. Wir werden einen Namen für dich finden müssen.«

Der Junge sah den Abt an. Er war ein mittelgroßer Mann mit einem hellen Haarkranz unter dem runden Hut. Seine Augen waren blau und klar, der Junge konnte den Ausdruck darin nicht deuten, doch Angst hatte er nicht. Und er wollte auch nicht mehr sterben. Im Gegenteil: Er hatte das Gefühl, endlich ein Zuhause gefunden zu haben.

»Wozu brauche ich einen Namen?«, fragte er.

»Jeder Mensch hat einen Namen. In der Bibel steht: Am Anfang war das Wort. Das heißt, dass die Dinge erst existieren, wenn sie einen Namen haben. Selbst die beiden ersten Menschen, Adam und Eva, hatten einen Namen. Der Mensch, der keinen hat, den gibt es nicht. Verstehst du, Junge?«

Der Junge schüttelte den Kopf. »Aber mich gibt es doch.«

»Nein, vor mir steht nur irgendein Junge, und Jungen gibt es so viele wie Steine im Bach. Erst wenn du auf einen Namen getauft bist, kann man dich von all den anderen Jungen unterscheiden. Erst, wenn man dich unterscheiden kann von den anderen, gibt es dich.«

Der Junge überlegte. Ihm fiel ein, dass noch nie in seinem ganzen Leben jemand so mit ihm gesprochen hatte wie der Abt jetzt. Nie hatte ihn jemand nach irgendetwas, das mit ihm zusammenhing, gefragt. Der Abt sprach mit ihm und meinte ihn.

»Wie möchtest du gern heißen? Welchen Namen möchtest du tragen?«

»Ich kenne nur wenige Namen, aber das macht nichts«, erwiderte der Junge, breitete die Arme aus und lächelte vorsichtig. »Wenn Ihr sagt, dass erst mit dem Namen der Mensch beginnt, dann ist der Name wichtig. Dann möchte ich einen Namen nur für mich.«

Der Abt nickte. »Was du sagst, ist richtig und trotzdem nicht möglich. Man kann sich unter den Namen, die es schon gibt, einen wählen. Aber einen neuen Namen erfinden, nein, das geht nicht. Normalerweise bekommt das Kind kurz nach der Geburt bei der Taufe einen Namen von seinen Eltern. Es darf nicht selbst entscheiden.«

»Ich habe keine Eltern«, sagte der Junge leise.

Der Abt schwieg eine Weile und betrachtete den Jungen von

oben bis unten, dann sagte er: »Jeder Mensch hat Eltern, auch du. Nur kennst du sie vielleicht nicht.«

»Eltern? Ich?«, fragte der Junge. Der Abt nickte.

»Eine Mutter und einen Vater? Die Burga hat gesagt, mich hätte der Esel im Galopp verloren.«

»Du bist ein Mensch, und jeder Mensch hat Vater und Mutter. Die Eltern sind es, die dem Kind einen Namen geben. Dass du keinen hast, heißt aber nicht, dass du keine Eltern hast. Jetzt bist du hier im Kloster. Ich werde dir einen Namen geben und dich durch die Taufe zu einem Christenmenschen machen.«

Der Junge nickte. Er hatte begriffen, dass er dem Abt gehorchen musste. Das hatte ihm niemand gesagt. Nicht mit Worten. Die Blicke des Abtes hatten davon gesprochen und die Blicke der Mönche, wenn sie sich an den Abt wandten.

»Bertram wirst du heißen. Bertram ist ein guter Name. Er bedeutet *glänzender Rabe*. Viele kluge und mutige Männer, die vor dir gelebt haben, trugen diesen Namen. Es ist ein stolzer Name. Es ist zudem ein Name, den es nicht häufig gibt.«

»Bertram«, wiederholte der Junge. »Bertram also.«

Auch die Mönche hatten Namen. Doch nicht nur das. Sie hatten Aufgaben. Einer hieß Bruder Jerg und war für die Kleidung, das Bett- und das Schuhzeug im Kloster verantwortlich. Wenn Bertram ihn ansprach, sagte er: »Bruder Vestarius Jerg«.

Der Camerarius hatte die Aufsicht über Küche und Weinkellerei und hieß Bruder Camerarius Michael.

Dann gab es den Bruder Cellerarius Melchior, der alles verwaltete, und den Bruder Bursarius Caspar, der für die Finanzen zuständig war. Der Sacretarius, Bruder Baptist, sorgte für die Ausstattung der Kirche, der Bruder Tonsorius Raffael schnitt Bertram und den Brüdern die Haare, nahm im Krankheitsfall den Aderlass vor und kümmerte sich um den kleinen Garten mit den Heilpflanzen. Er war es auch, der Bertrams Wunde versorgt hatte.

Der Abt war gleichzeitig der Novizenmeister und hieß Vater Kilian, und für die Bibliothek und die Chronik war Bruder Joachim zuständig.

Das Kloster selbst war nicht groß, und nur zwölf Brüder und zwei Novizen lebten darin. Es gab eine kleine Kapelle, die sich an einen großen Steinbau anschloss, der das Refektorium, das Dormitorium, die Bibliothek und Schreibstube und die Zellen der Mönche barg. Daneben befand sich ein steinernes Haus, in dem Küche, Vorratskammern, Pilgerzellen, die Kelterei und eine kleine Krankenstube untergebracht waren. Beim Haus lag ein Garten, in dem Heilpflanzen wuchsen und mit ihrem Duft das ganze Kloster füllten. Dahinter, den Hügel hinauf, zogen sich Weinreben in langen, dichten Reihen. In der Nähe des Gartens roch es nach Kräutern, im kleinen Haus nach Küche und Weinsäure, im Kloster selbst nach dem Staub alter Bücher, nach Weihrauch und den Ausdünstungen, die aus dem Dormitorium kamen.

Schon an seinem zweiten Tag im Kloster Marienthal bei den Brüdern vom Gemeinsamen Leben begann für Bertram etwas ganz Neues. Er lernte.

»Ein Name und die Taufe allein reichen nicht, um einen Mann aus dir zu machen«, hatte Vater Kilian Bertram erklärt. »Ein richtiger Mann muss über ausreichende Bildung verfügen.«

»Und er muss lernen, das Schwert zu führen und zu kämpfen«, hatte Bertram hinzugefügt.

Der Abt hatte ihn angesehen. »Das kommt darauf an, welche Sorte von Mann du werden möchtest, Bertram. Natürlich muss ein Mann in der Lage sein, sich selbst und das, was ihm lieb ist, zu schützen und zu verteidigen, aber die Leibeskraft allein macht keinen Mann. Ein Ziel musst du haben, ein Lebensziel, dafür die richtige Bildung und dazu die Gnade Gottes.«

»Ein Mann möchte ich werden«, sagte Bertram und strich sich mit dem Finger vorsichtig über die frische Narbe in seinem Gesicht, »der sich nimmt, was er kriegen kann. Das größte Stück vom Braten und eine Frau auf dem Schoß.«

Der Abt lächelte. »So wie der Herr, vor dem du geflohen bist?«

Bertram schoss das Blut in die Wangen, und er schüttelte heftig den Kopf. Nein, so wie Wolf von Sauerthal wollte er nicht werden. Er wollte kein Räuber und Mörder sein.

»Ich möchte ein Mann werden, auf den andere Männer hören, aber ich will kein böser Mann sein«, sagte er, und der Abt nickte. »Dann musst du viel lernen. Die Menschen hören nur auf die, die mächtiger sind, stärker oder mehr wissen als sie selbst. Am besten fangen wir gleich an. Das Wichtigste ist, dass du die Menschen an sich kennenlernst.«

Die strengen Regeln im Kloster, Bertram liebte sie. Der Tag begann mit der Vigil, dem Nachtgottesdienst um zwei Uhr morgens. Danach kroch er zurück ins Bett und schlief weiter bis zur Laudes, dem Morgengebet, das im Sommer beim fünften Glockenschlag und im Winter beim siebten in der Kapelle stattfand. Danach gab es Frühstück, und dann begann sein Unterricht bei Vater Kilian. Er lernte verbissen Lesen, Schreiben, Latein, Geometrie, Arithmetik und las mit dem Abt gemeinsam in der Heiligen Schrift.

Es folgten die Gottesdienste zur Terz um neun Uhr, zur Sext um zwölf Uhr und zur Non um fünfzehn Uhr, die den Unterricht unterbrachen. Den Nachmittag verbrachte Bertram zumeist in der Bibliothek und erledigte die Aufgaben, die Vater Kilian ihm gestellt hatte, bis es Zeit für die Vesper wurde. Nach der Komplet, dem Nachtgebet, begab er sich zu Bett und schlief bis zur Vigil. Jeden Tag, jede Woche, Monat für Monat.

»Lerne, mein Junge, so viel du nur kannst. Willst du mächtig werden, musst du viel wissen«, sagte der Abt beinahe jeden Tag und ganz besonders eindringlich, wenn er bemerkte, dass Bertrams Gedanken nicht bei der Sache waren.

Wenn diese Worte gesprochen waren, fuhr er mit der Hand durch die Luft, als wolle er sie schneiden. Eine Bewegung wie ein Satzzeichen. Ein Ausrufezeichen. Keine Widerrede!, hieß diese Bewegung.

Am Abend stand Bertram in seiner Kammer und ahmte die Handbewegung des Abtes nach. Einmal mit der rechten Hand nach unten von Stirnhöhe bis zur Brust und dann in Brusthöhe von links nach rechts. Schnell war die Bewegung und kantig wie ein Schlag.

Nach einem Jahr im Kloster konnte Bertram krakelig schreiben und stockend lesen, und er kannte das große und kleine Einmaleins. Nach zwei Jahren wusste er, wie man addierte und subtrahierte, dividierte und multiplizierte und reichte dem Abt bis zur Brust. Nach drei Jahren verstand er die Bruchrechnung, die lateinischen Predigten zur Messe und reichte dem Abt bis zum Kinn.

Nach vier Jahren kannte er Aristoteles, studierte mit Hilfe des Abtes dessen Rhetorik und war ebenso groß wie Bruder Melchior. Nach fünf Jahren las er das Buch *Il Principe* des Italieners Machiavelli, lernte ein wenig Italienisch und bekam einen Flaum auf der Oberlippe, nach sechs Jahren begann er damit, Aquin zu übersetzen, und reichte dem Abt bis zur Nase. Nach sieben Jahren fragte ihn Vater Kilian: »Bertram, du bist nun ungefähr fünfzehn Jahre alt. In einem Jahr kannst du zum Novizen geweiht werden und dann für immer als Bruder mit uns leben. Du kannst studieren und dich zum Priester weihen lassen. Was hältst du davon?«

Bertram sah den Abt an. Er reichte ihm jetzt bis zu den Augen. »Wie soll ich entscheiden, was für mich gut und richtig ist, wenn ich nur kleine Ausschnitte der Welt kenne? Zum Bauern und Handwerker bin ich nicht gemacht. Auch Töpfer wie die, die im nahen Weiher Düppenhausen leben, möchte ich nicht sein. Ein Mönch, der lebenslang die Heilige Schrift studiert, ja, das kann ich mir vorstellen. Aber, Vater Kilian, was gibt es noch in der Welt?«

»Die Welt ist groß, einige von uns hat Gott auf einen Platz gestellt. Andere bekamen ihre Plätze und Aufgaben von den Familien. Ein Bauerssohn wird wieder Bauer, ein Rittersohn Ritter, ein Kaufmannssohn übernimmt die Geschäfte des Vaters und ein Handwerker steht eines Tages der Werkstatt des Vaters vor. Du aber kannst wählen. Bei allem, was man wählt, muss man auf anderes verzichten. Überlege es dir, du hast noch ein Jahr Zeit.«

Dann, als wäre nichts gewesen, beugten sie sich wieder über die Schriften der alten Griechen, die erst kürzlich in Mode gekommen waren.

»Ein Philosoph ist er, unser Bertram«, meinte Bruder Melchior eines Tages, als er den Jungen im Disput über eine Bibelstelle fand. Der Abt schüttelte den Kopf.

»Ein Philosoph liebt die Menschen«, sagte er. »Liebst du die Menschen, Bertram?«

Der Junge neigte den Kopf und schwieg. Schließlich hob er die Schultern: »Woher soll ich das wissen?«

»Und Gott? Liebst du unseren Herrn?«

»Ja, aus ganzem Herzen«, antwortete Bertram.

»Ich dachte mir, dass du so antwortest«, sagte der Abt mit ruhiger, freundlicher Stimme. »Doch es ist nicht Gott, den du liebst. Du, Bertram, liebst die Macht. Ich habe bemerkt, mit welchem Interesse du die Schriften des Machiavelli gelesen hast.«

»... denn ein Mensch, der sich in jeder Hinsicht zum Guten bekennen will, muss zugrunde gehen inmitten von so viel anderen, die nicht gut sind. Daher muss ein Fürst, wenn er sich behaupten will, die Fähigkeit erlernen, nicht gut zu sein, und diese anwenden oder nicht anwenden, je nach dem Gebot der Notwendigkeit«, zitierte Bertram aus Machiavellis Schriften.

»Der Italiener Machiavelli ist ein Mensch, der Gott verloren hat. Vergiss das nie, Bertram. Was er schreibt, mag die Wahrheit sein. Seine Wahrheit, Bertram. Unsere Wahrheit aber steht in der Bibel«, erwiderte der Abt, und Bertram schien es, als wäre er verärgert.

Zwei Monate waren seit der Frage des Abtes vergangen. Oft hatte sich der Junge in dieser Zeit Gedanken darüber gemacht, ob es wirklich die Macht war, die er liebte. Auch jetzt saß er in seiner kargen Zelle, die außer einem Schemel, einem Brett an der Wand und einer Schlafstatt nichts aufzuweisen hatte. Eine Wachstafel lag vor ihm, darüber das Buch von Machiavelli. In der Hand hielt er einen Griffel und starrte in das flackernde Licht der Ölfunzel. Von draußen kam ein

Streifen Mondlicht durch das Fenster und malte düstere Schatten an die Wand.

Es war Herbst geworden, die ersten Stürme tobten über das Land. Jeder, der seine Scheune noch nicht voll hatte, eilte sich, die Vorräte für den Winter anzulegen. Die Mönche waren tags damit beschäftigt, Säcke mit Korn und Mehl, Fässer mit Kraut, Körbe mit Äpfeln, geräucherte Würste und Speckseiten zu zählen.

Auch jetzt, in der Nacht, zog der Duft der Räucherwaren in Bertrams Kammer.

Der Junge seufzte, dann warf er den Griffel zur Seite. »Wie soll ich wissen, was ich will, wenn ich nicht weiß, was es alles gibt?«, fragte er laut in die Nacht.

Der Abt wartete auf seine Entscheidung. Bertram konnte sich zwar ein Leben im Kloster vorstellen, doch gleichzeitig spürte er einen Mangel, eine Unzufriedenheit, von der er nicht wusste, woher sie rührte.

Plötzlich durchbrach ein Klopfen die klösterliche Stille. Jemand hämmerte an die Pforte.

Bertram seufzte wieder und ging, um zu sehen, was es gab. Die Mönche wechselten sich mit dem Pförtnerdienst ab, und heute war Bertram dafür zuständig.

Er hüllte sich in eine warme Decke, lief den spärlich erleuchteten Gang hinab und hinaus durch den Hof zur Pforte.

»Gelobt sei Jesus Christus«, sagte er, als er die Holzklappe in der Tür ein wenig geöffnet hatte.

Draußen stand ein junger Mann, nur wenige Jahre älter als Bertram selbst. Seine Kleidung war kostbar, aber über und über beschmutzt. Die Ärmel zeigten Risse, das Barett hatte ein Loch, und der Umhang starrte vor Dreck.

Das Erstaunlichste aber war, dass der Mann weinte. Es war

kein Weinen, das von körperlichen Schmerzen herrührte, sondern ein Weinen der Verzweiflung, erkennbar am verzerrten Gesicht. Ein Weinen, das Bertram während seiner Zeit auf der Burg am eigenen Leib erfahren hatte.

»Was ist? Kann ich Euch helfen?«

»Lasst mich ein. Lasst mich ein, in Gottes Namen.«

»Wer seid Ihr, und was begehrt Ihr?«

»Ludovik Stetten bin ich. Kaufmann aus Frankfurt. Meine Wagenkolonne ist überfallen worden. Nur mit Mühe und Not habe ich mein Leben retten können. Lasst mich um der Liebe Christi willen ein.«

Bertram öffnete die Tür. Der Kaufmann trat ein, sank, kaum in Sicherheit, gegen die Mauer, rutschte an ihr herunter, schlug die Hände vor das Gesicht und weinte und zitterte zugleich.

Bertram hockte sich vor ihn. Noch nie hatte er einen Mann weinen sehen. Interessiert betrachtete er die rot geränderten Augen, aus denen unaufhörlich Tränen rollten und helle Bahnen über das schmutzige Gesicht zogen. Dann reichte er ihm die Hand, zog den Mann hoch. »Kommt mit ins Warme. Trinkt etwas, und dann berichtet«, sagte er.

Ludovik Stetten ließ sich willig führen, sank im Refektorium auf eine Bank, trank gehorsam den Becher verdünnten Wein und sah Bertram dabei mit so hilflosen, verzweifelten Blicken an, dass dieser sich zu ihm setzte.

»Erzählt mir, was Euch geschehen ist«, sagte er noch einmal und fügte einen Satz an, den er vom Abt gehört hatte. »Reden erleichtert.«

Der junge Kaufmann war noch immer blass. Er saß auf der Bank, schlug ein Bein über das andere, schob die Hände unter den Hintern. Bertram betrachtete ihn erstaunt dabei, denn er hatte noch nie einen Mann so sitzen sehen. Überhaupt hatte er noch nie einen Mann gesehen, dessen Haar so hell und weich wie Kükenflaum war, die Haut so zart, dass man darunter die Adern sehen konnte, die Wimpern lang wie bei einem Mädchen und mit einer Stimme, die ein wenig kraftlos und weinerlich war. Insgesamt erweckte der Fremde trotz seines hohen Wuchses den Anschein von ungewöhnlicher Zartheit. Ein Schwert oder einen zweischneidigen Dolch in seiner Hand konnte Bertram sich nicht vorstellen. Noch nie hatte er einen Mann gesehen, der so groß war und sich doch benahm wie die Burga, wenn sie schmollte.

Ludovik erzählte: »Mein Vater schickte mich im Frühjahr zum ersten Mal nach Amsterdam. Ich sollte Waren einkaufen, quasi Geschäfte für ihn erledigen. Im Sommer hatte ich eine Wagenkolonne zusammengestellt. Stoffe aus England, Spitzen aus Brüssel, Glas aus Murano, Gewürze und Spezereien aus Kalikut, Seide aus den Niederlanden, Teppiche aus dem Morgenland. Alles, was in der Hafenstadt Amsterdam gehandelt wurde.

Wir schlossen uns einer Kolonne an, die Koblenz zum Ziel hatte, brachen im Sommer auf, kamen gut über die Alpen, reisten mit den anderen über Köln nach Koblenz. Dort trennten wir uns. Ich heuerte einige Wachleute an und zog mit ihnen und meinen zehn Wagen nach Bingen, wo ich noch Wein kaufte. Wir kamen bis zum Rhein, luden einige Wagen auf Schiffe um, die bis Mainz und von dort auf dem Main bis Frankfurt fuhren, die restlichen vier Wagen behielt ich bei mir und setzte auf die andere Flussseite über. Von Rüdesheim aus zogen wir weiter. Bis heute Nachmittag. Plötzlich – es war kurz hinter Eibingen – wurden wir überfallen.

Acht Männer hoch zu Ross, bewaffnet mit Armbrüsten, Hakenbüchsen und Schwertern. Wir hatten quasi keine Möglichkeit der Flucht. Die Wachleute und die Fuhrmänner flohen, ich selbst wurde an einen Baum gefesselt, verhöhnt und bedroht. Hier, seht selbst.«

Er zog die Hände unter dem Hintern hervor, hielt sie hoch, und Bertram sah an den Gelenken blasse Striemen, die ihm nicht der Rede wert schienen. Er nickte. »Sprecht weiter.«

»Alles ging sehr schnell. Die Räuber setzten sich auf die Kutschböcke und fuhren mit meinen Wagen davon, vier bildeten die Nachhut. Irgendwann kam ein Bauer, der mir mit seinem Messer die Fesseln durchtrennte. Ich hatte Angst und lief, so schnell mich meine Beine trugen, mied aber die größeren Orte aus Furcht, den Räubern zu begegnen. Oh, ich muss stundenlang umhergeirrt sein. Ihr ahnt nicht, wie meine Füße schmerzen. Und seht nur meine Kleidung!«

Anklagend deutete Ludovik auf einen Riss in seinem Wams.

Bertram betrachtete den Fremden noch genauer. Er hatte große Angst ausgestanden, hatte er gesagt, und Bertram dabei aus hellen Augen direkt ins Gesicht gesehen. Angst. Ein Wort, das Bertram noch nie aus einem Männermund gehört hatte. Die Mönche und auch er hatten Furcht vor der Hölle. Aber Angst vor Räubern? Ein Mann musste sich und alles, was ihm gehörte, schützen. Wer das nicht vermochte, der war kein richtiger Mann. Niemand würde sich finden, der auf ihn hörte und tat, was er befahl.

Bertram goss dem Kaufmann noch einen Becher verdünnten Wein ein, dann fragte er: »Ein Kaufmann, was genau macht er?«

Doch eine Antwort erhielt er nicht mehr. Ludovik Stetten

hatte den Kopf auf den Tisch gelegt und war vor Erschöpfung eingeschlafen.

Ohne die anderen Mönche zu wecken, richtete Bertram im Pilgerhaus eine Kammer für den Kaufmann her, zog ihn von der Bank im Refektorium und schleppte ihn in die Kammer.

»Schlaft Euch aus«, sagte er. »Morgen werde ich Euch zum Abt bringen.«

Der Kaufmann war schon wieder eingeschlafen, kaum dass sein Kopf die Pritsche berührt hatte. Bertram aber stand und betrachtete sein Gesicht.

Obwohl Ludovik älter war als er selbst, hatte er noch das Gesicht eines Knaben. Es war dreieckig mit spitzem Kinn, und Bertram las im Schlaf die Reste der Angst von seinen zuckenden Lidern, die Unsicherheit vom Kräuseln der schmalen Lippen ab.

Die Kleidung des Fremden war verdreckt und zerrissen, aber kostbar, das Wams aus schwarzem, weichen Samt, die Stiefel aus schmiegsamem Leder, Hemd und Hose aus reinem Leinen.

Als Bertram die Sachen betrachtete, stahl sich ein Gedanke in seinen Kopf, machte sich darin breit und ließ Bertram lächeln. Und noch ein anderer Gedanke huschte durch sein Hirn. »*Wenn du stark bist, dann beginne, wo du stark bist. Wenn nicht, beginne dort, wo du eine Niederlage am leichtesten verschmerzen kannst*«, murmelte Bertram ein Zitat von Machiavelli.

»Ein Kaufmann, was genau macht er?«, fragte Bertram wieder, als er am gottfrühen Morgen nach der Vigil in das Pilgerhäuschen schaute.

Ludovik antwortete nicht. Er hatte die Augen geschlossen, stöhnte und warf den Kopf hin und her.

Vorsichtig betastete Bertram seine Stirn.

»Der Fremde ist krank. Er hat Fieber«, berichtete er kurz danach dem Bruder Tonsorius Raffael, der im Kloster der Herr über Salben und Tränke, Krankheit und Gesundheit der Mönche war.

Bruder Tonsorius Raffael stöhnte. »Solch hohes Fieber sah ich lange nicht. Kalte Wickel braucht er und einen Trank aus Eichenrinde.«

Er sah sich hilflos in der schmalen Kammer um, dann seufzte er und fragte. »Wie soll ich den Kranken pflegen bei all der Arbeit, die ich sonst noch habe? Kannst du mir das sagen? Bruder Joachim möchte ein Säckchen mit Lindenblüten für seine wehen Ohren, der Abt hätte gern einen Sud aus Hopfen und Baldrian für die Nacht, ein Novize einen Breiwickel aus Thymian gegen den schlimmen Husten. Ich weiß nicht, wo mir der Kopf steht, und nun noch der Fremde!«

»Ich kann mich um den Kaufmann kümmern«, bot Bertram an. »Ich kann italienische und lateinische Vokabeln lernen, während ich an seinem Bett sitze. Der Abt hat sicher nichts dagegen.«

Zwei Tage und Nächte wachte Bertram bei dem Kranken. Er machte kalte Umschläge um die Waden, flößte ihm Wasser ein und sprach murmelnd die Gebete, die der Tonsorius ihm aufgetragen hatte. Dazwischen studierte er das Gesicht Ludoviks.

Meist waren die wasserhellen Augen geschlossen, doch waren sie offen, irrten sie nicht suchend nach Bekanntem umher, wie das gemeinhin bei Fieberkranken, die sich plötzlich in fremder Umgebung und mit fremden Menschen wiederfanden, der Fall war, sondern Ludovik hielt die Blicke ergeben und Hilfe suchend auf Bertram gerichtet.

»Was genau macht ein Kaufmann?«

»Ein … ein Kaufmann?«, fragte der Kranke und leckte sich die aufgesprungenen Lippen.

Bertram gab ihm zu trinken.

»Was macht ein Kaufmann? Welchen Ruf hat er? Welchen Einfluss? Wie viel Macht?«

»Fernhandelskaufleute, wie mein Vater und ich es sind, kaufen Waren und verkaufen sie wieder. Die Gewinnspanne ist quasi die zwischen dem Einkaufs- und dem Verkaufspreis.«

»Heißt das, je billiger ich Waren einkaufe und je teurer ich sie verkaufe, umso höher ist mein Gewinn?«

»Ja, das ist richtig. Die Fernhandelskaufleute genießen großes Ansehen und große Macht. Sie verdienen viel Geld, denn sie kaufen Waren aus fremden Ländern ein: Gewürze, Stoffe, Glas, Teppiche. Da es diese Dinge im deutschen Reich quasi nicht gibt, erzielen sie einen hohen Preis dafür. Sie kaufen die Sachen meist in Italien, in Venedig und Florenz, oder in anderen Handelsstädten wie Antwerpen, Köln oder Straßburg.«

»Wie reich ist Euer Vater? Wie mächtig ist Eure Familie? Müssen Euch die Leute zuerst grüßen? Kennt jeder Eure Namen?«

»Quasi jeder in Frankfurt kennt unseren Namen. Das ist ein Zeichen der Macht. Wir haben ein Haus in der Nähe des Römers. Alle grüßen uns. Und zwar zuerst. Mein Vater ist reich. Er sitzt im Rat der Stadt, hat auf alle Entscheidungen Einfluss. Außerdem zählt er zu den Mitgliedern der Stubengesellschaft »Alten Limpurg«, zu der nur die angesehensten Patrizier gehören.«

Ludovik war blass geworden, seine Stimme rau, und auf

seiner Oberlippe hatten sich Schweißtröpfchen gebildet. Immer wieder fielen ihm die Augen zu, und Bertram ließ ihn schlafen. Während er neben ihm saß, dachte er nach. Wenn ich ein Mönch bliebe, dann wäre ich einer von vielen. Ich hätte zwar einen Namen, doch vor meinem Namen stünde stets »Bruder«. Vielleicht würde ich es eines Tages zum Abt bringen und Vater heißen, doch auch dann wäre ich im Dienste eines anderen, hätte keinen eigenen Namen, der nur mir gehört und so beschaffen ist, dass jeder ihn kennt. Mönch und Bruder, sogar Abt und Vater sind Bezeichnungen wie Junge und Rabe. Es gibt zu viele davon, um sie voneinander unterscheiden zu können. Ich aber möchte einen Namen haben, den jeder kennt.

Immer, wenn Ludovik erwachte, fragte Bertram ihn erneut aus. Der junge Kaufmann war geschwätzig und antwortete selbst auf Fragen, die Bertram nicht gestellt hatte. Bertram war sich sicher: Was dieser weiche Fremde konnte, das würde auch er leicht lernen.

Eines Tages begann Ludovik erneut zu weinen.

Bertram verzog den Mund. »Was soll das? Warum weinst du?«

»Mein Vater. Er schlägt mich tot, wenn er erfährt, dass ich quasi ohne Waren zurückkomme. Nie wieder wird er mich auf Handelsreise schicken, nie wieder wird er mich Geschäfte machen lassen. Einen Versager wird er mich schimpfen.«

Das verstand Bertram. »Seid Ihr ruiniert durch die gestohlenen Waren?«

»Nein, um uns in den Ruin zu treiben, braucht es mehr als einen Überfall von Kapuzenmännern.«

»Kapuzenmänner? Schwarze Kapuzen mit Schlitzen vor den Augen? Schwarze Beinkleider dazu?«

Ludovik richtete sich auf. »Du kennst sie?« – »Ich habe von ihnen gehört.«

Ludovik ließ sich zurück ins Kissen sinken. »Was gäbe ich darum, die Waren wiederzufinden!«, stöhnte er. »Was gäbe ich darum, meinen Vater nicht zu erzürnen. Er hält mich quasi für zu weich. Oft genug hat er es gesagt: Ein Kaufmann muss hart sein. Was soll ich nur machen, wenn er mich von sich stößt?«

Bertram antwortete nicht, sondern ging hinaus. Nach einigen Stunden erst kehrte er zurück. Sein Gesicht war verändert, gerade so, als hätte jemand darin einen Riegel vor eine Tür geschoben. Glatt war es, die Regungen nicht zu deuten.

»Was ist es dir wert, deine Waren wiederzubekommen?«, fragte er Ludovik.

Der junge Kaufmann legte die blasse Stirn in Falten. Seine wasserhellen Augen flackerten unruhig, die schmalen Lippen kräuselten sich, und die Flügel der etwas zu langen, zu schmalen Nase bebten.

»Ein Viertel vom Warenwert«, sagte er schließlich.

Bertram schüttelte den Kopf. »Ich will kein Geld.«

»Was willst du dann?«

»Kaufmann will ich werden.«

Ludovik lachte. »Wie soll das gehen? Du bist ein Klosterschüler, wirst quasi bald Novize sein. Zum Mönch bist du geboren. Niemand wird dich den Beruf lehren, niemand lehrt einen Novizen das Kaufmannsgeschäft. Aus einer anderen Kaufmannsfamilie musst du stammen, ehelich geboren sein und – wenn möglich – das Bürgerrecht haben.«

»Kaufmann will ich werden. Mach es möglich, dann bekommst du die Waren und deine Zukunft zurück.«

Er fuhr mit der Hand energisch durch die Luft, erst von

oben nach unten, dann von links nach rechts und sah erstaunt, wie sich Ludoviks Gesichtsausdruck veränderte.

»Ich weiß nicht, wie ich meinen Vater dazu bewegen kann, dich in die Lehre zu nehmen. Die Patrizier nehmen nur die Söhne anderer Patrizier. Sie tun es, um später davon Vorteile zu haben. Welchen Vorteil bringt es meinem Vater, dich zum Kaufmann zu machen?«, jammerte er.

Bertram lächelte. »Ihr bekommt die Waren zurück. Dazu einen Lehrling mit Klosterbildung und dem festen Willen, sich als Kaufmann einen Namen zu machen. Das ist viel.«

Der junge Kaufmann dachte nach, dann nickte er. »Ich werde noch heute einen Boten zu meinem Vater senden.«

»Schreibt ihm, er soll vier, nein, besser sechs Wagen schicken und einige Leute, die die Wagen beladen.«

Später stand er vor dem Abt. »Was um Gottes willen willst du in der Stadt? Du hättest es im Kloster weit bringen können«, sagte Vater Kilian.

»Ich will mir einen Namen machen«, erwiderte Bertram.

»Zu jedem Namen gehört ein Ruf. Möge dieser Ruf ein guter sein«, erwiderte der Abt, legte Bertram eine Hand auf die Schulter und sah ihn ernst an.

»Ist ein schlechter Name nicht immer noch besser als gar keiner?«, fragte der Junge zurück, wandte sich um und ging.

Er ritt allein und nur mit einem hölzernen Karren zur Höhle. Die leeren Fuhrwerke standen unweit in einem Hohlweg.

Bertram lehnte sich mit dem Rücken an den Fels und wartete. Er hatte nur wenige Erinnerungen an seine Zeit auf der Burg, doch er war sich sicher, dass der Burgherr oft hierher kam, um nach seinen Schätzen zu schauen. Damals, nachdem er die Felle und Strümpfe aus der Höhle genommen hatte, hatte er den Burgherrn beobachtet und festgestellt, dass dieser oft allein in die Richtung, in der die Höhle lag, geritten war.

Er musste nicht lange warten. Schon nach zwei Stunden hörte er das Hufgetrappel eines Pferdes, wenig später sah er den Burgherrn.

Als der Bertram erblickte, wurden seine Augen schmal, das Kinn kantig, die Lider flatterten.

Er hat Angst, dachte Bertram und lächelte.

»Gelobt sei Jesus Christus«, sagte er und stand auf.

»Was willst du, Rabenaas?«, fragte Wolf von Sauerthal und zügelte sein Pferd so hart, dass es vorne aufstieg.

Bertram lächelte freundlich: »Die Schätze in der Höhle will ich! Alles, was darin ist, und dann seht Ihr mich nie wieder.«

»Einen Dreck kannst du haben, Arschgeburt, elende!«

Wolf von Sauerthal sprang vom Pferd und riss seinen Dolch aus der Scheide. Doch Bertram war schneller. Er war groß und breit geworden, der Burgherr dagegen war vom Branntwein und vom Leben geschwächt.

Bertram lachte, als er den Dolch in der Hand des Mannes sah. Er hob das Bein und stieß hart gegen die Hand, der Dolch flog in hohem Bogen davon. Dann trat er dem Mann in den Leib, sodass dieser rücklings zu Boden stürzte.

Er stellte sich mit gespreizten Beinen über ihn, den Dolch, den er seit damals bei sich trug und welcher mit dem Wappen des Burgherrn verziert war, hielt er dem Ritter vor die Augen. Er spürte den raschen, harten Schlag seines Herzens und hörte seine hastigen Atemzüge. Die Hand mit dem Dolch zitterte leicht.

»Erkennt Ihr ihn?«, fragte Bertram mit viel zu rauer Stimme. Wolf von Sauerthal wurde blass.

»Woher hast du das?«

Bertram zuckte mit den Achseln. »Die Waren will ich, und zwar als Geschenk. Ich bin kein Räuber. Und ein Mörder auch nicht.«

Plötzlich schoss Wolf von Sauerthal hoch, trat Bertram zwischen die Beine. Der Junge hatte damit gerechnet, wehrte den Tritt ab, warf den Mann erneut zu Boden, setzte sich auf dessen Brust.

Nun begann der Burgherr zu bitten. »Willst du mich töten? Ich bin doch dein Vater. Du sollst Vater und Mutter ehren, steht in der Schrift.«

»Mein Vater also«, sagte Bertram. »Ich habe es geahnt, seit Jahren schon. Der Abt hat mich darauf gebracht. Warum habt Ihr mich leben lassen wie einen Hund? Warum habt Ihr mich nicht gehalten wie einen Rittersohn?«

Der Burgherr kniff die Augen zusammen, machte die Lippen schmal. »Weil du eine Arschgeburt bist, weil du mit dem zwölften Glockenschlag aus dem Schoß deiner Mutter gekrochen bist. Weil du geboren bist, um uns ins Unglück zu stürzen. Ich habe es gewusst, ich habe es immer gewusst! Eine Arschgeburt im Augenblick, als das neue Jahrhundert begann. Und ich hatte recht! Ein Rabenaas bist du, ein Rabenaas bleibst du! Ich hätte dich damals schon totschlagen sollen! Jetzt aber werde ich es tun!«

Die Wut hatte ihm neue Kräfte verliehen. Er rollte herum, stieß Bertram von sich, hatte plötzlich eine Peitsche in der Hand, die gleich darauf in Bertrams Gesicht zischte. Bertram fühlte, wie die Haut aufplatzte. Er wich zurück, hörte das höhnische Lachen des Gegners. »Ein Schlappschwanz bist du, Arschgeburt! Geschämt hätte sich jeder, der dich zum Sohn hat!«

Der Hieb schmerzte, Blut rann ihm über das Gesicht. Einen Augenblick nur schloss Bertram die Augen, und als er sie öffnete, stand Wolf von Sauerthal vor ihm, schwang drohend die Peitsche, ließ sie über Bertrams Hand schwirren. Der Dolch fiel zu Boden. Bertram bückte sich rasch, war als Erster dort, packte ihn, richtete sich auf, trat wieder und blitzschnell gegen die Brust des Burgherrn. Der wich zurück, taumelte gegen sein Pferd, das erschrocken zurücksprang und den Burgherrn damit zu Fall brachte.

Jetzt ging alles ganz schnell und unendlich langsam zugleich. Bertram entriss dem Vater die Peitsche, sodass das Pferd erneut zusammenschreckte. Als der Hengst die Peitsche vor sich aufblitzen sah, erhob er sich verängstigt auf die Hinterhufe. Bertram konnte sich gerade noch wegducken, aber des Burgherrn verzweifelter Versuch, sich aus der Gefahrenzone zu rollen, kam zu spät. Unfähig, sich zu rühren, musste Bertram zusehen, wie den Ritter die Hufe des Pferdes trafen – und wie ihn das Tier über den Boden schleifte, da der Burgherr immer noch die Zügel hielt. Bertram sprang hinzu, wollte das Tier beruhigen, durchtrennte aber nur die Lederzügel mit dem Dolch.

»Vater …«

Wolf von Sauerthal reagierte nicht. Er lag bewegungslos am Boden, während der Hengst panisch in den Wald floh.

Bertram öffnete den Mund zum Schrei, stand mit klopfendem Herzen und aufgerissenen Augen und starrte auf den Leichnam, der mit verkrümmten Gliedern und zerschmettertem Kopf vor ihm lag, die Augen starr auf ihn gerichtet, als wollte der Burgherr noch im Augenblick seines Todes den Sohn verantwortlich machen. »Du bringst nur Unglück!«

Bertram schüttelte den Kopf. Nein, er brachte nicht nur Unglück, er hatte den Vater nicht umgebracht. Er war kein Mörder. »Du sollst nicht töten«, hieß es in der Schrift. Das Pferd, der Peitschenschlag, die Hufe – es war ein Unfall!

Und trotzdem: Nun lag er vor ihm, der Mann, der sein Vater war. Gestorben ohne die Sakramente. Gestorben, ohne dass er seine Sünden bereuen konnte. Wahrscheinlich war er schon jetzt im Fegefeuer. Bertram versuchte, Mitleid zu empfinden. War ein Mann wie Wolf von Sauerthal überhaupt zur Reue fähig? Der Junge erinnerte sich an den Tag, an dem der Ritter die Frau erstochen hatte. Aus der Kapelle, der Beichtstuhl noch warm von seinen Knien, war der Ritter hinüber in den Burgsaal gegangen, hatte mit gutem Appetit gegessen, sich die Burga auf den Schoß gezogen und war mit beiden Händen unter ihrem Rock verschwunden. Verhielt sich so ein Mann, der Schuld auf sich geladen hatte? Nein, Bertram war sich sicher: Die Sterbesakramente hätten Wolf von Sauerthal das Fegefeuer nicht erspart. Wo keine Reue war, da war auch Gott machtlos.

Ganz langsam atmete er tief ein und aus, und allmählich beruhigte sich Bertram. Er bekreuzigte sich, drehte den Toten auf den Rücken, schloss ihm die Augen, sprach ein Gebet und segnete ihn, wie er es im Kloster gelernt hatte.

Dann zwang er seine Schritte in die Höhle, belud den Karren, fuhr zu den Fuhrwerken und wieder zurück. Stundenlang arbeitete er, ohne zu denken, ohne zu fühlen. Der Schweiß lief ihm von der Stirn in die Augen, brannte. Am Abend war er fertig, die Höhle leer. Er packte den toten Burgherrn an den Beinen und zog ihn in die Höhle.

Für einen Augenblick wurde ihm schwindelig, als er dem Toten in das erstarrte Gesicht blickte. Im selben Moment aber spürte er die Wunde des Peitschenschlages auf seiner Wange. Jetzt weiß ich, woher ich komme, dachte er, jetzt kann mein neues Leben beginnen. Dann fiel er neben dem Toten auf die Knie. Seine Augen brannten, sein Magen klumpte sich zusammen, und ein Schrei stieg in seine Kehle. Bertram presste die Hände auf den Mund, doch der Schrei war stärker als er, quoll in ihm auf wie Hefe, quoll zwischen den Lippen und den Händen hervor, platzte aus seinem Mund, prallte an die Wände der Höhle und füllte alles aus, was einst mit Schätzen belegt war. Der Schrei klang ihm selbst schauerlich in den Ohren. Er krümmte sich zusammen, wimmerte, bis er alles herausgepresst hatte: die alte Angst, seine jahrelange Einsamkeit, sein Gefühl, verdorben und ein Rabe zu sein. Dann, als er alles Alte ausgespuckt hatte, stand er auf, faltete dem toten Vater die Hände über der Brust, schloss ihm die Augen und ging davon.

3

Frankfurt, 1514

Die Novembernebel lagen wie Leichentücher über den engen Gassen der Stadt. Fetzen davon drangen durch Türen, Fenster und Ritzen und ließen die Talglichter, die den ganzen Tag über brannten, wild flackern und die Kohlebecken rauchen. Die Menschen liefen mit geduckten Schultern. Sie hatten sich Schals bis zu den Mündern hochgezogen, trugen dicke Umhänge, die sich nur allzu rasch mit Feuchtigkeit vollsogen und schwer an ihnen hingen. In den ungepflasterten Gassen standen die Pfützen, und in den gepflasterten Gassen der reicheren Viertel hatten die Stadtknechte Bohlen aus Holz ausgelegt, damit die Bewohner trockenen Fußes von einem Ort zum anderen kamen. Die Frauen hatten sich Trippen, Holzklötze, unter die Schuhe geschnürt und stakten damit wie Störche voran, mit der einen Hand die Röcke geschürzt, mit der anderen Hand die Haube festhaltend, an der der Wind riss.

Gutta lief neben Petronella und Angelika die Krämergasse hinunter zum Damenstift der Weißfrauen und verzog das Gesicht beim Geschimpfe ihrer Freundin.

»Meine schönen neuen Kalbslederschuhe! Sie sind ruiniert, noch bevor wir das Kloster erreichen!«, jammerte Angelika und stampfte mit ihren Trippen wütend auf das glitschige Pflaster. »Und mein Kleid erst! Der Saum ist völlig verdreckt!«

Petronella nickte. Das Lächeln, das stets auf ihrem Gesicht lag, hatte auch das Unwetter nicht wegwischen können. Ihr rundes Gesicht mit den großen hellblauen Augen, der kleinen Stupsnase und dem roten Mündchen lugte unter der übergroßen Kapuze hervor, mit der sie ihre blonden Locken vor der Nässe schützte. Sie trug auch heute eine Spange in der Form eines Schmetterlings, die mit rosa Bommeln bestückt und eher für kleine Mädchen gedacht war. Unter den Arm hatte sie eine Puppe mit einem fein geschnitzten Holzkopf und einem Balg aus festem Stoff geklemmt.

»Mariechen, Marie, wird dir kalt? Willst du unter meinen Umhang?«, fragte Petronella die Puppe, wiegte sie kurz im Arm und barg sie dann an ihrer Brust.

Angelika rümpfte die Nase. »Meinst du nicht, wir sind langsam zu groß für Puppen?«, fragte sie. »Immerhin sind wir vierzehn Jahre alt und gehen jeden Tag zu den Stiftsdamen, um uns auf die Ehe vorzubereiten. In einem Jahr könnten wir schon verheiratet sein. Willst du die Puppe etwa mit ins Ehegemach nehmen?«

»Lass sie«, sagte Gutta. »Ihre Puppe tut niemandem weh.«

Petronella strahlte Gutta an und wandte sich dann an Angelika, der sie einen blitzenden Blick unter halb gesenkten Lidern zuwarf, ehe sie die Unterlippe nach vorn schob und demonstrativ zwei Schritte zurückfiel.

Angelika sah sich kurz um, nahm Guttas Arm und fragte leise: »Meinst du nicht, sie übertreibt? Sie führt sich auf wie ein kleines Mädchen.«

Gutta zuckte mit den Achseln. »Warum nicht? Lass sie mit Puppen spielen, solange sie will. In ein paar Jahren wird sie Kinder haben und die Puppen weglegen müssen.«

Angelika schüttelte erneut den Kopf, dann fragte sie: »Sag,

hat sich schon jemand um dich beworben? Führt dein Vater schon Gespräche mit dem Brautwerber?«

Gutta lachte so übermütig mit zurückgeworfenem Kopf, dass ihr die Kapuze vom Haar glitt und Angelika sich geniert umsah.

»Die Mutter Oberin war bei uns«, prustete Gutta. »Und hat mit meinem Vater gesprochen. Ich habe gelauscht. Weißt du, was sie gesagt hat: Ich wäre noch nicht so weit, hätte noch zu viele Flausen im Kopf, die ausgetrieben gehören. Mein Vater solle noch ein halbes Jahr warten.«

Sie lachte Angelika an, aber als sie deren betroffenes Gesicht sah, hielt sie inne.

»Was ist denn? Warum lachst du nicht mit? Ist das nicht wunderbar? Flausen im Kopf!«

»Und dein armer Vater? Was hat er geantwortet?«

»Nichts«, kicherte Gutta. »Ihm wäre es auch lieber, ich bliebe noch etwas im Hause. Im Kontor, sagt er, bin ich unersetzlich. Nach dem Tod meines Bruders Johann soll nun Baptist eines Tages die Unternehmungen weiterführen. Er ist klug, aber einen Sinn für Geschäfte hat er nicht. Außerdem muss er noch zum Studium nach Italien.«

»Drängt es dich denn gar nicht nach einem Mann und Kindern, nach Ehe und Hausstand?«

Gutta schüttelte so heftig den Kopf, dass ihre nachlässig gebundenen dunkelblonden Haare sich aus dem Zopf lösten und um ihr Gesicht wehten. Sie hob die Nase in die Luft und schnüffelte. »Riechst du es?«, fragte sie, ohne auf Angelikas Bemerkung einzugehen.

»Was denn?«

»Da! Im Hause des Kaufmanns Holzbach werden Fuhrwerke abgeladen. Wolle. Ich rieche Wolle. Aber keine feine englische, eher welche aus Nordhessen. Und Tuche sind auch dabei. Ja, Tuche. Ich kann es deutlich riechen. Sie sind mit Waid gefärbt.«

Jetzt schüttelte Angelika den Kopf. »Du spinnst. Was nützt es dir, die Waren auf hundert Meter riechen zu können, wenn du keinen Mann hast? Drängt es dich nicht nach eigenem Heim, Gatten und Kindern?«, wiederholte Angelika ihre Frage.

Gutta sah ihre Freundin verständnislos an: »Nein! Was soll ich mit einem Mann? Am liebsten würde ich für immer im Kontor bleiben und meinem Vater die Bücher führen. Am allerliebsten aber wäre ich ein Kaufmann, der in die Ferne reist und Waren kauft und verkauft. Florenz, Venedig, Straßburg, Basel, Nürnberg. Es wäre wunderbar, all diese Städte kennenzulernen.«

»Aber du bist ein Mädchen, bald schon eine junge Frau«, ließ Angelika nicht locker.

»Ich weiß«, erwiderte Gutta betrübt. »Aber lieber wäre mir, ich wäre als Junge zur Welt gekommen.«

»Du bist aber kein Junge und solltest dir nicht den Kopf mit Vorstellungen füllen, die unerreichbar sind. Männer haben bestimmte Aufgaben im Leben, Frauen haben andere. Gott hat das so festgelegt, und wir Menschen sollten uns hüten, daran zu rütteln.«

Angelika hatte, ohne es zu merken, ähnliche Worte benutzt wie die Äbtissin des Stiftes, von der sie unterrichtet wurden.

Gutta seufzte, ihr Gesicht wurde ernst. »Was soll ich denn machen, Angelika? Ich weiß ja, dass ich heiraten und Kinder bekommen muss. Wie aber soll ich einen Mann finden, der mich wenigstens mitarbeiten lässt? Oh, ich könnte mich sicher sehr nützlich machen im Kontor.«

»Und deine Kinder? Der Haushalt?«

Gutta zuckte mit den Schultern. »Hätte ich eine geschickte Haushälterin und eine gute Amme, so hätte ich genug Zeit, mich um die Geschäfte zu kümmern. Wenn ich jedoch daran denke, dass der Haushalt und die Erziehung meine einzige Beschäftigung sein sollen, dann wird mir ganz schlecht. Ich werde sterben vor Langeweile!«

Angelika schüttelte den Kopf. »Keine Frau unseres Standes arbeitet. Und kein Mann unseres Standes würde erlauben, dass sich seine Frau in die Geschäfte mischt. Hör auf zu träumen, Gutta!«

Sie hatten das Weißfrauenstift erreicht, schlüpften durch die Pforte, schüttelten sich im Kreuzgang die Nässe von den Kleidern und Haaren.

Angelika drehte sich auffällig vor den Freundinnen. »Na? Fällt euch nichts auf?«

Gutta stemmte die Arme in die Seiten und besah Angelika. »Nein, höchstens, dass du einen Dreckspritzer am Kinn hast.«

Petronella aber brach in Entzücken aus. »Du hast ein neues Kleid. Oh, es ist wunderbar! Und nach der neuesten Mode geschneidert. Sieh nur, Gutta, wie gut das enge Schnürmieder sitzt! Ist es aus Samt?«

Angelika nickte stolz.

»Oh, und die Puffen an den Schultern und die Schlitze an den Armen. Die wunderschönen Stickereien! Die Farben! Lange habe ich kein schöneres Grün gesehen!«

Angelika sah stolz an sich herab, verzog dann aber ein wenig verächtlich den Mund. »Nun, es ist ganz hübsch, das Kleid. Aber schöner wäre es noch, wenn sich der Rock über einem Gestell bauschte. *Dafür bist du noch zu jung*, hat mir meine Mutter beschieden. Wenn ich erst verheiratet bin, dann werde ich den Rock nur noch über einem Gestell tragen.«

Gutta schwieg und sah an sich herab. Sie trug ein blaues Kleid aus feinstem englischen Tuch, das ganz ohne Puffen und Schlitze auskam. Die Stickereien darauf waren spärlich, das Mieder ohne Borte. Der Stoff floss gefällig bis auf ihre Füße, doch fehlte dem Kleid jede Vornehmheit. Was soll ich mit einem Gestell oder Puffärmeln?, dachte Gutta. Mit dem Gestell bleibe ich bestimmt im Kontor an den Körben und Truhen hängen und zerreiße mir die Puffärmel an der Winde.

Sie sah zu Angelika. »Es ist ein schönes Kleid«, sagte sie. »Ein Kleid, das gut dafür taugt, in der Wohnkammer getragen zu werden.«

Dann drehte sie sich und ging in das Unterrichtszimmer der Mutter Oberin. Die anderen beiden folgten ihr im Gänsemarsch. Unterwegs grüßten sie den Maler Jerg Ratgeb, der mit seinen Schülern an einem riesigen Fries arbeitete.

Wenig später saßen sie um ein Kohlebecken herum und hielten Stickrahmen in den Händen.

Petronella hatte ihre Puppe auf einen Schemel gesetzt und diesen neben sich gestellt. Jetzt stach sie – wie immer lächelnd – mit der Nadel durch den dicken Stoff im Stickrahmen und übte Kreuzstiche, die Zunge zwischen die Zähne geklemmt.

Angelika dagegen führte die Nadel zierlich und ließ unter ihren Fingern die schönsten Muster entstehen.

Gutta hingegen kämpfte. Nie geriet ihr die Nadel an die richtige Stelle, immer verknoteten sich die Fäden, und manchmal fiel ihr sogar der Rahmen aus der Hand.

»Herr im Himmel, Gutta. Du sollst den Faden nicht an den Rahmen fesseln, du sollst sticken.«

Die Mutter Oberin riss ihr die Arbeit aus der Hand, entwirrte mit mürrischer Miene die Fäden und reichte ihn zurück.

Gutta seufzte. Wie sie diese Stunden hasste! Sie hasste es, zu sticken und zu lernen, wie man sich dem Ehemann angenehm macht, sie hasste die Gebete und die Vorträge über Kinderpflege und -aufzucht. Einzig die Stunden, in denen die Mutter Oberin mit ihnen übte, Vorratslisten zu erstellen und einen Haushalt zu organisieren, konnten ein klein wenig von ihrer Aufmerksamkeit erringen. Ein Haushalt, dachte sie, ist nicht viel anders als ein Handelsunternehmen. Günstig einkaufen, sparsam haushalten, Vorräte anlegen, klug investieren. Das bisschen Rechnen konnte sie schon lange.

Heute sah sie mit mitleidiger Miene auf Angelika, die einfach nicht begreifen konnte, wie viel ein Fuder, wie viel ein Pfund, wie viel ein Maß war und wie viel davon man in einem Haushalt brauchte.

Als die Glocke den Mittag einläutete, klatschte die Mutter Oberin in die Hände. »Schluss vorerst. Wir beten und gehen danach zu Tisch«, bestimmte sie. »Anschließend machen wir weiter.«

Gemeinsam schritten sie in die Kapelle, grüßten die anderen Stiftsdamen und hörten der Mutter Oberin zu, die einen Psalm verlas. Mittendrin beugte Gutta sich zu Angelika hinüber und flüsterte: »Wenn du mir beim Sticken hilfst, helfe ich dir beim Rechnen. Die Mutter Oberin ist nach Tisch meist sehr müde. Ich wette, sie schläft auch heute wieder ein. Dann nimmst du meinen Stickrahmen und ich deine Rechenaufgaben.«

Angelika riss die Augen auf, doch dann nickte und lächelte sie. In diesem Augenblick war das Stundengebet zu Ende, und die Stiftsdamen und die Mädchen machten sich auf den

Weg ins Refektorium. Die Oberin aber, die hinter Gutta lief, hielt sie kurz vor dem Saal am Ärmel fest und sagte: »Ich warne dich, Gutta. Du solltest den Unterricht hier ernst nehmen. Du magst zwar die Tochter des reichen Kaufherrn Hellmund sein, aber einen Ehemann wirst du trotz deiner stattlichen Mitgift so leicht nicht finden, wenn du dich nicht endlich bescheidest, wie es sich für eine Frau gehört.«

Gutta sah die Oberin an und war versucht, ihr zu sagen, dass sie in derlei Hinsicht keinen Ehrgeiz hege, doch sie ließ es sein und seufzte.

»Einen guten, frommen Mann finden, heiraten, Kinder kriegen und ein gottgefälliges Leben führen, das ist deine Aufgabe, mein Kind.«

Sie hielt inne, betrachtete missbilligend Guttas zerzauste Frisur und fügte an: »Du wirst es sehr schwer haben, Gutta, wenn du dich nicht endlich in deine Aufgabe als Frau fügst.«

Gutta zuckte mit den Achseln, tat gleichgültig, doch in ihrem Inneren verspürte sie zum ersten Mal leise Angst. War sie wirklich anders als die anderen Mädchen? War sie schlechter? Aber warum war es schlecht, einem Manne nacheifern zu wollen? Sie wusste es nicht, aber sie ahnte, dass sie es tatsächlich sehr schwer haben würde, ein Leben nach ihrem Gutdünken zu führen.

Die Dämmerung lag schon über der Stadt, als die Mädchen nach Hause gingen. Der Kaufmann Hellmund hatte einen Knecht geschickt, der den Dreien mit einer Fackel vorauslief.

»Eine Frau werden, Mann und Kinder haben, ich kann es nicht mehr hören!«, beschwerte sich Gutta. »Als ob es nichts anderes gäbe.«

Angelika blieb stehen, sah verstohlen auf Petronella, die ihre Puppe im Arm wiegte, und fragte dann leise: »Hast du schon einmal geküsst?«

Gutta schüttelte den Kopf. »Aber nein, wen denn und überhaupt: Warum soll ich jemanden küssen?«

»Weil du dich verliebt hast. Vielleicht ist der Mann aber auch schon vergeben oder unerreichbar, und du träumst nur nachts von ihm? Träumst davon, dass er seine weichen Lippen auf deinen Mund legt und … und …«

Gutta schüttelte nachdrücklich den Kopf. »Geh mir fort mit solchem Faxenkram. Die Äbtissin hat gesagt, wer sich einmal hingibt, dem wird fortan der Schoß brennen. Wir werden sein wie läufige Hündinnen, wenn uns die Wollust das Blut heiß macht. So wie bei unserer Magd, die sich mit dem Knecht im Lager auf den Tuchballen vergnügt hat.«

»Hast du das etwa gesehen?«, hauchte Angelika und schlug sich die Hand vor den Mund.

Gutta nickte und verzog angeekelt das Gesicht: »Gestöhnt und gekeucht hat die Magd, dass es einen gejammert hat. Vorher und hinterher hat sie mit großen Augen an ihm gehangen, und einmal hat sie geweint, weil er mit dem Bäckermädchen zum Tanz gegangen ist statt mit ihr. Das Essen hat sie verhunzt und den ganzen Tag nur geheult. Später hat sie dem Knecht aufgelauert. Sie ist auf die Knie gefallen vor ihm und hat gebettelt und gefleht, dass er sie beschlafen möge. Doch der hat nur gelacht und sie mit dem Fuß aus dem Weg gestoßen.«

»Sie liebt ihn«, stellte Angelika neidisch fest. »Sie ist verliebt, ganz klar.«

»Liebe! Pfff! Faxenkram! Was soll ich mit Liebe, wenn ich dafür den ganzen Tag heulen muss wie ein Schlosshund? Was soll ich mit Begehren, wenn es mich zur Hündin macht, wenn meine Gedanken sich nur um die Wollust drehen und ich am Ende mit dem Fuß zur Seite gestoßen werde wie ein Pferdeapfel? Im Kontorbuch gibt es Haben und Soll. Ein Blick genügt, und ich weiß, wie die Gesellschaft dasteht. Das ist etwas, das man sehen kann. Liebe kann man nicht sehen, also ist sie nur Einbildung. Und Wollust ist Teufelswerk.«

Gutta sah, dass Angelikas Augen mit Tränen gefüllt waren. Sie fasste nach ihrem Arm. »Was ist? Warum weinst du?«

Angelika zog die Nase hoch, wischte mit dem Handrücken die Tränen fort. »Ich habe mich verliebt«, flüsterte sie. »Den ganzen Tag denke ich nur an ihn. In der Nacht träume ich, dass er mich berührt.«

»Deshalb musst du nicht weinen! Sag deinem Vater, wer er ist, und bitte ihn, mit ihm zu sprechen. In eineinhalb Jahren, wenn du sechzehn bist, kannst du seine Frau werden.«

Angelika schüttelte heftig den Kopf. »Das wird wohl nicht gehen. Er … er beachtet mich gar nicht.«

Sie wandte sich brüsk ab und lief zu dem Knecht, der geduldig mit der Fackel in der Hand auf die Mädchen wartete.

Gutta eilte hinterher, fasste nach Angelikas Schulter, hielt sie fest und wischte ihr eine Träne von der Wange.

»Wer ist es?«, fragte sie, obwohl sie es im Grunde nicht interessierte. Wie konnte man wegen eines Mannes weinen? Eine gestohlene Warenlieferung war zum Heulen, verdorbene Tuchballen, aber doch kein Mann!

»Der junge Stetten«, hauchte Angelika und seufzte gottserbärmlich.

»Wer? Ludovik Stetten?«

»Schrei nicht so! Ja doch, Ludovik. Ist er nicht einfach

himmlisch? Diese Augen! Der weiche Mund! Und wie galant er ist.«

»Galant. Faxenkram! Dafür kannst du dir nichts kaufen! Was nutzt ein Mann mit einem weichen Mund? Zupacken muss er können, geschickt verhandeln und klug kaufen und verkaufen. Komplimente soll er machen, um den Preis zu drücken. Mit den Wimpern soll er klimpern, um eine geizige Krämerin um ein paar Pfennige zu prellen. Alles andere verlohnt nicht.«

»Gutta! Du redest, als könne man die ganze Welt in ein Kontorbuch packen. Ich aber rede von Gefühlen!«

»Hmm«, erwiderte Gutta und sah sich nach Petronella um, die ihre Puppe an die Wange schmiegte und sie aufs Haar küsste.

Gefühle! Was sollten die nutzen? Ihr Vater hatte immer gesagt: »Hüte dich vor Gefühlen! Sie sind der Ruin der Seelenruhe. Kommen Gefühle ins Spiel, machst du Verluste. Im Geschäft wie im Leben.«

Gutta hatte Gefühle bisher nicht vermisst. Sie liebte ihren Vater, liebte den Bruder und natürlich Gott. Das genügte.

Sie sah zu Angelika, die kreuzunglücklich dreinschaute. Ein wenig tat sie ihr leid. Sie hakte sich bei ihr unter und sagte behutsam: »Dein Vater ist Patrizier und Zunftmeister der Waffenschmiede. Einen Mann musst du dir denken, der dort hinein passt. Einen Mann, der mit Feuer und Schwert umgehen kann, der weiß, wer Freund und wer Feind ist. Deine Liebe aber irrt wie ein Glühwürmchen durch die Gegend. Wenn du schon unbedingt lieben musst, dann wenigstens den Richtigen. Wenn du ihn nicht von Anfang an lieben kannst, so macht das auch nichts. Der Appetit kommt beim Essen, sagt mein Vater immer.«

Angelika lächelte schmerzlich. »Lass gut sein, Gutta. Du verstehst mich nicht. Lass uns von etwas anderem reden.«

Gutta nickte erleichtert und begann ihrer Freundin, in der Hoffnung, sie abzulenken, von der neuen Kleiderordnung des Rates zu erzählen, die zur Folge hatte, dass Perlen und Goldfäden derzeit sehr günstig zu haben waren. »Du wirst sehen«, schloss sie ihre Ausführungen, »die Kleiderordnung wird nicht eingehalten werden. Bald schon haben auch die Handwerkersgattinnen Kleider, wie du heute eines trägst.«

Als Angelika sich nach diesen Worten brüsk von ihr losmachte und ohne Gruß und weitere Worte nach Hause ging, zuckte Gutta mit den Achseln. »Vater hat recht«, murmelte sie. »Gefühle sind nicht gut für den Seelenfrieden.«

4

Nach Frankfurt! In die Reichsstadt! In die Messestadt! Zum Wahlort der deutschen Könige! Nach Frankfurt! Wohin sonst?

Bertram fühlte, dass diese Stadt die einzige war, die Platz hatte für einen wie ihn.

Fünf Landtore – das Mainzer-, das Bockenheimer-, das Eschenheimer-, das Friedberger- und das Allerheiligentor – öffneten den Weg in die Stadt. Bertram ritt an der Seite Ludoviks, gefolgt von sechs Wagen voller Ballen, Säcke, Fässer, Truhen und Kisten durch das Mainzer Tor.

Er hielt die Augen offen, versuchte in den Straßen der Stadt zu lesen. Noch nie war er in Frankfurt gewesen, und doch erschloss sich ihm die Stadt auf Anhieb, sodass er laut auflachte.

»Was ist?«, fragte Ludovik.

»Frankfurt, es liegt vor mir so offen wie ein Gesicht. Ich kann darin lesen. Schau nur: der Markt, der Hühner-, Kraut-, Krempel-, Korn-, Ross- und Wochenmarkt. Ich bin gerade angekommen und weiß schon, wer wo welche Geschäfte tätigt.«

Ludovik verzog das Gesicht. »Das ist nicht allzu schwierig.«

Bertram aber war nicht zu bremsen. Mit ungewohntem

Mitteilungsbedürfnis berichtete er, was er sah: »Schau, Ludovik. Die Stadt wird nach innen hin reicher. Um die Tore herum sind die Gassen voller Lehm gewesen, die Katen eng aneinandergedrückt. Es stank, dass einem der Atem wegblieb. Je näher wir dem Stadtkern kommen, umso prächtiger werden die Häuser. Sieh nur, sieh, gleich werden wir das Kaufmannsviertel erreicht haben. Dreigeschossige, tief gestaffelte Giebelhäuser aus Fachwerk mit Glas in den Fenstern. Im Erdgeschoss die Geschäfts- und Lagerräume, die Kontore und Werkstätten. Darüber die Wohnräume, du erkennst sie an den Fensterbeeten, die bestimmt die Hausfrauen angelegt haben. Oben, im dritten Stock, sind keine Beete. Dort sind sicher die Zimmer für die Messegäste. Und die Schweine, die hier durch die Gassen laufen, sind viel fetter als die in der Vorstadt. Der Müll in den Abfallgräben stinkt nach verwesendem Fleisch. In der Vorstadt wäre so etwas noch gegessen worden. Die Frauen sind besser gekleidet, die Straßen gepflastert. Reiter, Kutschen und Sänften verstopfen die Gassen, während in der Vorstadt nur hölzerne Karren unterwegs sind.«

Ludovik hatte ein spöttisches Lächeln aufgesetzt und sah Bertram von der Seite an. »Warst du noch nie in einer Stadt?«, fragte er und lachte ein wenig herablassend über die staunenden Blicke des Jüngeren.

Bertram schüttelte den Kopf. »Doch von nun an werde ich in einer Stadt leben«, sagte er. »Ich werde sie erkunden und mir untertan machen. Schon bald, du wirst es sehen, werden die Leute meinen Namen kennen und mich grüßen.«

»Hör auf zu träumen, Kleiner«, erwiderte Ludovik. »Du wirst vielleicht ein Kaufmann werden, aber um mächtig und ruhmreich zu sein, bedarf es mehr, als nur eine Lehre zu machen. Patrizier müsstest du sein, um mit den großen Hunden pissen gehen zu können. Du aber bist quasi ein Nichts, und daran wird auch eine Kaufmannslehre nichts ändern.«

Bertram zog die Zügel an, ließ sein Pferd tänzeln.

Der blonde Kaufmann verzog geringschätzig die Mundwinkel, aber Bertram hörte nicht auf zu lächeln.

»Täusch dich nicht, Ludovik«, sagte er leise. »Ich habe ein Ziel.«

Frankfurt! Die Reichsstadt! Die Messestadt!

So begeistert Bertram bei seiner Ankunft gewesen war, so schwer fiel ihm das Stadtleben in den ersten Wochen.

Niemals herrschte Stille. Noch bevor der erste Hahn krähte, wurde Bertram vom Rumpeln der Karren, die über das holprige Pflaster zu einem der Märkte gezogen wurden, geweckt.

Den ganzen Tag über schallten Rufe durch das Kontor. Durch die offenen Fenster drang der Lärm der Gasse. Mägde keiften, Hausfrauen feilschten lauthals mit Händlern. Kesselflicker und Scherenschleifer boten ihre Dienste an, berittene Boten ließen die Hufe ihrer Pferde über das Pflaster knallen, Hunde bellten, Kinder weinten, Schweine quiekten, Knechte fluchten, Handwerker hämmerten, schlugen, raspelten, klopften, Fässer wurden gerollt, Säcke geworfen, Kisten auf- und zugeklappt, und dazu schlug alle Viertelstunde die Glocke der nahen Nikolaikirche.

Am Abend, wenn Bertram meinte, dass die Frankfurter von all dem Lärm wie taub zu Bette sinken müssten, drang Geschrei aus den Gaststuben und Herbergen durch die Stadt. Meister kamen grölend aus den Zunftstuben, Gesellen schlugen sich um die Ehre, um eine Magd oder ein Stück Speck,

Frauen wisperten, lockten, lachten, kicherten, Kleinkinder wimmerten, Hunde heulten, der Nachtwächter zog mit Rufen vorüber, und über all dem klangen die Glockenschläge der Kirchturmuhren.

Wenn schon der Lärm, dachte Bertram, die Menschen nicht müde macht, so müssten doch wenigstens die Gerüche dafür sorgen, dass sie benommen in den Schlaf tauchen.

Im Kloster Marienthal hatte es im Frühjahr nach Gras, im Sommer nach Heu und Blumen, im Herbst nach nassem Laub und feuchter Erde und im Winter nach Schnee und Kaminrauch gerochen. Die Düfte waren ihm übersichtlich erschienen. Er konnte jeden einzelnen Fetzen davon zuordnen. Der Rauch des Kamins roch anders als der Rauch aus der Räucherkammer. Manchmal wehte der Wind den Geruch von gebranntem Ton aus dem Weiler Düppenhausen bis zum Kloster. Ein anderes Mal drang der Geruch von Fischen vom Rhein herauf. Bertram hatte sogar den Regen riechen können.

Hier in Frankfurt roch er nichts und alles zugleich: Die Abfälle aus den Gräben, die Ausdünstungen der Menschen, die Gerüche aus den zahlreichen Werkstätten und Garküchen. Die Düfte hingen übereinander, vermischten sich zu einem einzigen stinkenden, brodelndem Sud, der Bertram besonders an warmen Tagen die Luft zum Atmen nahm.

Und die Menschen, die vielen Menschen! Bald zehntausend Einwohner zählte die Stadt! Bertram hatte sich nicht vorstellen können, mit so vielen auf dem engen Raum zwischen den Stadtmauern leben zu können. Sie waren überall. In jeder Straße, in jeder Gasse, auf jedem Markt, jeder Kirche, jedem noch so winzigen Platz. Sie schubsten und stießen, sie rannten und rempelten, sie standen im Weg, zupften an seinen Sachen, stießen ihm ihren Atem in Gesicht und Nacken, rülpsten, fluchten, lachten, kreischten, rotzten, sangen und spuckten. Sie kamen Bertram so nahe wie nie zuvor, bedrängten ihn mit ihren Körpern, ihren Ausdünstungen, ihrem Schweiß und ihren Gesichtern. Unzählige Gesichter, die an Bertram vorbeischwammen wie Fischschwärme. Zuerst meinte er, sie sähen alle gleich aus, doch schon nach ein paar Tagen entdeckte er Unterschiede, nach ein paar Monaten konnte er das Grobgeschriebene in den Gesichtern der Mönche und Stiftsdamen, Handwerker und Kaufleute, Bettler und Huren, Tagelöhner und Gaukler, der Fremden und der Einheimischen lesen.

Im Hause des Kaufmanns Stetten in der Münzgasse bewohnte er eine Kammer unter dem Dach, gleich neben den Räumen der Magd und der Köchin. Die Kammer war schmal, hatte keine Fenster, nur hölzerne Klappläden, sodass er bei Kälte in Öl getränktes Pergament davorspannen musste. Ein schmales Bett stand darinnen, darauf ein Strohsack, eine alte Decke, die nach Vergorenem roch. Unter dem Fenster gab es einen schmalen Tisch, dessen Holz an den Kanten bereits splitterte, daneben stand eine roh behauene Einbaumtruhe ohne Schloss, in der er seinen Besitz aufbewahrte. Die Kleidung hängte er am Abend an zwei Nägel, die er in einen Balken geschlagen hatte, und schlüpfte in ein Nachtgewand aus grobem Stoff. Licht bekam er von einer rußigen Öllampe, die die ganze Kammer mit Rauch füllte, sodass ihm die Augen tränten und er das Mondlicht bevorzugte.

Der Kaufmann Stetten hatte ihn aufgenommen, wie man eine räudige Katze aufnimmt, bei der man sich nicht sicher sein konnte, ob man sie nicht doch lieber hätte ersäufen sollen.

»Wie heißt du?«, hatte er gefragt. »Bertram.« – »Und weiter?« – »Bertram … hm … Bertram von Geisenheim.«

»Von Adel?«

Bertram überlegte einen Augenblick, dann schüttelte er entschieden den Kopf.

»Von Geisenheim, aus dem Kloster Marienthal. Ein Findelkind bin ich.«

»Geisenheimer also, nicht von. Bertram Geisenheimer.«

»Ja«, wiederholte Bertram. »Ich heiße Bertram Geisenheimer.«

Der alte Stetten hatte ihn eindringlich gemustert. Und Bertram hatte nicht den Blick gesenkt, sondern im Gesicht des Kaufmanns gelesen. Stetten hatte den Kopf zur Seite gelegt, die Augenbrauen zusammengezogen. Bertram kannte diesen Blick. Ich trau dir nicht, hieß das. Ich traue dir, der du unsere Waren herbeigeschafft hast, ebenso wenig wie denen, die sie uns genommen haben. Am Ende bist du ein Lump, der mit ihnen unter einer Decke steckt.

Bertram hatte dem alten Mann gerade in die Augen gesehen, hatte gelächelt dabei und am Ende den Blick gesenkt. Da erst wurde Stettens Blick freundlicher.

Ich wusste nicht, dachte Bertram später, dass man mit Blicken kämpfen kann. Erst als ich mich geschlagen gab, konnte der Alte mich ansehen. Bertram nahm sich vor, in Zukunft wieder gründlicher in den Gesichtern der anderen zu lesen, auch die Sprache ihrer Körper zu studieren. Schon beim Essen fing er damit an. Hatte er im Kloster die Hände breitflächig neben den Teller gelegt, so hielt er sie jetzt nahe an der Tischkante und in Körpernähe. Der Alte beobachtete ihn, Bertram wusste es, und verhielt sich bescheiden, still und nahezu unsichtbar.

Den ganzen Tag wurde er vom Kontor ins Lager und wieder zurück gejagt.

»Zähl die Säcke mit Pfeffer«, hieß es. »Miss die Tuchballen! Feg das Kontor! Hol Wasser für die Wäscherin! Schlag Holz! Schrubbe die Weinschläuche. Verkleb die Fässer mit Pech! Wieg das Korn!«

Bertram rannte, fegte, klebte, rollte, zählte und wog. Er machte die Arbeit, so gut er nur konnte. Und so schnell er nur konnte. Immer, wenn er einige Augenblicke erübrigen konnte, fragte er die Schreiber im Kontor.

»Die vielen Ballen ganz hinten im Lager. Aus welchem Stoff sind sie?«

»Barchent. Das ist ein grober Wollstoff, den die Augsburger herstellen. Man nimmt ihn für Unterkleider, Futter und Überzüge. Nichts Besonderes also.«

»Und links daneben?«

»Mailänder Samt. Lass bloß die Pfoten davon, Junge, Samt aus Mailand ist teuer.«

»Und da hinten, die großen Ballen?«

»Seide aus Antwerpen. Ganz zartes Gewebe. Sei nur vorsichtig damit. Das Zeug reißt schneller, als du gucken kannst. Der Alte lässt den Knüppel sausen, wenn was an den Stoff kommt.«

Er lernte, dass ein Zoll zweieinhalb Zentimeter maß, ein Fuß 25 Zentimeter und eine Elle fünfundfünfzig Zentimeter. Er wusste, dass ein Schoppen vier Zehntelliter fasste und ein Schenkmaß vier Schoppen, ein Eichmaß dagegen vier und einen halben. Er kannte die Begriffe Pfund und Zentner und sogar den Unterschied zwischen einem Krämerpfund von vierhundertsiebzig Gramm und einem Handelspfund von fünfhundertfünf Gramm.

Er erfuhr, dass der Wein, mit dem die Kaufleute Stetten handelten, aus dem Elsass stammte. Der gesalzene Fisch kam von der Hanse, die edlen Pferde aus Ungarn, Tuche aus dem Rheinland, Thüringen oder gar aus England, Hanf und Flachs aus Nordhessen, Waid aus Thüringen, Spitze aus Brüssel, Glas aus Böhmen, Gewürze, Teppiche aus Venedig und Seide aus Antwerpen.

Er war dabei, wenn die Kolonnen kamen, er war es, der die Heringsfässer aus Bremen, die Tuchballen aus Belgien, die Pfeffersäcke aus Venedig und die strohgefüllten Holzkisten mit Böhmer Glas in die Lagerräume schaffte. Die Schreiber standen mit dem Kontorbuch daneben und zählten die Ware.

Sobald die Waren im Lager waren, gaben sie Bertram die Aufträge: »Drei Pfund Pfeffer für die Hellerfamilie«, riefen sie. »Einen Zentner gesalzene Heringe in den Gasthof ›Zum Schwarzen Schwan‹, vier für das Kloster Engelthal in der Wetterau, drei Ballen Tuch zum Gewandschneider in der Schnurgasse, vier Ballen nach Assenheim zum Schloss, den Rest ins Lager, der geht zur Messe an die Kaufleute aus dem Osten«.

Und Bertram belud einen Karren, zog die Waren durch ganz Frankfurt, befühlte unterwegs die Tuche, roch an den Heringen, biss auf ein Pfefferkorn.

Nach einem Jahr, in dem Bertram wohl in jedem Patrizierhaus und jeder Herberge, jedem Kloster und jedem Stift etwas abgegeben hatte, lernte er den Umgang mit Geld.

Jeder Messegast, jeder fremde Kaufmann zahlte in einer anderen Währung. Es gab den Kölner Pfennig, die Frankfurter Mark, es gab den Rheinischen Gulden, dazu Turnosen, Albus, Batzen, Kreuzer, Heller und Pfund.

Nicht jeder Kaufmann bezahlte seine Ware sofort. Die

meisten Waren wurden von den Kaufleuten aus anderen Städten, die zur Messe alle nach Frankfurt kamen, geordert und mitgenommen, bezahlt wurde erst zur nächsten Messe.

Zwei Jahre musste Bertram beim Kaufmann Stetten lernen, ehe er begriffen hatte, was ein Wechsel, eine Schuldverschreibung, ein Messkredit und eine Anleihe war.

Doch er lernte. Er lernte wie besessen. Alles, was er im Kontor hörte, prägte er sich ein, als wäre es das Evangelium. Abends im Bett wiederholte er, was er am Tage gelernt hatte. Und manchmal, wenn die Schreiber ihm ein wenig Papier gaben, notierte er sich die Wechselkurse des Geldes oder die Eigenschaften bestimmter Stoffe.

Es störte ihn nicht, dass der alte Kaufmann in ihm noch immer denjenigen sah, der sich eingeschlichen hatte, denjenigen, dessen Namen er sich nicht merkte.

»Schwengel«, rief er, wenn er Bertram meinte. Und Bertram knirschte mit den Zähnen, kam und gehorchte, aber sobald der Alte das Haus verließ, stand er bei den Schreibern und Handelsdienern, schaute ihnen über die Schulter und hatte ihnen schon bald die Geheimnisse der doppelten Buchführung abgeschaut. Er liebte das Kontor, liebte die Pulte aus dunklem Holz, an denen die Schreiber arbeiteten. Er fuhr gern mit der Hand über die glatt polierten großen Tische der Handelsdiener, auf denen Lagerlisten, Landkarten, Stoffmuster und Warenproben lagen. Er liebte das Geräusch, das die glänzenden Gewichte machten, wenn sie auf die Teller der Waagen gelegt wurden. Und er mochte die Gerüche im Kontor, wo es nach Papier, Stoffmustern, Tinte, nach Siegellack und ein wenig nach Staub roch. Durch die hohen Fenster aus Butzenglas drang tagsüber reichlich Licht. Manchmal, wenn die Sonne schien, konnte man den Staub in ihren

Strahlen tanzen sehen. Die Pulte und Tische waren so über den großen Raum verteilt, dass man bequem und sogar mit Ballen oder Sackkarren zwischen ihnen entlangkommen konnte. Die Wände waren mit Schränken verstellt, in denen Unterlagen, Muster und Proben, die Korrespondenz und die Bekanntmachungen des Stadtrates lagerten. In einer Truhe, die ganz mit Eisen beschlagen und meist verschlossen war, wurden die Siegel, der Lack und das gute Papier sowie die wichtigsten und geheimsten Unterlagen, die Wechsel und Schuldscheine aufbewahrt. Zu dieser Truhe, in der Bertram zu gern einmal gestöbert hätte, besaßen nur der Alte und Ludovik die Schlüssel. Selbst der Prokurist durfte nur in Anwesenheit der Stettens die Truhe öffnen.

Die Gespräche aber, die der Alte mit seinen Kunden führte, fanden in der Abgeschlossenheit seines Arbeitszimmers statt, und Bertram bedauerte, nichts davon erlauschen zu können.

Das Nebenzimmer, das Zimmer, in dem die Magd schlief, befand sich direkt darüber. Wochenlang schmeichelte Bertram der Magd, bis sie endlich mit ihm die Kammer tauschte. Kaum war das geschehen, bohrte er an einer Ecke ein Loch durch den Dielenboden, die Kieselfüllung und die getäfelte Decke. Von nun an konnte er die Gespräche belauschen.

Bertram hörte nicht nur alles, er sah auch alles. Ludovik hatte sich verändert. Nichts an ihm erinnerte mehr an den jungen Mann, der sich schlotternd vor Angst und tränenüberströmt in das Kloster geflüchtet hatte. Nichts erinnerte mehr an den jungen Kaufmann, der fürchtete, von seinem Vater verstoßen zu werden, der Bertram um Hilfe angefleht hatte. Das alles schien Ludovik vergessen zu haben. Nun stolzierte er, duftend wie eine ganze Frühlingswiese, durch Haus und Kontor, hatte eine wichtige Miene aufgesetzt und tat so, als gäbe es nichts in diesem Haus, von dem er nicht wusste. Selten sprach er mit den Bediensteten, machte der Magd mit einem Kopfnicken Zeichen, wedelte mit der Hand, wenn er etwas von einem Knecht wollte. Bertram beachtete er nicht, sondern sah einfach über ihn hinweg, als wäre er nicht mehr als eine Fliege an der Wand.

Er eilte, Geschäftigkeit vortäuschend, im Kontor herum, nahm dort eine Schreibfeder vom Pult, spielte mit dem Tintenfass oder der Büchse mit dem Löschsand und achtete dabei stets sorgfältig darauf, sich nicht zu beschmutzen.

Er fragte: »Geht es voran?«, und die Schreiber nickten und sagten: »Jawohl, Herr!« und schoben ihm die Kontorbücher hin. Ludovik sah hinein, strich sich das Kinn und maulte: »Ist das alles, was ihr für euren Lohn tut? Die Ausgaben sind zu hoch; die Waren zu teuer eingekauft. Wenn ich nicht aufpasse, so betrügt ihr mich schneller, als ein Pfeil ins Schwarze trifft.« Dann eilte er zu den Stoffmustern, hielt sie sich einzeln an das Wams, strich mit der Hand darüber, und oft fragte er, an welchen Gewandschneider welcher Stoff geliefert wurde. Zwei Wochen später erschien er dann im neuen Wams, strich es wieder und wieder glatt, war aber schon wieder auf der Suche nach Stoff für ein neues Beinkleid oder für einen Umhang. Manchmal, wenn eine Warenladung aus Venedig Duftwässer gebracht hatte, wurden diese im Kontor aufbewahrt. Rosenöl war so teuer wie Gold, wurde in einem speziellen Schrank eingeschlossen und nur für ganz besondere Kunden daraus hervorgeholt. Ähnlich verhielt es sich mit Moschus und Sandelholz. Ludovik aber machte sich beinahe täglich an den Duftwässern zu schaffen, besprengte sich

Haar, Hals und Kleidung und war oftmals eher zu riechen als zu hören.

Hatte er alle neuen Moden erkundet, ging er, und die Schreiber blickten sich an und zogen die Augenbrauen hoch, bevor sie die Gänsefeder erneut ins Tintenfass tauchten.

Selten sprach der junge Kaufmann mit Bertram; Ludovik schien vergessen zu haben, dass es Bertram gewesen war, der ihm die Zukunft gerettet hatte. Bertram seinerseits suchte Ludoviks Gesellschaft nicht, doch er beobachtete ihn. Bald wusste er, dass Ludovik ein Fachmann war, was Stoffe und Duftwässer, Tand und Putz betraf. Er beobachtete, wie Ludovik mit geschlossenen Augen einen Stoff betastete und nur mit den Händen Herkunft und Qualität erfühlen konnte. Er stellte fest, dass Ludovik allein mit der Nase den Preis eines Duftwassers bestimmten konnte und sich niemals dabei irrte. Und er lernte, dass niemand eine Patrizierin besser bei der Auswahl ihrer Juwelen beraten konnte als eben Ludovik. Doch für die alltäglichen Aufgaben im Kontor hatte Ludovik wenig Geduld. Die Zahlenkolonnen in den Büchern brachten ihn nach nur zwei Seiten zum Gähnen. Streifte sein Ärmel ein Schreibpult, so pustete er die feinen Körnchen Löschsand sorgfältig ab. Jedes Mal, wenn er die Waage brauchte, so fragte er einen Schreiber nach den richtigen Gewichten. Die eingehende Post ließ er liegen und erwiderte Korrespondenzen erst, wenn sein Vater ihn mehrmals gemahnt hatte. Auch die wichtigen Gänge in das Städtische Kaufhaus vernachlässigte er. »Was soll ich dort?«, hatte Bertram ihn zetern hören. »Soll ich mir das Wams mit Mehl bestäuben? Die Finger an Fischfässern stinkig machen? Soll ich mit den anderen feilschen wie ein Marktweib?«

»Auf die Preise sollst du achten«, hatte sein Vater erwidert.

»Die Preise, pfff. Die ändern sich quasi jeden Tag. Einmal macht man Gewinn, ein anderes Mal Verlust, und am Ende gleicht sich alles wieder aus.«

Noch einmal hatte Bertram ein Gespräch zwischen Ludovik und seinem Vater belauscht. Er hatte in seiner Kammer auf dem Boden gelegen, das Ohr dicht an dem Loch, das zum Arbeitszimmer des alten Stetten führte.

»Wenn du weiterhin zum Würfelspiel gehst und dich mit den Frauen rumtreibst, anstatt im Kontor zu arbeiten, werde ich dir keinen roten Heller mehr geben!«, hatte der Alte gesagt.

Ludovik hatte geantwortet: »Ich bin jung, Vater. Meine Arbeit hier schaffe ich quasi allemal. Im Übrigen unterschätze mir die Frauen nicht. Besonders die Hübschlerinnen verstehen sich aufs Geschäft.«

Er hatte gelacht, dabei auf seine polierten Fingernägel gesehen, das dreieckige Gesicht hochmütig verzogen, und hinzugefügt: »Du hast den Schwengel. Soll er meine Arbeit machen.«

Der Alte hatte geseufzt: »Nichts begreifst du, nichts!«

»Nein, Vater, du bist es, der nichts begreift! Es reicht nicht mehr, Waren einzukaufen und zu verkaufen. Handelsgesellschaften sollten wir gründen, das Unternehmen erweitern, quasi über Hessen hinaus Handel treiben, in andere Unternehmen investieren. Die Fugger und Welser haben mit ihren Faktoreien das Land überzogen. Und weißt du, warum? Weil sie über die besten Kontakte verfügen, darum! Du aber hältst fest an den alten Bräuchen. Nicht mehr lange, dann wird es dir gehen wie dem Patrizier Rohrhausen, der glaubte, das Monopol für Wein sicher zu haben. Nun, die Hainbuchs konnten billiger anbieten und ihn bei manchen Kunden ausstechen. Willst du wissen, warum?« Der Alte schwieg.

»Eine Gesellschaft hat Hainbuch gegründet mit einem Winzer aus dem Elsass. Gemeinsam ist man stärker, Vater, und vor allem günstiger. So hat Hainbuch den Rohrhausen ausgestochen. In der Ratsstube hat er dieses Geschäft abgemacht. In der Schenke, nicht im Kaufhaus!«

»Woher weißt du das?«, fragte der Alte.

»Woher weiß ich was?«

»Dass der Rohrhausen Verluste macht.«

Ludovik lachte. »Von seinem Liebchen weiß ich's. Geschmollt hat sie, weil er ihr keine Geschenke mehr bringt.«

»Du glaubst, was die Huren schwätzen?«, fragte sein Vater. »Du bist ein Narr!«

Bertram aber hatte sich jedes einzelne Wort gemerkt.

5

Gutta hatte im Grunde keine Lust, die Fastnacht wie gewöhnlich in der Stubengesellschaft der Alten Limpurg zu feiern. Viel lieber hätte sie mit den anderen Frankfurtern an der Straße gestanden, die Umzüge der Zünfte bestaunt, sich etwas zu essen von einer der zahlreichen Garküchen geholt und später zugesehen, wie die Menschen auf den Straßen und Plätzen tanzen. Aber der alte Hellmund war nicht der Mann, der mit Traditionen brach, und so hatte alles Betteln nichts geholfen. Ihr Vater war hart geblieben. »Kaufleute«, hatte der Vater gesagt, »arbeiten immer. Gerade auf solchen Veranstaltungen. Halt die Ohren offen, Gutta. Du wirst sehen, es lohnt sich. Tanz auf der Straße ist etwas für Küchenmädchen.« Dann hatte er sich das Kinn gekratzt, Gutta von oben bis unten betrachtet und hinzugefügt: »Ich verstehe mich nicht auf solche Dinge, aber ein neues Kleid könntest du dir schneidern lassen. Mach dich ein bisschen hübsch. Schließlich bist du eine junge Frau.«

Gutta hatte ihren Vater überrascht angesehen.

»Reiche ich dir nicht, wie ich bin?«

»Doch, natürlich, mein Kind.« Er kam näher, strich ihr flüchtig über das Haar. »Aber die jungen Männer wollen sich an der Schönheit der jungen Frauen freuen.« Er lächelte. »Und nicht nur die jungen Männer. Also geh zum Gewandschneider und lass dir ein Kleid anpassen. Bei einem schönen Mädchen kauft es sich lieber als bei einem hässlichen.«

Mit diesen Worten drehte er sich um und verließ Guttas Kammer. Gutta aber holte tief Luft und starrte auf die Tür. Ein neues Kleid! Sie hatte keine Ahnung, was man jetzt trug, welche Stoffe zu ihr passten, welche Farben ihr schmeichelten. Sie trat vor den Spiegel, betrachtete sich von oben bis unten, sah Grau in Grau und gähnte. Dann reckte sie sich, nahm ihr Haar im Nacken zusammen, hielt es hoch, drehte sich, ließ das Haar fallen, schürzte den Rock, bauschte die Ärmel, reckte den Busen. Aber Grau blieb Grau, und so viel sie auch lächelte, es gelang ihr nicht, Farbe in ihr Spiegelbild zu lächeln.

Angelika wusste Rat. »Zu deinen blauen Augen und deinem … nun … farblo… nein, aschblonden Haar passt am besten ein blauer Stoff. Fließend sollte er sein, um deinen mageren Leib zu verdecken. Ein dunkelrotes Mieder dazu, bestickt mit Goldfäden, und ein kurzer Umhang wären schön. Ach ja, Ärmel, die sowohl an den Schultern als auch an den Ellbogen gepufft sind, würden gut passen. Und auf keinen Fall solltest du auf einen Reif verzichten, wenn dein Vater es dir erlaubt.«

»Meinst du?«

»Aber ja. Spüle dein Haar mit Kamille und Essig, damit es glänzt. Nimm einen Rußstift und zieh dir die Brauen damit nach. Und die Frisur, ja, die Frisur …«

Sie zog Gutta vor einen Spiegel, nahm zwei lange Strähnen von der Seite, verknüpfte sie auf dem Hinterkopf und befestigte ein Samtband darin. »So, nun siehst du aus wie eine junge Patrizierin. Wenn ich du wäre, würde ich das Mieder vielleicht ein wenig stopfen …«

»Nein, nein!« Gutta wedelte mit den Händen und lachte ein wenig schrill. »Ich werde zu tun haben, nirgendwo hängen zu bleiben. Wahrscheinlich werde ich mir die Ärmel zerreißen und die Frisur zu Schanden raufen.«

Kurze Zeit später war das Kleid fertig – und Gutta bewegte sich darin mit einem so unglücklichen Gesichtsausdruck, dass Angelika hell auflachte.

»Du stolzierst wie ein Hahn auf dem Mist. Stocksteif bist du. Das Kleid beißt doch nicht, und der Reif unter dem Rock wird dich schon nicht in den Hintern zwicken.«

»Aber ich bin darin so breit und so ungelenk wie ein Krämerkarren. Ich werde bestimmt überall anstoßen und die Gläser vom Tisch fegen«, befürchtete Gutta. »Lieber Himmel, ich wünschte, die Fastnacht wäre schon vorüber.«

Am Fastnachtsdienstag versammelten sich die Reichen und Vornehmen schon zur Mittagsstunde auf der Stube der Alten Limpurg, einem prächtigen Haus gleich neben dem Römer. Danach zogen die Holzbachs, Hainbuchs, Hellers, Hellmunds, Stettens, die Rohrhausens und Cronbergs, die Stalburgs und von Melems, die Eysenecks und die Hynspergs in festlichem Zug zum Orden der Deutschen Herren nach Sachsenhausen. Die Damen trugen die schönsten Kleider, prunkvoll in Seide und Samt, mit Geschmeide und Brokat, mit goldenen Spangen und perlenbestickten Hauben.

Die Männer zeigten ihre pelzbesetzten Umhänge, die von kostbaren Fibeln zusammengehalten wurden, seidene Beinkleider, Schuhe aus spanischem Leder, Rosenkränze aus Alabaster und schwere Siegelringe.

Die Leute in den Gassen blieben stehen und glotzten. Die Weiber strichen sich traurig über ihr glanzloses Haar und besprachen die Kleider der Damen, die Männer schluckten, doch einer rief laut: »Da gehen sie, die Patrizier, und stellen sich zur Schau. Ihre Pelze aber haben sie mit unserer Arbeit bezahlt!«

Die Alten Limpurger trugen die Nasen so hoch, dass die erbosten Worte darunter wegglitten wie Frühlingswind. Petronella griff nach Guttas Hand und drängte sich an sie. »Ich habe Angst vor diesen Leuten«, raunte sie, aber Gutta schüttelte den Kopf. »Angst! Faxenkram! Versteck sie, deine Angst, sonst macht sie dich klein.«

»Wie Tiere sind sie«, zischte Angelika. »Sieh nur, wie sie uns anschauen. Am liebsten würden sie uns hier auf der Straße alles nehmen, was wir haben. Sieh, die eine dort. Ihr Gesicht ist ganz entstellt. Kommt ihr nur nicht näher, bestimmt trägt sie die Franzosenkrankheit in sich.«

Gutta holte zu einer Antwort aus, aber Angelika hatte sich schon umgewandt und sah mit zugesperrtem Gesicht zur jüngsten Tochter der Rohrhausens, die geziert lachte.

»Da, Jungfer Hiltrud«, rief Ludovik Stetten, sah sich Beifall heischend zu seinen Kameraden um und reichte ihr ein halb zerknicktes blaues Blümchen. »Darf ich Euch die Blume der Sehnsucht reichen, damit diese Euer stolzes Herz erweicht und Ihr nachher mit mir tanzt?«

Hiltrud errötete leicht, nahm die Blume und senkte vornehm den Kopf. Die jungen Männer lachten, aber Angelikas Augen verdunkelten sich.

Ludovik Stetten hatte sich schon neben Gutta gedrängt und fragte ohne Umstände: »Und Ihr, schöne Hellmundin, werdet Ihr auch mit mir tanzen, damit ich nicht die ganze Nacht mit Jungfer Hiltrud flirten muss und am Ende gar aus der Übung komme? Oder berechnet Ihr lieber das Holz des Dielenbodens und erratet, wo die Bäume dafür standen?«

»Lieber tanze ich mit einem Baum als mit Euch«, rief Gutta zurück und warf den Kopf in den Nacken.

Ludovik lachte. »Ihr seid eine Füchsin, Gutta Hellmundin. Wisst Ihr das?«

»Dann passt gut auf, Ludovik Stetten, dass Ihr die Füchsin nicht zu nahe an die Gänschen lasst.«

Als er später im Haus der Deutschherren zu ihr kam und sie um einen Tanz bat, stand sie stocksteif, konnte nur die Lippen zusammenpressen, über den Reifrock streichen und stumm den Kopf schütteln.

»Warum wollt Ihr nicht mit mir tanzen, Hellmundin?«, fragte Ludovik. Seine Stimme war leise geworden, zärtlich beinahe, und er hatte sich weit zu ihr hinuntergebeugt. Gutta wich zurück, presste die Lippen so stark aufeinander, bis sie ganz weiß waren, und schüttelte wieder und wieder stumm den Kopf, bis er sie ließ und sich statt ihrer mit Jungfer Hiltrud drehte.

Gutta, deren Wangen glühten, schluckte die Scham hinunter und ging, um sich an Konfekt, Lebkuchen und weißem Wein zu laben. Ein wenig neidisch sah sie zu den Tanzenden. Sie hätte sich zu gern ebenfalls im Kreis gedreht, aber – bei Gott – sie vermochte es nicht. Ihre Füße waren gemacht, um stundenlang im Kontor zu stehen. Für zierliche Schritte eigneten sie sich nicht. Und in den Hüften war sie so steif, unfähig, sich zu wiegen und zu drehen. Wenn sie tanzte, befürchtete Gutta, brächen alle in Gelächter aus.

Am Abend war der Saal der Alten Limpurg von unzähligen Kerzen erleuchtet, in den Kaminen knisterte ein Holzfeuer. Der Saaldiener hatte die rotsamtenen Vorhänge fest zugezogen, sodass der Pöbel sich umsonst die Nase an den Butzenscheiben plattdrückte. Es roch nach Gebratenem und nach dem Rosen- und Pfirsichwasser der Damen, nach Sandelholz und teurem Moschus. Der Saal war erfüllt von Getuschel, Gekicher, Gelächter, von der Aufregung der jungen Limpurger und dem Ernst der alten. Die Luft flirrte und war geschwängert von Träumen, Sehnsüchten, Hoffnungen, aber auch von Verpflichtungen, Verdruss und Unbehagen.

Gutta saß neben Angelika und Petronella auf einer gepolsterten Wandbank und wedelte sich mit einem feinen italienischem Fächer Luft zu. Mit einem Auge sah sie zu den jungen Männern, die in der Nähe des Fensters in Grüppchen beieinanderstanden und die Stadtpfeifer beobachteten, die gleich zum Tanz aufspielen sollten. Ein Musiker packte seine Lira aus, einer blies in seine Pfeifen, ein dritter schlug zur Probe auf das Mohrenpäuklein, und ein vierter schwang den Schellenkranz.

Angelika wippte unruhig mit einem Fuß auf und ab und hatte hektische rote Flecken im Gesicht.

»Meinst du, Ludovik holt mich zum Tanz?«, fragte sie leise. »Oder wenigstens der junge Holzhausen?«

Gutta sah zu dem Genannten, der etwas verdeckt stand und ein dralles Serviermädchen schier mit Blicken verschlang.

»Holzhausen wird schon kommen«, erwiderte Gutta. »Schließlich hat er schon den Brautwerber zu deinem Vater geschickt.«

Angelika holte tief Luft, dann zwängte sie sich ein bitteres Lächeln ins Gesicht. »Ja, aber erst, nachdem die Rohrhausens ihm einen Korb gegeben hatten. Man sagt, die Geschäfte der Holzbachs gingen schlecht, der Landgraf von Hessen hat sie aus seinen Diensten entlassen. Ehemaliger Hoflieferant für Gewürze und Spezereien kann er sich nun nennen, aber Geld verdient er damit nicht. Es heißt sogar, er soll in der Judengasse einen Kredit aufgenommen haben! Geworben hat er nur um mich, weil mein Vater reich ist. Mit meiner Mitgift will er sein Geschäft vor dem Ruin retten. So ist das.«

Gutta sah die Freundin an. Angelika hatte die Zähne in der Unterlippe vergraben und kaute darauf herum.

»Wer weiß schon, ob das stimmt. Die Leute reden viel, wenn der Tag lang ist«, tröstete Gutta.

Plötzlich hatte Angelika Tränen in den Augen. »Was soll ich nur machen?«, jammerte sie leise. »Ich werde einen Mann heiraten müssen, der sich einen Dreck um mich schert, und am Ende werde ich vielleicht sogar noch arm sein.«

»Gibt es keine anderen Bewerber?«, fragte Gutta.

»Doch«, erwiderte Angelika. »Aber keiner aus der Patriziergesellschaft der Alten Limpurg. Vater aber sagt, ein anderer käme ihm nicht ins Haus. Und ach, Ludovik, das ist lange vorbei. Eine Schwärmerei war es nur. Du hast recht, Gutta. Ein Mann muss Zupacken können. Einer, der bei den Huren liegt, ist kein Mann für die Ehe. Das Beste, was man von Ludovik sagen kann, ist, dass er ein Alter Limpurger ist.«

Gutta schwieg. Eine Mitgliedschaft bei den Alten Limpurg! Wer, der etwas werden wollte in der Reichsstadt, träumte nicht davon? Doch die Aufnahme war schwierig; die Patrizier blieben am liebsten unter sich. Die Kinder der Alten Limpurger heirateten untereinander und stellten so sicher, dass das Geld dort blieb, wo es war.

Auch im Hellmundhaus war der Brautwerber schon gewesen. Gutta hatte Angelika nichts davon gesagt, um die Freundin nicht zu verletzen. Einen Ehemann wie Ludovik

Stetten wollte Gutta nicht. Er ist ein Waschweib, hatte sie mehr als einmal gedacht. Ein Waschweib, der meine Mitgift braucht, um sie in die Würfelstube zu tragen. Ich aber möchte einen richtigen Mann. Einen, der zum Kaufmann taugt und sich nicht mehr auf den Gassen herumtreibt als im Kontor.

Nur Petronella war fröhlich. Aufgeregt rutschte sie auf dem Stuhl hin und her, ließ die über das Lockenholz gelegten Kringel auf- und nieder wippen. Sie kümmerte sich nicht um Brautwerber und Hochzeiten. Ihr reichte es, dabei zu sein und ansonsten mit ihren Puppen spielen zu können.

Jetzt hoben die Musiker ihre Instrumente, die jungen Patrizier zogen ihr Wams glatt, der erste Ton schwang durch die Luft, die Männer setzten sich in Bewegung, die Gesichter ganz steif vor Aufregung. Mädchenfüße scharrten, Röcke knisterten leise, Seufzer wurden unterdrückt.

»Darf ich bitten?«

Ludovik Stetten gelang eine perfekte Verbeugung vor Gutta, und Gutta presste wieder die Lippen zusammen und schüttelte den Kopf, bis Ludovik die Schultern hob und sich davonmachte.

»Warum tanzt du nicht?«, fragte Angelika. »Schon bei den Deutschherren hast du nicht getanzt.«

»Ich … ich mache mir nichts daraus«, stammelte Gutta und sah auf ihre Füße, die ihr so klobig wie Holzstücke vorkamen, und dann auf ihre Arme, die an ihr hingen wie knochige Äste. »Ich mag das Gewiege und Gehüpfe nicht. Lächerlich ist das.«

Sie warf einen Blick zu ihrem Vater, der ihr lächelnd zunickte, und einen nächsten Blick zu ihrem Bruder Baptist, der Petronella am Arm führte.

»Nur Gott weiß, wie lange ich mich auf diesen Tag gefreut habe«, schmeichelte Ludovik Stetten später, als Gutta am offenen Fenster stand, um ein wenig Luft zu schnappen.

»Gutta, bitte gestattet mir nur einen Tanz. Euch am Arm zu führen, davon habe ich geträumt. So muss das Paradies sein. Das Leben ein Traum.«

Gutta runzelte die Stirn, doch sie erwiderte nichts.

»Schöne Hellmundin, wovon träumt Ihr des Nachts?« Er ließ seine Blicke begehrlich über Guttas funkelnde nackte Schultern gleiten, dann betrachtete er ihre Perlenkette, als wolle er deren Wert abschätzen.

»Nachts schlafe ich«, beschied ihm Gutta knapp.

»Und am Tage?«, fragte er. »Träumt Ihr da nicht, über einer Stickerei versunken, von einem starken Mann, den Ihr den Euren nennen dürft? Von Kindern und schönen Kleidern? Von Dienstboten und seidenen Hauben?«

»Nein. Am Tage arbeite ich.«

Ludovik rümpfte die Nase. »Ist es also wahr, was man sich erzählt: Ihr arbeitet im Kontor? Wie ein Schreiber von niederer Herkunft?«

Gutta schwieg und musste plötzlich – sie wusste selbst nicht, warum – mit den Tränen kämpfen. Sie spürte Ludoviks Finger über ihre Schultern tanzen. Die Berührung gefiel und missfiel ihr zugleich. Sie sah zur Seite, sah, dass die Musikanten erneut zu ihren Instrumenten griffen, die Damen zu den Herren schielten und diese sich die feuchten Hände am Wams abwischten.

»Wollt Ihr jetzt mit mir tanzen? Schweben wie in einem Traum?«, raunte Ludovik und streichelte ihre Schulter. Da fuhr sie herum, sodass seine Hand von ihr fiel.

Er lachte. »Ihr seid wahrhaftig eine Füchsin, Hellmundin,

aber die Ehe wird Euch schon noch zurechtbiegen. Ihr braucht eine starke Hand, und in mir werdet Ihr sie haben. Ihr müsst nur tun, was ich Euch sage, und schon werdet Ihr die glücklichste Frau ganz Frankfurts sein, werdet in Samt und Seide gehen, auf Daunenkissen schlafen und im Bartholomäusdom eine eigene Kirchbank haben.«

Gutta zwinkerte die Tränen weg, straffte sich, hob den Kopf und blickte Ludovik geradewegs in die hellen Augen. »Samt und Seide, Daunenkissen und Kirchenbank habe ich bereits. Und denkt Euch nur, Ludovik, ich brauche dafür noch nicht einmal jemandem zu gehorchen. Eine schlechte Geschäftsfrau wäre ich, würde ich dem Tausch zustimmen.«

Ludovik lächelte fein, beugte sich dicht zu Guttas Ohr. »Ich liebe eigensinnige Frauen«, flüsterte er. »Es heißt, wer am Tage kratzt, schmeichelt in der Nacht. Ich werde dir schon beibringen, wer der Herr im Hause ist.«

Dann fühlte Gutta plötzlich seine Lippen auf ihrer Schulter, fühlte etwas Nasses, Klebriges. Sie machte sich los, holte aus und versetzte Ludovik eine gewaltige Maulschelle.

Der Schlag knallte so hart auf seiner Wange, dass die Umstehenden ihn nicht überhören konnten. Zuerst stand alles starr, dann aber begann einer zu lachen, darauf der nächste und übernächste, und schon lachte der ganze Saal. Gutta aber warf den Kopf nach hinten. »Faxenkram!«, rief sie. Dann raffte sie ihre Röcke und rannte aus dem Festsaal.

6

Frankfurt, 1518

Aus dem Flaum auf Bertrams Oberlippe war ein Bart geworden. Die Arbeit mit den schweren Fässern, Ballen und Kisten hatten seinen Brustkorb breit gemacht, seine Arme stark.

Er trug das braune Haar nach der Frankfurter Mode bis auf die Schultern, während der Arbeit als Zopf, am Abend lang herunterhängend. Das schmale Gesicht war fein geschnitten. Der scharf konturierte Mund, schmal, aber nicht dünnlippig, wirkte hungrig. Einmal hatte er seine Größe gemessen und war erstaunt gewesen über das Ergebnis: drei Ellen und beinahe ein Fuß. Er war größer als die Schreiber, größer als der alte Kaufmann Stetten, größer als die Männer in den Gassen. Nur Ludovik überragte ihn, doch er tat es so, wie ein Schilfrohr eine neu gepflanzte, kräftige Pappel überragte.

Manchmal gab der junge Kaufmann dem Lehrjungen ein paar abgelegte Kleider von sich. Wämser aus schwarzem Samt, die an den Ellbogen abgestoßen waren. Gestreifte Beinkleider, die lange schon aus der Mode waren, Hemden, rau vom vielen Waschen und kratzig auf der Haut. Schuhe mit rissigem Leder und gebrochenen Sohlen, einen Umhang aus englischem Tuch, in den die Motten Löcher gefressen hatten. Bertram liebte diese Kleider. Er sah, dass sie schäbig waren, und trotzdem waren sie besser als alles, was er je besessen hatte. Er liebte das dunkelgrüne Barett, setzte es keck auf und genoss die Blicke der Frauen.

Die Frauen. Er sah nicht mehr in ihre Gesichter. Seit Neuestem schaute er auf Brusttücher, wippende Hinterteile, schmale Fesseln unter geschürzten Röcken. Er sog die Luft zwischen die Zähne beim Anblick rosiger Schultern, er biss sich auf die Lippen, wenn eine junge Magd sich am Brunnen vornüberbeugte und er einen Blick in ihr Mieder erhaschen konnte.

Er wollte nicht mehr an weiche Brüste gedrückt werden; nein, nun wollte er weiche Brüste drücken. Er wollte zwischen warmen Schenkeln liegen und seinen Kopf auf samtigen Schamhügeln betten. Er wollte seine Finger über die weiße Marmorhaut der Waden gleiten lassen, wollte den Schweiß in Armbeugen und Kniekehlen kosten. Was scherten ihn Gesichter? Er konnte nicht glauben, dass sie früher interessant gewesen waren für ihn. Körper wollte er jetzt. Haut und Haare, Münder und Brüste und Beine und Schöße.

Ludovik lachte, als er Bertrams Pein bemerkte. »Such dir ein Liebchen«, sagte er. »Eine kleine Wäscherin vielleicht. Geh mit ihr sonntags am Mainufer spazieren.«

Bertram biss sich auf die Lippen und schüttelte den Kopf. »Was soll ich mit einem Liebchen? Was soll ich am Main? Reden müsste ich, schmeicheln müsste ich, Haarbänder und Gürtel bräuchte ich. Und am Ende hütet sie ihre Tugend wie einen Schatz und speist mich mit einem Kuss ab. Oder – noch schlimmer – sie wird schwanger, und ehe ich es mich versehe, habe ich Weib und Kinder, aber noch immer keinen Namen.«

Jetzt lachte Ludovik noch lauter. »Du weißt, was du willst,

Bertram, nicht wahr? Aber das bekommst du nur bei den Huren. Die wiederum kosten Geld. Mehr als du hast.«

»Wie viel?«

»Nun, die unten am Main sind die billigsten, aber weder sauber noch gesund.«

»Leih mir das Geld«, bat Bertram, aber Ludovik lachte. »Ich habe selbst nicht genug. Außerdem werde ich bald heiraten; der Brautwerber war schon beim Kaufmann Hellmund.«

»Heiraten?«, fragte Bertram. »Du willst heiraten?«

Ludovik wiegte den Kopf. »Naja, von wollen kann nicht die Rede sein. Gutta Hellmundin ist zwar recht hübsch, aber eigensinnig. Ich werde sie mir zurechtbiegen müssen.« Er lachte und rieb sich die Hände. »Eine Frau muss schön sein und ansonsten gehorchen. Ich wette, ich werde bei der Zähmung der kleinen Füchsin viel Freude haben.«

»Und sonst? Du heiratest doch gewiss nicht nur deshalb? Liebst du sie?«

»Pfff! Liebe! Was soll das sein, und wer braucht so etwas? Ihre Mitgift ist ansehnlich, ein Mann braucht einen geordneten Haushalt und einen Erben, deshalb heiratet er.« Ludovik zupfte selbstgefällig an seinem seidenen Halstüchlein herum. »Natürlich werde ich weiterhin meinen Vergnügungen nachgehen, was denkst du denn? Die kleine Kathi aus der Schenke an der Friedberger Warte ist süß, willig und billig, aber auch an Kurtisanen hat Frankfurt keinen Mangel. Gutta wird es deshalb an nichts fehlen.«

Bertram hob die Hand, fuhr mit dem Finger zwischen Hals und Hemd, als ob es ihm zu eng wäre. »Aha«, sagte er. »Nicht Mann heiratet Weib, sondern Handelshaus heiratet Handelshaus? Ist es so?«

Ludovik nickte. »Wie denn sonst?«

»Gut, dann werde auch ich mir eines Tages die Tochter eines reichen Kaufmanns zur Frau nehmen.«

Ludovik brach in Gelächter aus. »Du? Ein Schwengel? Welcher Kaufmann in Frankfurt ist so verrückt, seine Tochter einem wie dir zu geben? Froh kannst du sein, wenn du eine Leineweberin kriegst oder eine Metzgerwitwe.«

Bertram verzog keine Miene. »Leih mir das Geld für ein Mädchen vom Mainufer«, wiederholte er. »Du wirst es nicht bereuen, hast schon einmal ein gutes Geschäft mit mir gemacht.«

Ludovik kniff die Augen zusammen. »Bin ich ein Jud? Ich verleihe nichts.«

Bertram schwieg, ließ seinen Blick nicht von Ludoviks Augen. Der lachte schließlich, dann zog er die Augenbrauen zusammen, kramte in seiner Geldkatze, die er am Gürtel trug, und warf Bertram eine Frankfurter Mark zu. »Da, nimm.«

Bertram nahm das Geld. »Was willst du dafür von mir?«

»Der Alte will, dass ich in die Kaufhäuser gehe und mir die Stapelware ansehe. Tu du das für mich und berichte. Ich habe keine Zeit für diesen Kram.«

Wie zufällig lief Bertram am selben Abend am Main in der Nähe des Frauenhauses entlang und betrachtete die Hübschlerinnen, die ebenfalls scheinbar ziellos dort herumstanden, um gelegentlich mit ihren Freiern in die Büsche zu verschwinden.

Schon bald hatte er ein Mädchen entdeckt, das ihm gefiel. Sie war sehr jung, vielleicht sechzehn Jahre alt. Jedes Mal, wenn ein Mann an ihr vorüberging, senkte sie den Kopf, und Bertram meinte sogar, eine leichte Röte über ihren Hals huschen zu sehen.

»Gelobt sei Jesus Christus«, sprach er sie an und fand selbst, dass diese Anrede unpassend war.

»In Ewigkeit, Amen.« Das Mädchen sah zu ihm auf. Es hatte eine weiße Haut, große braune Augen und volle Lippen. Bertram versuchte, in ihrem Gesicht zu lesen. Doch das Mädchen ließ ihn nicht. Sie klapperte mit den Augendeckeln, spitzte das rot beschmierte Mündchen, reckte die Brüste, wippte mit dem Po, sodass Bertrams Blicke nirgendwo Halt fanden und immer wieder zu den Brüsten zurückkehrten.

»Sieh mich an«, forderte er. Das Mädchen senkte den Blick, lachte ein wenig schrill, doch er fasste ihr Kinn und hob ihren Kopf, sodass sie ihn ansehen musste. Jetzt huschten ihre Blicke emsig wie Ameisen über sein Gesicht, die Lippen kräuselten sich, und ihre Lider zitterten leicht.

»Wie heißt du?«, fragte Bertram und ließ sie los.

»Irmelin.«

»Möchtest du mit mir kommen?«

Er streckte eine Hand nach ihr aus, berührte leicht ihren Arm. Schließlich folgte sie ihm.

Sie fanden ein warmes und weiches Plätzchen im Speicher der Stettens unten am Mainhafen. Ein Plätzchen, das Ludovik ihm genannt hatte.

Kaum waren sie dort, so schnürte sie ihr Mieder auf, dass er ihre Brüste sehen konnte.

Sie war so zart, dass er das Blut unter ihrer Haut kreisen sah. Dann legte sie sich rasch und mit geschäftiger Miene auf einen Stoffballen, schob den Rock hoch, spreizte die Beine und schaute Bertram auffordernd an, der wie erstarrt stand und den Blick nicht von ihr wenden konnte.

»Was ist? Ist dir die Lust vergangen?«, fragte sie.

Bertram schüttelte den Kopf. »Du willst, dass ich dich hier und jetzt und gleich nehme?«, fragte er.

»Natürlich«, sagte Irmelin, hob den Oberkörper und stützte sich mit den Ellbogen auf den Ballen. »Das machen alle Freier so. Die meisten kommen, lösen den Hosenlatz, stoßen zu und fertig. Warst du noch nie bei einer Hure?«

Bertram antwortete nicht auf ihre Frage, sondern sagte: »Ich möchte dich nackt sehen. Ich möchte dich betrachten, dich berühren, deine Haut auf meiner spüren. Ich möchte deine Brüste in meinen Händen halten, möchte dich streicheln und küssen und meinen Kopf zwischen deine Schenkel legen. Und erst dann werde ich meinen Ast in dein Loch einpassen.«

Irmelins Augen wurden groß. »Du willst streicheln und küssen?«, fragte sie verwundert. »Weißt du nicht, dass Huren nicht zum Streicheln und Küssen da sind, sondern nur zum … hm … du weißt schon? Nur für den Ast des Mannes?«

»Das ist mir gleich. Meine Lust weiß ich auch ohne Weib zu stillen. Gekommen bin ich aber wegen des Weibes«, erwiderte Bertram, trat auf sie zu und streifte das Kleid über ihre Schultern bis hinab zur Hüfte. Seine Finger umfassten ganz sanft ihre Brüste, und er ließ Irmelin dabei nicht aus den Augen.

Verwundert nahm er wahr, wie sie sich veränderte unter seinen Händen, wie das Blut die Haut rötete, wie sich die Lippen öffneten, wie die Feuchtigkeit aus ihrem Schoß rann. Er hörte ihr leises Stöhnen, lernte rasch, es zu vertiefen, er spielte mit ihr und ihrer Lust, ließ sie keuchen, seufzen, sich aufbäumen und hielt sie dabei doch so, dass sie sicher war.

»Kommst du wieder?«, fragte sie später.

»Möchtest du das wirklich?«, fragte er.

Sie nickte, und Bertram lächelte, weil er so viel gelernt und erfahren hatte, was ihm noch nützlich sein würde.

Am nächsten Morgen ging er vor Tau und Tag hinunter zu den Römerhallen, die zwischen den Messen als Kaufhaus genutzt wurden. Jeder Kaufmann, der an Frankfurt vorüberkam, musste seine Waren drei Tage lang hier ausstellen. Stapelrecht nannte man das. Was die Frankfurter übrig ließen, konnte der auswärtige Kaufmann wieder mitnehmen und anderswo verkaufen. Bertram lief langsam durch die Hallen und fragte hier nach dem Preis für Holz, betrachtete dort die Rauchwaren aus dem Östlichen, dort Hanf und Flachs aus dem Harz, schließlich Leinöl aus dem Nordhessischen, und notierte die Preise auf einer Wachstafel, die er samt Griffel mitgebracht hatte. Er bemerkte jeden Ballen, jedes Fass, jede Kiste. Vor allem aber beobachtete er die anderen Kaufleute. Der Patrizier Stalburg rief seinem Schreiber Preise zu, die der in ein Handelsbuch schrieb. Jakob Heller, den man in ganz Frankfurt nur den reichen Heller nannte, feilschte mit einem Mainzer Kaufmann. Die Geldverleiher aus der Judengasse liefen mit auf dem Rücken verschränkten Händen, betrachteten aufmerksam die Gesichter, traten ab und an auf einen Mann zu und raunten ihm etwas ins Ohr. Der Vorsteher der großen Nürnberger Handelsgesellschaft Praunheimer unterzeichnete einen Wechsel, und Bertram merkte sich, was all die anderen Kaufleute erwarben und verwarfen. Er sah, dass sie dem teuren Waid aus Thüringen ihre Aufmerksamkeit schenkten, das billigere Waid aus dem Jülcher Land aber unbeachtet ließen. Der Kaufmann Hellmund orderte eine halbe Schiffsladung Äpfel aus dem Rheinhessischen und wies seinen Prokuristen an, diese so schnell wie möglich an eine Schnapsbrennerei aus der Wetterau zu verscherbeln, und Bertram beobachtete sogar, wie ein fremder Tuchhändler in einem unbemerkten Augenblick Öl über die Tuche eines Konkurrenten goss. Er hörte das Gezänk der Sachsen, die mit Kölner Kaufleuten um die besten Plätze stritten, roch den Gestank, den ein Seifenhändler in seinen Kleidern mit sich trug, sah die hochmütigen Minen der Goldschmiede, die im Kaufhaus Ausschau nach wertvollen Steinen aus Italien hielten. Er zwängte sich durch das Gedränge an der Waage, beschmutzte sein Wams mit losem Mehl, verbrannte sich am heißen Pech, mit dem die Fassdeckel verschlossen wurden, taumelte schier aus den Hallen hinaus und holte tief Luft. Dann hastete er nach Hause und gab Ludovik ausführlich Antwort auf seine spärlichen Fragen und zeigte die Wachstafeln mit den Tagespreisen vor.

Von nun an ging er, so oft er nur konnte und stets mit Tafel und Griffel ausgerüstet, zu den Kaufhäusern und kannte bald die aktuellen Preise aller Waren, wusste auch, welcher Kaufherr welche Geschäfte gemacht hatte.

Am Abend ging er hinunter zum Main. Er trug ein Stück Kuchen bei sich, das ihm die Köchin heimlich zugesteckt hatte.

»Für dich«, sagte er, reichte Irmelin das köstliche Stück, gab ihr einen Kuss auf die Stirn und ging, noch ehe sie etwas erwidern konnte.

Sieben Abende lang kam er zu ihr, brachte eine Blume, einen Flusskiesel, der die Form eines Herzens hatte, ein Heiligenbildchen, einen Apfel, einen Ring aus Stroh und einen Reif aus Horn, der bei Ludovik vergessen worden war.

Niemals blieb er länger als zehn Atemzüge lang, niemals

nahm er sich mehr als einen Kuss auf die Stirn, ein sanftes Streichen über die Wange.

Er ging, in Gedanken versunken, durch die Stadt. Irmelin war nett, sie war hübsch, sie war ein Mädchen, doch er hielt sein Herz fern von ihr, hatte andere Pläne. Seit er im Stettenhaus war, wusste er, wohin sein Weg ihn führen sollte: Kaufmann würde er werden, eine Kaufmannstochter heiraten, von jedermann mit Namen gegrüßt werden und am Ende Mitglied der feinen Stubengesellschaft sein. Was sollte er mit Liebe? Ludovik hatte recht. Die Liebe hatte keinen Namen. Ein Handelshaus schon.

Plötzlich stieß etwas gegen seine Brust. Bertram schreckte auf. Ein Mädchen stand vor ihm, schaute ihn stirnrunzelnd an.

»Faxenkram! Geht Ihr immer so blind durch die Straßen?«, fragte sie und wartete eine Antwort gar nicht erst ab. »Ihr müsst vom Main kommen. Der Geruch des Flusses hängt noch in Euren Kleidern. Und ... hm ... ja ... ein leichter Duft nach Seife.« Sie lachte. »Wahrscheinlich seid Ihr ein Lehrjunge, der bei seinem Liebchen war.«

Bertram prallte zurück. Er hatte noch nie einen Menschen so schnell sprechen hören.

»Nein«, stammelte er. »Ich komme ... ähem ... nicht von einem Liebchen. Verzeiht, dass ich Euch angerempelt habe.«

Er starrte geradezu in ihre dunkelblauen Augen, die einen Kranz von braunen Punkten um die Iris hatten, hob die Hand, als wollte er nach ihrem Gesicht greifen, besann sich anders und stolperte ohne Gruß davon.

Ein paar Tage später summten Kaufhaus und Markt, der Platz vor dem Römer und alle Gassen und Straßen der Stadt.

In Wittenberg, im Lande des Kurfürsten Friedrich III., den sie den »Weisen« nannten, hätte ein Augustinermönch und Doktor der Theologie mit Namen Martin Luther fünfundneunzig Thesen an die Tür zur Schlosskirche geschlagen, erzählten sich die Kaufleute aus allen Teilen des Reiches. Bertram drängte sich in eine Runde, in der bereits heftig debattiert wurde. Zwei Handelsdiener, ein Waageknecht und etliche Kaufleute hatten sich um eine Säule geschart. Ihre Gesichter leuchteten rot vor Streitlust. »Worum geht es ihm?«, fragte Bertram.

Ein Handelsdiener krempelte die Ärmel seines Wamses auf und erklärte: »Um den Ablass geht es. Luther hat geschrieben, dass er einzig der Bereicherung der Kirchen dient.« Er zeigte mit dem Zeigefinger auf den Vestarius des nahen Dominikanerklosters, der mit betont unbeteiligter Miene durch die Gänge schritt.

»Dass die Kirchen sich allweil bereichern, ist bei Gott nicht neu, aber wenn jetzt gar der Ablass nicht mehr das hält, was er verspricht: Das geht zu weit.«, geiferte der Handelsdiener.

Jetzt mischte sich ein Kaufherr ein, der reiche Kleidung trug und sehr vornehm wirkte. »Na, na, mal langsam. Es geht nicht allein um den Ablass. Nur Gott kann Vergebung gewähren, käuflich ist sie nicht. Allein ein tugendsames Leben verheißt das ewige Seelenheil, welches auch nicht mit einem Ablassbrief zu erlangen ist. Darum geht es! Barmherzigkeit und mildtätige Gaben bewahren vor dem Fegefeuer.«

Er sah sich nach den Bütteln um, dann griff er in die Rocktasche und verteilte einige Flugzettel.

Bertram nahm das Flugblatt und überflog es. Luthers Worte standen darauf, ein Auszug aus seinen Thesen. Die anderen lasen ebenfalls, verbargen dann das Papier unter dem

Wams. Einer sprach, den Bertram noch nie gesehen hatte: »Ihr könnt sagen, was Ihr wollt: Zu mächtig ist die Kirche geworden, zu mächtig der Erzbischof Albrecht von Mainz. Frankfurt ist eine freie Reichsstadt. Was redet der Mann in unsere Angelegenheiten hinein und droht, die Messe nach Mainz zu verlegen? Warum müssen wir Kaufleute, die wir das Geld in die Stadt bringen, jedes Jahr Steuern und Zölle zahlen, während die Klöster und Stifte davon befreit sind?«

»Seid ruhig, Herr! Überlegt, was Ihr sagt. Schon mancher ist in dieser Zeit wegen eines falschen Wortes einen Kopf kürzer gemacht worden!«

Es war der Waageknecht, der dies sagte, dann nickte er den Männern zu. »Es ist nicht gut, solche Reden zu führen«, meinte er.

Bertram ging mit dem Flugzettel in der Tasche davon. Er würde ihn später noch einmal genau lesen, sich selbst ein Bild machen. Auch er hatte fest vor, sich eines Tages einen Ablassbrief zu kaufen. Er dachte nicht oft an jenen Tag vor der Höhle, aber einmal würde er die acht Gulden aufbringen, die nötig waren, um den mörderischen Unfall an seinem Vater zu sühnen. Wenn die Ablässe keinen Freispruch von den Sünden gaben, was dann? Er, Bertram, hatte nichts dagegen, mit Geld für die eigene Schuld zu zahlen. Was wollten diese Leute? Was wollte dieser Martin Luther? Froh und dankbar sollten sie sein, wenn ihnen die Schuld erlassen würde. Bertram verstand die Leute nicht. Langsam verließ er die Römerhallen und stieß ins Marktgetümmel. Auch hier standen die Leute beieinander und redeten über Gott, Luther und die Welt.

Eine Krämerin keifte so laut, dass es weithin zu hören war: »Der Erzbischof von Mainz soll zum Teufel gehen! Ausgeblutet hat er uns! Nicht ein Diener Gottes ist er, sondern ein Diener des Teufels. Soll er sich doch mit seinen Ablassbriefen den Arsch wischen! Von mir gibt es keinen roten Heller mehr.« Sie stemmte die Arme in die Hüften und sah sich beifallheischend um.

»Habt Ihr, gute Frau, etwa geglaubt, Euer Ablassgeld wird dem Herrgott persönlich ausgehändigt? Es ist doch klar, dass die Kirchen das Geld einsacken; schließlich sind sie die Verwalter der Sache Gottes auf Erden. Und wenn der unfehlbare Papst als Gottes höchster Vertreter einen Ablass ausruft, nun, so wird das seine Richtigkeit haben. Also, was wollt Ihr?«, fragte ein Kannegießer.

Die Krämerin glotzte ihn an, wusste keine Antwort und wandte sich mit beleidigter Miene dem nächsten Kunden zu. Bertram lächelte ein wenig und ging weiter.

Auch im Hause Stetten wurde geredet und gestritten. Ludovik, der einige Jahre in der Faktorei der Deutschen in Florenz verbracht hatte, redete von dem alten Griechen Plato und seiner Schrift vom Staat. Stetten dagegen wischte alle Gelehrsamkeit vom Tisch. »Es ist, wie es ist. Gott hat die Welt erschaffen und einen jeden von uns an seinen Platz gestellt. Gebt dem Kaiser, was des Kaisers ist«, brummte er. »Und du, Ludovik, solltest dich um die Geschäfte kümmern und deine Zeit nicht mit gelehrtem Gewäsch auf der Straße verbringen. Das kluge Zeug bringt keinen roten Heller ins Haus.«

Ludovik lächelte und tupfte sich mit einem Stofftuch den Mund, wie er es in Italien gesehen hatte, während der alte Stetten die Soßenreste kurz am Tischtuch abschmierte. »Du bist alt, Vater«, sagte er mit einem verächtlichen Lächeln. »Du kennst nur Zahlen und Waren. Die meisten Patrizier haben sich längst aus dem Geschäft zurückgezogen, lassen andere für sich arbeiten und beschäftigen sich mit schöngeistigen Dingen. Patrizier zu sein, das heißt heute mehr, als eine gefüllte Geldlade zu haben. Wer sich nicht vornehm zu kleiden und zu geben vermag, ist nicht mehr als ein Krämer.«

Bertram kannte all das, was der alte Stetten »gelehrtes Gewäsch« nannte, kannte auch den sich wiederholenden Streit zwischen Vater und Sohn, der täglich ohne Ergebnis ausgefochten wurde.

Der Abt im Kloster hatte ihm von Plato und Sokrates erzählt, hatte Aristoteles und Mirandola vorgelesen. Doch er hielt den Mund und machte sich, kaum dass die Tafel aufgehoben war, an die Arbeit. Nein, er hatte nicht an der Tafel gesessen. Er war ein Niemand. Noch immer. Die Magd hatte gekotzt den ganzen Tag und sich den Bauch gehalten. »Ein kotzendes Bleichgesicht verdirbt mir den Appetit«, hatte der alte Stetten verkündet und mit dem Finger auf Bertram gezeigt: »Du wirst heute an der Tafel aufwarten.«

Nach Tisch stöhnten die Schreiber. »Wo ist der junge Herr? Geh ihn suchen, Schwengel«, sagte der Prokurist Dietz zu Bertram. »Er muss sagen, ob wir den Wein aus dem Elsass jetzt verkaufen oder die neue Ernte abwarten wollen.«

»Ich werde ihn suchen«, versprach Bertram. Er fand Ludovik in seinem Arbeitszimmer. Dieser war eifrig dabei, ein kleines Briefchen zu schreiben, und die Verzierungen, die er an den Rand malte, zeigten Bertram, dass es sich hierbei nicht um Geschäftskorrespondenz handelte.

»Die Schreiber und Dietz wollen wissen, was mit dem Wein ist«, sagte Bertram. »Ob er jetzt verkauft oder die neue Ernte erst abgewartet werden soll.«

Ludovik sah verärgert hoch. »Wie soll ich das wissen? Bin ich eine Traube?«

Bertram neigte den Kopf zur Seite. »Das Kloster Marienthal besaß einige Weinstöcke. Ich habe oft im Berg und bei der Kelter gearbeitet. Der letzte Sommer war nass und kalt. Die Trauben haben bisher nicht genügend Sonne bekommen, um die nötige Süße zu entwickeln. Ich würde den alten Wein noch zurückhalten. Die neue Ernte wird schlecht sein. Du wirst es sehen, Ludovik, wenn die ersten Fässer und Weinschläuche hier ankommen.«

Ludovik ließ die Feder sinken. »Meinst du, ja?«

»Ich meine nicht, ich weiß. Im Kaufhaus ist das Angebot an Vorjahreswein nicht gerade üppig. Die Preise dafür werden steigen, sobald heraus ist, dass der neue Wein schlechter ist.« Dann hob er die Hand, fuhr mit ihr nachdrücklich von oben nach unten und von links nach rechts durch die Luft.

Ludovik ließ die Feder sinken. »Aha. Du weißt es also. Und weißt du auch, wie viel vom Mailänder Samt wir auf der Messe einkaufen sollen?«

Bertram hörte den Spott in Ludoviks Worten, doch er antwortete ernsthaft. »Mehr als im Jahr zuvor. Es liegen noch vier Ballen im Lager, und im Kaufhaus wird er angeboten wie Sauerbier. Die Kleiderordnung, die der Rat erlassen hat, verbietet das Tragen von Mailänder Samt. Nun, es werden sich nicht alle daran halten, aber die meisten werden auf einen anderen Stoff ausweichen. Auf Brokat, feines Tuch aus England vielleicht oder auf edles Leinen aus dem Polnischen. Du wirst sehen, schon in wenigen Monaten ist die Kleiderordnung vergessen. Falls nicht, nun, so gibt es genügend Frauen in anderen Städten, die sich um das Mailänder Zeug reißen.«

Ludovik sperrte die Augen auf und starrte Bertram an, dann schüttelte er den Kopf, als wolle er ein Trugbild verscheuchen.

»So?«, fragte er töricht. »Das meinst du also.« – »Ja. Und ich meine außerdem, dass wir Brokat und Brüsseler Spitze in großen Mengen einkaufen sollten. Wenn die Weiber keinen Samt mehr tragen dürfen, so wollen sie wenigstens ihre Hauben aufputzen. Im nächsten Frühjahr dann könnten wir noch einmal Samt aus Mailand kaufen. Die Preise werden bis dahin noch weiter gefallen sein.«

Er lächelte und sprach mehr zu sich als zu Ludovik. »Es könnte gut möglich sein, alle Bestände an diesem Samt aufzukaufen und dann – in ein, zwei Jahren – den Preis dafür bestimmen zu können.«

»Möchtest du die Geschäfte vielleicht gleich ganz übernehmen?«, fragte Ludovik und legte beide Unterarme auf das Schreibpult. Wieder antwortete Bertram ernsthaft: »Noch weiß ich zu wenig. Ich habe noch keine Ahnung von Zöllen und den Wegen von Stadt zu Stadt.«

Ludovik schüttelte den Kopf. »Was soll das? Wieso interessierst du dich für Wege und Straßen?«

»Ganz einfach. Die Waren von und nach Straßburg, Köln, Bamberg, Trier und Heilbronn können per Schiff verschickt werden. Die Gefahr von Überfällen ist auf Flüssen geringer. Das macht den Preis niedriger. Für die Waren, die über die Reichsstraße nach Würzburg, Nürnberg, Regensburg bis nach Wien gehen, müssen wir schon ein paar Wachleute bezahlen und die Kosten für die Herberge und Pferde. Außerhalb der Reichsstraßen wird der Transport noch teurer. Wegen der Raubritter brauchen wir Wachleute, die bezahlt werden wollen. Am Ende kann es sein, dass wir trotzdem überfallen werden.«

Er hielt inne. Ludovik hatte aufmerksam und ohne Spott zugehört.

»Und der Landfrieden?«, fragte er nun. »In ganz Hessen gilt für die Kaufleute aus Frankfurt freies Geleit.«

Bertram wischte den Einwand mit einer Handbewegung zur Seite. »Der Landfrieden ist friedlich auf dem Papier. Hast du vergessen, dass du selbst schon überfallen worden bist? Wenn die Leute nichts zu fressen haben, scheren sie sich einen Dreck um das, was Landgraf und Reichsstadt vereinbaren. Mag sein, dass am Tage Ruhe herrscht, doch in der Nacht möchte ich nicht unterwegs sein.«

»Deshalb Schiffe?«

Bertram nickte: »Die Schiffszölle allerdings sind meist höher als die Wegezölle. Dafür geht die Reise rascher. Wagen können bei Unwetter im Schlamm stecken bleiben, Achsen können brechen.«

»Hm«, machte Ludovik. Mehr nicht. Er starrte eine Weile vor sich hin, dann schickte er Bertram mit einem Wink zur Tür.

Später hörte Bertram, wie er die Schreiber anwies, den Wein aus dem Elsass kühl zu lagern und kein einziges Maß davon herzugeben.

7

Wenig später wurde im Bartholomäusdom die Ablasskiste geöffnet und in Gegenwart von Notaren und zahlreichen Amtsträgern die in Geldstücke umgemünzte Schuld der Frankfurter ans Licht gebracht.

Die ganze Stadt fand sich ein, alle Honoratioren waren vertreten, selbst aus anderen Städten waren Gäste angereist. Ein Name wurde ehrfürchtig geflüstert, ein schmaler Mann mit einem goldbestickten Käppchen neugierig beäugt: Jakob Fugger.

Er sei der reichste Mann der Erde, sagten einige. Andere, die bereits in Italien gewesen waren, meinten, die Familie Medici sei noch ein wenig reicher, doch allen war klar, dass ein Gigant zu besichtigen war.

»Wenn du willst, nehme ich dich mit in den Dom«, sagte Ludovik, der wegen seiner Entscheidung, den Wein jetzt nicht zu verkaufen, von seinem Vater gescholten worden war. »Schlechte Ernte hin, schlechte Ernte her, wer bezahlt die Lagerkosten?«, hatte der Alte sich erbost, und Ludovik hatte seinen Zorn an Bertram weitergegeben.

»Die Lagerkosten, ja, die habe ich nicht bedacht«, gab der Lehrling zu und kratzte sich das Kinn. »Ich werde eine Lösung finden«, versprach er, und Ludovik hatte ihm angesehen, dass auch diese Wort sein voller Ernst waren. Seither behandelte er ihn mit spöttischer Achtung und holte zwei Mal seinen Rat ein. Einmal ging es um die günstigsten Felle für eine Pelzschaube, ein anderes Mal darum, wie man am schnellsten und sichersten den vielen Flachs aus Nordhessen nach Frankfurt kriegen könnte.

Heute gingen sie nebeneinander die Krämergasse hinunter, überquerten den Römer und bogen nach links zum Dom ab. Während Bertram stur seinem Weg folgte, musste Ludovik ein um das andere Mal Entgegenkommenden ausweichen.

»Warum immer ich?«, beschwerte er sich. »Immer muss ich zur Seite gehen, du nie!«

Bertram sah ihn von unten herauf an. »Weil du deine Richtung nicht einhältst, deshalb.«

Ludovik spitzte, wie immer, wenn er nachdachte, das Maul zum Kussmündchen. Doch er dachte niemals lange genug nach.

»Die ganze Stadt wird da sein«, schwätzte er sogleich weiter. »Quasi alles, was Rang und Namen hat. Sie werden sich um Fugger drängen und ihm schön tun, werden ihre Töchter herausputzen und vor sich her schieben.«

»Warum die Töchter?«, fragte Bertram.

»Jakob Fugger hat keine Kinder. Seine Frau Sibylla soll einen trockenen Schoß haben. Für viele Familien wäre es kein Nachteil, brächte eine ihrer Töchter einen Fuggererben zur Welt.«

»Ein uneheliches Kind?«, fragte Bertram. »Keine Patriziertochter wird ihre Tugend so einfach herschenken.«

»Ach, was. Kinderlosigkeit ist ein Scheidungsgrund. Fugger hat beste Beziehungen zum Erzbischof von Mainz und zum Papst. Er wird einen Weg finden, wenn er es denn will. Den Ablass hat er ja auch bekommen.«

»Wieso den Ablass?«, fragte Bertram. »Der soll doch für den Bau des Petersdomes bestimmt sein.«

Ludovik lächelte hochmütig. »Nicht alles, was wissenswert ist, erfährt man im Kontor oder im Kaufhaus, mein Lieber. Man muss seine Augen und Ohren quasi überall haben. Der Erzbischof von Mainz, wird erzählt, hat sich die Bischofswürde vom Papst kaufen müssen. Nun, Albrecht hat sich das Geld vom Fugger vorstrecken lassen. Nach Jahresfrist wollte der Fugger das Geld zurück, aber Albrecht war noch immer knapp bei Kasse. Also erwirkte er – zusammen mit Fugger – eine Ablassgenehmigung vom Papst. Die Hälfte der Gelder, so heißt es, ist für den Bau des Petersdomes bestimmt, mit der anderen Hälfte soll Albrecht seine Schulden an Fugger begleichen.«

Bertram blieb stehen. »Stimmt das? Das Geld fließt in die Tasche der Fugger? Zumindest zu einem Teil? Heißt das etwa, dass der Erzbischof seine Würde mit dem schlechten Gewissen der einfachen Leute gekauft hat?«

Ludovik zuckte die Schultern. »Wer weiß das schon so genau? Der Luther aus Wittenberg wird seine Thesen gegen den Ablass nicht aus Langeweile an die Schlosstür genagelt haben.«

Inzwischen hatten sie den Domvorplatz erreicht, auf dem sich bereits eine dichte Menschenmenge drängte, darunter Bürger und Handwerker, Knechte, Tagelöhner, Gesellen, Wäscherinnen, Männer, Frauen, Kinder, Greise, Kranke und Gesunde, Städter mit und ohne Bürgerbrief.

Der ganze Platz schien zu summen und zu brummen, Worte flogen hin und her, Flüche folgten, dazwischen ein derber Scherz, ein wenig Gelächter, dann wieder Rufe und Schelte. Jahrelange Wut und Ärgernis über die herrschenden

Zustände in Stadt und Kirche machten sich hier Luft. Ein Handwerker schüttelte die Faust und schrie: »Die Hüter des Glaubens werden immer fetter. Wir aber zerbrechen unter dem Zins für die Ewigkeit.«

»Recht hat er«, schrie einer, den seine Kleidung als Zimmermann auswies. »Die Pfaffen nutzen die Steuerfreiheit aus und treiben dabei selber Handel.«

Eine Tagelöhnerin mischte sich ein: »Nicht nur das, sogar Handwerke üben sie aus und bezahlen nicht einen Heller dafür an die Stadt. Auf unseren Knochen ruht diese Stadt und auf dem Hunger unserer Kinder.«

»Was ist hier los?«, fragte Bertram, doch Ludovik winkte ab.

»Der Pöbel. Sie sind nie zufrieden. Immer führen sie Beschwerde. Diesmal wettern sie gegen den Ewigen Zins, den sie für immer an die Kirche bezahlen müssen, wenn sie ein Haus bewohnen, welches der Kirche gehört. Gestern ging es um die Steuern, morgen um den Zehnt und übermorgen schreien sie, weil das Wetter so schlecht ist. Du musst dir dabei nichts denken. Die Macht liegt Gott sei Dank nicht in ihren Händen.«

Er zog Bertram weiter, schob ihn in das Innere des Doms, zu dem dem Pöbel der Zutritt verwehrt war. Er hatte gehört, dass eine Schädelreliquie des heiligen Apostels Bartholomäus dem kaiserlichen Domstift St. Bartholomäus seinen Namen gegeben hatte. Doch nun, im Inneren des Gotteshauses, staunte er. Was dem eher schlichten Gebäude an Pracht fehlen mochte, lieferten die Besucher.

Ludovik hatte recht gehabt: Die Frauen trugen ihre schönsten Kleider. Überall schimmerten weiße Hälse und bloße Haut, unter den geschickt drapierten Schultertüchern lockten zarte Brustansätze, nur notdürftig von Gold und Perlen bedeckt.

Ludovik schob Bertram vor sich her, bis sie endlich die Kirchenbank in der vierten Reihe erreicht hatten, auf der der Name »Stetten« stand.

»Da vorn, schau hin, der Mann mit der gestickten Kappe, das ist Jakob Fugger.«

»Der da? Der Kleine?«

»Ja, genau der.« Ludovik verschränkte die Arme vor der Brust und lehnte sich in der Bank zurück, die überschlagenen Beine weit von sich gestreckt.

Bertram aber rutschte ganz nach vorn, um besser sehen zu können. Er starrte auf Fugger, als wolle er sich jede Einzelheit einprägen. Er betrachtete das hagere Gesicht, die wachen Augen, den schmalen Mund und die große Nase des Reichen. Er achtete auf jede Bewegung, auf das kleinste Stirnrunzeln, die geringste Handbewegung. Er las in seinem Gesicht, wollte erkennen, wie man zu Macht, Reichtum und einem Namen kam. Er studierte die Linien, die sich von den Nasenflügeln zum Mund zogen. Disziplin verhießen sie und Hartnäckigkeit. Er bemerkte die beiden steilen Falten zwischen Fuggers Augenbrauen. Nachdenklichkeit. Er sah das kantige Kinn, das wirkte, als hätte der Mann schon oft in seinem Leben die Zähne zusammenbeißen müssen. Das ganze Gesicht, die ganze Gestalt, so klein Fugger auch war, sprachen von Ehrgeiz und Entschlossenheit.

»Was glotzt du so?«, fragte Ludovik. »Willst du den Augsburger malen?«

Bertram schüttelte den Kopf, starrte weiter.

»Was hat ihn so reich und mächtig gemacht, dass im ganzen Reich sein Name mit Ehrfurcht genannt wird?«

Ludovik zuckte mit den Achseln und strich sich eine Fluse vom Samtwams. »Man sagt, er hätte den besten Riecher«, erwiderte er. »Ich aber denke, er hat die besten Beziehungen.«

»Was macht der Schwengel in unserer Kirchenbank?«, donnerte plötzlich die Stimme des alten Stetten hinter ihnen. Schon wurde Bertram am Arm hochgezogen.

»Bist du ein Patrizier, dass du hier sitzen darfst?«, herrschte der Alte ihn an.

Bertram schüttelte den Kopf.

»Was bist du?«

»Ein Kaufmannslehrling.«

»Ein Nichts bist du, du gehörst nicht in den Dom. Nicht an einem solchen Tag und auch sonst nicht. Mach, dass du hier wegkommst. Doch vorher antworte mir: Was bist du?«

Bertram überragte den alten Stetten um eine halbe Haupteslänge. Er sah auf ihn herab, doch sein Mund blieb verschlossen. Nur in seinen Augen funkelte es, sein Kinn war kantig wie das von Fugger.

»Was bist du? Na? Wird's bald?«

»Der Kaufmannslehrling Bertram Geisenheimer bin ich«, erwiderte Bertram. »Es wird Zeit, Herr, dass Ihr Euch diesen Namen merkt.«

Dann wandte er sich um und verließ den Dom.

Unten am Main traf er Irmelin. »Ich habe seit Tagen auf dich gewartet«, sagte sie.

Bertram strich ihr über das Gesicht und schwieg.

»Ich habe jetzt ein wenig Zeit. Wenn die Messe im Dom zu Ende ist, werden die Männer kommen. Wollen wir bis dahin ins Kontor am Hafen gehen?«

Bertram zögerte, dann ließ er sich willig von Irmelin an der Hand nehmen und zu ihrem gewohnten Platz im Stettenspeicher ziehen.

Als er sie küsste, ihr Gesicht in seine Hände nahm, strich sie ihm über die Mitte seines Beinkleides und lachte dabei kokett.

Bertram nahm Irmelin in die Arme, verzärtelte, liebkoste, küsste, streichelte sie, stillte seine Lust.

Danach gingen sie langsam zum Mainufer zurück.

»Wie sind sie, deine Freier? Unterscheide ich mich von ihnen?«, fragte Bertram und spielte mit ihren Fingern.

Irmelin musste nicht nachdenken: »Sie prahlen. Sie erzählen, welche Prügeleien sie gewonnen, wie vielen Mädchen sie das Herz gebrochen oder welchen Platz sie beim Armbrustschießen errungen haben. Die anderen, die Reichen, erzählen von ihren Geschäften, berichten, wie sie da einen übers Ohr gehauen und dort einen anderen über den Tisch gezogen haben. Sie geben damit an, schon jetzt zu wissen, wie die Preise zur nächsten Messe sein werden, und schwören bei Gott, dass auch ein Fugger nur mit Wasser kocht. Aber die sind selten. Es kommen meist Fremde, die sich in Frankfurt nicht auskennen. Reiche Männer sind nicht oft hier. Du aber bist anders als alle. Du prahlst nicht. Du bist zärtlich. Wenn du hierher kommst, habe ich den Eindruck, dass du wegen mir kommst, nicht wegen deiner Lust.«

»Könntest du, wenn du nur wolltest, die Männer ausfragen?« Er lachte und hob beide Hände. »Könntest du das? Wäre es dir möglich, etwas über die Samtpreise zur nächsten Messe zu erfahren, oder hast auch du nur angegeben?«

Irmelin schüttelte ernsthaft den Kopf. »Bei den meisten Männern kannst du alles erfahren, was sie wissen. Wenn der

Schwanz regiert, schweigt das Hirn. Aber Männer mit Macht und Einfluss kommen nicht zu uns, höchstens ihre Gehilfen und Knechte. Die Reichen gehen zu den Kurtisanen.«

»Wärst du lieber eine Hübschlerin mit eigener Kammer und schöneren Kleidern? Mehr Kurtisane als Dirne?«

»Aber ja! Wir alle hier träumen davon.«

Bertram hielt ihr seine Hand hin. »Schlag ein, Irmelin. Lass uns einen Handel machen. Ich besorge dir Kleider und eine Kammer, und du machst die Männer reden. Frag sie nach ihren Geschäften, nach Preisen, lass sie prahlen und branzen.«

Irmelin hob die Hand, doch sie hielt sie in der Luft und schlug nicht ein.

»Am liebsten wäre mir, du wärst der einzige Mann, und ich müsste mich nicht mehr verkaufen. Ich liebe dich, Bertram«, sagte sie. Ihr Gesicht strahlte, ihre Augen blitzten, aber Bertram senkte den Kopf und schwieg.

»Und du? Liebst du mich nicht?«, fragte sie nach einer kleinen Weile und ließ die Hand sinken.

Bertram scharrte mit der Fußspitze auf dem Boden. Es dauerte, bis er endlich erwiderte: »Doch, Irmelin, doch, doch.«

Da erst schlug sie in den Handel ein.

Als Bertram in die Krämergasse zum Haus der Stettens zurückgekehrt war, wäre er am liebsten in seiner Kammer verschwunden, doch die aufgeregte Betriebsamkeit ließ ihn am Fuße der Treppe verharren. Alle Türen standen offen. Die beiden Mägde liefen hin und her, die Köchin braute laut betend in der Küche einen starken Kräutersud, die Schreiber standen im Kontor, rangen die Hände, und Ludovik lief mit großen Schritten um den Arbeitstisch und fuhr sich ein um das andere Mal durch das Haar.

»Was ist passiert?«, fragte Bertram und trat näher. »Kann ich etwas tun?«

Ludovik hielt inne. »Meinen Vater hat der Schlagfluss getroffen. Er fiel auf dem Heimweg plötzlich um. Die Spucke floss ihm aus dem Mund, und er konnte sich weder rühren noch sprechen. Zwei Tagelöhner haben ihn hierher getragen. Jetzt ist der Stadtmedicus bei ihm.«

»Das tut mir leid. Ich werde für ihn beten«, antwortete Bertram und hoffte, weggeschickt zu werden. Er mochte es nicht, Zeuge anderer Leute Kummer zu sein. Er betrachtete Ludovik, sah die Furcht in seinen Augen. Er ist ein Waschweib, dachte Bertram. Aber er hält sich für einen Mann.

Dann ging Bertram.

Schon wenige Tage später war klar, dass sich der alte Kaufmann nicht wieder erholen würde. Die Lähmung der linken Seite wollte und wollte nicht vergehen. Auch seine Sprache hatte er weitgehend verloren. Sabbernd kaute er auf den Buchstaben herum, die sich in seinem Mund verknotet hatten und zu unaussprechbaren dicken Klumpen geworden waren.

Die Herbstmesse stand bevor, Vorbereitungen mussten getroffen, Briefe mit Bestellungen an die Kaufleute aus Augsburg, Nürnberg, Basel und Zürich geschrieben werden.

Ludovik hastete im Kontor umher. »Wie viel Leinentuch aus Augsburg brauchen wir?«, fragte einer der Schreiber.

»Soll auch ein Brief nach dem Elsass gehen?«, fragte ein anderer.

Der Prokurist Dietz blätterte in den Kontorbüchern, raufte sich die Haare und rief wieder und wieder: »Es stehen noch Zahlungen aus Worms und Trier aus.« Oder: »Die Wechsel aus Antwerpen und Leipzig werden fällig.«

Ludovik versuchte, in all der Unruhe den Überblick zu gewinnen. Vergeblich.

»Bestell, was du willst«, rief er dem ersten Schreiber zu. »Du bist schon viel länger hier als ich. Du musst doch wissen, was du zu tun hast.«

Dem Kontorleiter riss er gar das Buch aus der Hand, stierte hinein, warf es zurück auf das Pult und herrschte ihn an: »Besorge du das ausstehende Geld!«

»Aber Herr, ich habe keine Vollmachten«, jammerte der Handelsdiener.

»Ihr seid der Herr, Ihr müsst sagen, was zu tun ist«, meinte auch der Prokurist Dietz.

Da hielt Ludovik sich die Ohren zu und stürzte davon.

Bertram fand ihn im Hof des Handelshauses. Er saß auf dem Brunnenrand und malte mit der Fußspitze Kringel auf den staubigen Boden. »Was soll ich nur tun, Bertram? Der Alte hat mir quasi nie etwas erklärt. Jetzt muss ich entscheiden, während er oben in der Kammer liegt, Löcher in die Luft stiert und dem Herrgott den Tag stiehlt.«

Bertram setzte sich neben Ludovik. Er wusste, dass der junge Kaufmann log. Oft, sehr oft und geduldig hatte ihm der Vater die Vorgänge im Handelshaus erklärt. So oft, dass Bertram, der durch das Loch im Boden seiner Kammer gelauscht hatte, noch im Schlaf wusste, wer wann was wo und wie am besten bestellte, wann die einzelnen Wechsel fällig wurden, wann Zölle, Messgelder, Krangelder und Steuerzahlungen geleistet werden mussten.

»Es ist ganz gleich, was ich jetzt entscheide«, klagte Ludovik weiter. »Es wird ja doch falsch sein, und der Alte macht mich einen Kopf kürzer, sobald er Arm und Hand wieder bewegen kann.«

Bertram schwieg und ließ den Kaufmannssohn noch eine Weile in seinem Kummer schwelgen. Erst als das Zucken von Ludoviks Schultern verriet, dass er wie ein Weib in Tränen ausgebrochen war, sagte er: »Ich weiß das alles, habe es von den Schreibern, von Dietz und von deinem Vater gelernt. Ich weiß, welche Zahlungen fällig sind, weiß lange schon, was wo bestellt und gekauft werden muss. Ich kann dir helfen. Du wirst sehen, dass dein Vater mit dir zufrieden sein wird.«

Ludovik sah auf. »Du?«, fragte er, doch dann erinnerte er sich daran, wie Bertram ihm schon vor der letzten Messe zur Seite gestanden hatte. Zwar hatte der Vater über die Lagerkosten gewütet, doch am Ende war alles so eingetroffen, wie Bertram es vorausgesagt hatte, und das Handelshaus hatte einen satten Gewinn einstreichen können. Selbst der alte Stetten hatte nichts zu tadeln gewusst.

»Gut«, erwiderte Ludovik, und Bertram konnte die Bedürftigkeit hinter seiner hochmütigen Miene lesen. »Dann erledige du die Arbeiten im Kontor. Ich werde mich derweil auf der Straße nach neuen Nachrichten umhören. Auch in die Stubengesellschaft werde ich gehen und hören, was im Rat beschlossen wurde.«

»Ja, geh ruhig. Informationen sind das Wichtigste in diesem Geschäft«, sagte er zu Ludovik und nickte ihm zu.

Ludovik stand auf, streckte ihm die Hand hin. »Es ist also abgemacht, dass du die Messe vorbereitest und mir am Abend Bericht erstattest?«

»Nicht so hastig. Wenn ich deine Arbeit mache, so verlange ich wenigstens den Verdienst eines Schreibers dafür.«

»Du bist Lehrling. Außer Kost, Logis und ein bisschen Stoff zu Weihnachten steht dir quasi nichts zu.«

Bertram setzte sich auf seine Hände. »Wie du willst«, sagte er. »Du bist der Herr. Ein jeder hat seine Aufgabe. Ich bin nur der Lehrjunge.«

Ludovik sah auf Bertram herab, seufzte, dann griff er zur Geldkatze, die er am Gürtel trug und holte ein Geldstück hervor. Bertram nahm es, hielt die Hand ausgestreckt vor Ludoviks Nase.

Wieder seufzte der Kaufmann, wieder kramte er in der Geldbörse und legte noch ein Geldstück obendrauf.

»Einen Silbergulden gebe ich dir«, sagte er. »Dafür bekommt man ein Viertel von einem Schlachtschwein. Für einen Gulden aus Gold sogar ein Pferd.«

»Du wirst die Arbeit dafür von mir bekommen, die dem Geld entspricht«, versprach Bertram, steckte den Gulden weg und ging zurück ins Kontor.

Am Sonntag ging er hinunter zum Main. Er trug einen Korb bei sich. Irmelin stand in der Nähe des Ufers und lachte mit einem Mann. Sie ließ sich von ihm eine Blume ins Haar stecken.

»Komm mit«, sagte Bertram, achtete nicht auf den Mann, sondern nahm sie an der Hand und wollte sie wegziehen.

»Bertram, ich muss arbeiten. Ich kann jetzt nicht mit dir gehen.«

»Doch!«, wiederholte er, wandte sich an den Mann, einen Handwerksgesellen, sagte: »Ihr gestattet? Die Dame hat dringende Geschäfte zu erledigen.« Dann hob er die Hand, fuhr damit einmal von oben nach unten und dann von rechts nach links.

Der Freier riss den Mund auf, doch dann fiel sein Blick auf Bertrams Samtwams, die langen glänzenden Haare und die Tintenflecken an seinem Finger. Er duckte sich unter dem herrischen Ausdruck in Bertrams Gesicht und verzog sich auf der Stelle.

Bertram sah ihm nach und spuckte aus, dann griff er nach Irmelins Arm und zog sie mit sich fort.

Sie liefen über den Römer in Richtung Allerheiligentor, liefen durch den lärmenden Sonntagabend bis hinüber zum Dörfchen Bornheim. Ärmliche Kummerkaten duckten sich an die Ränder der schlammigen und von Unrat übersäten Gasse. Aus den Türen der zahlreichen Herbergen drang Geschrei. Vor einer Würfelstube prügelten sich zwei Männer, von einem grölenden Haufen umstanden. Bertram zog Irmelin weiter, hinein in eine Gasse mit kleinen zweigeschossigen Häusern und Werkstätten im Erdgeschoss. Vor einem alten, aber sauber verputzten Fachwerkhäuschen am Ende der Gasse blieb Bertram stehen.

»Hier wirst du von jetzt an wohnen. Hier habe ich eine Kammer für dich gemietet«, sagte er. Dann reichte er ihr das Bündel, welches er über der Schulter getragen hatte. »Auch das hier ist für dich.«

Bertram öffnete die knarrende Tür, warf der alten, gebückten Frau, die in der Küche neben dem Herd saß, einen Gruß zu und zog Irmelin eine schmale Stiege hinauf.

Die Kammer war niedrig und hatte nur ein Fenster mit geweißten Holzläden davor. Auf einem einfachen Bett aus dunklem Holz lagen zwei Decken und ein Kissen.

»Einen Vorhang für das Bett kaufe ich noch«, erklärte Bertram. Er wies auf das Waschgeschirr, das in einem Eisenständer neben dem Kohlebecken stand. »Wasser gibt es am Brunnen, nur eine Straße weiter.«

Auf einem kleinen Tisch unter dem Fenster stand ein Talglicht, davor ein einfacher Armlehnstuhl. Die einfache hölzerne Truhe daneben war von Kissen aus grobem Wollstoff bedeckt. Schaffelle, die ihre besten Zeiten hinter sich hatten, bedeckten den Boden.

»Es ist kein Palast«, sagte Bertram. »Aber fürs Erste muss es reichen.«

Irmelins Augen waren vor Staunen groß und blau wie der Frühlingshimmel.

»Für mich?«, fragte sie immer wieder. »Für mich?«

Bertram nickte und deutete auf das Bündel. »Mach es auf, auch das ist für dich.«

Als Irmelin das Kleid aus blauem Tuch mit bestickten Rändern, das samtene Haarband, die Spange aus Horn und die Schuhe aus derbem Leder sah, jauchzte sie auf und fiel ihm um den Hals.

»Du liebst mich doch«, behauptete sie. »Sonst hättest du das alles nicht für mich getan.«

Bertram erwiderte ihr Lächeln und schwieg.

Wenig später lag er zwischen ihren gespreizten Schenkeln, hatte den Kopf auf ihren Venushügel gebettet.

»So zu liegen«, sagte er zu ihr. »Das habe ich mir immer gewünscht.«

»Du kannst immer dort liegen. Wann du willst und so oft du willst«, antwortete Irmelin und versteckte ihre Hände in seinem Haar.

8

Am Sonntag war das große, dreistöckige Handelshaus in der Münzgasse leer und ruhig. Ludovik und die Bediensteten waren in der Kirche. Nur der Alte war im Haus, lag in seinem Bett. Er hatte sich inzwischen ein wenig erholt und war sogar schon wieder im Kontor gewesen, doch noch immer raubte ihm die kleinste Anstrengung viel Kraft.

Bertram hatte nur darauf gewartet, endlich einmal allein im Haus zu sein. Er schlich in das Arbeitszimmer des Alten. Ludovik hatte sich verändert, und Bertram hoffte, den Grund für diese Veränderung hier im Arbeitszimmer zu finden. Ludovik wirkte abwesend, hörte niemandem mehr zu, sprach aber oft von einem, der wie er zur Stubengesellschaft der Alten Limpurg gehörte und mit dem er eines Tages große Geschäfte machen würde.

Man hielt zusammen dort, betonte er immer wieder, schließlich gehörte man zum gleichen Stand, hatte die Verpflichtung, reich und vornehm zu sein, es zu bleiben und unter allen Umständen den guten Namen zu wahren.

Bertram kannte Ludovik inzwischen besser als dieser sich selbst. Der blonde Kaufmann würde auf jeden hören, der ihm die Tageslast erleichterte und versprach, ihn reicher und vor den Augen des Vaters tüchtiger zu machen.

Vorgestern war einer da gewesen, den Ludovik mit dem

Namen Hainbuch angesprochen hatte. Bertram hatte am nächsten Tag im Kaufhaus in Erfahrung gebracht, wer dieser Hainbuch war: Der Besitzer des zweitgrößten Handelshauses der Stadt, verheiratet mit der Tochter des Bürgermeisters und selbstverständlich Mitglied im Rat.

Die beiden Männer hatten sich im Arbeitszimmer eingeschlossen, und Bertram war in seine Kammer gestiegen, um zu lauschen.

»Mit deinem Alten steht es schlecht?«, hatte Hainbuch gefragt.

»Ja, augenblicklich pfuscht er mir nicht mehr ins Handwerk. Er ist zu alt für die modernen Handelsgesellschaften«, prahlte Ludovik.

Der andere zog seine feinen Handschuhe aus, fasste sie mit der einen Hand und schlug damit leicht in die Fläche der anderen. Bertram konnte ihn gut erkennen, da er direkt unter dem Guckloch stand.

»Gottlob bist du anders, Ludovik. Mit dir kann man Geschäfte machen.«

Er sah den blassen Kaufmann nachdenklich an, dann fragte er: »Wie wäre es, wenn wir gemeinsam eine Handelsgesellschaft gründen? Halbes Risiko, doppelter Gewinn.«

»Wie das?«, fragte Ludovik.

»Nun«, sprach Hainbuch und senkte die Stimme dabei. »In eine Gewandschneiderei möchte ich investieren, unabhängig von der Kleiderordnung der Ratsherren werden. Im Vogelsberg, nicht weit von hier, gibt es eine, die zum Kauf steht.«

»Und warum kaufst du sie nicht?«, fragte Ludovik.

Hainbuch lachte. »Das ist nicht so einfach, wie es auf den ersten Blick aussieht. Eine Leineweberei ganz in der Nähe macht einfaches Tuch und liefert an die Gewandschneiderei, die schlichte Kittel und schmucklose Kleider davon macht. Wenn ich die Gewandschneiderei kaufe und du die Leineweberei, so sparen wir zwei Mal die Aufschläge der Kaufleute und könnten die Kittel und Kleider selbst für niedrige Löhne dort herstellen lassen, um sie dann in Frankfurt mit doppeltem Gewinn loszuschlagen.«

Bertram hörte, wie Ludovik aufstand und zum Fenster ging. Mit dem Rücken zu Hainbuch sagte er: »Dein Vorschlag klingt gut. Viele Kaufleute machen es jetzt so. Dem Fugger gehören ganze Kupferbergwerke, Silberminen, Staigereien und Gießereien. Warum sollte ich da nicht eine Leineweberei kaufen? Auch Fugger hat schließlich so angefangen.«

»Fugger ist kein Hexenmeister. Er hat klug gehandelt. So wie wir, Ludovik.«

Bertram hörte den Triumph in Hainbuchs Stimme und hätte zu gern in dessen Gesicht gesehen.

Doch schon sagte Ludovik: »Ich werde darüber nachdenken. Schick du mir ein Papier, auf dem steht, wie alles werden soll. Ein Advokat muss her, damit die Dinge richtig laufen.«

»Das ist alles kein Problem«, erwiderte Hainbuch und versprach, die Papiere am nächsten Tag zu schicken.

Drei Tage war das jetzt her. Nun, da das Haus beinahe verlassen lag, machte sich Bertram auf die Suche nach den Papieren. Er wusste, wie Handelsgesellschaften funktionierten, aber er ahnte, dass Hainbuch in erster Linie auf das eigene Geschäft bedacht war und Ludovik über den Tisch ziehen wollte.

Im Kaufhaus hatte Bertram beobachtet, dass für Leinwand

aus dem Vogelsberg nicht viel gezahlt wurde, weil die Ware schlecht gearbeitet war. Die Gewandschneidereien in der Stadt dagegen hatten seit der neuen Kleiderordnung weniger zu tun und kauften zumeist die feinen Leinenwaren aus dem Polnischen oder aus England, während sie die Stoffballen aus dem Vogelsberg unbeachtet ließen. Irgendetwas war faul an Hainbuchs Vorschlag, Bertram konnte es förmlich riechen. Es hatte jedoch keinen Zweck, Ludovik oder gar den Alten darauf aufmerksam zu machen und Bedenken anzubringen. Er war ein Schwengel, und die Herren der Alten Limpurg über jeden Verdacht erhaben.

Bertram wühlte in allen Kästen und Schubladen, kramte in den Büchern, untersuchte jeden noch so kleinen Zettel.

»Wasch tuschd du da?«, donnerte plötzlich hinter ihm die Stimme des alten Stetten. Noch immer konnte er den Lauten nicht seinen Willen aufzwingen, spuckte Klumpen statt Worte, doch Bertram hatte ihn gut verstanden.

»Die Lagerlisten suche ich«, sagte er. »Ich wollte nachzählen, ob alle Waren da sind.«

»Nachdschählen, scho scho. Am Sonntag!«

Der Alte stützte sich am Türrahmen ab, kam mit winzigen Trippelschritten auf ihn zu geschlurft.

»Verschwinde, Schwengel«, zischte er, und dabei flog die Spucke in Flocken von seinem Mund. »Verschwinde! Auf der Stelle! Ich habe dir nie getraut. Du bist ein Rabe, stiehlst wie ein Rabe. Hast gedacht, der Junge ist dumm, und der Alte merkt es nicht. Alles habe ich gemerkt. Du hast uns belauscht, hast in die Bücher geguckt, die Schreiber ausgehorcht. Ich habe keine Ahnung, was du vorhast, Teufelsbrut. Aber hier gibt es nichts für dich zu holen. Scher dich, ehe ich die Büttel rufe!«

Bertram blieb stehen, lächelte dünn. »Ich habe dem Haus nie Schaden gebracht. Im Gegenteil. Ihr habt mir einiges zu verdanken.«

»Ich danke, wem ich will. Pack dein Bündel und geh. Wenn du in fünf Minuten nicht weg bist, lasse ich die Büttel holen.«

»Was wollt Ihr denen sagen? Ich habe nicht gestohlen, nicht betrogen, kein falsches Zeugnis abgelegt und den Wein nicht gepanscht. Eurem Sohn werde ich fehlen. Ihm und seinen neuen Handelsgesellschaften.«

»Ich traue dir nicht, du bist ein Lump. Und deshalb will ich, dass du mir aus den Augen gehst.«

Der Alte griff nach einer Eisenstange, die neben dem Kamin stand, und fuchtelte damit vor Bertrams Augen herum.

Bertram trat einen Schritt zurück. »Ihr könnt mich nicht hinauswerfen. Wir haben einen Vertrag. Viel Geld würde es Euch kosten, hieltet Ihr den nicht ein.«

Der Alte ließ die Eisenstange neben Bertram niederkrachen. »Du kennst dich gut aus mit deinen Rechten, du Lump.« Dann verzog er das Gesicht, hob die Eisenstange erneut über den Kopf und sah Bertram mit zusammengekniffenen Augen an. »Was wäre, wenn man dich tot auf dem Galgenberg finden würde, Schwengel? In der Hölle gelten die irdischen Verträge einen Dreck!«

Bertram fühlte, wie Wut und Angst in ihm aufstiegen und ihn blind machten. Er darf mich nicht rauswerfen!, war alles, was er dachte. Ich muss hierbleiben, wenn ich mir einen Namen machen will. Er darf mich nicht auf die Straße jagen wie einen Hund!

Der Alte holte röchelnd Atem. Im selben Atemzug sprang Bertram ihn an, riss ihn samt der Eisenstange zu Boden. Der

Alte fiel mit einem dumpfen Geräusch, Bertram fand sich auf seinem alten Körper wieder. Das Blut pumpte rasend schnell durch seine Adern, vor seinen Augen tanzten blaue Kreise. Der Alte röchelte, griff zur Seite nach der Eisenstange, da packte ihn Bertram, zog ihn ein Stück hoch und schüttelte ihn, so kräftig er konnte. Der Kopf des Alten wurde von links nach rechts geschleudert, der alte Körper sackte unter Bertrams starken Händen zusammen.

Plötzlich kniff der Alte die Augen zusammen, seine ganze Gestalt verspannte sich. Dann ließ er einen mächtigen Wind fahren, der so stank, dass Bertram aufsprang und den Alten zu Boden stieß. Da lag er mit geschlossenen Augen und rührte sich nicht mehr. Aus seinen Beinkleidern troff eine braune, stinkende Brühe. Bertram stand mit jagendem Herzen wie erstarrt. Erst die Glocken, die das Ende des Gottesdienstes verkündeten, lösten ihn aus der Erstarrung. Er hockte sich neben den Alten und rüttelte an seiner Schulter. Stetten bewegte sich nicht. »Tot«, murmelte Bertram. »Ist der Alte hin? Habe ich ihn getötet?«

Er bekreuzigte sich, machte das Segenszeichen über dem Mann und verschwand, so schnell in seine Füße tragen konnten, aus dem Haus.

Erst am Abend kehrte Bertram in die Münzgasse zurück. Sein Gesicht war grau, Hemd und sogar das Wams stanken durchdringend nach Schweiß, als hätte er schweres Fieber. Die Augen waren rot gerändert und milchig, die Lippen zerbissen. Den ganzen Tag war er durch die Wiesen und Wälder gestreift, hatte nichts gegessen, nichts getrunken. An einer kleinen Waldkapelle hatte er Halt gemacht und Gott für den Tod des Alten um Vergebung gebeten. Jetzt betrat er vorsichtig das Haus, die Angst in den Knochen, als Mörder entlarvt zu werden. Im Haus herrschte Stille. Das Herdfeuer war aus, die Talglichter brannten nicht.

Noch im Flur hielt Ludovik ihn an. »Mein Vater. Es steht schlecht um ihn. So schlecht, dass die Magd nach dem Priester geschickt wurde, damit er komme und das Sakrament spende.«

»Dein … dein Vater?«, stotterte Bertram. Er hätte am liebsten laut gejubelt und Ludovik umarmt. Der Alte lebte! Also war er kein Mörder!

»Dein Vater?«, wiederholte er. »Was ist mit ihm?«

»Er muss, während wir alle in der Kirche waren, ins Arbeitszimmer gegangen sein. Dort, sagt der Stadtmedicus, hat ihn erneut der Schlag getroffen. Die Nacht übersteht er nicht.«

»Ist es sicher, dass er sterben wird?«, fragte Bertram. »Ich meine, gibt es wirklich keine Hoffnung mehr?«

Ludovik schüttelte den Kopf. »Wenn Gott will, so wird er noch einmal zu sich kommen. Bete dafür, Bertram.«

»Ich werde beten, dass sich alles zum Besten richtet«, erwiderte Bertram und drückte sich den Rest des Abends immer in der Nähe des Krankenzimmers herum, darauf bedacht, vom alten Stetten nicht gesehen zu werden.

Der Priester gab ihm gerade die letzte Ölung, als Bertram die Magd, die bei dem Alten wachte, rufen hörte: »Seht nur, Gott hat ein Wunder getan, der Herr kommt zu sich.«

Gleich darauf eilte sie durch den Flur, stieß Bertram grob zur Seite. »Der junge Herr soll kommen. Sein Vater möchte ihm noch etwas sagen.«

Schon eilte Ludovik die Treppe hinauf, stürzte in das Krankenzimmer. Niemand merkte, dass Bertram hinter der offenen Tür stand und jedes Wort erlauschen konnte.

»Meine Stunde ist gekommen, Sohn«, hörte er den Alten sagen. »Gleich wirst du der Herr über Haus und Kontor sein. Schick den Schwengel weg. Er ist ein Lump … ein … ein … mmmmmmmmmmmmhhhhh«

Bertram hielt den Atem an. Gleich würde das Wort fallen, vor dem er sich so fürchtete. Gleich würde der Alte Bertrams Schuld beim Namen nennen, gleich … gleich würde er ihn MÖRDER schimpfen. Schon konnte Bertram den Klang des Wortes hören, schon sah er die entsetzten Gesichter des Priesters und Ludoviks vor sich.

Doch nichts geschah. Es herrschte Stille, dann begann der Priester zu beten. Mit einem Seufzer der Erleichterung sank Bertram an der Wand hinab. Der Alte ist tot, dachte er. Gottlob ist der Alte tot.

9

Es war kalt. Graue dünne Fäden regneten vom Himmel, machten das Pflaster glitschig. Nebel hing über den Dächern, vermischte sich mit dem Rauch der Kamine. Die Leute gingen mit eingezogenem Kopf, als würde der wolkenschwere Himmel darauf lasten. Obwohl es bereits auf den Nachmittag zuging, war es noch immer nicht richtig hell geworden.

Bertram schlenderte über den Liebfrauenberg, dicht in seinen Umhang gehüllt, das Haar dunkel und schwer von Feuchtigkeit. Sein Gesicht war schwarz von Bartstoppeln, die Kleidung klebte ihm am Leib, sein Magen knurrte.

Vor zwei Tagen hatte Ludovik ihn auf die Straße gesetzt.

»Du verstehst sicher: Das Wort, das man einem Sterbenden gibt, muss man halten.«

»Und ob ich verstehe«, hatte Bertram erwidert. »Ich verstehe alles, und ich wünsche dir Glück.«

Dann war er mit seinem schmalen Bündel von dannen gezogen. Das Lächeln, das dabei seinen Mund umspielte, hatte niemand bemerkt.

Bertram war nun ohne Anstellung, aber keineswegs untätig. Sein Bündel noch über der Schulter, machte er sich auf den Weg in das Kaufhaus. Es überraschte ihn nicht, Hainbuch dort zu sehen. Bertram folgte ihm, blieb dicht wie ein Schatten hinter ihm. Dann blieb Hainbuch stehen, sah sich um, als warte er auf jemanden, und Bertram schaffte es gerade noch, sich hinter einer Säule zu verbergen, bevor der Vestarius des Antoniterhofes zu Frankfurt sich Hainbuch zugesellte.

»Erzählt, Mönch, was Ihr in Erfahrung gebracht habt«, forderte Hainbuch den Mönch ohne besondere Freundlichkeit auf.

»Viel Neues weiß ich nicht«, jammerte der Mann in der weißen Kutte mit dem blauen Tau darauf. »Die Leineweberei vom Vogelsberg hatte der Ritter von Grünberg nicht ohne Grund zum Verkauf gestellt. Die Flachsfelder ringsum sind aus den Händen des Ritters von Grünberg in die Hände des Herrgotts gefallen.«

»Das heißt, die Flachsfelder gehören nun den Antonitern, nicht wahr? Euer Kloster hat neue Pfründe gemacht.«

Der Vestarius lächelte fein. »Auch der Herrgott muss sehen, wo er bleibt.«

»Ihr meint, Ihr müsst sehen, wo Ihr bleibt.«

»Wie auch immer. Jedenfalls sorgen wir dafür, dass die Tagelöhner ein Auskommen haben. Tag und Nacht sitzen sie an den Webstühlen unserer Weberei. Auch Ihr profitiert davon, und das nicht zu knapp.«

Hainbuch kratzte sich das Kinn. »Und die Leineweberei in Grünberg, die Stetten vom Ritter gekauft hat, ist ohne Flachs und ohne Aufträge.«

»Ihr habt keinen Grund zur Klage, Hainbuch. Schließlich beliefern wir Eure Gewandschneiderei, die Ihr ebenfalls vom Ritter erworben habt, mit Leinwaren. Goldene Zeiten sind für Euch angebrochen. Und zwar mit meiner Hilfe, vergesst das nicht.«

Bertram hinter der Säule verstand. Hainbuch hatte sich

also die nutzbringende Gewandschneiderei unter den Nagel gerissen, während er Ludovik auf der auftraglosen Weberei sitzen ließ. Was immer Ludovik tun würde, es wäre nutzlos, solange die Antoniter ebenfalls über eine Leineweberei verfügten.

Nun sprach Hainbuch weiter: »Schon nach der Wintersonnenwende werden wir die ersten Kutten mit dem blauen Tau Eures Ordens liefern können. Die Leinwand wird im Antoniterkloster zu Grünberg im Vogelsberg gewebt, die Kutten in der neuen Werkstatt der Hainbuchs ebenfalls in Grünberg genäht. Zu einem guten Tagelohn, versteht sich. Nun, Bruder Vestarius, deshalb bin ich sicher, dass Ihr mit den neuen Kutten überaus zufrieden sein werdet.«

Bertram beobachtete, wie ein Beutel, der wohl mit Gulden gefüllt war, aus Hainbuchs Hand gegriffen und unter der Mönchskutte versteckt wurde. Dann trennten sich die beiden.

Bertram folgte dem Antoniter und sprach ihn vor dem Kaufhaus an: »Ein Leineweber bin ich. Wisst Ihr nicht, Bruder, wo ich Arbeit finden könnte? Gehört habe ich von den Webereien im Vogelsberg.«

Der Bruder Vestarius hielt sein Gesicht in die Herbstsonne und plapperte wie ein Mühlrad.

»Nein, mein Sohn, da kann ich dir nicht helfen. Im Vogelsberg hat ein Ritter all seine Güter, darunter Flachsfelder, Weberei und Schneiderei, verkaufen müssen. Die Felder sind nun Eigentum des Herrgotts, die Weberei wird wohl verfallen, da wir Antoniter selbst eine haben und genügend Tagelöhner dazu. Sucht Ihr Arbeit, so wendet Euch an die Gewandschneiderei in Grünberg. Schon möglich, dass dort einer wie Ihr gesucht wird.«

Bertram verabschiedete sich und sah dem Mönch nachdenklich hinterher. Er hatte geahnt, dass Hainbuch ein Haderlump war.

Bertram hatte nicht vor, Ludovik von dem belauschten Gespräch zu erzählen; immerhin hatte der ihn auf die Straße gesetzt. Aber er war sich sicher, dass ihm diese Informationen noch nützlich sein könnten.

Er lief durch den Nieselregen den Römer hinab, dann am Dom vorbei. Seine Augen brannten. In der Nacht, die er unter dem Portal der kleinen St.-Josefs-Gemeinde in Bornheim verbracht hatte, war er nicht viel zum Schlafen gekommen. Bornheim, das gern das lustige Dorf genannt wurde, war voller Schelme, Spieler, Gaukler, Huren und Fremder, die etwas erleben wollten.

Aber Bornheim war auch ein Dörfchen, in dem ein Neuer unter dem Kirchenportal niemandem weiter auffiel.

Bertram hatte überlegt, ob er zu Irmelin gehen und die Nacht in ihrer Kammer verbringen sollte, doch sein Stolz ließ nicht zu, Irmelin um ein Nachtlager und ein Stück Brot zu bitten. Bertram hüllte sich in seinen Umhang und war eingeschlafen, bevor die Glocke der Kirche das nächste Mal schlug und der Nachtwächter die Leute von den Gassen scheuchte.

Er erwachte früh am Morgen. Sein Magen knurrte, seine Schuhe waren durchweicht, der Rücken schmerzte von den harten Stufen des Kirchenportals. Doch Bertram kümmerte sich nicht darum. Er hatte zu tun und keine Zeit, sich um Dinge wie seinen Magen oder seinen Rücken zu kümmern.

Mit jedem Schritt, mit dem er sich den Römerhallen näherte, klapperten seine Zähne vor Kälte und Müdigkeit mehr.

Als er das Kaufhaus erreicht hatte, strich er sich mit der flachen Hand die Nässe vom Umhang, säuberte notdürftig seine Schuhe, fasste das feuchte Haar im Nacken mit einem Band zusammen und betrat die erste der Hallen. Er begann seinen täglichen Rundgang, ungeachtet dessen, dass er kein Kaufmann, kein Krämer, ja, noch nicht einmal mehr Lehrjunge war. Die Wachstafel und den Griffel, die er aus dem Stettenhaus mitgenommen hatte, hielt er in der Hand.

Als er in den Gang einbog, in dem die Ballen mit Spitze lagen, erblickte er eine junge Frau, die ihm vage bekannt vorkam und von der er nur noch wusste, dass sie reden konnte, ohne dabei Luft zu holen.

Jetzt stand sie da, befühlte ein Stück Spitze, hob es an die Nase und roch daran. Dann fragte sie den Händler nach dem Preis.

»Gute Brüsseler Spitze, beste Qualität«, erklärte der Mann und mühte sich um einen fremdländischen Zungenschlag.

Die junge Frau zog die Augenbrauen zusammen und sah den Händler ungeduldig an. »Wie viel kostet ein Ballen?«, wiederholte sie.

»Nun, die Spitze würde Euch sehr gut zu Gesicht stehen, würde Euch schmücken und bei den Freundinnen Neid hervorrufen. Gute Ware hat ihren Preis, dazu der lange Weg …«

»Wie viel?«

»Einen Rheinischen Gulden der Ballen.«

»Faxenkram! Ich glaube, Ihr scherzt.« Die junge Frau lachte dem Mann ins Gesicht. »Ein halber Gulden wäre zu viel für das Zeug.«

Der Händler wiegte den Kopf, faltete die Hände vor den Bauch. »Die Kosten, meine Dame, die vielen Weg- und Schiffszölle, das Stapelgeld. Das Leben ist nicht billig. Ich habe Frau …«

»… und sieben Kinder, ich weiß. So was höre ich jeden Tag. Meist kommt noch die kranke Mutter hinzu und die verkrüppelte Schwester, aber Ihr seid ein gottgefälliger Mann und barmherzig zu allen Geschöpfen, doch die kommen Euch teuer zu stehen und so weiter und so fort.«

Der Händler machte ein verdutztes Gesicht, dann besann er sich: »Ihr sagt es, mein Fräulein, Gott allein weiß, wohin mich meine Gutmütigkeit schon gebracht hat.«

»Ein halber Gulden pro Ballen«, beschied ihm die junge Frau.

Der Händler kniff die Augen zusammen und sah sich um, als suche er nach Hilfe. »Ein Ballen ist viel zu viel für die Verzierung einer Haube. Ich rate Euch, geht am besten gleich zu einem Haubenmacher, der wird für Euch das Richtige finden.«

Er trat vor seine Ballen, stellte sich breitbeinig und mit verschränkten Armen davor.

Sie warf den Kopf nach hinten und sagte sehr laut, sodass die Umstehenden sie gut verstehen konnten: »Brüsseler Spitze soll das sein? Faxenkram ist das! Die Spitze kommt aus dem Sächsischen, und Ihr solltet Euch schämen, Eure Kunden zum Narren zu halten.«

»Pscht, pscht!«, machte der Mann und wandte sich zu den Umstehenden. »Haha, hihi, Spitze aus Sachsen! Vielleicht sogar vom Mond, wie? Ein Weib, was will man machen? Sie führen das große Wort und haben doch keine Ahnung vom Geschäft.«

Ein anderer Händler, der seine Waren gegenüber aufgebaut hatte, lachte. »Täuscht Euch nicht, Händler. Die junge Hellmundin ist tüchtiger als mancher Kaufmann. Sie würde selbst mit dem Teufel ein Geschäft machen. So eine findet Ihr nicht alle Tage.«

Beim Namen Hellmund war der Händler zusammengezuckt. Auch Bertram hatte aufgesehen. Die Hellmundin! Das war doch die Frau, die Ludovik heiraten wollte. Er betrachtete sie genauer: ihren schwungvollen Mund, die etwas zu lange Nase, das schwere Haar von der Farbe einer ausgebleichten Sommerwiese. Nein, sie war keine aufsehenerregende Schönheit. Sie war eine verborgene Schönheit. Sobald sie sprach, belebte sich ihr Gesicht, wechselte den Ausdruck. Bertram konnte gar nicht anders, als ihr mit Spannung zuzusehen! Nicht einmal eine Hinrichtung auf dem Galgenberg war so interessant wie das Mienenspiel der Hellmundin. Und erst ihr Verstand! Glasklar, messerscharf. Bertram lächelte. Es muss Spaß machen, dachte er, mit ihr zu reden, zu streiten, Geschäfte auszuhandeln. Doch dann fiel ihm wieder ein, was ihr bevorstand: eine langweilige Ehe mit Ludovik, der alles daransetzen würde, sie aus dem Kontor zu vertreiben.

»Gut, den Ballen für einen halben Gulden. Gebt mir das Geld, lasst einen Träger rufen und geht«, sagte der Händler in diesem Augenblick.

»Alle!«, sagte Gutta schlicht. »Ich will alle Ballen kaufen.«

Der Händler lief puterrot an und schüttelte den Kopf. »Ihr ruiniert mich!«

»Ihr ruiniert Euch selbst. Lügt nicht und verlangt gerechte Preise, dann werdet Ihr Euch über Kunden nicht beklagen müssen.«

Der Händler, der sah, dass die anderen im Kaufhaus ihm große Aufmerksamkeit schenkten, war noch immer unschlüssig.

Bertram aber betrachtete die junge Frau voll amüsierter Bewunderung. Alle Achtung, dachte er. Gutta Hellmundin ist in der Lage, dem Papst ein Ehebett aufzuschwatzen.

Ein halber Gulden pro Ballen, das war ein Preis, der sich sehen lassen konnte. Rasch zählte er und kam auf insgesamt elf Ballen. Er führte einige Berechnungen im Kopf aus und wusste, dass die Hellmundin, wenn alles gut lief, einen Gewinn von elf Gulden machte.

Der Händler verzerrte das Gesicht, als leide er Schmerzen. Auf seiner Stirn sah Bertram eine dunkelblaue Ader pochen. Er trat mit dem Fuß gegen einen Ballen, sodass dieser vor die junge Frau rollte.

»Da, nehmt alles. Doch in Zukunft kauft besser woanders.«

Das Geschäft wurde geschlossen, die Hellmundin zahlte und wies den Händler an, Träger zu bestellen, die die Ware in das Handelshaus ihres Vaters brachten.

Danach lief sie mit unbewegter Miene durch die Hallen, betrachtete da und dort die Auslagen, und Bertram folgte ihr.

»Meinen Glückwunsch«, sagte er, als er sie eingeholt hatte. »Ihr habt gerade ein sehr gutes Geschäft gemacht.«

Die Hellmundin blieb stehen und sah ihn an. »Das weiß ich«, erwiderte sie. »Nur deshalb bin ich hier.«

Bertram sah in ihre Augen, sah den braunen Kranz, der sich um die dunkelblaue Iris zog – und wusste zum ersten Mal in seinem Leben nicht, was er sagen sollte.

Schließlich stammelte er: »Wo… woher wusstet Ihr, dass die Spitze nicht aus Brüssel kam?«

Sie lachte. »Gerochen habe ich es.«

»Gerochen? Wie das?«

»Ganz einfach. Spitze aus Brüssel kommt auf Schiffen zu uns. Meist werden in Köln noch Heringe dazu geladen. Die Spitze riecht nach Fisch. Ein kleines bisschen wenigstens. Aus Sachsen kommt Silber nach Frankfurt und Töpferwaren. Die Spitze hat einen anderen Geruch. Nach … nach Lehm und ein bisschen nach Blut, meine ich. Ich habe eben sächsische Spitze, wahrscheinlich aus dem Erzgebirge, gekauft, aber von der Qualität der Brüsseler Spitze und zum halben Preis.«

Sie lachte und auch Bertram verzog den Mund.

Dann zog er das Barett vom Kopf, verbeugte sich leicht und stellte sich vor: »Bertram Geisenheimer.«

»Gutta Hellmundin. Seid Ihr auch ein Kaufmann? Ich habe Euch doch schon einmal gesehen …?«

Sie musterte seine Kleidung, sein unrasiertes Gesicht, doch sie tat es nicht mit einem Naserümpfen, sondern so, als wolle sie in seinen Sachen und in seiner Miene lesen, mit wem sie es zu tun hatte.

»Bald«, erwiderte Bertram. »Bald werde ich ein Kaufmann sein. Und mit einer Frau wie Euch Handelsgesellschaften gründen. Wer mit Euch arbeitet, kann nicht verlieren.«

Gutta lachte: »Mit einer Frau wollt Ihr zusammenarbeiten und Handelsgesellschaften gründen? Wisst Ihr denn nicht, dass es unsere Aufgabe ist, einen Haushalt zu führen und Kinder zu bekommen?«

Bertram lächelte nicht, sah sie ernsthaft an. »Die meisten Frauen taugen wohl am besten dazu«, erwiderte er langsam. »Aber Euch in die Küche zu verbannen wäre die pure Verschwendung. Ihr seid, so hört man jeden Tag im Kaufhaus, ein besserer Kaufmann als manch einer, der sich mit diesem Titel schmückt.«

»Ach?«, fragte die junge Frau amüsiert. »Und Ihr glaubt, was die Leute reden?«

Jetzt lächelte Bertram ebenfalls. »Nein, die Leute reden viel, wenn der Tag lang ist. Aber manchmal haben sie doch recht. Ich war gerade Zeuge Eures Talents. Spitze aus Sachsen.«

Die junge Hellmundin betrachtete Bertram aufmerksam von oben bis unten. Dabei hatte sie den Zeigefinger ans Kinn gelegt. Schließlich verlangte sie: »Schließt die Augen.«

»Warum das?«

»Schließt sie einfach.«

Bertram tat, was sie verlangte.

»Und nun?«

»Nun sagt mir, welche Farbe mein Kleid hat und ob es mir steht.«

Bertram schwieg kurz, dann erwiderte er mit einem verlegenen Lächeln. »Verzeiht, ich habe nicht auf die Farbe Eures Kleides geachtet. Aber ich habe gesehen, dass Euer rechter Zeigefinger einen Tintenfleck hat.«

Er öffnete die Augen, doch die junge Frau wandte sich ab, ohne auf seine Bemerkung einzugehen. »Ich habe mich gefreut, Eure Bekanntschaft zu machen. Doch jetzt muss ich gehen.«

Sie hob die Hand, hielt sie in der Luft, sah Bertram noch einmal an, dann lächelte sie, winkte kurz und ging. Bertram starrte ihr hinterher. Doch kaum war sie weg, hatte auch er es eilig.

Er raffte seinen Umhang zusammen und machte sich auf den Weg nach Bornheim, zu Irmelin.

»Bringe alles in Erfahrung, was du über Gutta Hellmundin herausfinden kannst«, trug er ihr auf. Dann überlegte er einen Augenblick und fügte hinzu: »Geh ins Steinerne Haus. Dort findest du am Würfeltisch einen Patrizier mit einem dreieckigen Gesicht und blonden, dünnen Haaren. Ludovik Stetten heißt er. Geh mit ihm, meinetwegen ohne Geld, und frage ihn nach seinen Geschäften, vor allem aber nach seinen Heiratsplänen.«

Es war das erste Mal, dass Bertram Irmelin einen Auftrag gab. Seit sie in der Kammer wohnte, hatte sie viel mehr Geld verdient als unten am Mainufer. Am Anfang hatte sie geglaubt, Bertram davon einen Teil abgeben zu müssen, doch der hatte nichts gewollt: »Behalt dein Geld, kaufe dir schöne Kleider und Zierrat davon«, hatte er gesagt und sie geküsst. »Das Einzige, das ich von dir will, sind Berichte über die Geschäfte deiner Freier.«

»Ich werde alles machen, was du verlangst«, sagte sie und schlang ihm ihre Arme um den Hals. »Ich gehorche dir, wie eine Frau ihrem Mann gehorcht.«

»Geh«, erwiderte Bertram und machte sich los. »Ich warte hier auf dich.«

Kaum war sie weg, ließ er sich auf die einfache Bettstatt sinken und fiel in tiefen Schlaf.

Als er erwachte, saß Irmelin neben seinem Bett, hielt die Hände im Schoß und lächelte.

»Du bist schon da?«, fragte er.

»Vesper ist vorbei; die Glocken rufen zur Komplet, und die Nachtwächter verkünden die Sperrstunde.«

Bertram schüttelte sich, stand auf, goss sich aus einem Krug Wasser in die Schüssel und warf es sich mit beiden Händen ins Gesicht.

»Nun?«, fragte er.

»Gutta Hellmundin ist die einzige Tochter des Patriziers Hellmund, Mitglied des Rates und der Alten Limpurg. Es heißt, sie führt gemeinsam mit ihrem Vater die Geschäfte des Handelshauses, weil ihr Bruder zwar willig, aber derzeit noch im Italienischen ist, um in den deutschen Faktoreien zu lernen.«

»Und weiter?«

»Nun, ich habe gehört, dass sie heiraten soll, aber weder Vater noch sie selbst scheinen besonders erpicht darauf. Der Vater will das Geschäft nicht aus der Hand geben, aber ohne Gutta schafft er es nicht. Warten wollen sie wenigstens, bis der Sohn Baptist von seinen Studien aus Florenz zurückgekehrt ist. Dann will Ludovik Stetten erneut einen Brautwerber ins Hellmundhaus schicken. Warum willst du das alles wissen?«

Bertram lächelte, nahm Irmelins Hand, küsste ihre Fingerspitzen und erwiderte: »Weil ich Gutta Hellmundin heiraten werde.«

10

Ludovik saß in einer Schenke, hatte einen Krug Wein vor sich und starrte trübe auf die polierte Tischplatte. Neben ihm lärmten die Scholaren und die jungen Patrizier.

»Ein Lied auf die Frau Wirtin«, schrie einer und klatschte mit den flachen Händen den Takt auf den Tisch.

»Ja, ein Lied, ein Lied.«

Schon stimmte der Erste ein Trinklied an, das aus Frankreich kam und gerade in Mode war:

Hei, der gute kühle Wein
macht alles kunter-kunterbunt sich drehen,
trinkt mit uns, wir schenken ein Anjou und Arbois.
Hei, der gute kühle Wein
macht alles kunter-kunterbunt sich drehen,
trinkt mit uns, wir schenken ein Anjou und Arbois.
Vivat, singt und trinkt
und leert die Kanne bis zum Grunde,
singt und trinkt mit uns den Wein, schenket ein!

Die Männern neben ihm hakten sich ein und warfen ihn bei jedem neuen Takt in eine andere Richtung.

Sie grölten, schunkelten, lachten, tranken, bis ihnen der Wein übers Kinn lief, doch Ludoviks Gesicht blieb unbewegt. Die Wirtin kam, brachte eine neue Kanne Wein, die

Stimmung stieg, zehn Händepaare trommelten wild auf dem Tisch herum: »Haaaaaaaaaaaaaaalleluja!«, sangen die Männer, hoben ihre Becher an die Lippen und tranken in einem Zug. Dann knallten die Becher auf den Tisch, der erste Scholar kippte von der Bank und blieb auf dem Boden liegen, die Wirtin lachte dazu.

»Was ist mit dir los?«, fragte einer der Kumpane.

Ludovik zwängte sich ein Lächeln ins Gesicht. »Was soll mit mir sein?«, fragte er. »Viel Arbeit, du weißt schon, die Herbstmesse ist gerade vorbei, die nächste Messe muss vorbereitet werden.«

Der andere grinste breit. »Man sagt, die Geschäfte gehen schlecht bei euch.«

»Unfug. Wer sagt so etwas?«

Der junge Mann rückte näher an Ludovik heran und murmelte: »Der Hainbuch, heißt es, hätte dich über den Tisch gezogen. Eine Weberei hat er dir aufgeschwatzt, die den Namen nicht wert ist.«

Ludovik schwieg, dann stand er auf, blieb einen Augenblick lang schwankend stehen, betrachtete von oben den Kopf seines Kumpans und sagte leise: »Ein Trottel war ich, ein Trottel bin ich, aber Gott soll mich strafen, wenn ich es bleibe.«

Dann drehte er sich um, stieß gegen die Bank und stakte langbeinig zur Tür.

Draußen griff die Nachtluft nach seiner Brust und machte ihn frösteln. Er hielt sich einen Moment lang beide Hände vor das Gesicht, dann ließ er sie sinken, schüttelte sich wie ein Hund, sah sich nach allen Seiten um und torkelte nach Hause.

Er schlief unruhig in dieser Nacht, schreckte beim leisesten Klappern der hölzernen Läden hoch, hielt jeden Mondstrahl für einen Zeigefinger des Teufels.

Das Gesicht seines Vaters gaukelte im Traum vor ihm, und der Vater, das Gesicht ernst, die Lippen abfällig nach unten verzogen, der Blick verächtlich, sagte nur ein Wort: Versager.

Am nächsten Morgen tappte er mit nachtschweren Augen ins Kontor. Die Schreiber, die an ihre Pulte gelehnt ein Schwätzchen gehalten hatten, sprangen auseinander.

»Was ist los? Warum arbeitet ihr nicht?«, schrie Ludovik grell.

»Wir haben nichts zu tun, Herr«, antwortete schließlich der Prokurist Dietz.

»Wieso habt ihr nichts zu tun?«

»Nun, wir notieren Einkäufe und Verkäufe, behalten die Vorräte im Auge, führen die Bücher und erledigen die Korrespondenz. Ihr aber habt seit vier Wochen keinen Brief diktiert, habt keine Einkäufe getätigt und keine Verkäufe. Die Vorratslisten ändern sich nicht.«

»Hmm«, brummte Ludovik, kratzte sich den Schädel, dann straffte er die Schultern und fügte hinzu: »Ich werde sehen, was es Neues gibt. Kaufleute sind nun mal quasi dem Auf- und Abschwung unterlegen.«

Der Schreiber, der zuvorderst stand, nickte. Dietz aber, mit grauem Haar und langer Erfahrung, merkte an: »Unter Eurem Vater, Herr, hat es so was nie gegeben. Die Ware muss bewegt werden, sonst kostet sie unnötig. Selbst der Schwengel hat das gewusst.«

»Der Schwengel, ja«, setzte ein anderer an. »Der hatte Ahnung vom Geschäft. Weiß der Geier, das Talent muss ihm an der Wiege gesungen worden sein.«

Ludovik kratzte sich am Kinn. Die Schreiber hatten recht:

Seit Bertram nicht mehr hier war, ging alles drunter und drüber.

Wenig später sah man ihn, angetan mit einem Umhang aus feinem Tuch, mit Schuhen aus spanischem Leder und eine Wolke von Sandelholz hinter sich herziehend, die Krämergasse entlang in Richtung Kaufhaus hasten.

Er musste nicht lange suchen. Auch heute war Bertram bestens gelaunt unterwegs in den Römerhallen. Er hielt Ausschau nach Gutta Hellmundin, prüfte die Ware, beobachtete die anderen Kaufleute, lauschte den Nachrichten aus dem ganzen Reich, die die Kaufleute, die zu Schiff und zu Land gekommen waren, erzählten. In Köln, so hieß es, gäbe es seit einiger Zeit weniger Lachse im Rhein. Aus Mainz erfuhr er, dass der Erzbischof Albrecht einen viel zu teuren Hofstaat hielt, von Kassel erzählte man sich, dass Landgraf Philipp, kaum vierzehn Jahre alt, vom Kaiser für mündig erklärt worden war und die Herrschaft über das hessische Lehen von seiner Mutter übernommen hatte.

Jedes Wort speicherte Bertram in seinem Gedächtnis, jeder Nachricht schenkte er Aufmerksamkeit. Ganz versunken war er, notierte eifrig mit dem Griffel auf der Wachstafel, was ihm wichtig erschien.

Ludovik sah ihm eine Weile bei seiner Tätigkeit zu. Am liebsten wäre er umgekehrt und in die Stube der Alten Limpurg gegangen auf einen Krug Wein, doch er wusste, dass er nicht mehr lange ein Alten Limpurger und Angehöriger eines geachteten Geschlechts bleiben würde, wenn er nicht mit Bertram sprach.

Armut, das hatte er mehrfach erlebt, wirtschaftlichen Ruin verziehen die Patrizier nicht. Um dazuzugehören musste man erfolgreich sein. Musste, musste, musste. Um beinahe jeden Preis. Sogar Bertram hatte einmal gesagt: »Leichtsinnig ist nur der Verlierer gewesen und töricht der, dem sein Geschäft misslang. Erfolg rechtfertigt sich selbst.«

Jetzt hatte Bertram die Stände der Kölner Kaufleute, die heute viel Kupferwaren nach Frankfurt gebracht hatten, passiert und griff gerade nach den kunstvoll gearbeiteten Sätteln, die aus dem Niedersächsischen kamen, als Ludovik sich ein Herz fasste und sich ihm in den Weg stellte.

»Gelobt sei Jesus Christus.«

»In Ewigkeit. Amen.«

»Wie geht es dir, Bertram?«

Bertram verharrte mehrere Herzschläge lang, ehe er antwortete: »Mir scheint, besser als dir.«

Er hatte auf den ersten Blick die Not in Ludoviks Gesicht gelesen. Sie lag in den blauen Schatten, die seine Augen umgaben, stand im flackernden Blick, fand sich auf den aufgesprungenen Lippen, sogar von Ludoviks herabgesunkenen Schultern konnte er sie lesen.

»Du täuschst dich, es geht mir gut«, erwiderte Ludovik. »Gekommen bin ich, um dir zu sagen, dass du deine Kammer wieder beziehen kannst.« Er lächelte. »Ich habe nämlich nicht vergessen, wie du mir damals nach dem Überfall geholfen hast. Das Wort eines Sterbenden ist Gesetz, was will man machen? Ich habe meine Schuldigkeit getan, als ich dich quasi schweren Herzens auf die Straße gejagt habe, jetzt aber, da das Versprechen erfüllt ist, kannst du wieder mitkommen.«

Er verzog den Mund zu einer großzügigen Maske, schlug Bertram auf die Schulter.

»Warum sollte ich?«, fragte Bertram und lächelte ebenfalls. »Warum sollte ich zu dir zurückkommen wollen?«

»Wie? Was soll das heißen?« Ludovik riss die Augen auf. »Bist du bei einem anderen in Diensten?«

Bertram schwieg eine ganze Minute lang und sah zu, wie Ludovik von einem Bein auf das andere trat.

Schließlich sagte er: »Ich bin dir keine Rechenschaft schuldig, Ludovik.«

Das Gesicht des jungen Kaufmanns wurde blass, die Augenschatten dunkler. Er kratzte mit der Schuhspitze auf dem gekachelten Boden der Halle herum, sprach dann: »Ich glaube dir nicht, Bertram. Ich hätte gehört, wenn du zu einem anderen Kaufmann gegangen wärst.«

Bertram zuckte mit den Achseln. »Glaub mir oder lass es bleiben. Ich jedenfalls weiß, dass du dem Hainbuch auf den Leim gekrochen bist. Woher soll ich's wissen, wenn nicht von Kaufleuten?«

Bertram sah Ludovik spöttisch an, dann hielt er ihm die Hand hin: »Gott segne dich, Ludovik. Ich muss weiter.«

Ludovik griff mit beiden Händen nach Bertrams Hand und hielt ihn fest. »Warte«, sagte er. »Bitte warte. Ich zahle dir von heute an das Doppelte. Du bekommst eine größere Kammer und darfst am Sonntag an meinem Tisch essen.«

Bertram rümpfte die Nase. »An deinem Tisch essen? Warum sollte ich das wollen? Eine größere Kammer? Wozu?«

»Was willst du dann?« Ludovik hatte noch immer Bertrams Hand in der seinen. Langsam befreite sich Bertram davon.

»Den Lohn des ältesten Schreibers will ich, Prokura dazu und Vollmachten, Geschäfte allein zu tätigen.«

Bertram bemühte sich, ruhig und gleichmäßig zu atmen, er bemühte sich, keinen Muskel seines Gesichtes zu verziehen. Ludovik durfte nicht ahnen, wie unbedingt er zurück ins Handelshaus Stetten wollte! Er hätte sicher auch eine

Anstellung als Schreiber in einem der anderen Handelshäuser gefunden; die Kaufleute der Stadt, die sich ebenfalls häufig ins Kaufhaus begaben, kannten inzwischen sein Gesicht. Bertram aber wollte mehr.

Ludovik, der Bertrams Hand inzwischen losgelassen hatte, wand sich. Er hatte die Unterlippe zwischen die Zähne gezogen und schaute in die Halle hinein, als läge dort die Entscheidung. Bertram beobachtete jede Regung. Er las in Ludoviks Miene den Hochmut, der ihm befahl, die Forderungen des Schwengels keinesfalls zu akzeptieren, aber er las darin auch Ludoviks Verzweiflung. Er musste dem Kaufmann einen Schritt entgegenkommen.

»Verpachte deine Leineweberei, Ludovik. Übergib sie für einen angemessenen Pachtzins an die Antoniter. Sie werden dein Angebot annehmen; sie schlagen niemals ein Angebot aus, das sie reicher macht. Sieh zu, dass sich Gewinn und Verlust die Waage halten. Mehr kannst du nicht tun.«

»Verpachten?«, fragte Ludovik töricht.

»Ja, verpachten. Oder willst du, dass die Leineweber den ganzen Tag ohne Arbeit an ihren Webstühlen herumlümmeln und am Ende einer jeden Woche trotzdem ihren Lohn einfordern? Jetzt kostet dich die Weberei nur, verpachtest du sie, machst du zwar nur geringen Gewinn, aber auch keinen Verlust und brauchst dich nicht darum zu kümmern. Am besten wäre es überdies, den Antonitern den Pachtzins zu erlassen. Handle mit ihnen. Schlage ihnen vor, dafür den Wein zu liefern. Sie saufen wie die Löcher, die Antoniter. Überlass ihnen die Weberei samt Zins, wenn sie dafür den Wein künftig von dir kaufen.«

Ludovik nickte. »Der Gedanke gefällt mir. Was aber wird Hainbuch dazu sagen? Soviel ich weiß, liefert er den Wein.«

Bertram lachte. »Eben deshalb. Verlange für den Wein nicht mehr als Hainbuch und gib ihnen die Weberei dazu. So schlägst du zwei Fliegen mit einer Klappe. Die Klöster sind Schlünde, die alles verschlingen, und Hainbuch muss sich leider damit abfinden, dass sein kluger Plan doch nicht ohne Verluste aufgeht.«

Ludovik grinste, stieß Bertram gegen die Schulter.

»Du bist ein wahrer Händler, verkaufst dem Teufel am Ende noch das Fegefeuer.«

Er legte Bertram einen Arm um die Schulter und wollte ihn mit sich fortziehen. Doch Bertram blieb stehen. »Was ist mit meinen Forderungen?«, fragte er.

»Sollst haben, was du verlangst«, erwiderte Ludovik. »Aber nur unter der Bedingung, dass du deinen Lohn doppelt einspielst.«

»Ich habe Vollmachten?«

»Ja.«

»Nach Dietz die Leitung des Kontors?«

»Nun … mit der Zeit … vielleicht …«

»Ja?«

»Du bist dem Dietz gleichgestellt.«

»Rechenschaft nur dir schuldig?«

»Nur mir allein.«

Bertram hielt Ludovik die Hand hin. »Schlag ein, dann ist der Handel perfekt.«

»Komm, das wird gefeiert. Ich lade dich in die Ratsstube ein.« Ludovik fasste Bertram am Arm und zog ihn mit sich fort.

Später, als sie sich mit Schweinerippchen, Sauerkraut und würzigem Roggenbrot den Bauch vollgeschlagen hatten und nun mit Starkbier nachspülten, sagte Ludovik, dessen Augen plötzlich schattenlos und klar waren: »Mein Vater wird sich im Grab nicht meiner schämen müssen. Du wirst sehen, ich werde den Ruhm derer von Stetten mehren.«

Bertram lächelte dünn. »Das wirst du, da bin ich sicher. Während ich mich um das Tagesgeschäft kümmere, solltest du die Augen und Ohren offenhalten. Du solltest in die Stubengesellschaft gehen und hören, was in der Stadt geschieht. Am Abend, wenn der Wein die Zungen löst, solltest du in den Würfelstuben sein oder bei den Frauen liegen. Du bist jung, du musst das Leben genießen! Ein Patrizier, der arbeitet, ist weiß Gott nicht vornehm.«

Ludovik nickte. »So hatte ich mir das immer vorgestellt«, gab er zu. »Ein modernes Handelshaus lebt nicht nur von den Waren, sondern besonders von seinen Beziehungen und von den richtigen Informationen. Meinem Vater wollte nicht in den Kopf, dass es wichtig ist, am vornehmen Leben teilzuhaben. Jetzt aber, Bertram, wird das Haus quasi nach meinem Geschmack geführt.«

Er hob seinen Krug und stieß mit Bertram an. »Auf gute Zeiten!«

»Auf gute, auf bessere Zeiten!«, erwiderte Bertram, trank und wischte sich den Schaum von der Oberlippe.

11

Frankfurt, 1519

Die Ausrufer waren in jeder Gasse zu hören. Sie nahmen sich nicht einmal Zeit, von ihren Pferden zu steigen, sondern hielten sich am Stegreif fest und schrien: »Der Rat der Stadt verkündet seinen Bürgern in tiefem Schmerz das Ableben unseres großen Kaisers Maximillian I. und verbietet alle Feste, Jahrmärkte und Gaukeleien.«

Die Menschen blieben stehen, bekreuzigten sich, hie und da sank jemand auf die Knie und betete laut. Der Satz »Kaiser Maximillian ist tot« schwirrte durch die Stadt, drang in jedes Haus, in jede Kummerkate, zu jedem Brunnen und jeder Schenke. In den Garküchen ließen die Köche den Brei anbrennen, bei den Fleischbänken standen die Metzger mit erhobenem Beil, die Fischer ließen die Netze sinken, die Windeknechte achteten nicht auf die Lasten an ihren Kränen, die Huren wischten sich die Schminke vom Mund und verschwanden ungesehen, und von allen Kirchen läuteten die Totenglocken und verwandelten die Stadt in ein einziges gemeinsames Schluchzen.

Doch schon nach wenigen Tagen verschwand die Trauer, es wurde gegessen und getrunken wie immer, gelacht und geweint, gearbeitet und gebetet. Die ersten Gaukler erschienen am Rande des Marktes, die Hübschlerinnen schwenkten ihre Hintern, und die Windeknechte stöhnten unter der Last ihrer Arbeit.

Die Kurfürsten, unter ihnen der Erzbischof Albrecht von Mainz, traten zusammen, um den neuen König zu wählen, und niemand nahm Anstoß daran, dass sich der reiche Jakob Fugger bei ihnen aufhielt, hier und da mit einem Wechsel wedelte, damit die Wahl auf den Richtigen fiel. Der neue, von Fugger gekaufte Kaiser Karl V. war zugleich König von Spanien. Es hieß, dass in seinem Reich die Sonne niemals untergehe. Bei seiner Wahl im Bartholomäusdom war er nicht zugegen, doch das störte die Feierlichkeiten nicht im Geringsten.

Bertram betrat den Vorplatz, auf dem sich die Bürger der Stadt tummelten, um einen Blick auf die hochgestellten Gäste zu werfen, während die Armen sich auf die Bäume und in die Fensterbänke der anliegenden Häuser schwangen, um wenigstens mit dem Duft der kostbaren Parfüms ihre Fantasien von Reichtum zu beflügeln.

Bertram, angetan mit einem Wams aus einfachem schwarzen Samt und grauen Beinkleidern, drängte sich durch die dichte Menschenmenge, stand an eine Mauer des Doms gelehnt und sah über den Platz, der sich langsam mit Menschen füllte. Die Krönung war vorüber, das Echo der letzten Glockenschläge verstummte, und aus dem Portal des Doms ergoss sich eine Flut aufgeputzter Menschen in kostbaren Gewändern. Bertram, eine Fußsohle und den Rücken gegen die mächtige Mauer gestützt, musterte das Gedränge der Sänften am Ende der Fahrgasse. Er erkannte in der Menge den reichen Fugger, der Arm in Arm mit Jakob Heller, dem reichen Frankfurter, ging. Er sah den Erzbischof von Mainz in einem Pulk schnatternder Würdenträger, erkannte an ihren Wappen Herzog Georg von Sachsen und dessen blasse Tochter Christine, die mager wie ein Stecken war.

Als aber der Fahnenjunge die Flagge mit dem gestickten Wappen des Landgrafen Philipp von Hessen über den Platz trug, stieß sich Bertram von der Wand ab, beschirmte mit einer Hand seine Augen und rührte sich nicht von der Stelle. Der Landgraf Philipp. Gerade fünfzehn Jahre war er alt, doch sein Körper war bereits der eines Mannes. Ein Weiberheld sei er, hatte Bertram gehört. Nun, da er ihn sah, glaubte er es. Er hatte ein angenehmes kluges Gesicht und verstand es wohl trotz seiner Jugend, einer Frau zu schmeicheln. Es hieß, er hätte bereits als Dreizehnjähriger die Mägde verführt, eine Schäferin geschwängert und einer Stiftsdame das Kloster verleidet. Bertram wusste, dass die Hälfte davon nichts als Geschwätz war. Der Wahrheit aber entsprach, dass der Landgraf sich sehr bald eine Landgräfin suchen musste. Viele Hoflieferanten fürchteten um ihre Stellungen und versuchten sich nun gegenseitig mit Geschenken an den Landgrafen zu übertrumpfen. Bertram hatte gehört, dass Philipp nicht nur durch seine Weibergeschichten, sondern auch durch seine Klugheit von sich reden gemacht hatte. Bertram schloss daraus, dass der Landgraf nicht der Mann des stillen Regierens sein würde. Man wird noch viel vom ihm hören, dachte er. Ich werde ihn im Auge behalten. Wird Philipp groß, so will ich mit ihm groß werden. Geht er aber unter, soll er das allein tun.

Er war nicht verblüfft, als sich eine junge Frau näherte und dem Landgrafen ein Holzkistchen übergab. Bertram straffte den Rücken, den Blick starr dorthin gerichtet, und bemerkte, wie der Landgraf der jungen Frau schmeichelte, wie sie errötete, lachte, dann den Kopf in den Nacken warf und sehr laut »Faxenkram!« ausrief. Sein Blick blieb an ihr hängen, als sie wenig später mit dem Landgrafen in dessen Sänfte verschwand. Plötzlich aber drehte sie sich um – und zwinkerte Bertram zu, der wie vom Donner gerührt stand.

Am Abend brannte Bertram darauf zu hören, was Ludovik vom Empfang im Rathaus zu berichten wusste.

Ludovik erging sich ausführlich in der Beschreibung der Vornehmheit des Augsburger Kaisermachers, spottete über den Herzog von Sachsen und dessen dicken Wanst, den Landgrafen von Hessen jedoch erwähnte er mit keinem Wort.

Kaum hatte er zu Ende gesprochen, stand Bertram auf. »Ich muss noch einmal weg«, teilte er mit und ging.

Er wanderte zum Allerheiligen Tor und hinüber zum lustigen Dörfchen Bornheim, gelangte schließlich zu dem kleinen Fachwerkhäuschen, welches Irmelin inzwischen ganz gehörte.

Sie war gerade dabei, sich herzurichten, und zog ihr langes, kräftiges Haar über ein Lockenholz, damit es sich ringelte, wie es der Mode entsprach.

»Was hast du vor heute Abend?«, fragte er.

»Die Stadt ist voller Männer. Arbeiten werde ich, was dachtest du denn?«

Sie ließ das Lockenholz sinken und trat auf ihn zu, schmiegte sich gar an seine Brust. »Oder bleibst du heute bei mir? Du warst schon eine Woche nicht mehr da«, flüsterte sie. »Ich habe dich vermisst, mein Herz.«

Bertram schob sie von sich. »Du sollst nicht solche Reden führen«, sagte er.

Irmelin stiegen die Tränen in die Augen. »Ich liebe dich, Bertram, und das weißt du. Du kannst mir die Liebe nicht verbieten.«

Er fasste mit seinen Händen ihre Schultern und hielt sie vor sich. »Irmelin, du musst aufhören zu träumen. Aus uns wird niemals ein Paar. Such dir einen braven Burschen und liebe den, der deine Liebe erwidert. Ich möchte, dass du glücklich bist.«

»Glücklich bin ich nur mit dir, Bertram. Warum stößt du mich immer weg? Ich kann dir nützlich sein, bin eine gute Hausfrau, kann kochen, Vorrat halten, Kinder gebären, was du nur willst.«

Bertram seufzte: »Irmelin, es geht nicht. Ich werde dich niemals heiraten. Ich habe andere Pläne.«

Als sie sich an seine Brust warf, legte er einen Arm um sie, strich einmal über ihren Rücken und wünschte, es würde sich endlich einer finden, der ihr gäbe, was sie suchte. Am Ende, das ahnte er, würde er sie verheiraten müssen, um sie loszuwerden. Aber noch brauchte er sie.

»Geh, Irmelin! Mach dich hübsch und geh ins Steinerne Haus. Dort findest du Ludovik beim Würfeln. Bezirze ihn, und vor allem aber erzähl ihm, dass die junge Hellmundin mit dem potenten Landgrafen in der Sänfte gefahren ist, erzähle weiter, man hätte die beiden am Fenster des Hellmundhauses gesehen, während der alte Hellmund im Rathaus war. Schmück es aus, sprich von einer Umarmung, von einem Kuss. Wenn du Ludovik alles erzählt hast, dann gehst du hinunter zum Mainufer und berichtest den Huren vom Landgrafen und der jungen Hellmundin. Hast du verstanden?«

Irmelin nickte. »Ich werde tun, was du sagst. Aber vorher schlafe mit mir.«

Bertram spürte, wie der Ärger in ihm hochkroch. »Irmelin«, sagte er mit gesenkter Stimme. »Lass uns jetzt nicht streiten. Du gehst zu Ludovik und dann zu den Huren. Ich werde nicht mit dir schlafen.«

»Dann morgen. Komm morgen, versprich es mir! Ich werde die schönsten Geschichten erzählen können, wenn ich nur weiß, dass du morgen zu mir kommst.«

Bertram sog scharf die Luft durch die Nase ein und stieß sie langsam wieder aus, dann fuhr er sich mit dem Finger zwischen Hals und Kragen, als wäre dieser ihm zu eng. Schließlich nickte er. »Wenn du deine Sache gut machst, komme ich morgen.«

Dann eilte er aus der Kammer, floh beinahe die Stufen hinunter und durch die engen Gassen zurück in die Stadt.

Gerüchte waren wie feiner Nieselregen, den man kaum bemerkte, der aber doch in der Lage war, ganze Ernten zu verderben, der überall hinkroch, alles und jedes langsam und beinahe unbemerkt mit Nässe durchdrang.

Die Huren erzählten ihren Freiern von Gutta und dem Landgrafen, die Freier berichteten ihren Hausfrauen, die Hausfrauen tratschen es der Nachbarin weiter, die Nachbarin sprach mit der Magd darüber, die Magd mit der Krämerin, die Krämerin wusste Neuigkeiten für ihre Kundschaft, die Kunden eilten in alle Gassen der Stadt und erzählten es denen, die noch nichts wussten.

Kaum einer glaubte die Geschichte. Was sollte der fünfzehnjährige Landgraf mit der achtzehnjährigen Kaufmannstochter? Vielleicht hatte es da wirklich einen Kuss gegeben, aber Herrgott und Herrje, wer hatte in der Jugend nicht geküsst?

Ein Schwätzer fügte hinter vorgehaltener Hand hinzu: »Eine Schande ist es, wie die Patrizier sich mit dem Adel gemein machen. Bürger sind sie wie wir, nur, dass sie mehr Geld haben und im Rat immer neue Beschlüsse fassen, um uns auszupressen.«

Und ein anderer ergänzte: »Recht habt Ihr. Gott scheint sich überlegt zu haben, den Weltuntergang schrittweise einzuläuten. Seht nur, wie verdorben die Menschen sind! In den Klöstern fließt mehr Wein als Wasser, und die Barmherzigkeit gilt zuerst dem eigenen Magen. Zeit wird es, dass sich was ändert.«

Und ein Dritter murmelte: »Es wird sich was ändern. Alle Zeichen sind danach. Der Doktor Luther aus Wittenberg wird in den Filz der Kirchen und Klöster fahren wie ein himmlisches Schwert. Aber auch den Patriziern, den Kaufleuten und Pfeffersäcken wird er Feuer unter dem Arsch machen. Er ist ein wahrer Gottesmann und wird dafür sorgen, dass wir nicht länger bluten müssen. Vor Gott ist jeder gleich, sagt Luther. Und ich sage: Luther hat recht.«

Eine Magd am Brunnen, die sich nicht für Politik interessierte und es mit ihrem Herrn gut getroffen hatte, fragte: »Was macht der junge Kaufmann Stetten nun? Will er die Hellmundin noch immer heiraten, obwohl sie mit dem Landgrafen gebuhlt hat?«

Die anderen Mägde zuckten mit den Achseln. »Ist doch alles ein Pack«, meinte eine. »Wenn die Pfeffersäcke könnten, würden sie gar noch die Tugend ihrer Töchter zur Stadtwaage tragen und in ihren Kontorbüchern aufnotieren.«

»Was ist mit dir?«, fragte auch Bertram einige Tage später, als Ludovik am Morgen lustlos in seinem Hirsebrei stocherte.

Ludovik sah hoch. »Hörner hat sie mir aufgesetzt, die Hellmundin.«

Bertram lachte. »Du glaubst, was die Leute tratschen?«, fragte er scheinheilig.

»Es ist ganz gleichgültig, was wirklich geschehen ist.

Schlimm sind nur die Gerüchte. Die kleinen Jungen in den Gassen bleiben stehen, wenn sie mich sehen, legen die erhobenen Zeigefinger an die Schläfen und grinsen. Die Alten Limpurger hauen mir auf die Schulter, und die Huren in den Gassen gackern quasi hinter mir her. Wo immer ich auftauche, flüstern sie mir ein *Hahnrei* hinterher«, klagte Ludovik.

»Die Leute reden heute über dich, morgen über deinen Nachbarn, und übermorgen ist alles vergessen. Nimm es dir nicht zu Herzen, und überhaupt: Wie kannst du ein Hahnrei sein, wenn du noch nicht einmal der Hellmundin versprochen und verlobt bist?«

»Die ganze Stadt weiß, dass ich um sie werbe.«

»Geworben ist noch nicht verheiratet. Du kannst deinen Brautwerber zurückpfeifen, dann werden die Leute aufhören zu reden.«

Ludovik schüttelte den Kopf. »Nein, das glaube ich nicht. Und das will ich auch nicht. Ich werde die Hellmundin heiraten! Stell dir nur vor, was geschieht, wenn Baptist Hellmund nicht aus Italien zurückkehrt? Man hört, die Pest ist hier und da aufgetreten. Dann würden die Handelshäuser Stetten und Hellmund zusammengehen, und wir wären die reichsten Kaufleute der ganzen Stadt! Bürgermeister könnte ich werden! Hörst du, Bertram?«

Nun seufzte Ludovik, dann sah er Bertram direkt in die Augen. »Wie stehen die Geschäfte?«

»Schlecht«, erwiderte Bertram. »Das weißt du. Monatelang hast du keine Korrespondenz erledigt, hast die Geschäftsleute aus Nürnberg und Köln, aus Antwerpen und Leipzig hingehalten. Auf Offerten hast du nicht geantwortet, die Wechsel zur Messe nicht ausgelöst.«

»Wovon denn, Bertram? Die Leineweberei hat alle Barschaft aufgezehrt!«

»Nein, Ludovik. Du hast dich nicht gekümmert. Um nichts und aber nichts, hast keine Waren eingekauft, konntest somit keine verkaufen, obwohl ich dir jeden Tag die besten Angebote im Kaufhaus herausgesucht habe. Ich bin nur dein Angestellter, handeln musst du. Nun, deine Säumigkeit ist nicht der Tod des Handelshauses, aber jedes Unternehmen, um das sich niemand kümmert, krankt schon bald. Die meisten werden wissen, dass dir die Mitgift der Hellmundin passen würde.«

Ludovik schüttelte den Kopf. »Gestern war ich dort, habe mit dem alten Hellmund gesprochen, wollte die Heirat vorantreiben, gerade jetzt, wollte zeigen, dass ich nichts gebe auf die Gerüchte, doch Hellmund hat mich ausgelacht. *Steht Euch das Wasser bis zum Hals?*, hat er gefragt und keine Spur von schlechtem Gewissen über das Benehmen seiner Tochter gezeigt.«

»Und weiter?«

»Gutta Hellmundin sei bestürzt über das Gerede zu ihrer Person und wolle mich in keiner Weise kompromittieren, teilte er mir mit. Eine Heirat würde beiden Handelshäusern im Augenblick nicht nützen, deshalb sei es besser, noch zwei Jahre abzuwarten, bis der Bruder Baptist käme, um die Geschäfte zu übernehmen, und Gras über die Sache mit dem Landgrafen gewachsen wäre. Hochmütig war er, der alte Hellmund. Er wird schon sehen, wie hilflos er dasteht, wenn Baptist nicht zurückkommt. Auf Knien wird er mich bitten, seine Tochter zur Frau zu nehmen.«

Bertram konnte das Lächeln nicht unterdrücken. Er hatte recht gehabt, und Gutta hatte sein Zeichen wohl verstanden:

Er war es, der ihr mit Irmelins Hilfe den ungebetenen Bräutigam vom Hals geschafft hatte. Er hatte ihr die Ausrede wie einen Blumenstrauß zu Füßen gelegt.

»Und nun?«

Ludovik zuckte mit den Achseln. »Ich werde warten. Eines Tages kriege ich sie. Darauf kannst du Gift nehmen.«

Er stand auf und zeigte mit dem Finger auf Bertram: »Du aber wirst dafür sorgen, dass die Geschäfte wieder in Schwung kommen.«

»Ich tue mein Bestes«, erwiderte Bertram und freute sich am Doppelsinn seiner Antwort. Ich tue mein Bestes, dachte er. Um dein Bestes, Ludovik, musst du dich selber kümmern.

12

Im Kaufhaus war ein Fass mit Essig ausgelaufen, und Bertram hatten die Augen zu tränen begonnen. Um wieder einen klaren Blick zu erhalten, war er hinunter zum Hafen gegangen. Er hatte sich auf ein kleines Mäuerchen gesetzt, beim Beladen der Schiffe zugeschaut und sich hin und wieder die Augen gerieben.

Mit einem Mal entdeckte er den Stadtmedikus auf einem der Kähne, sah, wie der Mann einen Schal, den er um Mund und Nase trug, entfernte, einen Jungen rief, ihm ein Geldstück in die Hand drückte und fortschickte. Sofort war Bertram auf den Beinen und passte den Jungen ab.

»Was ist los auf eurem Kahn?«, fragte er und ließ einen Heller von einer Hand in die andere fallen.

»Ein Mann ist gestorben, Herr«, berichtete der Junge atemlos. »Ein Passagier aus dem Holländischen. Der Arzt hat von der Pest gesprochen.«

»Von der Pest?«

»Jawohl, Herr. Den Ratsherrn Holzbach soll ich holen und dazu den Totengräber.«

»Dann lauf, Junge«, erwiderte Bertram und hatte es plötzlich sehr eilig.

Vom Hafen hetzte er in Richtung Dominikanerkloster und von dort in die Judengasse.

Aaron aus dem Haus Zum Hirschen war ein Geldverleiher, mit dem das Haus Stetten schon mehr als einmal Geschäfte gemacht hatte.

Als Bertram Aaron am Kontortisch gegenübersaß und den sauren Wein genippt hatte, sagte er: »Ich möchte hundert Rheinische Gulden von Euch leihen.«

»Hundert Rheinische Gulden? Viel Geld, sehr viel Geld für einen Kaufmann ohne eigene Geschäfte. Was habt Ihr damit vor?«

»Ich möchte zweihundert Rheinische Gulden daraus machen.«

Aaron lachte. »Wollt Ihr die Gulden in der Nacht ausbrüten wie Küken?«

»So ähnlich. Gebt Ihr mir das Geld? Ich habe nicht den ganzen Tag Zeit.«

»Was gebt Ihr mir als Sicherheit?«

»Ein Geheimnis, das mehr wert ist als hundert Gulden.«

»Lasst hören!«

»Erst, wenn der Zinssatz ausgehandelt ist.«

Aaron wiegte den Kopf hin und her. »Es sind schwere Zeiten. Ich mache Verluste.«

Bertram winkte ab. »Spart Euch den Sermon. Wie hoch?«

»Zwanzig Prozent.«

»Zehn Prozent und das Geheimnis, das Euch reich machen wird.«

»Fünfzehn Prozent. Abgemacht?«

»Abgemacht«, erwiderte Bertram, schlug ein und ließ sich das Geld sofort und bar in ein Ledersäckchen zählen.

»Nun Euer Geheimnis«, drängte Aaron Zum Hirschen.

»Die Pest ist ausgebrochen in Frankfurt.«

»Die Pest?«, fragte Aaron nach und rieb sich die Hände.

»Möge der Herr uns damit verschonen und uns reich und mächtig machen.«

»Amen«, sagte Bertram.

»Amen«, wiederholte Aaron, und wurde sehr geschäftig.

Bertram lief zurück ins Kaufhaus und orderte mehrere Fässer mit Öl, Kerzen in rauen Mengen, einige Fuder Holz, dazu Gepökeltes und Geräuchertes, einfache Leinwand, zehn Scheffel Mehl und genug Vorräte, um wenigstens vier Wochen lang ohne Einkäufe auszukommen. Dann kaufte er zwei Fässchen mit Salz, reichlich Sauerkraut, einige Säcke mit Pfeffer und andere Gewürze. Am Schluss feilschte er mit einem Kaufmann aus Mainz um ein ganzes Fuhrwerk mit Weinfässern. Er kaufte, bis der letzte der hundert Rheinischen Gulden aufgebraucht war.

Dann verharrte er einen Augenblick, als wäre er in tiefe Gedanken versunken, ging nicht nach rechts in Richtung Stettenhaus, sondern nach links zum Haus der Hellmunds, welches im Großen Hirschgraben lag.

»Die junge Herrin will ich sprechen«, befahl er der Magd.

Wenig später stand Gutta vor ihm, den Federkiel noch in den Fingern und einen blauen Tintenfleck über der Oberlippe.

»Die Pest ist in Frankfurt«, stammelte er, fühlte das Blut in seinen Wangen, das aufgeregte Herz. Er hatte Mühe, die Buchstaben zu Worten zusammenzusetzen. »Trefft … trefft Vorsorge! In jeder Hinsicht!«

Mehr sagte er nicht. Gutta lächelte ihn an, streckte eine Hand aus, berührte ihn leicht am Ärmel.

»Danke«, sagte sie. »Und danke auch für das andere.«

»Das andere? Wovon sprecht Ihr?«

»Wenn Ihr es nicht wisst, dann weiß ich es auch nicht.«

Bertram errötete erneut und scharrte verlegen mit der Schuhspitze auf dem Pflaster herum.

»Warum tut Ihr das?«, fragte Gutta leise.

Bertram holte tief Luft, schaute ihr in die Augen und sagte: »Weil ich der Mann bin, der Euch heiraten wird. Noch nicht jetzt, aber bald. Wenn es so weit ist, komme ich wieder.«

Dann hob er die Hand, fuhr damit energisch einmal von oben nach unten und von links nach rechts, wandte sich um und rannte davon.

Am nächsten Tag hatte das Kaufhaus geschlossen. Die Kunde von der Pest war von den berittenen Boten aus dem Stegreif verkündet worden. Der Hafen lag ruhig, das Marktschiff aus Mainz drehte um, ohne anzulegen, Frachtkähne zogen in weitem Bogen vorüber.

Die Gassen waren leer. Die Handwerksmeister hatten die Läden hochgeklappt, die Marktbuden lagen verlassen. Hin und wieder eilte einer der sechs Stadtärzte in einer Kutte, die bis zu den Knöcheln reichte und mit einer Maske, die an einen Vogelkopf mit langem Schnabel erinnerte, durch die Gassen.

In den Stuben wurden Kräuter verbrannt und mit Kreide Bannzeichen des Bösen auf die Türbalken gemalt. Nur in den Kirchen herrschte reger Betrieb. Die Hochaltäre waren von den zahlreichen gespendeten Kerzen in goldenen Schein gehüllt, vor dem Beichtstuhl standen die Menschen Schlange.

Die eifrigsten Dechanten hatten die Gunst der Stunde genutzt und den Ablasskranz ausgelegt. Für acht Gulden, so riefen sie, würde selbst ein Mord vergeben, für neun Gulden Ehebruch. Die Menschen kratzten zusammen, was sie in den Taschen hatten, und kauften die Ablassbriefe. Das

Fegefeuer, ihrer aller Schrecken, war wieder einmal sehr nahe gerückt.

Nach zwei Tagen hörte man von Haus zu Haus tuscheln, dass zwei der Windeknechte vom Hafen, vier der Belader und zwei Aufhalter gestorben waren. Diese armen Tagelöhner wohnten – Gott sei Lob und Dank – nicht innerhalb der Stadtmauern, sondern drüben, auf der anderen Seite des Mains in der Vorstadt Sachsenhausen.

Doch zwei Tage später hieß es, ein Schildmacher sei tot, Frau und Kinder würden bald folgen. Dann starben ein Kannegießer, eine Perlenstickerin, zwei Waschfrauen, ein Sporenmacher und eine Krämerin samt Familie.

Und noch zwei Tage später sah Bertram durch die Butzenscheiben hinunter auf die Straße und erblickte den Arzt mit der Vogelmaske, in dessen Schnabel Kräuter verborgen waren, als dieser gerade ins Nachbarhaus ging.

Auf der Stelle begab er sich zu Ludovik, der sich vorsorglich ins Bett gelegt hatte. »Steh auf, zieh dich an. Du musst in die Stubengesellschaft. Eine Woche schon haben wir die Pest in der Stadt. Die Vorräte an Öl, Kerzen, Wein und Geräuchertem gehen langsam zu Ende. Wir haben die Lager voll. Zeit wird es, dass du Geschäfte machst.«

Ludovik verzog weinerlich das Gesicht. »Den Teufel werde ich! Meinst du, ich will mir die Pest an den Hals holen?«

Bertram zog ihm die Bettdecke weg. »Willst du Geld verdienen oder nicht? Die Pest kommt, oder sie kommt nicht. Du kannst dich nicht vor ihr verstecken.«

Es brauchte noch einiges gutes Zureden, dazu ein Heiligenbildchen und eine Flasche Weihwasser, ein mit Kräutern gefülltes Tuch und dicke Handschuhe, ehe Ludovik bereit war, das Haus zu verlassen.

Kaum war er weg, packte Bertram einen Korb mit Lebensmitteln und Kerzen und ließ ihn von einem unerschrockenen Boten nach Bornheim zu Irmelin bringen.

Am Abend, als Ludovik zurückkam, war sein Gesicht so grau wie Herdasche. »Der junge Holzbach ist tot«, flüsterte er und schlug sich die Hände vors Gesicht. »Sein Vater hat eine Messe im Dom und Wachskerzen gestiftet, doch es hat nichts geholfen. Heute Morgen ist er gestorben und hat seine junge Frau Angelika schon acht Wochen nach der Hochzeit zur Witwe gemacht.«

»Traurig«, murmelte Bertram, schlug das Kreuzzeichen und fügte hinzu: »Hast du die Kerzen verkauft und das Öl für die Lampen? Wie viel von der Leinwand hast du losgeschlagen? Wie viel vom Wein und den Gewürzen?«

Ludovik schwieg, löste die Börse vom Gürtel und warf sie auf den Tisch.

Bertram öffnete sie, zählte das Geld und war hochzufrieden. »Morgen gehst du wieder hin. Holzbachs Tod wird die Preise steigen lassen. Sieh zu, dass du morgen so viel wie möglich losschlägst. Die Pest wird bald vorüber sein.«

Bertram hatte recht. Sechs Wochen, nachdem der erste Tote auf den Lastkahn entdeckt worden war, war die Pest vorüber. Die Krankheit hatte sich nicht zur Epidemie ausgeweitet. Nur in den Vorstädten hatte sie gewütet. Gut hundert Menschenleben hatte die Pest verschlungen. Die Frankfurter waren noch einmal davongekommen. Das Nachbarhaus stand nun leer, doch Bertram war viel zu beschäftigt, um derlei zu bemerken.

Noch waren die Menschen vorsichtig, trugen Heiligenbildchen und Kräuter bei sich. Noch waren die Kirchen voll und die Märkte halb leer. Bertram aber war so zufrieden wie lange nicht mehr. Die Rheinischen Gulden hatten sich vermehrt, aus einem waren zwei geworden. Nicht nur Ludovik hatte gute Geschäfte gemacht, sondern auch Bertram. Und das ohne Ludoviks Wissen. Zum ersten Mal hatte er Geschäfte in die eigene Tasche gemacht. Er ging beschwingt in die Judengasse, klopfte an das Haus des Aaron.

»Mit Euch, mein Freund, mache ich gern immer wieder Geschäfte«, sagte der Geldverleiher und schloss zufrieden die hundert Gulden und den Zins in seine Geldlade.

»Gewiss habt auch Ihr Euren Reibach gemacht«, stellte Bertram fest.

Aaron nickte. »Wann immer Ihr mich braucht, lasst es mich wissen. Ich stehe ganz zu Euren Diensten.«

»Ich werde darauf zurückkommen«, versprach Bertram und kniff die Augen leicht zusammen.

13

1521

Zwei Jahre später war es so weit: Das Handelshaus Stetten stand auf sicheren Füßen, und es gab bereits einige Frankfurter, die wussten, wer Bertram war. Niemand, nicht einmal Ludovik, sprach noch vom Schwengel. »Stettens Prokurist« nannte man ihn, aber noch immer kannten nur die wenigsten seinen Namen.

Heute aber hatte er sich bei einem der besseren Gewandschneider eingekleidet.

Er trug über dem Leinenhemd, der Bruche und den engen Beinkleidern aus braunem Stoff eine Schaube, die mit Eichhörnchenpelz besetzt war, dazu einen Hut aus weichem Leder mit hochgeschlagenem Rand, der einer Kappe glich, und flache Schuhe mit Spannriemen, ebenfalls aus weichem Leder und in der Farbe dem ärmellosen Mantel, der Schaube, gleich.

Jetzt lief er langsam durch die Stadt, vom Liebfrauenberg quer über die Zeil zum Handelshaus der Familie Hellmund im Großen Hirschgraben.

Bertram blieb davor stehen und betrachtete das viergeschossige Gebäude mit dem gestaffelten Giebel und den Fenstern aus feinstem Butzenglas, hinter denen man kostbare Vorhänge erahnen konnte.

Dann schlug er mit dem Klopfer aus Messing gegen das Türblatt und ließ sich Walter Hellmund melden.

Eine Magd hieß ihn warten. Bertram sah sich um, betrachtete die Treppe aus poliertem Holz, die sich in einem eleganten Bogen nach oben in die Wohngemächer schwang. Die Wände waren mit wertvollen Teppichen bedeckt. Links des Eingangs war die Stube der Schreiber. Die Tür stand einen Spalt offen, und Bertram zählte zwölf Männer, die hinter ihren Pulten eifrig arbeiteten. Stoffmuster lagen auf einem großen Tisch in der Mitte, Landkarten hingen an den Wänden. Vom Kontor aus führte der Weg in die Lagerhäuser, die sich rund um den Innenhof, groß genug für sechs Fuhrwerke, zogen. Das ganze Haus atmete Gediegenheit und Reichtum. Bertram war noch immer ganz in die Betrachtung der Schreibstube versunken, als er neben sich ein Räuspern hörte.

»Gelobt sei Jesus Christus«, sagte er.

»In Ewigkeit, Amen. Was führt Euch zu mir?«

Walter Hellmund war nicht groß; Bertram überragte ihn beinahe um ein ganzes Haupt, doch seine Mimik war so energisch, dass wohl niemand je auf den Gedanken gekommen wäre, den eher kleinen Mann nicht ernst zu nehmen.

Hellmunds dunkle Augen musterten aufmerksam Bertrams Gesicht, seine Blicke fuhren an der Kleidung auf und ab, betrachteten die Hände. Bertram bog die Schultern zurück, verzog den Mund zu einem winzigen Lächeln.

»Gekommen bin ich, Euch um die Hand Eurer Tochter zu bitten«, sagte er und verbeugte sich leicht.

Der alte Hellmund brach keineswegs in Gelächter aus, sondern bat ihn in die Wohnstube, ließ Wein und Gebäck bringen.

»Ein irrwitziges Anliegen tragt Ihr mir da vor«, sagte er nach einer ganzen Weile. »Soviel ich weiß, habt Ihr weder Bürgerbrief noch Geld, seid lediglich der Prokurist von

Ludovik Stetten. Ihr seid kein Mitglied der Patriziergesellschaft und verfügt nicht einmal über die Zugehörigkeit zu einem der alten Frankfurter Geschlechter. Warum sollte ich ausgerechnet Euch meine Tochter geben?«

»Mag meine Herkunft auch nicht Euren Vorstellungen entsprechen, so wisst Ihr doch, dass ich arbeiten kann und dem Hause Stetten stets die besten Dienste erwiesen habe. Und«, Bertram hob die Hand, »weil ich eine große Zukunft vor mir habe, und das ist mehr, als mancher Patrizier von sich behaupten kann.« Er führte die Hand von oben nach unten und von links nach rechts und legte sie dann groß und fest auf den Tisch.

»So weit, so gut. Wo wollt Ihr mit meiner Tochter leben, frage ich Euch? Soll sie etwa eine Gesindekammer im Hause Stetten mit Euch teilen?«

»Ich werde nicht mehr lange unter dem Dachfirst schlafen, Patrizier Hellmund. Und ich habe keine Eile. Euer Sohn wird erst im nächsten Jahr zurückerwartet. Bis dahin braucht Ihr Gutta noch hier.«

Der Alte lächelte. »Gut«, sagte er dann. »Ich habe Euer Anliegen vernommen und verstanden. Ich werde mit meiner Tochter sprechen und Euch dann eine Nachricht zukommen lassen. Eines aber sage ich Euch jetzt schon: Gutta kann unter den Bewerbern wählen wie eine Hausfrau am Käsestand. Ich bin reich genug, ich kann es mir leisten, das Glück meiner Tochter vor das Geld zu setzen. Viel Hoffnung mache ich Euch nicht. Bisher hat sie noch jedem einen Korb gegeben. Und auch ich werde mein Wort in die Waagschale geben. Die wenigsten sind mir als Eidam lieb.«

»Ich habe verstanden«, antwortete Bertram, verbeugte sich und verließ das Haus.

Er wartete einen Tag auf Nachricht, eine Woche, einen Monat, ehe er ungeduldig wurde. Täglich ging er ins Kaufhaus. Selten traf er Gutta, doch wenn, so achtete er auf jede Regung ihres Gesichtes, auf jeden Blick, auf jeden Schritt. Wenn sie seinen Gruß erwiderte, war er glücklich. Und traurig, wenn es ihm nicht gelang, ihre Aufmerksamkeit zu erwecken. Meist aber schenkte sie ihm im Vorübergehen einen Blick, der spöttisch und fragend zugleich war.

Dann endlich kam die Antwort. Der alte Hellmund schrieb: »Ich kann meine Tochter nicht an einen geben, der nicht einmal ein Haus sein Eigen nennt.«

»Dann«, schrieb Bertram zurück, »werde ich dafür sorgen, dass bald ein Haus zu meinem Besitz gehört.«

Es war Abend, Bertram saß in seiner Kammer, die inzwischen mit einem richtigen Bett, einem kleinen Tisch, einem Armlehnstuhl und einem Kohlebecken ausgestattet war. Er hatte einige Bogen billiges Papier vor sich liegen und sann darüber nach, woher er das Geld für ein eigenes Haus, viel Geld, bekommen konnte, da knallte etwas an den Holzladen vor seinem Fenster. Er schrak hoch, lauschte, dann schüttelte er den Kopf und vertiefte sich erneut in die Zahlen. Wieder ein Knall und noch einmal, dazu ein leiser Ruf: »Bertram!«

Er kannte die Stimme; es war Irmelin. Was soll das?, dachte er ärgerlich. Ich habe ihr gesagt, sie dürfe niemals hierherkommen.

Doch dann, beim nächsten Stein, den sie gegen die Läden schleuderte, stand er auf, nahm das Talglicht in die Hand und stieg die schmale Stiege hinunter zur Haustür.

»Bertram!« Irmelin stürzte auf ihn zu, fiel ihm um den Hals.

»Nicht!«, erwiderte Bertram und schob sie heftig von sich. »Was ist passiert?«

Irmelin sah ihn aus weit aufgerissenen Augen an. Ihr Gesicht glühte, die Lippen hatte sie vorgestülpt, hielt die Worte nur mit Mühe im Zaum.

»Landgraf Philipp kommt, in drei Tagen schon. Er wird bei den Hellmunds übernachten und am nächsten Morgen nach Worms aufbrechen.«

Bertram runzelte die Stirn. »Nach Worms? Zum Reichstag? Wird er für Luther sprechen?«

Irmelin hob die Schultern. »Das weiß ich nicht, weiß nur, dass sich seiner Kolonne einige Kaufleute angeschlossen haben. Ein riesiger Tross wird es sein, der gegen Worms zieht.«

Bertram nickte, legte den Zeigefinger auf das Kinn und sah über Irmelins Kopf hinweg in die Dunkelheit.

»Nicht wahr, Bertram, mein Herz, diese Nachricht ist wichtig für dich?«, fragte Irmelin, fasste nach seiner Hand und legte die andere auf seine Brust.

»Was?«, fragte er abwesend. Dann schob er Irmelins Hand von seiner Brust und drückte ihr einen Kuss auf die Stirn. »Ja, das ist sehr wichtig. Es war richtig, dass du zu mir gekommen bist. Ich danke dir dafür.«

Irmelin strahlte und schmiegte sich erneut an Bertram, der stocksteif stand und seinen Blick in die Ferne gerichtet hatte.

»Kannst du in Erfahrung bringen, wer von den Frankfurtern zum Tross gehört und welche Angelegenheiten sie nach Worms führen?«

Irmelin nickte. »Du kannst dich auf mich verlassen«, sagte sie und fügte mit gesenktem Kopf hinzu: »Wirst du zu mir kommen? Übermorgen früh? Damit ich dir alles genau erzähle?«

Einen Augenblick stand Bertram unschlüssig, dann stimmte er zu.

Als Irmelin weg war, setzte er sich in die Küche und wartete auf Ludoviks Heimkehr. Der Nachtwächter hatte bereits die Sperrstunde verkündet, als der junge Kaufmann endlich, die Augen vom Wein gerötet und nach den billigen Duftwässern der Hübschlerinnen riechend, nach Hause kam.

»Was weißt du über den Reichstag zu Worms?«, fragte er.

Ludovik ließ sich taumelnd auf die Bank sinken, griff nach dem Wasserkrug, setzte ihn an die Lippen und trank, bis der Krug leer war.

»Reichstag? Kaiser Karl V. hat Martin Luther einbestellt. Der Wittenberger soll widerrufen. Ratsherr Philipp Fürstenberger ist als Vertreter der freien Reichsstadt Frankfurt dabei, andere fahren quasi als Beobachter mit.«

Bertram musste lächeln, als er hörte, dass sich Ludovik der Worte des Rates bediente, ohne ihm anzugehören.

»Was weißt du noch?«, fragte Bertram.

»Gestern ist Luther durch Frankfurt gekommen. Die Witwe Holzbachs hat ihm zum Empfang Südfrüchte und Malvasier geschickt; heute ist er weiter nach Worms gereist.«

»Schön, schön. Und was noch?«

Ludovik zuckte mit den Achseln. »Frankfurt wird sich gegen Luther aussprechen müssen. Der Erzbischof von Mainz hat dies quasi so angeordnet. Die Stadt ist zwar frei, doch gehört sie kirchlich zu seinem Gebiet. Er hat wieder einmal gedroht, den Kaiser zu bitten, Frankfurt das Messeprivileg zu entziehen und es dafür Mainz zu verleihen. Geschähe das, wären wir bald alle pleite.«

Ludovik lachte keckernd. Dann erhob er sich schwankend. »Ich bin müde«, sagte er. »Der Tag war anstrengend.«

Bertram wünschte ihm eine gesegnete Nachtruhe. In seiner Kammer dachte er nach. Wollte Landgraf Philipp sich dem Kaiser andienen und Luther verdammen? Oder andersherum?

Schließlich schlug Bertram mit der flachen Hand leicht auf den Tisch. »Ich fahre auch nach Worms«, beschloss er. »Mit eigenen Augen will ich sehen, was dort geschieht. Mit eigenen Ohren muss ich hören, was beschlossen und verkündet wird.«

14

Am 16. April 1521, gegen zehn Uhr morgens, meldete der Turmwächter vom Wormser Dom herab die Ankunft Luthers. Dem kleinen Tross voran ritt ein Reichsherold und geleitete Luther und dessen Begleiter zum Johanniterhaus, in dem auch die kursächsischen Räte untergebracht waren.

Einen Tag später begab sich der Wittenberger vor den Kaiser, die Kurfürsten, die Vertreter der Reichsstände und Reichsstädte.

»Bekennt Ihr Euch weiter zu Eurer Lehre, oder schwört Ihr ab?«, wollte der Sprecher des Kaisers von Luther wissen.

»Gebt mir Bedenkzeit! Morgen werde ich Euch Rede und Antwort stehen«, erwiderte der Professor aus Wittenberg.

Am Donnerstagnachmittag wurde er zum Verhör in den großen Ratssaal bestellt. Luther widerrief nicht. »Hier stehe ich, ich kann nicht anders. Gott helfe mir. Amen«, soll er gesagt haben. Bertram erfuhr am Abend in der Schenke davon.

Seit Bertram mit dem Tross der Frankfurter in Worms eingetroffen war, hörte er in jedem Winkel der Stadt den Namen Martin Luther. Die Menschen standen in kleinen Gruppen auf den Gassen und diskutierten. Insbesondere besprachen sie die beiden Schriften »Von der Freiheit eines Christenmenschen« und »An den Adel deutscher Nation«.

»Worum geht es in diesen Schriften? Wieder um den

Ablass?«, fragte Bertram einen Dechanten, der am Rande des Marktplatzes das Wort führte.

Der Dechant sah ihn misstrauisch an. »Woher kommt Ihr, dass Ihr das nicht wisst?«

»Aus Frankfurt«, antwortete Bertram. »Ein Kaufmann bin ich und habe selten Zeit für die Politik.«

Der Dechant wischte sich den Schweiß von der Stirn. »Nun, mein Freund, das ist ganz einfach. Luther erkennt den Papst als Gottes Stimme auf Erden und als Oberhaupt der Kirche nicht an. Außerdem – hört gut zu, Fremder – sagt Luther, dass der Christenmensch frank und frei im Hier und Jetzt sei. Und die Freiheit – man höre und staune – komme nicht durch die Taten, sondern allein durch den rechten Glauben. Nur dem eigenen Gewissen sei der Mensch verpflichtet, nicht der Kirche, nicht dem Papst. Gerechtigkeit vor Gott komme allein vom Glauben. Gott schenke seine Gnade, ohne dass man Leistungen dafür erbringen müsse. Alle Erkenntnis komme allein aus der Heiligen Schrift, und Christus allein sei unser Heilsbringer. Nun, was sagt Ihr dazu?«

Bertram überlegte, bevor er antwortete: »Nun, wenn Gott die Ordnung nicht vorgibt, wer dann? Wenn der Mensch die alleinige Entscheidungsfreiheit hat, haben wir dann nicht bald nur noch Patrizier, aber keine Bauern, Knechte und Henker mehr? Schließlich wollen alle in Samt und Seide gehen.«

Der Dechant stemmte die Arme in die Seiten. »Seid Ihr ein Altgläubiger? Einer von denen, die Luther für einen Ketzer halten?«

Bertram schüttelte den Kopf. »Neugierig bin ich, nichts sonst.«

In diesem Augenblick kam ein Junge gerannt, atemlos, mit

hochrotem Gesicht. »Der Kaiser hat das Edikt über Luther verhängt!«, schrie er. »Luther ist für vogelfrei erklärt. Wer ihn kriegt, der soll ihn an den Feuertod ausliefern.«

Die Menge stand starr. »Luther ist vogelfrei«, murmelten sie. Der Dechant fragte: »Hat man ihn schon verhaftet?«

Der Junge schüttelte den Kopf. »Nein, Kurfürst Friedrich der Weise hat freies Geleit für die Dauer von einundzwanzig Tagen erwirkt. Noch kann niemand Luther etwas anhaben.«

»Und seine Schriften?«, fragte der Dechant.

»Verboten. Und jeder, der sie besitzt, ein Ketzer.«

Bertram hatte genug gehört. Er lief zum Ufer des Rheins, setzte sich trotz des einsetzenden Frühlingsregens auf einen Stein und dachte nach.

Wenn Luther vogelfrei und seine Lehre verdammt war, aber viele dieser Lehre anhingen, was bedeutete das? Gedanken und Überzeugungen lassen sich nicht verbieten. Im Gegenteil: Mit dem Edikt hat der Kaiser erst dafür gesorgt, dass auch wirklich der Letzte im Reich bald wissen wird, was Luther gesagt und getan hat. Was hatte dies alles für einen Frankfurter Kaufmann, der ein eigenes Haus erwerben musste, zu bedeuten?

Lange saß er dort, erwog, die verbotenen Schriften hier zu kaufen und in Frankfurt zum Verkauf anzubieten. Doch nein, Frankfurt war zu sehr der Gnade des Kaisers und des Erzbischofs von Mainz ausgeliefert. Ins Verlies würden sie ihn sperren, erwischte man ihn.

Sollte er Schilde und Waffen kaufen für die möglicherweise bevorstehenden Aufstände? Was aber, wenn man sich am Ende einig wurde? Dann säße er da mit seinem Zeug. Was war zu tun?

So viel Bertram auch grübelte, er hatte keine Idee. Also

ging er zurück in die Stadt, setzte sich in eine Schenke und lauschte den Gesprächen. Viel erfuhr er nicht. Alles drehte sich um Luther und um den rechten Glauben. Der rechte Glaube, Bertram hatte keine Ahnung, was das heißen sollte. Er war jetzt einundzwanzig Jahre alt, kämpfte seit Jahren um seinen Platz. Er hatte so viel gelitten als Kind, hatte so viel Schuld auf sich geladen, damals in der Felsengrotte und später im Arbeitszimmer des Stettenhauses, als er dem Alten das Leben aus dem Leib schüttelte. Er wollte nicht, dass der Ablass abgeschafft wurde. Er wollte sich entschulden, wollte so bald als möglich die acht Gulden für den Tod des Vaters und noch einmal dieselbe Summe für den alten Stetten begleichen. Gewissen? Was war das? Und wer sagte ihm, dass sein Gewissen das rechte war? Leere Worte waren es, die der Luther sprach. Sollte, wenn es nach ihm ginge, ein jeder Kaufmann werden können? Sollten die Armen, der Pöbel, dieselben Rechte haben wie die Bürger und Patrizier? Nein, das wollte Bertram nicht. Er war von Adel, war als Sohn eines Ritters geboren. Auch wenn dieser ihn nie anerkannt hatte, so floss doch edles Blut durch seine Adern. Deshalb und durch die Ausbildung im Kloster war er befähigt, ein erfolgreicher Kaufmann zu werden. Sollten in Zukunft die Abdecker einem Kloster vorstehen? Die Bauern den Zehnten unter sich aufteilen? Sollte er jahrelang gelitten haben, und jetzt würde sich ein jeder, der wollte, als Lehrling bei einem Kaufmann verdingen?

Er hatte so viel gearbeitet, so viel sich erkämpft. Er wollte nicht, dass die, die jetzt kamen, all dies umsonst bekamen.

Ich bin ein Altgläubiger, dachte er. Mit Gleichheit habe ich nichts im Sinn. Die Menschen sind nicht gleich; es gibt hohe und niedere Geschlechter, und keine Schrift der Welt wird daran etwas ändern.

»He, Bursche, was sitzt du da und hängst deinen Gedanken nach?«, rief einer vom Nebentisch, stieß ihn an und lachte. »Der Kaiser hat Luther mit einem Edikt belegt. Aber die neue Lehre kann er nicht verbieten. Der neue Geist lässt sich nicht durch ein Edikt verbieten. Stoß an mit uns, Bruder! Auf Martin Luther!«

Bertram sah in die rot geränderten Augen des Mannes, der einen groben Kittel trug und Hände hatte, die rau und rissig waren von der Arbeit. »Tagelöhner bin ich, mein Freund, aber eines Tages werde ich im Rat sitzen und den Patriziern Feuer unterm Arsch machen. In ihren Betten werde ich schlafen, von ihren Tellern werde ich essen und ihre Frauen werde ich vögeln.«

Bertram stand auf. »Du bist ein Narr!«, sagte er, spuckte auf den Lehmboden der Schenke und ging von dannen.

Er lief die dunkle Gasse entlang zu seiner Herberge, als er ein Flugblatt an einer Kirchenmauer entdeckte. Bertram blieb stehen und entzifferte mühsam im fahlen Mondlicht, was darauf geschrieben stand. Den Fürsten und Patriziern, den Geistlichen und dem Adel wurde die Feindschaft erklärt und angekündigt, es werde ein Unglück geschehen, ließe man den gerechten Luther nicht in Frieden. Achttausend Mann stünden bereit, um für die gute Sache zu kämpfen. Unterzeichnet war das Flugblatt mit »Bundschuh«. Also doch Unruhen und Bauernaufstände?

Bertram erinnerte sich. Vor einigen Jahren hatten die Bauern im Süddeutschen sich zum Bundschuh zusammengeschlossen und Forderungen an die Obrigkeit und Kirche gestellt. Das Kirchengut sollte an die Armen verteilt werden, Wald und Weide sollten allen zugänglich sein, der Ewige Zins, die geistlichen Gerichte und die Leibeigenschaft sollten abgeschafft werden.

Bertram hatte sich wenig um den Bundschuh gekümmert. Wichtig war für ihn nur, wie sich der Ungehorsam der Bauern auf die Preise auswirkte.

Wenn jetzt aber der Bundschuh sich mit den Neugläubigen zusammentat, was geschah dann? Bertram wusste keine Antwort. Landgraf Philipp, hatte er in der Herberge sagen hören, hatte Luther besucht und sich vom ihm die neue Lehre erklären lassen. »Habt Ihr recht, so helfe Euch Gott«, hatte der siebzehnjährige Landgraf zum Abschied gesagt.

Als Bertram sich daran erinnerte, lächelte er. Er dachte an Hartmut von Cronberg, den Taunusritter, der vehement für Luther eintrat und Frankfurt am liebsten mithilfe von Hakenbüchsen bekehren würde. Die Taunusritter; auch der Landgraf lag mit ihnen in Fehde. Wenn nun der eine altgläubig blieb, der andere lutherisch geworden war, gab es eine gute Gelegenheit, alte Rechnungen zu begleichen. Er aber würde sich auf die richtige Seite schlagen.

Bertram lief durch die Gassen hinunter zum Rheinhafen. Jetzt wusste er, was er zu tun hatte.

Am nächsten Tag zog der Tross des Erzbischofs zurück nach Frankfurt, und Bertram zog mit ihm.

Er ritt am Ende des Zuges, nicht weit entfernt von Aaron Zum Hirschen, der auch in Worms gewesen war.

»Nun, mein Freund, wie geht es Euch?«, fragte der Geldverleiher und zog ein zufriedenes Gesicht dabei. »Habt Ihr gute Geschäfte getätigt?«

Bertram schüttelte den Kopf. »Vorbereitet habe ich etwas, das mir recht bald von großem Nutzen sein kann.«

Aaron zügelte sein Pferd. »Erzählt, Kaufmann.«

Bertram zierte sich eine Weile, dann aber fragte er: »Wie viel sind Euch meine Beobachtungen wert?«

Der Geldverleiher sah ihn prüfend an. »Nun, bisher bin ich gut gefahren mit Euch. Falls Ihr einen Kredit aufnehmen wollt, so ließe sich darüber reden.«

»Gebt mir zweihundertfünfzig Gulden auf zwei Jahre zu fünfzehn Prozent Zins, und Ihr werdet es nicht bereuen.«

Aaron lachte und sprach von Ruin, Bertram lachte auch und redete von Wucher, dann feilschten und handelten sie wie die Weiber auf dem Markt und am Ende waren sie sich einig.

»Zweihundertfünfzig Gulden auf zwanzig Monate und zu achtzehn Prozent. Das macht im Januar anno 1523 exakt zweihundertfünfundneunzig Gulden zu begleichende Schuld.« Aaron lachte. »Ihr seid wagemutig wie der Landgraf. Auch der hat sich um einen Kredit bemüht. Nun, hoffen wir, dass Eure Pläne gelingen und mich reich und glücklich machen!«

Bertram bedankte sich, lüpfte sein Barett, dann gab er dem Pferd, das er sich auf Ludoviks Kosten aus einem Mietstall geliehen hatte, die Sporen und ritt weiter nach vorn, um ein Schwätzchen mit den Begleitern des Landgrafen zu halten. Aha, sieh an: Der Landgraf hat um einen Kredit nachgesucht. Wenn Bertram sich bisher nicht sicher gewesen war, was die Zukunft betraf, so schöpfte er nun neue Hoffnung. Der Landgraf hat um einen Kredit gefragt. Bertram kniff die Augen leicht zusammen. Nun musste er nur noch herausbekommen, wofür. Brauchte der Landgraf das Geld für seine Fehde mit den Taunusrittern? Wenn sich in der Zukunft bewahrheitete, was Bertram hoffte, dann war er ein gemachter Mann.

Im Hause Stetten war, wie Bertram geahnt hatte, unterdessen nichts geschehen. Die Schreiber standen tatenlos im Kontor herum, die Korrespondenz war nicht erledigt, niemand war in den Kaufhäusern unterwegs gewesen, um die

Preise zu kontrollieren. Auf den großen Wachstafeln, die er im Kontor hatte anbringen lassen, standen noch die Zahlen von seinem letzten Kaufhausgang.

Ludovik saß in der großen Wohnstube, und ein Barbier war damit beschäftigt, ihm die Haare zu kräuseln und den Bart kunstvoll zu schneiden.

»Oh, Bertram«, rief er und wies mit der Hand auf einen Armlehnstuhl, der neben ihm stand. »Setz dich und berichte! Wie war es in Worms? Stimmt es, dass der Kaiser ein Edikt über Luther verhängt hat?«

Bertram nickte. »Sag, wie stehen die Patrizier zu Luther? Und du selbst, wie hältst du es mit der Religion?«

Ludovik verzog das Gesicht und schlug dem Barbier auf die Hand: »Vorsicht, du Trottel, du verbrennst mir ja die Kopfhaut!«

Dann wandte er sich an Bertram: »Ich«, begann er mit wichtiger Miene, »war in Florenz und einige Male zu Gast bei den Gelehrten der Neuen Florentiner Schule. Auch in Amsterdam war ich und kann mich deshalb quasi mit Fug und Recht zu den Humanisten zählen.«

Er sah Bertram von der Seite an und fügte hinzu: »Du weißt, wer die Humanisten sind?«

Bertram sog die Luft scharf ein: »Erasmus von Rotterdam!«

»Richtig, doch Humanismus ist mehr als die Schriften des alten Erasmus. Humanismus, Bertram, ist eine neue Lebensart. Gelehrte Schriften, vornehme Manieren, gepflegte Dispute, italienische Kunst und so manches mehr.«

Bertram nickte, obwohl er die Lehren des Erasmus von Rotterdam anders im Kopf hatte. Vater Kilian im Kloster Marienthal hatte ihm den Humanismus als neue philosophische Lehre erklärt, die sich an den Bedürfnissen und Wünschen der Menschen orientierte und dabei ganz auf die Würde des Einzelnen, auf Rücksicht, gegenseitiges Verständnis, Gewalt- und Gewissensfreiheit abzielte. Soviel er wusste, war von vornehmen Manieren nicht die Rede gewesen.

»Zu den Frankfurter Humanisten gehören quasi neben mir auch Philipp Fürstenberger, Hamman von Holzbach, Arnold von Glauburg und natürlich die etwas raue, aber durchaus angenehme Taunusritterschaft unter der Führung von Hartmut von Cronberg.«

»Die angenehme Taunusritterschaft? Ludovik, was redest du da? Die Taunusritterschaft war es, die deine Kolonne überfallen und ausgeraubt hat!«

Ludovik winkte hochmütig ab. »Längst vergeben und vergessen. Der Mensch ändert sich, der Humanismus veredelt ihn sogar. Außerdem war nicht der Ritter von Cronberg der freche Räuber.«

»Und die anderen Patrizier der edlen Stubengemeinschaft Alten Limpurg?«

Ludovik verzog den Mund, als hätte er auf etwas Saures gebissen. »Die meisten Alten sind rückständig wie mein Vater, Gott hab ihn selig, es war. Sie begreifen nicht, dass eine neue Zeit angebrochen ist! Reiche Krämer sind sie, die den Blick nicht über ihren Bauchladen richten. Die Humanisten aber haben sich dafür eingesetzt, dass Frankfurt nun eine Schule hat!«

»Du meinst die Junkerschule im Haus Zum Goldstein am Kornmarkt?«

»Genau die! Die Humanisten haben dafür gesorgt, dass Wilhelm Nesen, Freund und Schüler des Erasmus, der Rektor wird. Du wirst sehen, Bertram, in ein paar Jahren wird Frankfurt zum humanistischen Zentrum des ganzen Reiches! Bald wird es hier wimmeln von jungen Patriziern, die gebildet und vornehm sind.«

»Hm«, brummte Bertram, stand auf, wünschte Ludovik einen schönen Tag und machte sich an die Arbeit.

Ludovik also war ein Anhänger Luthers. Nein, das stimmte nicht. Ludovik war ein Anhänger desjenigen, der ihm seine Freundschaft bot. Sollte er morgen dem Hainbuch in die Hände fallen, so ginge er dessen Schmeicheleien auf den Leim und wäre am Abend ein überzeugter Altgläubiger. Mochte er auch in Florenz und Amsterdam gewesen sein, gelernt hatte er dort nicht viel.

Bertram stand in seiner Kammer und überdachte noch einmal die Geschehnisse und Gespräche in Worms und die Rede Ludoviks. Wenn der Landgraf sich mit den Taunusrittern auf eine Fehde einließ, dann wäre Bertram ein gemachter Mann. Humanismus hin, Humanismus her. Er war kein Philosoph, er war Kaufmann.

15

Bertram ließ heute die Kaufhäuser links liegen und besuchte den Holzmarkt. Die Bauern aus der nahen Wetterau zogen betrübte Gesichter. Der Himmel hing wie ein blaues Zeltdach über der Stadt, die Sonne prahlte mit gleißendem Licht. Die Frankfurter dachten nicht mehr an die Eiseskälte des vergangenen Winters, hatten nur den kommenden Sommer im Sinn und sorgten sich nicht um Holzkohle für die Kohlebecken.

Bertram schlenderte von Stand zu Stand, fragte nach den Preisen, doch überall hörte er dasselbe Gejammer. »Wir haben seit Tagen nichts verkauft; wie immer in den ersten warmen Frühlingstagen. Kaum dass wir wissen, wie wir Frau und Kinder ernähren sollen.«

Bertram besah sich das Holz, prüfte, ob es trocken war. Dann ging er zu dem Bauern, der die größte Not zu haben schien, und sagte: »Ich kaufe Euch alle Vorräte ab. Nicht nur das, was Ihr heute hier habt, sondern auch das Holz, welches Ihr zu Hause lagert. Unter der Bedingung, dass es dort bleibt, bis ich es anfordere.«

»Da werden aber Lagerkosten fällig«, teilte der Bauer mit und rieb sich das Ohr.

»Oh, ganz gewiss nicht«, erwiderte Bertram. »Das Holz bleibt zum Trocknen im Wald; Ihr werdet es abdecken. Ich habe noch nie gehört, dass ein Wald Lagerkosten verlangt.«

Der Bauer wiegte den Kopf, Bertram hielt ihm die Hand hin: »Schlagt ein, oder lasst es. Wenn Ihr den Handel nicht machen wollt, so ist das Eure Sache. Bedenkt jedoch, dass der Sommer heiß wird. Viel werdet Ihr in den nächsten Monaten nicht verkaufen. Leben müsst Ihr trotzdem.«

Der Bauer war hin- und hergerissen. Er blickte auf das Geld, das Bertram in der Hand hielt, bedachte die Argumente.

»Könnte sein, dass das Holz noch mal teurer wird, wenn der Sommer kalt bleibt oder es einen Krieg gibt.«

»Könnte aber auch sein, dass es billiger wird, wenn es friedlich bleibt und der Sommer heiß wird«, erwog Bertram. »Denkt an die alte Regel: ›Wenn es viel regnet am Amatiustag, ein dürrer Sommer folgen mag.‹ Nun, erinnert Euch: Am Amatiustag, dem 8. April, hat den ganzen Tag die Sonne am Himmel gestanden. Nicht ein Tropfen Regen ist zur Erde gefallen.«

»Hm!« Der Bauer sah sich unschlüssig um, dann aber schlug er seufzend ein. »Wenigstens habe ich Geld für die neue Saat«, sagte er. »Dann muss meine Familie im Winter nicht hungern.«

Der Handel war geschlossen, Bertram klopfte dem Bauern auf die Schulter. Er war nun der Besitzer von fünfzig Klaftern Holz, so viel, wie das große Dominikanerkloster in einem ganzen Winter verbrauchte. Genug für Wagenräder, Deichseln, Achsen und alles, was sonst noch in Kriegszeiten nötig war.

Zufrieden schlenderte er über den Markt, betrachtete ohne großes Interesse die Waren, die in den Buden lagen, hörte die Krämerinnen mit den Mägden feilschen, machte Platz für die Büttel, die einem Beutelschneider hinterherjagten, sah die Bettler am Rande sitzen und jeden um eine milde Gabe anflehen. Da hörte er ein Wort, das er liebte: »Faxenkram!«

Und schon spähte er zwischen den Buden in den nächsten Gang und entdeckte Gutta, die mit einem Nadelmacher stritt. »Ich sage Euch noch einmal, dass ich keinen ganzen Satz Nadeln brauche, sondern nur eine einzige.«

»Ja, und morgen kommt Ihr wieder, weil Ihr noch eine braucht, und übermorgen ebenso. Kauft einen ganzen Satz, so spart Ihr Euch morgen den Weg hierher.«

»Gott zum Gruße, Hellmundin«, grüßte Bertram artig und verneigte sich leicht. »Braucht Ihr die Hilfe eines Mannes?«

»Pfff!« Gutta blies sich eine Haarlocke aus dem Gesicht, dann aber nickte sie. »Störrisch wie ein Esel ist der Nadelmacher«, klagte sie. »Einen ganzen Nadelsatz will er mir verkaufen, obwohl ich nur eine einzige Nadel brauche.«

Bertram sah Übermut in ihren Augen blitzen. Er wusste sofort, dass Gutta einen Grund dafür hatte, die Nadeln jeden Tag einzeln zu kaufen. Also wandte er sich an den Nadelmacher und sagte: »Verkauft mir den ganzen Satz. Mir wäre es ein Vergnügen, hätte ich täglich die Freude, diese Dame hier zu sehen.«

Der Nadelmacher war sich nicht sicher, ob er gerade veralbert oder gar übertölpelt wurde. Mürrisch nahm er den gebündelten Satz mit dreißig Nadeln, nannte den Preis, übergab die Ware und wünschte für die nächste Zeit alles Gute.

Gutta stand dabei und lächelte. Dann ging Bertram neben ihr ein Stück weiter über den Markt, ein Handelsdiener der Hellmunds folgte im gebührenden Abstand.

»Ihr habt den armen Mann an den Rand des Wahnsinns getrieben«, stellte Bertram fest und lächelte. »Was, in Gottes Namen, hattet Ihr vor?«

»Oh, ich habe einen Versuch gemacht«, erklärte Gutta. »Seit einer Woche schon gehe ich zu ihm. Am ersten Tag hatte ich mir das Kleid der Wäscherin geborgt. Da wollte er einen Kreuzer für die Nadel haben, am nächsten Tag ging ich im Kleid der Magd, wieder ein Kreuzer, am dritten Tag aber trug ich das einfache Gewand einer Bürgersfrau, schon wollte er eineinhalb Kreuzer für die Nadel. Gestern war ich als Hellmundin da, und er wollte die Nadel für zwei Kreuzer weggeben. Heute sollte er mir die unterschiedlichen Preise erklären, er aber ritt auf seinem Nadelsatz herum.«

»Interessant«, stellte Bertram fest. »Und was habt Ihr aus diesem Versuch gelernt?«

»Nun, dass es sich lohnt, im Gesindekittel einkaufen zu gehen.« Gutta lachte. Dann aber sah sie Bertram ernst an. »Merkt Ihr es nicht?«, fragte sie. »Die Stimmung hat umgeschlagen. Früher, vor Luther, hatten die kleinen Händler und Krämer einzig ihren Gewinn im Blick. Nun aber verbünden sie sich mit ihresgleichen und haben die Patrizier zu Feinden erklärt. Sie wollen teilhaben an unserem Reichtum und uns dafür bezahlen lassen.«

Bertram stand einen Augenblick starr, dann nickte er. »Ihr seid eine kluge Frau, Hellmundin.«

»Ich weiß«, erwiderte Gutta lächelnd und keineswegs gekränkt. »Ich weiß sogar noch mehr: Dass nämlich das Haus, welches sich neben dem Stettenschen befindet, zum Kauf steht. Seit vor zwei Jahren die Pest in der Stadt war, steht es leer. Die Leute sind abergläubisch, denken, dass die Geister der Toten darin herumstreichen. Es soll sogar vorgekommen sein, dass man Licht darin gesehen hat! Nun, ich glaube nicht an solche Märchen, Ihr etwa?«

Mit diesen Worten nickte sie ihm zu, wandte sich um und ging davon.

Bertram blieb verblüfft zurück und starrte ihr nach, doch

dann hatte er es eilig. Das leer stehende Nachbarhaus! Bertram hatte es völlig vergessen, obwohl er fast jeden Tag daran vorüberging. Er hätte nicht einmal sagen können, ob es bewohnt war, und schon gar nicht, von wem.

Von Ludovik hörte er, wem das Nachbarhaus nun, da die einstigen Bewohner lange schon auf dem Friedhof lagen, gehörte. Die alte, kinderlose Witwe, Schwester des ehemaligen Besitzers und dem Tod näher als dem Leben, kümmerte sich nicht darum. Ihr Geist war mit dem Alter schwächer geworden, und niemand konnte sagen, ob sie tatsächlich wusste, wie es um ihren Besitz und ihre Finanzen bestellt war. Das Einzige, das sie interessierte, waren mit Zuckerguss glasierte Küchlein.

Eine Woche später erfuhren die Huren von Irmelin, dass es in dem Hause spukte. Jeden Abend wären Lichter darin zu sehen. Und die Huren waren es auch, die das Gerücht vom Spukhaus in alle Straßen und Gassen der Stadt trugen, bis es selbst der Witwe zu Ohren kam. Wenn man an der Schwelle des Todes stand, waren Spukgeschichten bestimmt keine Eintrittskarte ins Ewige Himmelreich, überzeugte Bertram schließlich die alte Dame und zählte ihr so viele Gulden auf den Tisch, dass sie davon ihren Bedarf an glasierten Küchlein auf Jahrzehnte bestreiten konnte.

Zwei Wochen später wurde in den Urkunden der Stadt verzeichnet, dass Bertram Geisenheimer das Haus gekauft und »Zum Raben« genannt hatte.

16

Stimmt es? Ob es stimmt, will ich wissen, verdammt!«, brüllte Ludovik so laut, dass die Schreiber unten im Kontor die Köpfe einzogen.

Bertram stand am Fenster des Arbeitszimmers, hatte die Füße gekreuzt, die Arme vor der Brust verschränkt. Sein Blick glitt über den großen Schreibtisch, huschte über die aufgeschlagenen Bücher, zum Tintenfass und der Schale mit den Gänsekielen, zur silbernen Dose mit dem Löschsand bis hin zum Leuchter, in dem vier Talglichter brannten.

»Antworte mir!«, schrie Ludovik und hieb mit der Faust auf den Tisch.

»Ja, es stimmt, aber du musst nicht brüllen.«

»Und … und … du wagst es …?«, stotterte Ludovik, plötzlich wutleer.

Bertram ließ die Arme sinken. »Ja, Ludovik, der Schwengel hat es gewagt. Der Schwengel hat ein Haus gekauft und um Gutta Hellmundins Hand angehalten.«

Ludovik ließ sich auf den gepolsterten Armlehnstuhl sinken. Selbst im Licht der Talgkerzen sah sein Gesicht blass aus.

»Warum?«, fragte er. »Warum hast du das Nachbarhaus gekauft? Ich habe so viel für dich getan! Denkst du, ich weiß nicht, dass du alsbald deine eigenen Geschäfte machen willst? Und die Hellmundin hast du mir auch weggeschnappt.« Er sah Bertram beleidigt an, und Bertram verzog den Mund. Gleich wird er heulen, dachte er mit Grimm.

»Ich habe dir die Hellmundin nicht weggenommen. Ich habe gehandelt, wie es für einen Kaufmann richtig und gewinnbringend ist«, erwiderte er.

»Als ob es nur um das Weib ginge«, greinte Ludovik. »Froh bin ich im Grunde, dass ich sie nicht heiraten muss. In der Beziehung hast du mir wahrhaft einen Gefallen getan. Sie hat nichts von dem, was die Männer an einem Weib schätzen.«

»Sie ist klug«, erwiderte Bertram. »Sie ist ein besserer Kaufmann als manch einer der Alten Limpurg.«

»Klugheit bei einer Frau? Das gibt es nicht! Sie will sein wie ein Mann. Das ist alles. Aber eine Frau ist dem Manne nun mal untertan. Hoffart ist es, sein zu wollen wie ein Mann. Hoffart ist es von ihr, in die Kaufhäuser zu gehen und zu feilschen, Geschäfte zu tätigen und den Männern gar Ratschläge geben zu wollen. Klugheit steht einer Frau nicht; im Gegenteil. Sie bringt Schande über den Ehemann.«

Bertram seufzte. Er hatte damit gerechnet, dass Ludovik ihn zu einer Schlägerei auffordern würde; wenigstens hatte er auf einen Rausschmiss gewartet. Seine Weinerlichkeit und die Herabwürdigung von Gutta ekelten ihn an. Unwillig und den Blick weiter im Raum schweifen lassend, erwiderte er: »Die Hellmundin hätte dich niemals geheiratet, das weißt du. Also höre auf, schlecht über sie zu reden. Sie hat dich hingehalten, Jahr um Jahr, und dich so zum Gespött der Leute gemacht. Du bist kein Mann für die Hellmundin, Ludovik. Du gehst gern zum Karten- oder Würfelspiel, sitzt tagelang in der Stube der Alten Limpurg, und die Weiber lieben dich.«

Ludovik sah hoch, wollte etwas erwidern, doch Bertram schnitt ihm mit einem Luftschlag das Wort ab. »Du bist Kaufmann, Ludovik, viel zu beschäftigt für die Ehe mit einer Frau wie Gutta. Humanisten haben Wichtigeres zu tun, als sich um Weib und Kinder zu kümmern. Eine neue Zeit bricht an; du sagst es selbst. Ich wollte dich nicht beschweren, wollte dir den Rücken frei halten von den Nichtigkeiten des Alltags. Die Ehe ist eine Fessel. Du weißt, was die Leute über die Hellmundin reden? Sie hat die Hosen an, sagen sie. Ihr Mann habe später einmal nichts zu lachen. Die anderen Weiber und das Würfelspiel würde sie dir niemals durchgehen lassen.«

Bertram hatte bei seiner Rede den Schreibtisch umrundet. Nun stand er wieder vor dem Fenster, die Füße gekreuzt. Ludovik war auf seinem Lehnstuhl zusammengesunken. Jetzt nickte er langsam. »Vielleicht hast du recht, Bertram«, sagte er matt. »Die Zeit des Umbruchs ist da. Jemand muss einen klaren Kopf behalten; die Welt ist quasi mehr als nur der heimische Herd, das eigene Kontor.«

»So ist es!«, bestätigte Bertram. »Du hast andere Aufgaben. Niemand hört von so vielen Gerüchten auf der Straße und in den Schenken wie du. Männer wie dich braucht die Zeit. Verschwendung wäre es, würdest du jetzt ins Ehebett kriechen. Keiner weiß besser als du, dass die wirklich wichtigen Geschäfte in der Nacht bei den Huren, in den Würfelbuden und in den Stubengesellschaften beim Wein gemacht werden. Ehemännern ist das aber nicht möglich. Sieh sie dir an, deine Freunde von den Alten Limpurg: Die Unverheirateten machen die besten Geschäfte, während die Ehemänner allesamt am Alten kleben.«

Nun war Ludovik getröstet, wenn auch nicht ganz. Bertram sah, dass in seinen hellen Augen noch ein Funken Unmut flackerte.

»Guttas Mitgift. Mir ging es um nichts anderes«, fiel ihm

plötzlich ein. »Jetzt wirst du mit diesem Geld in deinem neuen Haus eigene Geschäfte tätigen und mich hängen lassen.«

Bertram hätte gern gelächelt, denn auf diesen Einwand wartete er schon lange. »Guttas Mitgift kann auch dir zugutekommen. Ich habe vor, mit dem Geld Handelsgesellschaften zu gründen. Du kannst dich beteiligen.«

»Moderne Handelsgesellschaften?«

Bertram nickte. »Ja, so wie die Fugger, wie die Welser, wie die anderen Großkaufleute. Ich plane, mit einem Winzer aus dem Elsass eine Handelsgesellschaft für Wein zu gründen. Der Hainbuch hat solcherlei gemacht und ist dabei gut gefahren. Mit einem Fischhändler aus Worms eine Gesellschaft, die mit Flussfischen handelt, möchte ich überdies gründen.«

Ludovik grinste, und Bertram sah, wie die Verschlagenheit seine Augen schmal machte.

»Am Fisch habe ich kein Interesse«, erklärte Ludovik großspurig. »Aber sag, wie viel Geld du für das Elsass brauchst, dann denke ich über eine Beteiligung nach.«

Jetzt konnte Bertram beim besten Willen kein Lächeln mehr unterdrücken. »Was hältst du davon, wenn ich dein Geld in Wein investiere und Guttas Mitgift in Fisch? So hat jeder von uns bald seine Schäfchen ins Trockene gebracht.«

Ludovik zog die Stirn kraus, schüttelte den Kopf und spitzte das Maul zum Kussmündchen.

»Überlege es dir. Wir reden morgen weiter, ich bin müde«, erklärte Bertram und ging in sein Zimmer. Oben angekommen, legte er sich lang und spähte durch das Loch im Boden. Er sah Ludovik am Kontortisch sitzen und in den Büchern blättern.

»Flussfische«, hörte er ihn murmeln. »Flussfische aus Worms, so ein Narr. Die besten Flussfische kommen aus Köln. Weiß er das etwa nicht? Pleite wird er gehen mit seiner Handelsgesellschaft, noch ehe das Jahr um ist. Und es wird ihm recht geschehen. Auf Knien wird er mich bitten, ihm eine Stelle als Schreiber in meinem Kontor zu geben. Aber ich werde ihn strafen für seinen Hochmut. Er muss fallen. Er ist ein Klosterfindling, nichts sonst.«

Bertram bemerkte das zufriedenen Lächeln in Ludoviks Gesicht und lächelte ebenfalls.

17

Am nächsten Morgen teilte Ludovik ihm seinerseits einen Vorschlag mit. »Lass es uns so machen, Bertram: Von meinem Geld kaufe ich die Handelsgesellschaft mit dem Elsass und von Guttas Mitgift gründest du die für den Fisch aus Worms. So hat jeder von uns eine eigene Gesellschaft.«

Er zog ein zutiefst aufrichtiges Gesicht, doch das Zucken seiner Lider verriet ihn. Bertram aber lächelte, streckte ihm die Hand hin: »Gut, Ludovik. So machen wir es. Schlag ein!«

Wenig später kaufte Bertram auf dem Markt ein Sträußchen mit Margeriten. Er liebte diese weiße Blume, die für ihn Unschuld und Zähigkeit in Schönheit band, und ging damit zum Hellmundhaus. »Ich möchte, dass Ihr mir sagt, wie Ihr Euer Heim einzurichten wünscht«, sagte er und reichte Gutta die Blumen.

Gutta lächelte. »Lasst uns keine großen Umstände machen«, erklärte sie. »Ich brauche keine venezianischen Intarsienmöbel, keine Silberteller, keine Vorhänge aus Brokat. Alles, was wichtig ist, werde ich mitbringen: ein großes Bett mit weichen Daunen, einen bequemen Arbeitsstuhl, Leinenzeug und Wäsche. Der Rest wird nach und nach kommen. Es gibt immer Kunden, die ihre Waren nicht bezahlen können. Die meisten von ihnen müssen sich dann von ihrem Hausrat trennen.«

Bertram nickte. Gutta hatte ihm aus dem Herzen gesprochen. Auch er hatte für Vornehmheit nichts übrig, nur ein bisschen bequem wollte er es haben.

Die Hochzeit unterschied sich nur wenig von den sonst in Frankfurt üblichen Hochzeiten dieser Kreise. Da war zuerst das Geschenk, das Walter Hellmund seinem Eidam machte: der Bürgerbrief.

Bertram allein wusste, von wem er abstammte. Papiere darüber hatte er nicht. Ohne Nachweis einer ehrlichen Abkunft aber kein Bürgerbrief, ohne Bürgerbrief keine Handelsgesellschaft. Bertram wusste nicht, wie viele Gulden den alten Hellmund das Bürgerrecht seines Eidams wert gewesen war, aber er ahnte, dass es sich dabei um eine stattliche Summe gehandelt haben musste. Den Patriziern und Kaufleuten war nicht daran gelegen, neue Konkurrenz zu bekommen. Und schon gar nicht von einem, den sie hinter vorgehaltener Hand »Emporkömmling« nannten.

Vom Haus der Braut ging der Zug zur Kirche, von der Kirche zog die Hochzeitsgesellschaft in einen Saal des Römers, den der Brautvater eigens für die Feierlichkeiten gemietet hatte. Normalerweise hätte Guttas Hochzeit im Haus der Alten Limpurger stattfinden müssen; schließlich war sie eine von ihnen. Doch der alte Hellmund wollte seinen Standesgenossen nicht zu viel zumuten. Er ahnte – und amüsierte sich darüber schon jetzt –, dass die Stadt bald einiges von Bertram zu hören und sehen bekommen würde.

Im Römersaal spielten die Musikanten zum Tanz, die

Tafeln bogen sich unter erlesenen Speisen. Es gab gebratene Spanferkel, fette Hammelkeulen, gesottenes Rindfleisch, Wildbret, dazu Hühner, Gänse und Enten. Gekochtes Gemüse stand in dampfenden Schüsseln auf dem Tisch, daneben luftige Brote und Brötchen aus feinstem Mehl, fette Soßen, kandierte Früchte, glasierte Kuchen, gestockte Eierspeisen, süßes Mandelmus und edle Weine aus dem Elsass, aus Rheinhessen und sogar aus Italien.

Nach dem Essen wurde getanzt, nur Gutta blieb auf ihrem Platz hocken, strich sich über das rote Kleid, das mit Goldfäden durchwirkt war.

»Warum tanzt du nicht?«, fragte Bertram, als sie auch seiner dritten Aufforderung nicht nachgekommen war.

»Tanzen ist etwas für Küchenmägde«, erwiderte sie, doch Bertram sah, dass sie keine Bewegung der Tanzenden übersah, dass ihre Fußspitze wippte und sie die Melodie mitsummte.

Einmal, als sie den Saal durchquerte, um einen Gast zu begrüßen, stieß sie mit dem Reifrock so heftig gegen einen Tisch, dass ein Glas herunterfiel und zerbrach. Wenig später, im Saal war es durch die Flammen der zahlreichen Kerzen heiß geworden, fuhr sie sich über das Gesicht und verwischte die mit Russstift angemalten Augenbrauen. Während die anderen heimlich lachten, ging Bertram zu ihr, richtete mit einem angefeuchteten Zeigefinger die verwischten Striche, küsste ihr das verschmierte Lippenrot vom Mund und strich die Falten ihres Kleides glatt.

Der Maler Jerg Ratgeb, der noch immer damit beschäftigt war, einen Wandfries im Karmeliterkloster zu malen, kam und brachte ein Bildnis Guttas, das die Gäste blendete. Angelika Holzbach, nunmehr Witwe, überreichte feinstes Leinen,

Petronella schenkte einen Satz silberner Becher, die anderen Patrizier brachten kupferne Töpfe, Wäsche, Kissen und Decken.

Kurz vor Mitternacht geleitete die Hochzeitsgesellschaft das Brautpaar unter derben Scherzen zu ihrem Haus, das sie »Zum Raben« nannten. Der Priester schritt mit ehrwürdiger Miene der Gesellschaft voran und segnete das Brautbett. Die Gäste gaben Ratschläge, Witze machten die Runde, aber Gutta und Bertram standen ruhig dabei und lächelten gelassen. Dann, als die Zoten ihren Höhepunkt erreicht hatten, nahm Gutta Bertram bei der Hand, zog ihn in die Schlafkammer und knallte die Tür hinter sich zu. Von draußen ertönte schallendes Gelächter, dann lärmten die Gäste noch ein wenig auf der Straße, ehe sie sich zerstreuten.

Gutta hatte sich auf das Bett gesetzt, einen Blick über die Möbel geworfen, die schlicht waren und ganz ihrem Geschmack entsprachen. »Es gefällt mir«, sagte sie, stand auf, kramte in einer großen Truhe, die zu ihrer Aussteuer gehörte, holte Daunendecken und Kissen heraus, die mit feinem Leinen überzogen waren, dann folgten weitere Kissen und Nackenrollen und zum Schluss stellte sie ein kleines Holzkreuz neben den dreiarmigen Leuchter auf das Nachtkästchen, setzte sich wieder auf das Bett, verschränkte die Hände im Schoß und blickte Bertram an.

Bertram sah zurück, räusperte sich, fuhr sich mit dem Finger in den Kragen, als säße dieser zu eng, räusperte sich wieder, sagte schließlich: »Also dann.«

Gutta erwiderte: »Ja, also dann«, und sah Bertram weiter an.

»Nun also …«, brummte Bertram und fummelte erneut an seinem Kragen.

Da riss Gutta die Geduld. Sie öffnete energisch ihr Mieder, zog das Oberkleid aus und legte es ordentlich ab, dann folgte das Unterkleid, danach der seidene Unterrock und schon stand sie splitternackt vor Bertram und löste seelenruhig ihr Haar.

»Du … du bist ja nackt«, stellte Bertram töricht fest, und schon riss seine Hand wieder am Kragen.

»Ja, das bin ich«, bestätigte Gutta, zu allem entschlossen. »Das muss man auch sein in der Hochzeitsnacht. Schließlich geht es um den Erben.«

Jetzt senkte sie doch den Blick, schaute scheu zu Boden und fügte leiser hinzu: »Zumindest hat mir das die Magd erzählt. Sie hat gesagt, erst nackig ist es richtig. Die meisten behalten ihre Sachen an, schlagen einfach die Röcke hoch, aber dann ist nicht sicher, ob es wirklich einen Erben gibt. Mit Sachen, sagt die Magd, hat es Gott schwerer, ein Kind in meinen Schoß zu pflanzen.«

»Ja, dann«, murmelte Bertram und öffnete fahrig sein Wams, stieg aus Hemd und Beinkleidern, stand ungelenk herum, fuhr mit den Händen vor seinem Körper auf und ab, als hätte er etwas zu verbergen, während Gutta wie angenagelt stand und den Blick fest auf die Bettdecke gerichtet hielt, dabei die Brüste und den Schoß mit ihren Armen bedeckend.

»Also dann«, sagte Bertram noch einmal, blies die Kerzen aus und schlüpfte unter die Bettdecke.

Gleich darauf lag Gutta neben ihm, hatte die Hände auf der Bettdecke gefaltet und starrte zur Decke. Bertram neben ihr hielt es ebenso.

»Ja, also dann!«, sagte Gutta nach einer Weile ungeduldig, aber Bertram, der so oft bei Irmelin gelegen hatte, wusste plötzlich nicht, was er tun sollte.

Schließlich stammelte er: »Der Tag war anstrengend. Du bist bestimmt sehr müde.«

»Faxenkram«, tönte es von Guttas Seite. »Jetzt ist Hochzeitsnacht, und ich weiß genau, was unsere Pflicht ist.«

»Also dann«, sagte Bertram ein weiteres Mal, rollte zu ihr herüber, strich sanft über ihr Gesicht, und als sie erneut etwas sagen wollte, verschloss er ihr mit einem Kuss den Mund und zeugte ein Kind.

Schon wenige Wochen nach der Hochzeit waren die Handelsgesellschaften gegründet. Bertram arbeitete nach wie vor für Ludovik, denn von den Erträgen der eigenen Geschäfte konnte er Gutta noch nicht das Leben bieten, das sie gewohnt war.

Die Fischhandelsgesellschaft lief ebenfalls unter Ludoviks Namen, doch dieser ahnte nichts davon. Noch musste Bertram bei ihm bleiben, noch hatte er keinen Namen. Der Eidam vom Hellmund war er jetzt, aber noch immer nicht Bertram Geisenheimer. Er brauchte den Namen Stetten, um diese Gesellschaft zu gründen. Seinen Schwiegervater wollte er mit so etwas nicht behelligen. Der Ruf war alles, was in dieser Branche zählte. Keiner von den Wormser Kaufleuten hätte sich bereitgefunden, mit einem ohne Namen ein Geschäft auf Vertrauensbasis zu gründen. Mit dem Namen Stetten jedoch war es kein Problem.

»Eine Handelsgesellschaft für Flussfische?«, fragte Gutta, als sie davon erfuhr. Sie stand im Kontor hinter einem Schreibpult und hatte die aufgeschlagenen Kontorbücher vor sich liegen. »Wie kommst du denn darauf? Wir haben einen Fluss vor der Tür, bekommen ansonsten alles aus Köln, und jetzt handelst du mit Worms?«

»Köln ist Sitz eines Erzbischofs, Frankfurt untersteht dem Erzbischof von Mainz, richtig?«, fragte Bertram.

Gutta nickte.

»Worms ist lutherisch geworden. Sie brauchen weniger Fisch, weil die Lutherischen weniger Feiertage haben und sich auch nicht an das Fleischfastengebot mittwochs und freitags halten müssen«, erklärte Bertram.

»Ah!« Gutta hob den Finger. »Ich verstehe. Die Wormser brauchen nicht mehr so viel Fisch, deshalb wird er billiger. Die Kölner sind weiterhin altgläubig, genau wie die Frankfurter, und brauchen so viel Fisch wie immer; die Preise haben sich also nicht geändert. Alles, was die einheimischen Fischer und Händler nicht beischaffen können, beziehst du nun aus Worms und machst damit ein gutes Geschäft.«

»So ist es«, teilte Bertram mit und rieb sich die Hände.

»Was aber wirst du tun, wenn auch Frankfurt lutherisch wird?«, fragte Gutta und legte den Kopf schief.

»Bis Frankfurt lutherisch wird, vergehen Jahre und Kriege.«

Nun lächelte Gutta. »Das ist gut, Bertram, das ist wirklich gut. Nun müssen wir nur noch herausfinden, welche Gewürze gut zu Fisch passen. Kaufen wir diese aus Italien, können wir zwei Geschäfte auf einmal tätigen.«

»Welche Gewürze schlägst du vor?«, fragte Bertram.

»Ich werde gleich ins Kaufhaus gehen und sehen, welche Gewürze ich günstig erstehen kann. Die meisten halten sich lange und nehmen nicht viel Lagerfläche in Anspruch. Die Köchin wird mir sagen können, wonach ich Ausschau halten muss.«

Sie klappte das Kontorbuch zu, nahm die Wachstafel und Griffel.

Stärker als die Wormser Fische drückten Bertram andere Sorgen. Und diese Sorgen trugen den Namen Irmelin. Gleich nach seiner Hochzeit war er zu ihr gegangen: »Ich komme nicht mehr, Irmelin. Ich habe geheiratet.«

»Ich weiß«, hatte Irmelin geantwortet und sich an ihn geschmiegt. »Aber deshalb muss sich doch zwischen uns nichts ändern. Die meisten meiner Kunden sind verheiratet. Keinen stört's.«

»Doch, Irmelin. Mich stört es.« Er schob sie von sich. »Ich wünsche dir alles Glück dieser Welt. Gott schütze dich, Irmelin.«

Verwundert sah er, wie sich ihr Gesicht veränderte. Das Schmeichelnde fiel ab, die Züge wurden hart, die Lippen schmal, die Augen dunkel.

»So nicht, Bertram. Ich war dir gut genug, als du mich gebraucht hast. Nun wirfst du mich weg wie einen alten Lumpen. Nein, mein Lieber, so einfach wirst du mich nicht los. Du wirst weiter zu mir kommen, du wirst mich weiter lieben.«

»Irmelin, hör auf! Ich habe dir nie versprochen, dass wir zusammenleben werden.«

»Huren küsst man nicht. Du hast mich geküsst, du hast mich gestreichelt, du hast mir Kleider gekauft, hast die Kammer bezahlt. Sogar gesagt hast du einmal, dass du mich liebst.«

»Irmelin, ich liebe dich nicht, und das weißt du auch. Gelogen habe ich damals. Ich werde nicht mehr zu dir kommen.«

Mit diesen Worten wandte er sich zur Tür und wollte gehen, doch Irmelin hängte sich an seinen Arm, ihre Augen schwammen.

Bertram machte sich los, wollte sie beruhigen, alles erklären. Da stand sie, ließ das Kleid über die Schultern rutschen und Tränen über das Gesicht laufen. Sie streckte beide Hände nach ihm aus: »Bertram, schlaf mit mir. Nur noch ein einziges, letztes Mal. Ich habe doch niemanden außer dir.«

Und Bertram stand und schaute auf Irmelin. Plötzlich packte ihn das Mitleid. Mit derselben Heftigkeit kam auch die Wut. Er trat zu ihr, stieß sie auf das Bett und bediente sich an ihr, wie sich Männer gemeinhin an Huren zu bedienen pflegen. Dann stand er wortlos auf, wischte sich ihre Tränenspuren aus dem Gesicht und ging.

»Das wirst du bereuen, Bertram Geisenheimer. Das schwöre ich bei Gott!«, rief Irmelin ihm nach.

Für den Heimweg brauchte Bertram sehr lange. Immer wieder blieb er stehen, dachte darüber nach, was geschehen war. Wie sollte er Gutta unter die Augen treten? Nein, er war nicht der Mann, dem Treue viel bedeutete. Es war schlimmer: Hier und jetzt, zwischen dem lustigen Dorf Bornheim und der freien Reichsstadt Frankfurt, stellte er fest, dass ihm Gutta viel bedeutete. Diese Erkenntnis verblüffte ihn so, dass er sich am Ufer des Mains auf einen Stein setzte und ins Wasser stierte. Er hatte nie lieben wollen. Geachtet werden wollte er, anerkannt werden wollte er, mit Namen genannt werden wollte er, aber lieben? Er hatte geheiratet, weil er glaubte, Gutta und er wären sich ähnlich. Er hatte geheiratet, weil er glaubte, zu einem erfolgreichen Mann gehören ein respektables Eheweib und vor allem Erben. Aber doch nicht aus Liebe! Wer war er denn? Eine Magd, die in der Küche Lieder von Liebe und Sehnsucht sang und beim Anblick des

Ersehnten fast verging? Oder ein Narr wie Ludovik, der sich von den Hübschlerinnen sagen ließ, was für ein toller Kerl er sei, und dafür bezahlte?

Aber es war, wie es war: Bertram liebte Gutta. Er konnte sich auf den Kopf stellen, er konnte Messen lesen lassen, er konnte sich die Decke über die Ohren ziehen, es blieb dabei: Bertram liebte Gutta.

Er dachte an die kurze Zeit ihres Ehelebens zurück und lächelte. Vor sich sah er Gutta im Kontor des Hauses Zum Raben, wie sie über das Stehpult gebeugt Zahlen in ein Handelsbuch schrieb, aufblickte, die Stirn in Falten legte, die Nase kraus zog, in die Ferne sah, plötzlich die Augen aufriss und lächelte, sich wieder über das Buch beugte und weiterschrieb. Es schien ihr nichts auszumachen, zugleich Ehefrau, Schreiberin, Handelsdienerin und Kontorleiterin in einer Person zu sein. Bertram war sich sicher, dass seine aufstrebenden Geschäfte bei ihr in den besten Händen waren.

Er hörte sie, als sie ihm die Magd vorstellte und sagte, ihr Name wäre Käthchen.

»Burga wird sie heißen«, hatte Bertram erwidert. Und Gutta hatte die Augenbrauen hochgezogen, nicht nachgefragt, sondern nur mit einem Schulterzucken geäußert: »Gut, dann wird sie also Burga heißen.«

Er sah sie am Abend in der Wohnstube beim Lesen der Flugblätter, die sie über Tag auf den Gassen zugesteckt bekommen hatte, den verhedderten Stickrahmen achtlos im Schoß. »Es heißt, der Landgraf habe eine Fehde mit dem Sickinger«, sagte sie und hob den Finger. »Es heißt, er habe schon nach Söldnern ausgeschickt.«

Bertram seufzte. Er dachte an Guttas Gesicht: schmal mit

schön geschwungenen Brauen über den blauen Augen. Er sah die Augen, die einen braunen Kranz um die Iris hatten. An ihren Blick dachte er, zumeist spöttisch, oft aufmerksam, selten betrübt.

Er stand auf, klopfte sich die Beinkleider sauber und ging langsam zurück zur Stadt. Über Irmelin hatte er nachdenken wollen. Darüber, ob sie ihre Drohung ernst gemeint hatte. Sie brauchte ihn nicht mehr, verdiente das Geld für Kammer, Essen und Kleider längst selbst. Trotzdem hegte Bertram leise Befürchtungen. Er hatte davon gehört, dass es gefährlich wäre, wenn aus Liebe Hass wurde. Doch so sehr er sich auch bemühte, über Irmelin nachzudenken, es gelang ihm nicht. Immer wieder entglitt ihm ihr Bild, immer wieder schweiften seine Gedanken zu Gutta. Einmal blieb er sogar stehen und schloss die Augen, um Irmelins Bild und seine Gedanken an sie zu beschwören, doch wieder hatte er sie nur wenige Lidschläge lang im Sinn, ehe sie in der Flut der anderen Bilder in seinem Kopf unterging.

Er kam beim Frauenhaus vorbei, schenkte den Huren keine Beachtung, stieg durch das Törchen vom Heilig-Geist-Spital in die Stadt hinauf und hatte endlich das Haus Zum Raben erreicht.

Vor der Tür blieb er stehen und sah an der Front empor. Er sah, dass das Licht im Kontor noch brannte, aber auch im ersten Stock die Wohnkammer erleuchtet war. Er freute sich an dem warmen Schein, der durch die geschlossenen Vorhänge drang, freute sich an dem Fensterbeet, freute sich auch am Rauch, der aus dem Kamin stieg und eine warme Mahlzeit versprach.

Dann öffnete er die Tür, blieb einen Augenblick im Flur

stehen und schnupperte. Es roch nach Milchsuppe, in die die Magd für gewöhnlich weißes, gebrocktes Brot und Kirschen gab. Es roch nach Wein, nach Talg und ganz wenig nach Guttas Pfirsichkernduftwasser.

»Bist du das?«, hörte er Gutta aus dem Kontor rufen.

»Ja«, erwiderte er und fügte in Gedanken hinzu: Ja, mein Herz, ich bin es.

Gleich darauf kam sie zu ihm in die Küche geeilt. »Die Magd ist zu ihrer Mutter; die alte Frau ist krank. Deshalb werde ich dir die Suppe wärmen. Macht es dir etwas aus, gleich in der Küche zu essen?«

Bertram schüttelte den Kopf. Nein, mein Herz. Alles, was du willst, mein Herz. Doch sein Mund blieb verschlossen.

Freundlich blickte Gutta ihn an. So wie eine Handelsfrau einen Geschäftspartner ansieht. Ohne Glanz in den Augen, die Lippen aufeinandergepresst. Ihr Gesicht war blass, die Augen von dunklen Rändern umgeben, die Bewegungen fahrig.

Er seufzte, setzte sich, sah zu, wie sie mit einem Zündschwamm Feuer im Herd machte, das Feuer schürte, sich dabei eine Haarsträhne aus dem Gesicht blies. Am liebsten hätte er sie auf seinen Schoß gezogen, sie an sich gedrückt, seine Nase in ihrem Haar geborgen. Sein Herz schlug heftig, doch ihre Gleichmut ließ ihn erstarren.

»Warum trägst du die Haube nicht?«, fragte Bertram. »Die meisten Frauen sind so stolz, endlich unter der Haube zu sein, dass sie sie nicht einmal bei Nacht absetzen.«

»Faxenkram!«, erklärte Gutta. »Wozu soll eine Haube im Haus gut sein? Ich weiß, dass ich verheiratet bin, du weißt es auch, es regnet und schneit nicht hier drin, und warm ist es auch. Ich habe keine Zeit, mich auch noch um Hauben zu bekümmern. Im Kaufhaus war ich, um nach den Gewürzpreisen zu sehen. Gleich werde ich die Preise mit denen des Vormonats vergleichen und sehen, wann die beste Zeit ist, zu kaufen. Morgen, sagte mir der Knecht an der Waage, wird eine Kolonne erwartet, die von Italien kommt und nach Kassel, an den Landgrafenhof, weiterwill. Vielleicht haben sie Gewürze dabei.«

Sie rührte ungeschickt mit einem Holzlöffel in dem großen Kupferkessel mit der Milchsuppe, holte das Brot aus dem hölzernen Kasten, schnitt eine dicke Scheibe ab, zerriss sie in kleine Teile und warf sie in den Kessel. Dann kam sie mit einem Tongefäß mit eingemachten Kirschen, schüttete diese ebenfalls in den Kessel, rührte um, stippte ihren Finger hinein, leckte ihn ab, nickte, holte einen tiefen Teller und eine Kelle, schöpfte den Teller voll, stellte ihn vor Bertram auf den Tisch, legte einen Löffel daneben, wischte sich die Hände an einem Lappen ab, blies sich noch einmal die vorwitzige Strähne aus dem Gesicht und setzte sich zu ihm: »So! Gesegnete Mahlzeit. Ich habe schon mit der Magd gegessen. Keiner wusste, wo du warst und wann du wiederkommst.«

»Unterwegs war ich«, erwiderte Bertram.

»Natürlich warst du unterwegs, denn wärst du nicht unterwegs gewesen, wärst du ja hier gewesen«, stellte Gutta fest und betrachtete ihn dabei, wie man ein Kind betrachtet.

»Beim Bauern war ich, dem ich das Holz abgekauft habe. Sagen sollte er mir, ob es bald trocken ist.«

Gutta gähnte herzhaft und rieb sich mit den Fäusten die Augen, legte dann beide Unterarme auf den Tisch und beugte sich nach vorn. »Meinst du, es wird ernst?«, fragte sie.

»Meinst du, es stimmt, was die Flugblätter schreiben? Dass der Landgraf ein Söldnerheer aufstellt, um gegen Franz von Sickingen und die Taunusritter zu ziehen?«

Bertram nickte, Gutta aber wiegte nachdenklich den Kopf hin und her. »Ich kann nicht glauben, dass Philipp gegen die Taunusritterschaft eine Fehde vom Zaun bricht. Er wird der Großmütige genannt, weil er sogar die Altgläubigen am Leben lässt, ihnen lediglich den Besitz nimmt und sie mit dem, was sie auf dem Leibe tragen, außer Landes jagt. Reich ist er nicht zuletzt dadurch geworden. Ich denke, da steckt etwas anderes dahinter.«

»Ludovik erzählte, Philipp habe noch eine Rechnung mit Franz von Sickingen offen, doch niemand weiß etwas Genaues. Fest steht jedenfalls, dass der Landgrafenhof in Aufruhr ist.«

»Ich werde morgen meinen Vater besuchen. Vielleicht weiß er mehr.«

Als Bertram aufgegessen hatte, nahm Gutta Teller und Löffel, stellte das Geschirr in den Spüleimer. Jetzt stand er auf, trat hinter sie, schlang seine Arme um ihren Leib und drückte sie an sich.

»Wie hoch waren die Preise heute für Flachs? Oder hast du den Händler aus dem Nordhessischen nicht getroffen?«, fragte sie, machte sich nicht steif, gab aber auch nicht nach in seinen Armen.

»Flachs?«, murmelte Bertram und wühlte seine Nase in ihr duftendes Haar. »Flachs, Flachs, ich weiß es nicht. Und im Augenblick interessiert mich etwas ganz anderes.« Er wollte sie zu sich umdrehen, sie küssen, doch sie entwand sich ihm. »Wenn die Preise für Flachs noch immer so niedrig sind, sollten wir überlegen, ob wir schon jetzt Vorräte für den Winter einkaufen. Du weißt ja, im Winter spinnen sogar die Damen ein wenig, um sich die Langeweile zu vertreiben.

Bertram stand da, hätte am liebsten die Wölbung in der Mitte seiner Beinkleider bedeckt. Doch Gutta schien nichts von dem, was Bertram wünschte und wollte, zu bemerken. »Ich werde mich morgen um den Flachs kümmern«, sagte sie und gähnte ausgiebig. »Es ist spät, ich bin müde. Doch bevor ich ins Bett komme, muss ich noch die Gewürzpreise vergleichen und den Lohn für die Schreiber bereitlegen. Gute Nacht, Bertram.«

Mit diesen Worten wollte sie an ihm vorbei und hinaushuschen, doch Bertram erwischte einen Zipfel ihres Kleides, hielt sie daran fest, setzte sich auf die Wandbank und zog sie auf seinen Schoß.

»Lass das«, sagte Gutta. »Ich bin kein kleines Mädchen mehr, das sich danach drängt, auf einem Schoß zu sitzen. Ich habe noch viel zu tun, Bertram.«

»Bleib noch, Gutta«, bat Bertram. »Bitte.«

Sie drehte Kopf und Oberkörper und sah ihn an, sagte kein Wort, saß still, schmiegte sich nicht an, rückte nicht ab, saß einfach auf seinen Knien mit geradem Rücken, die Hände in ihrem Schoß, die Beine ordentlich nebeneinander aufgestellt und wartete.

»Gutta, liebst du mich?«, fragte Bertram.

»Ich bin deine Frau«, erwiderte Gutta.

»Ja, aber liebst du mich?«

Gutta hob den Kopf, sah ins Herdfeuer.

Bertram seufzte und nahm die Hände von ihren Hüften. »Geh, Gutta, wenn du willst. Aber beeile dich, ich warte auf dich.«

Jetzt seufzte Gutta, stand langsam auf: »Nein, Bertram,

warte nicht auf mich. Es war ein langer Tag.« Dann ging sie zurück ins Kontor.

Sie verglich die Preise, öffnete die Geldkassette, bereitete die Löhne vor, doch ihre Gedanken irrten durch das Haus, suchten Bertram. Sie ließ sich auf einen Schemel sinken, starrte vor sich hin. Sie wusste, dass er jetzt da oben lag und auf sie wartete, doch es gab nichts, was sie zu ihm trieb. Seine Worte vorhin hatten sie hilflos gemacht. Liebst du mich?, hatte er gefragt. Liebe ich ihn?, fragte sie sich nun. Manchmal, wenn sie nicht wusste, wie es weiterging, wenn sie die falschen Lebensmittel für den Haushalt gekauft hatte, die Tischwäsche verdorben war, weil sie zu viel Blaupulver in den Zuber gestreut hatte, und manchmal, wenn sie von Angelika kam, wünschte sie, sie wäre anders. Eine richtige Frau zu sein erträumte sie sich dann. Sie nahm sich vor, Sticken zu lernen und Spinnen. Sie wollte eine Frau sein, die sich um nichts als um ihre Familie kümmert. Eine, die Bleiweiß kauft, um damit ihre Haut zu bleichen, wie es alle Frauen taten, die sie kannte. Sie würde ihr Haar mit Essigwasser spülen, damit es glänzte, nahm sich vor, bei einer Kräuterfrau einen Extrakt von der Tollkirsche zu kaufen, damit die Augen größer wirkten, und beim Gang durch die Stadt darauf zu achten, wie die anderen Frauen die Füße setzten, den Kopf hielten, welche Frisuren sie trugen und welche Schnitte ihre Kleider hatten.

Sind es die Kleider und der Gang, die Frisuren und die Schminke, die eine Frau zu einem richtigen Weib machen?, fragte sie sich und starrte zwischen den Fingerspalten auf die polierten Dielenbretter. Die Kerzen brannten nieder und erloschen, ohne dass Gutta es merkte. Sie saß im Dunkeln, und ihre Tränen rannen still und versickerten im Stoff ihres Kleides.

»Ich bin keine richtige Frau«, flüsterte sie. »Ich weiß nicht, wie man mit einem Manne sein soll. Im Stift habe ich gelernt, dass das Weib ein Hort der Wollust und der Sünde ist. Wer sich einmal ganz hingibt, der ist verloren. Aber wie soll das gehen? Dem Ehemann soll ich die Lust stillen, aber dabei an die Bibel denken?«

Ein Schluchzen schüttelte sie, dann flüsterte sie weiter, offenbarte sich selbst ihre Qual: »Wenn mein Schoß erst einmal brennt, kann ich das Feuer niemals mehr löschen. Dann werde ich sein wie die Magd, die sich dem Knecht zu Füßen geworfen und gewimmert hat, er solle sie lieben. Wenn die Lust und Liebe meine Seele beherrschen, kann ich keine guten Geschäfte mehr machen. Ich werde den Schoß über den Verstand stellen und sein wie eine läufige Hündin.«

Sie schluchzte noch einmal, dann richtete sie sich auf, wischte sich mit dem Ärmel die Augen trocken und straffte die Schultern. »Ich will niemals sein wie eine Hündin. Mein Schoß soll mich nicht verbrennen«, sprach sie lauter zu sich. »Ich bin eine gute Geschäftsfrau und will niemals sein wie die Magd.«

Sie kam erst zu Bett, als der Nachtwächter längst die Sperrstunde verkündet hatte. Bertram hatte auf sie gewartet, ließ seine Finger über ihre Haut tanzen, wartete darauf, dass sie weich und anschmiegsam wurde, wie er es von Irmelin kannte. Doch er wartete vergeblich.

Gutta ließ seine Liebkosungen über sich ergehen wie die alljährliche Erkältung. Ganz still lag sie, ihr Atem ging ruhig und gleichmäßig, ihr Schoß öffnete sich, aber er lud Bertram nicht ein.

»Liebst du mich?«, fragte er, als jeder von ihnen auf seiner Seite des Bettes lag. »Gutta, liebst du mich eigentlich?«

»Liebe, Faxenkram«, erklärte Gutta mit splittriger Stimme. »Ich bin deine Frau, bin deine Gefährtin, halte Haus und Kontor in Ordnung. Vom ersten Sonnenstrahl bis tief in die Nacht arbeite ich. Bald werden wir ein Kind haben. Was willst du noch?«

Was will ich noch?, dachte Bertram. Ja, was will ich eigentlich? Ich will, dass die Leute mich bei meinem Namen nennen, und ich will die Liebe meiner Frau.

»Warum hast du mich geheiratet?«, fragte er. »Wenn du mich nicht liebst, dann hättest du genauso gut auch Ludovik oder einen der anderen reichen Kaufleute heiraten können.«

Gutta setzte sich auf, sah ihn an. »Ich habe dich geheiratet, weil du der Einzige bist, der mich so leben lässt, wie ich es möchte. Nur bei dir darf ich im Kontor arbeiten, darf in die Kaufhäuser gehen, darf Geschäfte machen. Nun, nicht direkt ich, aber du hörst – genau wie mein Vater – auf meine Meinung.«

»Du hast mich also geheiratet, weil ich der Mann bin, der deinem Vater am meisten ähnelt?«, fragte Bertram verblüfft.

»Ja! Und weil du einmal gesagt hast, du würdest gern mit mir zusammen arbeiten und Geschäfte machen«, bestätigte Gutta, ließ sich zurück in die Kissen sinken, zog die Decke bis zum Kinn. »Was ist daran schlimm?«

Noch bevor Bertram antworten konnte, war sie bereits eingeschlafen.

Bertram lag noch lange wach in dieser Nacht. Er bewachte Guttas Schlaf, betrachtete sie ungestört im blassen Mondlicht. Er hätte ihr schutzloses Nachtgesicht gern gestreichelt, doch er wagte es nicht.

Er lag neben seiner Frau, dem einzigen Menschen, der ihm angehörte, und fühlte sich sterbensallein. Nicht einmal Gutta hatte ihn gewollt. Ihn, Bertram, sondern nur das Abbild ihres Vaters. Er dachte an Irmelin, an ihren Körper, der in seinen Armen zerfloss. Sie hatte ihn geliebt.

»Eines Tages«, flüsterte er, »wirst du mich lieben, Gutta Geisenheimerin. Eines Tages, das schwöre ich bei Gott. Und wenn ich dich zwingen muss.«

18

Die Monate gingen ins Land. Es wurde Frühling.

Dann, am Sonntag Invokavit des Jahres 1522, fand in der Frankfurter Katharinenkirche die erste lutherische Predigt statt, gehalten von Hartmann Ibach, einem Schüler Luthers.

Gutta und Bertram gingen gemeinsam dorthin. »Ich möchte mit eigenen Ohren hören, was die Lutherischen wollen«, sagte Gutta.

»Und ich möchte mit eigenen Augen sehen, wer von den Frankfurtern sich zu den Lutherischen zählt«, erwiderte Bertram.

Gutta lachte. »Halb Frankfurt wird da sein. Wie willst du herausfinden, wer wirklich lutherisch und wer nur zum Glotzen gekommen ist?«

Bertram lächelte fein. »Ich werde es in ihren Gesichtern lesen.«

Und er tat es. Er las im Gesicht des Bürgermeisters Claus Stalburg Zustimmung zu den Worten Ibachs. Er las bei Blasius von Holzhausen und Ludovik Stetten, bei Angelika Holzbach und Philipp Fürstenberger, beim Herrn Hainbuch und bei einigen anderen der Alten Limpurg falsche und echte Begeisterung, gespielte und wahre Freude. Nicht einmal die Alten hielten ihre Gesichter im Zaum, runzelten die Stirn, hoben die Augenbrauen, verzogen die Münder.

Er durchsuchte Guttas Gesicht nach Zustimmung, stöberte nach Begeisterung und Freude, hielt Ausschau nach Skepsis und Ablehnung.

Gutta lauschte aufmerksam, stülpte die Lippen vor, als Hartmann Ibach die Verdienstlichkeit des Zölibats bestritt, wiegte den Kopf bei seinen Worten über den Ehestand und biss sich auf die Unterlippe, als der Prediger riet, die Zinsen und Zehnten nicht den Priestern und Mönchen, sondern den Armen zu geben.

»Und? Wie hat dir die Predigt gefallen?«, fragte Bertram auf dem Heimweg.

»Hm«, machte Gutta. »Einiges hört sich verständlich an. Wäre es nicht wirklich ein Akt großer Nächstenliebe, den Armen zu geben, da die Mönche und Priester satt genug sind?«

»Vielleicht«, erwiderte Bertram. »Hast du gesehen, wer vom Rat alles da war?«

»Hartmann Ibach wird sich nicht lange halten«, meinte Gutta. »Ein- oder zweimal wird er noch predigen, wenn überhaupt. Die Gesichter der Bürgermeister und Schöffen, vor allem aber die Gesichter des Klerus waren lang. Noch heute werden die Äbte der Stadt bei den Ratsherren vorstellig werden. Sie können unmöglich hinnehmen, dass jemand kommt und ihnen ihren Verdienst streitig macht! Das Zölibat infrage stellen! Begründen werden sie die Absetzung Ibachs mit der Unzucht der Lutherischen.«

Gutta lachte und wiederholte noch einmal: »Das Zölibat aufheben! Das ist ja so, als wolle man Eiswasser in die Hölle gießen.«

Bertram schwieg. Er lief neben Gutta, die Hände auf dem Rücken verschränkt, und sah beim Gehen auf den Boden.

Sie waren schon beinahe zu Hause angelangt, als er sagte: »Was wollen die Lutherischen in Wirklichkeit? Die Kirche abschaffen? Sie sagen, der wahre Glaube komme allein von Gott. Sie sagen, Entschuldung erfährt der Mensch nur durch die Gnade Gottes, nicht durch Ablässe. Sie sagen, in der Bibel steht die Wahrheit, man findet sie nicht in den Worten des Papstes. Sie sagen, jeder Mensch könne ohne Priester, allein aus dem rechten Glauben, mit Gott sprechen. Wenn aber der Mensch direkt mit Gott sprechen kann, wozu dient dann die Kirche?«

Er war plötzlich stehengeblieben, und auch Gutta verharrte.

»Ich finde es gut, dass es nunmehr zwischen mir und Gott keine Vermittler mehr geben muss. Von Gott fühle ich mich verstanden, von den Priestern und Nonnen nicht. Ich hatte immer das Gefühl, sie legen die eigenen Maßstäbe an mein Handeln, nicht die Gottes. Nun bin ich freier im Glauben«, bemerkte Gutta.

»Freier im Glauben? Ist nicht der am freiesten, der keinen Glauben hat?«

»Nein, Bertram, so ist es nicht, so darf es nicht sein. Wer keinen Glauben hat, der hat auch keine Moral.«

»Deine Moral, Gutta«, fragte Bertram. »Beziehst du sie aus dem Glauben? Wenn es der Glaube ist, der dich von mir fernhält, so wünschte ich, du könntest dich von ihm lösen.«

»Die Ehe hat mein Denken verändert«, erklärte Gutta ein paar Tage später, und Angelika staunte über die Verwunderung, mit der Gutta diesen Satz vorbrachte.

»Was soll das heißen? Wie hat sich dein Denken verändert?«, fragte sie.

Gutta seufzte. »Früher hatte ich den ganzen Tag für mich. Ich bin ins Kontor gegangen, weil es mir Spaß gemacht hat. Ich habe Kleider getragen, die gerade da waren. Und ich habe nur das gefühlt, was ich fühlen wollte. Es ist leicht, den Vater und den Bruder zu lieben.«

Sie schob die Unterlippe vor, doch Angelika lachte nicht. »Die Leute reden schon, weißt du das?«

»Welche Leute? Was reden sie?«

»Die Frauen der Alten Limpurger. Sie machen sich lustig über deine Kleidung, über deine Frisur. Sie erzählen, du würdest nie zum Tanzen gehen, weil du, wenn du dich drehst, alles vom Tisch fegst, was draufsteht. Sie sagen, dein Mann sei zu bedauern, weil du kalt wärst wie ein Fisch und wohl gar neben dem Ehebett ein Buch liegen hättest, in dem du die Häufigkeit des Beischlafs notierst. Sie sagen, dass dein Mann deshalb zu einer Hure geht, die in Bornheim wohnt.«

»Zum Teufel mit den aufgeblasenen Weibern!«, fuhr Gutta auf. »Sie haben doch nicht die geringste Ahnung, wie mein Tag aussieht. Von morgens bis zum Abend bin ich im Kontor. Ich habe keine Zeit für Kleider, Putz und Tand.«

Plötzlich brach sie ab, als fehlten ihr die Worte. Sie blickte hoch, betrachtete aufmerksam und stumm Angelikas Stube. Sie sah die gelben Vorhänge, die gut zu den Mustern der Kissen passten. Sie sah die polierte Tischplatte, in der sich die strahlenden Silberleuchter spiegelten. Sie sah das aufgestapelte Holz neben dem Kamin, roch den Duft von Honigwachs und Blüten.

»Denkst du auch, was alle denken?«, fragte sie schließlich leise.

Angelika suchte nach Worten.

»Sag wie es ist. Sag es in aller Deutlichkeit.«

Angelika legte den Kopf schief, rückte ein Deckchen gerade, aber schließlich öffnete sie den Mund: »Was soll ich sagen, Gutta? Noch nie warst du wie die anderen Frauen. Denk an unsere Zeit im Damenstift. Schon damals hat dich die Äbtissin beschworen, dich endlich zu betragen, wie es sich für eine Frau geziemt. Die Welt besteht nicht nur aus Soll und Haben und Wechseln und Wegezöllen.«

Eine Weile saß Gutta stumm, dann hob sie den Kopf und zwinkerte eine Träne weg.

»Es ist unglaublich«, sagte sie leise. »Was nehmt ihr euch heraus? Ich arbeite von früh bis spät, tue mehr als ihr alle zusammen, und ihr wagt es, mich zu verurteilen? Es ist wirklich unglaublich.«

Angelika zog die Augenbrauen zusammen, ihre Stimme klang ärgerlich. »Du bist unglaublich, Gutta. Nicht wir. Du willst zu viel, nimmst dir zu viel heraus.«

»Ich will nichts, was Männer nicht auch wollen und dürfen.«

»Aber du bist eine Frau, Gutta. Du hast auf dieser Welt die Aufgaben einer Frau zu erfüllen. Diese Aufgaben kommen von Gott. Es steht dir nicht zu, daran rütteln zu wollen. Eine Frau kleiden weder Klugheit noch Eigensinn.«

Angelika war laut geworden. Gutta aber hatte den Blick gesenkt und dachte an Bertrams Worte über ihre Moral.

»Wie muss man sein als Frau?«, fragte sie leise.

»Das weißt du selbst; wir haben es im Damenstift der Weißfrauen gelernt.«

»Sag du es mir trotzdem. Was macht dich zur Frau und mich zum kalten Fisch?«

Angelika lehnte sich zurück. »Gott hat befohlen, dass die Frau dem Manne untertan sei. Sie schuldet ihm Gehorsam und ein gemütliches, sauberes Heim, dazu gesunde, fröhliche Kinder. Sie hat die Aufgabe, zu lieben und dafür zu sorgen, dass es denen, die sie liebt, an nichts mangelt. Am Tag soll sie eine Heilige sein, in der Nacht eine Hure.«

»Und … und … wenn ich nun nicht lieben kann?«, fragte Gutta leise. »Wenn ich nicht sein will und kann wie eine Hure?«

Angelika schwieg und zupfte an ihrem Kleid herum. Dann, nach einer Weile, sagte sie: »Wie sollst du auch lieben können, wenn du dich weigerst, eine Frau zu sein?«

19

Der Sommer des Jahres 1522 war so heiß, dass das Pech schmolz, mit dem im Kaufhaus die Fässer verklebt wurden. Den ehrbaren Hausfrauen rann der Schweiß unter der geputzten Haube hervor, Männer zogen an ihrem Wams, und die Kinder drängelten sich um die öffentlichen Brunnen. Gutta, nun schon im siebten Monat schwanger, litt ebenfalls unter der Hitze. Sie stand im Kontor hinter dem Schreibpult, fächelte sich Luft zu, hatte die geschwollenen Füße in einem Eimer mit kaltem Wasser und sagte zu Bertram: »Du reitest heute noch dem Landgrafen entgegen?«

»Ja«, erwiderte er. »Seine Truppen stoßen von der Lahn aus vor und wollen die Burg Hartmuts von Cronberg belagern. Ich reite allein, die Fuhrwerke fahren derweil in den Taunus.«

Gutta nickte. »Dann werde ich in die Kaufhäuser gehen. Es heißt, ein Händler aus Antwerpen wäre mit Seidenwaren gekommen. Außerdem soll heute das Schiff mit den Fischen aus Worms eintreffen. Ich muss veranlassen, dass die Ware sofort in die Klöster der Wetterau gebracht wird. In Grünberg und Engelthal warten sie schon.«

Bertram sah seine Frau an, auf deren Oberlippe ein paar Schweißperlen standen. Ihre Hand ruhte auf dem Bauch, sie lächelte, aber ihre Augen zeigten violette Schatten, das Gesicht war blass.

»Geht es dir gut?«, fragte er besorgt. »Soll ich erst am späten Abend reiten und vorher statt deiner ins Kaufhaus gehen?«

»Faxenkram!«, fuhr Gutta auf. »Du musst jetzt reiten! Ein solches Geschäft kann nicht warten! Ich werde noch mehr Kinder bekommen, aber ob eine solche Gelegenheit noch einmal kommt, steht in den Sternen.«

Bertram trat auf sie zu, wollte sie in den Arm nehmen, doch sie hatte sich schon wieder über die Kontorbücher gebeugt.

»Gott schütze dich, Gutta. Dich und das Kind.«

»Ja, Gott schütze dich auch, Bertram. Eine gute Reise wünsche ich.«

Es war später Abend, als Bertram bei den landgräflichen Truppen am Ufer des Flüsschens Lahn eintraf. Die Söldner hatten auf den Wiesen ihr Lager aufgeschlagen. Einige hatten sich Feuerstellen errichtet und Kessel darüber gehängt, in dem mancher Feldhase gesotten wurde. Weiter unten, im Schutze einiger Bäume, erblickte Bertram zwei Zelte und wollte darauf losgehen. Da wurde er von den Wachen zurückgehalten.

»Geht zurück, Herr. Hier gibt es nichts zu glotzen.«

Der Mann nahm seine Hakenbüchse hoch, bereit, anzulegen.

»Langsam, mein Freund«, beschied ihm Bertram. »Ihr solltet Eure Arkebuse zur Seite legen und mich zum Feldmarschall bringen. Ich habe wichtige Nachrichten für ihn.«

Der Wachmann zögerte.

»Wird's bald?«, blaffte Bertram. »Ich habe nicht ewig Zeit. Na los, worauf wartet Ihr noch?« Er führte eine Hand energisch von rechts nach links und von oben nach unten, und der Wachmann nahm seine Arkebuse hoch und ging Bertram voran.

Am Himmel zog ein Gewitter auf. Von Ferne hörte man Donner grollen, die ersten Blitze zuckten über den Hügeln und tauchten das Lager für einen Augenblick in geisterhaftes Licht.

Feldmarschall Siegmar von Waldungen saß in seinem Zelt und hatte große Landkarten vor sich ausgebreitet.

»Wer stört?«, fragte er unwillig.

»Bertram Geisenheimer aus Frankfurt«, erwiderte Bertram.

»Was wollt Ihr?«

»Euch ein Geschäft vorschlagen.«

»Es ist nicht die Zeit für Geschäfte, Frankfurter. Es ist die Zeit für Krieg.«

»Jeder Krieg ist ein Geschäft. Die wenigsten Entscheidungen werden auf dem Schlachtfeld getroffen, sondern vorher. Alles hängt von den Vorbereitungen ab.«

Siegmar von Waldungen schaute auf. »Versteht Ihr Euch auf die Kriegskunst?«, fragte er und wies mit der Hand auf einen Armlehnstuhl. »Setzt Euch.«

»Ich verstehe mich auf Geschäfte«, erwiderte Bertram. »Und ich weiß, dass es gleich ein Gewitter geben wird. Morgen werden die Straßen und Wege aufgeweicht sein. Die Achsen Eurer Wagen werden brechen, die Räder werden stecken bleiben und ebenfalls Schaden nehmen.«

»Das ist nicht neu, Kaufmann.«

»Das stimmt. Neu ist aber, dass meine Fuhrwerke mit Holz Euch morgen entgegenkommen.«

Siegmar von Waldungen lachte. »Seid Ihr ein Narr, Frankfurter? Wir fahren durch Wälder! An Holz wird es uns bestimmt nicht mangeln. Wenn Ihr mir Holz verkaufen wollt, so könnt Ihr auf der Stelle wieder gehen.«

Bertram blieb sitzen. »Das Holz rings um Euch ist feucht. Das Gewitter wird ein Übriges dazu tun. Meines ist bereits getrocknet und geschützt, zurechtgeschnitten und ohne Rinde. Doch nicht nur Holz werde ich Euch entgegenbringen, sondern die Stellmacher und Wagenbauer dazu. Eine fahrende Werkstatt wird Euch entgegenkommen. Bereits jetzt werden die ersten Achsen und Räder gearbeitet. Wenn Ihr morgen aufeinandertrefft, so braucht Ihr nur noch die neuen Sachen anzubringen und leidet keine Verzögerungen. Ihr werdet vor der Burg Cronberg sein, noch ehe die Taunusritter wissen, wie Ihnen geschieht.«

Siegmar von Waldungen starrte den Kaufmann mit großen Augen an. »Ihr seid ein Fuchs, Kaufmann. Warum aber wollt Ihr den Landgrafen unterstützen?«

Bertram lächelte. »Sagen wir, ich habe ebenfalls noch eine Rechnung mit den Taunusrittern offen. Oder, wenn es Euch lieber ist: Ich möchte mit dem Landgrafen ins Geschäft kommen. Da ich keine Empfehlung vorweisen kann, empfehle ich mich selbst.«

Im selben Augenblick wurde die Plane des Zeltes zur Seite geworfen, und der Landgraf trat ein. Sofort sprang Bertram von seinem Platz, verbeugte sich und grüßte.

»Setzt Euch wieder, Kaufmann«, erwiderte der Landgraf und nahm in einem Lehnstuhl ihm gegenüber Platz. Zu Siegmar von Waldungen sagte er: »Habt Ihr unserem Gast nichts anzubieten?«

Sofort gab von Waldungen seinen Lakaien die Anweisung, Wein zu bringen.

»Ich habe Euer Gespräch gehört«, fuhr Landgraf Philipp

fort. »Euer Vorschlag klingt einleuchtend. Wer trägt die Kosten für die Männer, die zu uns unterwegs sind?«

»Die Kosten trage selbstverständlich ich. Ihr bezahlt, wie es üblich ist, die Ware.«

»Und Ihr schlagt einen kräftigen Gewinn drauf, nicht wahr?«

»Zu verschenken habe ich nichts, Euer Hochwohlgeboren. Ich muss leben, aber nicht nur heute und morgen, sondern auch übermorgen und im nächsten Jahr. Vielleicht könnte ich Euch entgegenkommen, wenn ich dafür die Gewissheit habe, Euch auch in Zukunft dienlich sein zu dürfen.«

Der Landgraf lachte. »Ihr gefallt mir«, sagte er. »Ihr sagt, was Ihr denkt, macht keine Umschweife. Doch Euren Namen habe ich noch nie gehört. Wie kommt das?«

In wenigen Worten berichtete Bertram von seiner Frankfurter Tätigkeit, ließ die Namen Stetten und Hellmund einfließen.

Als die ersten Regentropfen auf das Zeltdach prasselten, gab der Landgraf Siegmar von Waldungen einen Wink. »Wir werden zur Probe mit Euch ins Geschäft kommen. Männer mit Ideen gefallen mir. Euren Namen, Kaufmann aus Frankfurt, werde ich mir merken.«

»Bertram Geisenheimer«, sagte Bertram, stand auf und verneigte sich.

»Bertram Geisenheimer«, wiederholte der Landgraf. »Auf gute Geschäfte.«

Sechs Wochen später hatten die Truppen des Landgrafen die Belagerung für sich entschieden, Hartmut von Cronberg war vor der Übermacht der Angreifer geflohen.

Bertram aber saß froh gelaunt in der Küche und aß seine morgendliche Grütze.

»Warum isst du nichts?«, fragte er Gutta, die ihm gegenübersaß und merkwürdig blass war.

»Ich habe keinen Appetit«, erwiderte sie und legte beide Hände auf den hochgewölbten Bauch.

»Ist alles in Ordnung mit dir?«

»Ja, mach dir keine Gedanken.«

»Und mit dem Kind?« Bertram konnte nicht verhindern, dass sich Besorgnis in seine Worte schlich.

»Ja, auch dem Kind geht es gut. Die Hebamme sagt, meine Zeit käme erst in zwei Wochen.«

Bertram nickte. Er verstand nichts von Weiberkram.

Er griff über den Tisch, nahm die Hand seiner Frau. »Ich möchte nicht, dass dir etwas zustößt«, sagte er leise.

Gutta sah ihn verwundert an, legte ihre Hand auf seine. »Mein Junge«, sagte sie. »Du musst keine Angst haben. Hat nicht sogar Luther in seiner Schrift über die Ehe geschrieben. *Liebe Frau, gedenkt, dass Ihr ein Weib seid und Gott Euch zum Kinderkriegen gemacht hat? Und wenn Ihr darüber sterbt, so fahrt hin in Gottes Namen, denn Ihr sterbt im edlen Werk und Gehorsam Gottes?* Ich habe es selbst gehört. Hartmann Ibach hat in seiner Predigt darüber gesprochen.«

Gutta seufzte unwillig, senkte den Blick und sagte mit einem Anflug von Ungeduld in der Stimme: »Hab keine Angst, mein Junge. Es wird alles so kommen, wie es sein soll.«

Dann stand sie auf, ging um den Tisch herum, setzte sich neben Bertram auf die Bank und schlang ihre Arme um seinen Hals. Es war das erste Mal, dass sie ihrem Mann von sich aus eine Zärtlichkeit zukommen ließ. Und er hielt sie ganz sacht und fest zugleich.

Erst als die Magd in die Küche polterte, ließen sie voneinander. Gutta senkte den Kopf, bedeckte mit den Händen ihre roten Wangen.

»Ein Kuss am helllichten Tag«, murmelte sie, als die Magd Burga verstört in die Waschküche hinuntertrampelte. »Was sollen die Leute bloß von uns denken?«

Bertram lachte. »Erzähl mir nichts über Mägde. Und schon gar nicht über Mägde, die Burga heißen. Wir verstehen vielleicht etwas von Geschäften. Von der Kunst der Liebe verstehen sie allemal mehr.«

Gutta hob langsam den Kopf, ihre Wangen waren noch immer gerötet. »Die Kunst der Liebe«, wiederholte sie. »Ist die Liebe denn eine Kunst?«

Bertram lächelte und betrachtete seine Frau mit einem Blick, in dem all das stand, was er Gutta niemals sagen konnte.

»Geh!«, sagte sie und wich seinem Blick aus. »Geh und tu deine Arbeit. Hier ist alles in Ordnung. Wenn sich etwas ereignen sollte, so lasse ich nach dir schicken.«

Bertram machte sich auf den Weg in die Judengasse und zahlte Aaron Zum Hirschen vier Monate vor Ablauf der Frist die stolze Summe von zweihundertdreiundsiebzig Gulden zurück, einen Teil nur der Summe, die er mit der Fehde des Landgrafen verdient hatte.

»Wie habt Ihr das geschafft, Kaufmann?«, fragte der Geldverleiher.

»Ich hatte einen Plan, und dieser Plan ist aufgegangen«, erwiderte Bertram.

»Ich habe gehört«, erwiderte Aaron und schloss das Geld rasch in eine Lade, »dass Ihr nun Geschäfte mit dem Landgrafen macht.«

»Zumindest bin ich auf dem Weg dahin«, erwiderte Bertram bescheiden.

»Seht Euch vor, Geisenheimer. Ihr habt nicht nur Freunde in Eurer Umgebung.«

»Was meint Ihr damit?«, fragte Bertram.

»Nun, man hört so dies und das.«

»Wo hört man dies und das?«, fragte Bertram weiter.

»Man hört es in den Kaufhäusern, man hört es aber ganz besonders in der Ratsstube. Ihr verkehrt nicht dort, habe ich mir sagen lassen. Es wäre aber gut, ginget Ihr ab und zu dorthin.«

Bertram dankte dem Juden, und da es gerade Mittagszeit war, machte er sich direkt auf den Weg in die Ratsstube.

Ludovik Stetten saß mit einigen anderen Patriziern an einem Tisch, vor sich eine fette Hammelkeule und einen Krug Bier.

»Setz dich zu uns«, rief er leutselig und schlug mit der Hand auf den freien Platz neben sich.

Hainbuch verzog ein wenig das Gesicht, doch als er erfuhr, dass dieser Herr der Eidam des alten Patriziers und Ratsherrn Hellmund war, zwang er sich ein Lächeln ab.

»Man hört«, sagte Ludovik und lachte dröhnend, »dass du, obwohl du mein Prokurist bist, quasi ein eigenes Geschäft mit dem Landgrafen gemacht hast.«

»Man hört richtig«, erwiderte Bertram und ließ sich ebenfalls einen Krug Bier kommen. »Aber dies ist keineswegs hinter deinem Rücken geschehen, Ludovik. Ich fragte dich im letzten Jahr, als ich aus Worms zurückkam, ob du Holz kaufen möchtest. Du lehntest ab, ebenso wie du es ablehntest, eine Gesellschaft für den Fischhandel zu gründen. Dein Wunsch war es, Wein aus dem Elsass zu beziehen. Als dein

Prokurist habe ich dieses Geschäft in die Wege geleitet. Jetzt wird es Zeit, dass wir unsere Geschäfte voneinander trennen.«

Ludovik warf Hainbuch einen Blick zu, dann nickte er. »Das bereden wir in meinem Kontor«, sagte er schließlich. Er winkte der Wirtin, ließ neues Bier kommen und erklärte: »Ich werde heiraten.«

»Was?« Hainbuch ließ die Kinnlade nach unten klappen. »Ausgerechnet du?«

Ludovik nickte. »Die Arbeit wächst mir über den Kopf. Ich brauche ein gehorsames Weib, das sich um den Haushalt kümmert und ab und zu auf die Schreiber im Kontor achtet. Und Erben brauche ich.«

Hainbuch lachte: »Wer ist das Weib, das du unglücklich machen wirst?«

»Angelika Holzbach«, erwiderte Ludovik ein wenig zu laut und fügte hinzu: »Gut, sie ist Holzbachs Witwe, hat aber gottlob noch keine Blagen in die Welt gesetzt. Sie ist nicht mehr unberührt, dafür weiß sie, was eine gute Ehefrau leisten muss.«

Hainbuch nickte. »Ein guter Plan, mein Freund. So hast du nicht nur die Mitgift aus der ersten Ehe, sondern obendrein noch das Holzbachsche Erbe.«

»Hm«, erwiderte Ludovik, antwortete aber nicht.

Bertram lächelte. Er wird das Geld brauchen, dachte er. Seit ich mich nur noch nebenbei um seine Geschäfte kümmere, ist der Wurm drin.

Dann sprachen die Kaufleute über Geschäfte. »Die Messe steht vor der Tür«, meinte Hainbuch. »Mein Haus wird gerade rechtzeitig aufgestockt, dass noch mehr Messfremde bei mir Quartier nehmen können. Seien wir doch ehrlich: Das beste Geschäft lässt sich noch immer mit den fremden Kaufleuten machen, die unter dem eigenen Dach wohnen.«

Ludovik legte Bertram seine Hand auf die Schulter und sagte höhnisch: »Recht hat der Hainbuch. Schade nur, dass du bei der nächsten Messe leer ausgehen wirst. Die, die bei dir wohnen sollten, haben sich entschieden, ihr Quartier bei mir aufzuschlagen.«

Bertram erstarrte. Es hatte ihn einige Mühe und die guten Beziehungen seines Schwiegervaters Hellmund gekostet, finanz- und handelskräftige Messfremde aus Worms und Antwerpen in sein Haus zu locken. Wenn sich diese Allianz zerschlug, würde er weiß Gott Verluste machen.

»Da staunst du, was?«, fragte Ludovik und lachte schallend.

»Ja, da staune ich«, erwiderte Bertram und konnte nicht verhindern, dass er mit den Zähnen mahlte.

Jetzt lachte auch Hainbuch schallend. »So ist das Leben, mein Lieber. Wir von der Alten Limpurg halten zusammen. Emporkömmlinge, die nicht dazugehören, haben es schwer. Beweisen müssen sie, dass sie rechte Kaufleute sind.«

»Das habe ich längst begriffen«, erwiderte Bertram. »Und ich schwöre bei Gott, dass schon bald ein jeder Frankfurter meinen Namen kennen wird. Der Landgraf hat ihn sich unterdessen gemerkt.«

»Respekt«, meinte Hainbuch und nickte grinsend. Als Ludovik aufstand, um sich zu erleichtern, rückte Hainbuch näher an Bertram heran.

»Wir sollten uns einmal ausführlich unterhalten«, meinte er leise. »Ihr wisst doch, eine Hand wäscht die andere.« Er betrachtete Bertram prüfend. »Allerdings muss sich noch herausstellen, ob Ihr ein rechter Kaufmann seid. Ein gutes Geschäft kann jeder machen, denn auch die blinden Hühner finden ab und zu ein Korn. Wissen will ich, ob Ihr wirklich ein ganzer Kerl seid, dessen Namen man sich merken muss.«

Im selben Augenblick ging die Tür auf. Burga, die Magd, keuchte herein. »Herr«, stammelte sie atemlos. »Die Herrin ... das Kind ... die Hebamme ist auch schon da ... Ihr sollt kommen, hat die Herrin gesagt. Schnell.«

Bertram sah zu Hainbuch, dann setzte er eine hochmütige Miene auf. »Ist das Kind geboren?«, fragte er.

»Nein, Herr, aber es kann jeden Moment kommen. Die Herrin sagte, ich solle Euch holen.«

»Besteht Gefahr für Guttas Leben?«

Die Magd schüttelte den Kopf. »Alles ist, wie es soll, sagt die Hebamme.«

»Geburten sind Weiberkram. Ich habe Wichtiges zu tun. Komm wieder, wenn mir ein Sohn geboren ist. Ist es aber eine Tochter, so wird es reichen, wenn ich zum Nachtmahl zurück bin.«

»Die Herrin meinte aber ...«, stotterte die Magd, doch Bertram unterbrach ihr Reden mit einer heftigen Handbewegung von oben nach unten und von rechts nach links. »Ich mache Geschäfte, Weib, siehst du das nicht? Scher dich nach Hause und sage der Meinen, was ich dir aufgetragen habe.«

Die Burga glotzte, dann hob sie die Schultern und verschwand.

Bertram wandte sich zurück an Hainbuch und sagte: »Findet heraus, ob ich zum Kaufmann tauge. Und ich werde herausfinden, ob es sich lohnt, mit Euch Geschäfte zu machen. Eine Leineweberei im vogelsbergischen Grünberg brauche ich jedoch nicht.«

Hainbuch stutzte, dann verzog er den Mund und ließ eine Hand auf Bertrams Schulter krachen. »Ihr seid nicht von schlechten Eltern«, johlte er. »Und ein Mann, der die Weiber auf ihren Platz verweist, selbst wenn sie in den Wehen liegen, seid Ihr auch. Es heißt zwar immer, dass bei Euch das Weib das Sagen hat, aber die Leute reden halt, wie sie es verstehen.«

Den Rest des Nachmittags sprachen sie über die neuesten Preise, über die Märkte und Messen in den anderen deutschen Städten, über Wagenkolonnen aus dem Italienischen und natürlich über Luther und die neue Lehre.

»In Frankfurt ist nichts mehr zu holen«, meinte Hainbuch. »Die Tuchherstellung, die vor Jahren noch in der Vorstadt blühte, ist eingegangen. Jetzt kommen die Tuche woanders her. Frankfurt ist eine reine Handelsstadt.«

Bertram wiegte den Kopf. Er hatte Mühe, die Unruhe, die ihn seit Burgas Eintreffen befallen hatte, zu unterdrücken. Es stand einem Mann nicht gut zu Gesicht, sich um sein Weib zu sorgen. Nicht unter Geschäftsleuten. »Es wird sich sehr viel ändern in den nächsten Jahren«, meinte er. »Wenn nicht das ganze Land lutherisch wird, so werden sich die Gläubigen für eine der beiden Seiten entscheiden müssen. Das Reich wird in Aufruhr geraten. Kriege wird es geben, Vertreibungen. Mag sein, dass die Tuchherstellung brachliegt in Frankfurt, aber wer weiß, wie es in einigen Jahren aussieht?«

Ludovik, dessen Augen schon glasig waren, wedelte aufgeregt mit der Hand. »Eine Stadt der Gelehrsamkeit wird Frankfurt werden. Schulen, Universitäten wird es geben, Feste und Umzüge, Aufführungen und Tanz. Zum Mittelpunkt des vornehmen und gelehrten Lebens wird Frankfurt werden.«

»Und die Zünfte? Willst du sie, wenn es so weit ist, alle verbieten?«, fragte Hainbuch spöttisch.

»Pfff! Die Zünfte! Sie gehören quasi zum Pöbel. Schon jetzt murren sie leise und veranstalten bei jeder Ratssitzung ein Riesentheater. Der Stadt würde es besser gehen, gäbe es kein Handwerk mehr hier.«

»Eine reine Handelsstadt?«, fragte Bertram. »Und wer zahlt dann die Steuern? Nicht nur die Handwerker begehren auf, weil der Rat ihnen jede Woche neue Steuern aufdrückt. Sogar auf die notwendigen Lebensmittel hat er Steuern erhoben. Deshalb gibt es Unruhe unter den einfachen Leuten.«

»So sehen sie endlich, auf welchen Platz Gott sie gestellt hat. Handwerker gehören nun mal hinter die Werkbank, aber nicht in den Rat.« Ludovik stand schwankend auf.

»Der Platz, auf den Gott sie gestellt hat?« Hainbuch lachte schon wieder. »Ludovik, das sind altgläubige Gedanken. Sieh dich nur vor, dass dich deine humanistischen Freunde nicht mit Knüppeln schlagen, wenn sie diese Worte hören.«

Ludovik hielt sich schwankend am Stuhl, dann winkte er ab und torkelte von dannen.

Als er weg war, wurde Hainbuch schlagartig nüchtern. »Ganz im Ernst, Geisenheimer. Wir sollten uns bei Gelegenheit einmal zusammensetzen.«

Bertram nickte. »Das sollten wir wahrhaftig tun, Hainbuch. Aber vergesst nicht: Ihr wolltet vorher herausfinden, ob ich ein richtiger Kaufherr oder nur ein blindes Huhn bin.«

Mit diesen Worten stand Bertram auf, legte ein Geldstück auf den Tisch und lief durch die Dämmerung nach Hause. Er hatte es plötzlich so eilig, dass er beinahe gerannt wäre.

Als er das Haus Zum Raben betrat, waren die Hebamme, die Nachbarinnen und Freundinnen schon wieder weg. Langsam stieg Bertram die Treppe zu den Schlafzimmern hinauf.

Gutta lag im Bett. Sie war blass wie eine Sommerwolke. Als sie Bertram sah, verdunkelte sich ihr Blick.

»Du kannst ruhig wieder gehen«, sagte sie bissig. »Die Zeit für das Nachtmahl ist lange vorbei. Wir sind gut ohne dich ausgekommen.«

Bertram ließ sich vorsichtig auf dem Bettrand nieder, griff nach ihrer Hand, küsste jede einzelne Fingerspitze. »Ich konnte nicht früher«, erwiderte er. »Mit Hainbuch und Stetten habe ich in den Ratsstuben gesessen.«

Gutta zog die Augenbrauen hoch: »Wie viele Gulden hast du verdient dabei? Wie viele Abschlüsse getätigt?«

Ihr Stimme klang grell und hoch.

»Willst du mich zurechtweisen, Weib? Willst du mir sagen, wie ich meine Arbeit zu machen habe?«, fragte Bertram streng. Gutta erwiderte nichts, blickte ihn nur an, bis er auswich.

Er deutete auf das eingewickelte Bündel, das neben Gutta in den Kissen lag. »Ein Sohn?«, fragte er leise und beinahe zärtlich. »Ist es ein Sohn?«

»Dann hätten wir früher Bescheid gegeben. Ein Mädchen ist es.« Die Worte kamen schnell, hart und immer noch grell und hoch.

»Ein Mädchen nur«, sagte er.

»Ein Mädchen, ja!«, wiederholte sie heftig. »Auch ich war einmal ein Mädchen. Sie sind nicht schlechter, nicht weniger wert als Jungen. Ich bin ein besserer Kaufmann als Ludovik Stetten. Warum sollte die Tochter also schlechter sein als ein Sohn?« Ihr Ton, fand Bertram, war feindselig.

»Weil ein Sohn Geld verdienen kann, eine Tochter aber Geld kostet«, erwiderte Bertram. Schon in dem Augenblick, als er die Sätze ausgesprochen hatte, reuten sie ihn. Jedes Wort, das er bisher in diesem Zimmer gesprochen hatte, hätte er am liebsten zurückgeholt, es sich in die Kehle gestopft und verschluckt. Er sah auf das winzige Geschöpf, sah auf seine Frau und wurde von einem warmen Gefühl der Dankbarkeit und Liebe überschwemmt. Er hätte Gutta gern in den Arm genommen und verzärtelt, hätte seiner Tochter gern mit dem Finger über die Wange gestrichen. Doch er saß mit hängenden Armen, fand sich den größten Narren der Welt und wusste nicht weiter. Er hatte wie ein Handelsherr gesprochen, der nur Söhne gelten ließ, weil die eines Tages Geschäfte machen würden, und dem Töchter nichts bedeuten, außer der Möglichkeit, sie zu verheiraten und Bündnisse mit anderen Handelsherren zu schließen. Er hatte gesprochen und gedacht, wie Hainbuch und Stetten gesprochen und gedacht hätten.

»Eine Tochter also«, sagte er und saß weiter mit hängenden Armen auf dem Bettrand.

Gutta hatte sich abgewandt, betrachtete den Säugling und kümmerte sich keinen Deut um ihren Mann. Langsam stand Bertram auf und ging zur Tür. Die Klinke schon in der Hand, fragte er leise: »Geht es dir gut, Gutta? Und der Tochter? Geht es auch ihr gut?«

»Weder deine Frau noch deine Tochter brauchen dich zu ihrem Glück«, beschied ihm Gutta.

Bertram nickte, seufzte und verließ den Raum.

Am nächsten Tag eilte er in aller Frühe zum Kaufhaus. Er erstand ein großes Stück feinsten Seidenstoff und ein kleineres Stück, dann nahm er auf dem Rückweg einer alten Frau auf dem Markt sämtliche Blumen ab und klopfte wenig später an die Kammertür.

Wortlos legte er das große Stück Seide auf die Bettdecke, unter der sich die Umrisse seiner Frau abzeichneten, das kleine Stück legte er auf den gewickelten und schlafenden Säugling, der in einer hölzernen Wiege lag, die neben Guttas Seite des Ehebetts stand. Die Blumen stellte er in einem Krug auf das Fensterbrett. Gutta sah ihn an. Lange. Dann nahm sie den Säugling aus der Wiege und reichte ihn Bertram. »Nimm du sie. Sieh, wie leicht sie ist.«

Bertram hielt das winzige Mädchen, betrachtete die langen, dunklen Wimpern, den kirschkerngroßen Mund und lächelte. »Sie ist schön«, sagte er. »So schön wie du, Gutta.«

»Ja, das ist sie«, erwiderte seine Frau. Dann reichte er ihr den Säugling zurück und wollte Gutta küssen, doch sie entzog sich ihm.

»Wir müssen einen Gevatter und eine Gevatterin für sie suchen. Sie muss getauft werden und einen Namen bekommen.«

Bertram war gekränkt, weil Gutta sich abgewandt hatte. Er war gekommen, er hatte Geschenke gebracht und Blumen. Was wollte sie noch? Was musste er tun, damit sie ihn liebte? Herrgott, sollte er etwa Gedichte schreiben?

»Such du den Namen. Mir ist es gleich, wie das Mädchen heißen wird. Und die Gevatter kannst du auch wählen. Es wird sich niemand darum reißen, ein Mädchen über das Taufbecken zu halten.«

Dann ging er.

Zwei Tage später wurde Caritas Geisenheimer im Namen Gottes, des Vaters, des Sohnes und des Heiligen Geistes getauft. Angelika Holzbach hielt das Mädchen als Gevatterin über das Taufbecken.

Bertram stand daneben, hatte die Hände hinter dem Rücken verschränkt und schaute zu, ohne Frau oder Tochter zu berühren. Später schlug ihm sein Schwiegervater auf die Schulter, sagte: »Gutta ist eine eigensinnige Frau, mein Lieber. Die Meine war ebenso. Aber sie werden weicher, wenn sie erst Mutter sind.«

»Ich brauche Gutta nicht als Mutter«, erwiderte Bertram leise. »Ich brauche sie als Gefährtin.«

»Was? Eifersüchtig?«, lachte Hellmund. »Die Weiber lieben ihre Kinder nun mal mehr als unsereins. Das ist unser Los, Schwiegersohn. Du wirst dich daran gewöhnen.«

Bertram gewöhnte sich nicht daran. Es dauerte zehn Tage, bis Gutta die Tochter einer Amme übergab und wieder im Kontor stand. Es dauerte vier Wochen, bis sie ihren Mann zum ersten Mal anlächelte, und es dauerte drei Monate, bis er bei ihr liegen durfte. Sie ließ ihm ihren Körper, aber sie schenkte sich nicht hin, stand auf, sobald sein Samen in sie gekommen war, ging zur Wiege, nahm den Säugling hoch und bedeckte ihn mit Küssen und sanften Händen.

Auch ein knappes Jahr später erwiderte sie weder seine Zärtlichkeiten, noch seine Küsse. Sie ließ seine Liebe klaglos über sich ergehen, aber das reichte Bertram nicht.

Erst als er zur Hochzeit des Landgrafen Philipp von Hessen mit Christine von Sachsen zwei prachtvoll gearbeitete Pferdesättel, die aus feinstem Cordobaleder gearbeitet und mit Stickereien versehen waren, an das Landgrafenhaus schickte, schmiegte sich Gutta einmal kurz an ihn, küsste ihn auf die Wange. »Du sorgst gut für die Deinen«, sagte sie.

»Ich würde noch besser für euch sorgen, wenn du mich ließest«, erwiderte Bertram, aber sie hatte sich schon der kleinen Tochter zugewandt und hörte ihn nicht.

20

Plötzlich war es, als ob die Welt sich schneller drehte. Flugblätter machten in Frankfurt die Runde, die von Aufständen der Bauern im Schwäbischen erzählten. Der Maler Jerg Ratgeb kam, um sich zu verabschieden.

»Ich gehe in meine Heimat zurück«, teilte er mit, als er mit Gutta und Bertram bei einem gemeinsamen Mahl saß. »Ich leide unter der Ungerechtigkeit der Welt. Ich will dabei sein, wenn die große Veränderung beginnt. Meinen Teil beitragen will ich dazu.«

Gutta zeigte ein besorgtes Gesicht. »Nehmt Euch in Acht, Meister Ratgeb. Ihr seid ein Heißsporn. Bauern wie Euch gibt es viele, wenige aber nur, die malen können wie Ihr.«

Ratgeb verließ Frankfurt, und kurz darauf brachte Gutta ein Flugblatt mit. »Zu Hunderten haben sie es auf dem Markt verteilt. Alles, was lutherisch ist, hatte diese Schrift vom Wittenberger selbst in der Hand«, berichtete sie.

»Was steht darin? Lies vor!«, bat Bertram.

»Luther schreibt: *Fressen und Saufen, Unkeuschheit und alle Lüste treffen auf die Messestadt erst recht zu, das kann nicht wundernehmen; denn in den Messen hat zu allen Zeiten ein wildes Treiben geherrscht, und dass die Bürgerschaft dadurch angesteckt wurde, ist natürlich. Hoffart wird Ehre geheißen, die Wei-*

ber sind schamlos in Worten und Werken und fluchen wie ein Landsknecht, die Kinderzucht liegt danieder«, las Gutta.

»Das ist noch nicht alles«, mischte sich die Magd Burga ein, die lange am Brunnen getratscht hatte. »Die Handwerksgesellen lehnen sich auf und geben ihren Meistern Widerworte, ein roher und wilder Ton herrscht allerorten, und die Armen haben nichts anderes im Sinn, als es den Reichen gleichzutun. Kein Wunder, dass so mancher hungert, weil er sein Geld in Samt und Seide anlegt.«

Die Magd bekreuzigte sich, blickte zum Himmel und sprach: »Herr, du siehst uns Elende. Der Mensch ist schwach, besonders in dieser Stadt. Verschone uns mit allen Plagen.«

»Und du, Burga, verschone uns mit deinen Gebeten«, erwiderte Gutta. »Sieh lieber zu, dass du deine Arbeit machst, denn dafür wirst du bezahlt.« Gutta legte eine Hand auf ihren Leib, der sich schon wieder rundete.

Die Magd verzog das Gesicht und schlich davon.

Als sie weg war, lachte Gutta und sagte: »Die Burga hätte sicher gern noch berichtet, was sich am letzten Sonntag in der Dreikönigskirche, drüben in Sachsenhausen, zugetragen hat. Die Altgläubigen sind nämlich gekommen und haben den lutherischen Pfarrer angegriffen. Aber die Armen haben sich gewehrt! Sie haben die Altgläubigen mit Knüppeln und Flüchen aus dem Vorort vertrieben.

Regelrechte Tumulte gab es auch im Bartholomäusdom, als der Stadtpfarrer Schwefel und Feuer über die Lutherischen beschwor.« Gutta schüttelte den Kopf und fügte hinzu: »Froh will ich sein, wenn die Burga nur über die Unruhen tratscht. Höre ich einmal, dass sie etwas über uns erzählt, kriegt sie von mir den Knüppel.«

»Was meinst du damit?«, fragte Bertram, aber Gutta winkte ab.

»Ein Mann wie du muss nicht jedes Gerücht wissen, das in den Gassen und am Brunnen gewispert wird. Wo Wissen fehlt, da wachsen Gerüchte, heißt es.«

Dann schwappte die Unruhe der Aufstände auch nach Frankfurt. Zwar war die Stadt nicht direkt betroffen, doch die Ideen der aufständischen Bauern und der Verlauf des Krieges drangen mittels Flugschriften in die ohnehin aufgeregte Stadt, drangen auch in die Stube, in der Gutta einen Sohn zur Welt brachte. Falk Geisenheimer wurde am 26. März 1524 in Frankfurt geboren.

Auch diesmal herrschte keine Glückseligkeit in der Wochenstube. Gutta lag blass im Bett und weinte.

»Was hast du? Warum weinst du?«, fragte Bertram ein um das andere Mal. Doch Gutta schniefte nur, seufzte und ließ erneut die Tränen strömen. »Ich … ich weiß nicht, was mit mir los ist«, heulte sie. »Es ist nur so, dass alles anders ist, als ich es mir vorgestellt habe.«

Bertram griff nach ihrer Hand. »Wie hast du es dir denn vorgestellt?«, fragte er behutsam.

»Ich weiß nicht«, plärrte Gutta weiter. »Ich sehe nur, dass dein Leben bleibt, wie es ist, aber meins sich ständig ändert.«

»Wie denn ändert?«, fragte Bertram weiter.

»Ich habe die Kinder, muss der Magd und der Wäscherin, der Köchin und dem Knecht vorstehen, ihren Tag einteilen. Ich bin zuständig für Vorratskammern und Keller, für die Kinder. Immer weniger Zeit habe ich für das Kontor.«

Sie sah Bertram feindselig an und entzog ihm ihre Hand.

»Ach, Bertram«, sagte sie ein paar Tage später. »Ich muss mich erst gewöhnen.«

Und Bertram sah sie an und hoffte inständig, dass es so war, wie sie sagte.

Der Frankfurter Zünfteaufruhr begann ein gutes Jahr später, am Ostermontag des Jahres 1525. In Sachsenhausen und in der Neustadt hatten sich Handwerker und andere Vorstadtbewohner, zumeist Arme, zusammengerottet und zogen aus, um den Klerus und das patrizische Stadtregiment Mores zu lehren. Auch in die gerade mal von zweihundertfünfzig Menschen bewohnte Judengasse wollten die Aufrührer eindringen und konnten erst im letzten Moment von der Stadtwache daran gehindert werden. Die Aufrührer gründeten einen Bürgerausschuss, formulierten sechsundvierzig Artikel mit ihren Forderungen, die sie lauthals auf allen Plätzen verkündeten: Ablösung des Ewigen Zinses, Heranziehung der Geistlichen zu bürgerlichen Lasten, Abschaffung des kleinen Zehnten, Steuersenkungen, freie Nutzung der öffentlichen Wälder und Weiden und vor allem die Beseitigung sämtlicher Vorteile für die Patrizier. Ein neuer Rat sollte her, nunmehr nicht mehr nur aus zwei Dritteln Patrizier und einem Drittel Zunftmeister bestehend, sondern ein Bürgerrat. Die Stadtoberhäupter wurden gezwungen, die sechsundvierzig Artikel anzunehmen, sollte die Stadt nicht in Schutt und Asche fallen. Von Plünderungen war die Rede, und die Angst davor verstärkte sich bei den Patriziern, Kaufleuten und reichen Handwerkern, als es hieß, vom Neckar und vom Odenwald zögen rebellische Bauernhaufen heran.

»Unsere Lager und Keller sind proppenvoll«, stellte Gutta zufrieden fest. »Sollen die Handwerker ruhig weiter ihre Arbeit niederlegen. Wir werden weiterhin gute Geschäfte machen. Das Brot wird knapp, hört man, die Fleischbänke bleiben leer, der Markt gleicht einem Gespensterfeld. In den Herbergen wird kein Essen mehr angeboten, die Kramläden liegen verwaist. Die Ersten sollen sich schon über einige Lager und Kontore in Hafennähe hergemacht haben.«

»O Gott, aber wenn wir ausgeplündert werden, was dann?«, jammerte die Burga und rang die Hände. »Ich bin selbst arm, ich habe nichts und gar nichts, gehe meiner Arbeit nach und am Sonntag in die Kirche...«

»Halt den Mund, Burga. Dein Gegreine macht nichts besser. Wenn du Angst hast, dann geh.« Es war Gutta, die so sprach, aber auch in ihren Augen flackerte Besorgnis. Sie seufzte über Burga, die sie feindselig anstarrte, und plötzlich war es ihr, als könne sie deren Gedanken lesen: »Ihr seid schuld, Herrin. Auch Ihr. Hat nicht Luther selbst gesagt, dass die Weiber das Übel sind, dass die Kindzucht im Argen liegt? Seht Euch Eure Kinder an. Schaut auf Euer Haus.«

Aber die Magd sprach kein Wort, stand nur und starrte – und Gutta senkte den Blick.

»Es wird schon nicht so schlimm kommen«, erwiderte Bertram halbherzig. »Ich werde sehen, dass ich sooft es geht hier bei euch sein kann.«

Plötzlich hob Gutta den Finger; ihre Augen bekamen Glanz: »Ich hab's! Ich weiß, was wir tun werden, um uns mit den Aufständischen gut zu stellen und unsere Lager zu schützen! Gleich morgen öffne ich die Kontorfenster und verteile Brot und Wasser unter den Bedürftigen. Dann werden sie uns nichts tun.«

»Darauf würde ich nicht wetten«, sagte Bertram.

Die Magd sperrte den Mund auf, doch Gutta hatte Angst vor ihren Worten, sodass sie ausholte und ihr eine Maulschelle versetzte, bevor Burga die Stimme erheben konnte. Die

Magd heulte auf. »Luther hat recht«, schrie sie und wich vor Gutta zurück. »Oder auch nicht. Jedenfalls ist die Welt aus den Fugen, der Teufel tanzt im Herdfeuer. Hier in diesem Haus tanzt er und hat gemacht, dass die Frau über dem Manne steht und er ihr gehorcht. Jeden Morgen am Brunnen fragen mich die anderen, ob ich den Gehörnten gesehen habe.«

»Faxenkram!«, schrie Gutta und stampfte mit dem Fuß auf. »Dumm bist du! Dumm, wie die Nacht dunkel. Halt den Mund und tu, was ich dir aufgetragen habe. Gleich morgen wirst du die Läden öffnen und mit mir Brot verteilen.«

Sie war ganz rot vor Zorn, trat so nahe an die Magd, dass ihre Speicheltropfen Burgas Gesicht trafen. »Ich verbiete dir das Reden über den Teufel und über das, was in unserem Haus vorgeht. Ich verbiete es! Noch ein Wort, und ich selbst werde dich mit dem Satan bekannt machen!«

Dann rannte sie aus der Küche, ließ sich im stillen Lager auf einen Sack sinken. Ist es schon so weit, dachte sie, dass selbst die Mägde über mich reden? Weiß ganz Frankfurt schon, dass ich keine richtige Frau bin? Ich muss mich von Bertram fernhalten, überlegte sie weiter, muss ihm ausweichen. Nur so kann ich verhindern, dass er von meinen Unzulänglichkeiten erfährt. Die Burga aber muss das Maul halten, sonst werde ich sie auf die Straße setzen.

Noch zwei Wochen später traf Bertram in der Stadt allenthalben auf Männer, die mit Knüppeln und grimmigen Gesichtern bewaffnet gingen. Viele Handwerker hatten ihre Werkstätten geschlossen und ließen die Arbeit ruhen. Ihre Gesellen waren rebellisch geworden, niemand war mehr da, der das Feuer schürte oder Rohstoffe anlieferte. Dafür fanden sich an jeder Ecke Bettler. »He, Ihr da! Gebt mir einen

Gulden«, rief einer von ihnen Bertram zu. Bertram nestelte an seiner Kleidung, fischte einen Heller heraus und warf ihn dem Bettler hin. Doch der hob die Faust und drohte: »Ihr Pfeffersäcke habt mir meine Hütte genommen. Und jetzt wollt Ihr mich mit einem roten Heller abspeisen? Warte nur, du stolzer Herr, der Tag ist nicht mehr weit, dann stehst du hier, und ich gehe in feinen Kleidern durch die Straßen.«

Bertram hörte ihn – und verachtete ihn. Es wäre ihm niemals in den Sinn gekommen, sich mit anderen zusammenzuschließen und nach seinem Recht zu plärren. Das taten nur Schwächlinge. Ein richtiger Mann, einer, der etwas erreichen wollte im Leben, krempelte die Ärmel hoch, kniff die Arschbacken zusammen und handelte.

Das Kaufhaus lag verlassen. Nur wenige Kaufleute hielten sich noch an das Stapelrecht und stellten ihre Ware für drei Tage im Kaufhaus aus. Die Nachrichten über die Unruhen in Frankfurt waren wie Vogelschwärme durch das Land geeilt, und jeder, der einen anderen Weg nehmen konnte, mied die Stadt in diesen Tagen.

»Es gibt kein Wachs«, hörte Bertram den Vestarius des Dominikanerklosters jammern. »Wie sollen wir die Kirche ausleuchten? Wie sollen wir am Morgen die Grütze in unseren Schüsseln finden?«

»Kommt zu mir ins Haus Zum Raben. Kommt am Nachmittag; ich habe noch Wachs und werde es Euch verkaufen.«

Der Vestarius wiegte den Kopf hin und her. »Zu welchem Preis? Habt Ihr auch Öl und Gewürze?«

»Ich habe alles, was Ihr benötigt«, erwiderte Bertram.

Der Vestarius rieb sich die Hände. »Ihr seid ein gottesfürchtiger Mann, Kaufherr. Ihr gebt den Dienern Gottes zu einem guten Preis?«

»Das Angebot bestimmt die Nachfrage. Ich verlange einen Viertelgulden für ein Pfund Wachs.«

»Seid Ihr von Sinnen, Herr? Das ist das Doppelte des Vormonats!«

Bertram zuckte mit den Achseln. »Kauft oder lasst es. Aber eines kann ich Euch versichern: Billiger wird es in den nächsten Wochen nicht werden. Die Kerzenmacher sind damit beschäftigt, ins Rathaus einzuziehen und Aufstände zu proben.«

»Aber für die Heilige Mutter Kirche, Herr, müssen doch die alten Regeln gelten. Wir sind nicht schuld an dieser Not!«

Bertram lächelte, dann wies er zu einem der hohen Fenster des Römers, der von den Aufständischen belagert wurde. Von dort drang Geschrei: »Beim Huren, Saufen, Prassen kriegt ihr den Mönch zu fassen. Und meistens noch im Liegen könnt ihr die Äbte kriegen.«

»Die Mutter Kirche hat sich, scheint mir, mit ihren Kindern überworfen«, sagte Bertram, als das Geschrei ein wenig abebbte. Die Wangen des Vestarius färbten sich rot. »Ich habe mir nichts vorzuwerfen.«

»Nun«, erwiderte Bertram. »Mir ist es gleich, was Ihr tut oder lasst. Kommt heute Nachmittag in mein Haus oder kommt nicht.«

Er grüßte noch einmal, dann ging er. Er lief über den Römer und fand sich schließlich am Eschenheimer Turm ein. Dort gab es eine Pferdestation samt Herberge. Bertram betrat die Herberge, in der die Kutscher auf Wandbänken hockten und Karten spielten.

»Gelobt sei Jesus Christus«, grüßte Bertram und bestellte für jeden Mann einen Krug Bier. Dann setzte er sich zu den Kartenspielern. »Was gibt es Neues?«

Die Kutscher kannten den Mann, der öfter zu ihnen kam. Obwohl er reich gekleidet war, hielten sie ihn nicht für einen Pfeffersack, der verächtlich auf ihren Stand herabsah. Dieser hier war von einem anderen Schlag. Er fragte nach den Pferden, kannte sich aus, fragte nach ihrer Arbeit und belohnte jede Nachricht mit einem Krug Bier.

»Im ganzen Land grummelt es, Herr«, erzählte einer, der die Strecke nach Worms befuhr. Ein anderer, der nach Süddeutschland unterwegs gewesen war, fügte hinzu: »Die Bauernheere werden überall blutig niedergemacht. Die Fürsten haben wieder Oberwasser. Es wird gemunkelt, dass sich die beiden Kurfürsten von Trier und von der Pfalz und der Bischof von Straßburg in Mainz getroffen haben. Sie wollen den Unruhen in Frankfurt ein Ende setzen. Wenn es sein muss, mit Gewalt.«

»Richtig«, bestätigte ein anderer. »Und die Aufrührer wollen vorher plündern und sich holen, was zu holen ist. Alles, was nicht niet- und nagelfest ist, wollen sie nehmen und sich alsdann ein neues Leben aufbauen.«

Er beugte sich über den Tisch und raunte: »Schon heute Nacht soll es losgehen.« Sein Blick fiel auf den Bierkrug, und Bertram verstand. »Eine neue Runde für den ganzen Tisch«, befahl er, legte ein Geldstück auf den Tisch, wünschte Gottes Segen und ging, nachdem er sich noch nach den Neuigkeiten aus Nürnberg, Augsburg und Köln erkundigt hatte.

Er schlenderte hinüber zum Großen Hirschgraben und überlegte. Wenn die Fürsten beschlossen hatten, wohl auf die Weisung des Kaisers, den Aufruhr in Frankfurt zu beenden, dann würde ihnen das auch gelingen. Doch die Ruhe würde nicht von Dauer sein. Unter einer Decke von Abschreckungen und Strafandrohungen würde es weiterbrodeln. Das

Schlimmste daran war, dass die Kaufleute wegbleiben würden. Wenn er nicht nachdachte und klug handelte, so würden ihm die Aufstände am Ende noch Schaden zufügen. Aber er war geboren, aus allem Nutzen zu ziehen und sich einen Namen zu machen.

Bertram hatte einen Einfall, sein Schritt beschleunigte sich, und schon bald stand er vor dem Haus seines Schwiegervaters.

»Was führt dich zu mir, Eidam?«, fragte der alte Hellmund.

»Ich habe gehört, dass die Nürnberger Kaufleute in diesem Jahr nicht nach Frankfurt zur Messe kommen wollen. Sie werden nach Leipzig gehen. Um aber in Zukunft die Kaufleute zurückzuholen, haben sich die Fürsten zusammengetan …«

»… und ein Bündnis gegen die Aufständischen geschlossen«, ergänzte Hellmund. »Du erzählst mir nichts Neues, mein Sohn. Der Rat mag im Augenblick wenig handlungsfähig sein, aber er hat seine Ohren überall.«

»Dann wisst Ihr auch von den bevorstehenden Plünderungen?«

»Aber ja.«

»Und wie will der Rat sie verhindern?«

Der alte Hellmund hob die Achseln. »Was soll der Rat tun? Er hat die sechsundvierzig Artikel angenommen, nun wird er sie rückgängig machen müssen. Der Erzbischof von Mainz wird die Messe ansonsten mit Billigung des Kaisers nach Mainz verlegen, und Frankfurt wird verarmen. Die Aufständischen werden toben. Schwere Zeiten kommen auf uns zu, Eidam. Ein jeder tut gut daran, sich zu rüsten und das Haus zu verriegeln.«

»Ich habe dem Rat ein Angebot zu machen, das besänftigend auf die Aufrührer wirken könnte. Dafür möchte ich einen Platz auf der Ratsbank.«

»Erzähle!«, sagte Hellmund knapp.

»Gutta verteilt seit zwei Wochen Essen und Wasser an die Bedürftigen. Ich war dagegen, wollte, dass die Magd diese Aufgabe übernimmt. Aber Ihr kennt Eure Tochter. Die Leute vertrauen ihr. Sie erzählen, was ihnen das Herz abdrückt, und haben versprochen, unser Haus zu verschonen. Im Grunde wissen sie schon, dass sie verloren haben. Auch sie haben von den Fürsten und der Niederlage der Bauern gehört. Die Zeit ist noch nicht reif, und Luther noch immer mit dem Wormser Edikt belegt. Solange der Kaiser einer Reformation der Kirche nicht zustimmt, wird es im Land weiterrumoren.«

»Das weiß ich alles. Sagen wolltest du, wie du die Frankfurter Bürger zu beruhigen gedenkst.«

»Wartet ab, Schwiegervater. Es sollte in dieser Zeit darum gehen, die Aufständischen ihr Gesicht wahren zu lassen, damit ihre Wut verraucht, ohne Schaden zu bringen. Wenn die Fürsten kommen, ist es zu spät. Vielleicht gibt es dann für ein paar Wochen Ruhe, aber unter dem Deckel wird es weiterhin brodeln. Die Aufständischen haben lutherische Geistliche verlangt. Gut, sie sollen sie haben. Ihr, Schwiegervater, und ich werden einen Geistlichen bezahlen. Als Gegenleistung möchte ich einen Platz auf der Ratsbank.«

Bertram lehnte sich zurück und sah Hellmund an; Hellmund lächelte. Zuerst verbog er nur die Mundwinkel, doch dann zog er die Lippen auseinander und begann zu lachen. »Du bist ein Teufelskerl, Schwiegersohn! Wenn wir die lutherischen Prediger aus eigener Tasche bezahlen, können der Erzbischof von Mainz und der Kaiser dem Rat der Stadt nichts anhaben. Die Aufrührer sind ebenfalls zufrieden. Wenn du danach noch in den Rat gewählt wirst, fühlen sich die Lutherischen durch dich dort vertreten. Da ich aber einer von den Alten Limpurgern bin, und du ein aufstrebender Pfeffersack, werden auch die Alten der Stadt zufrieden sein. Du schlägst drei Fliegen mit einer Klappe, gibst dem Kaiser, was er will, den Aufständischen, was sie wollen, und verschaffst dem Rat Ruhe. Klug, sehr klug, mein Sohn.«

»Schöffe möchte ich werden«, sagte Bertram mit unbewegtem Gesicht.

»Lass mir ein wenig Zeit, Bertram«, erwiderte der alte Hellmund. »Und vertraue mir. Es wird alles so werden, wie du es wünschst.«

Im Juni 1525 wurden zwei lutherische Prädikanten vom Rat nach Frankfurt berufen, von Bertram und seinem Schwiegervater bezahlt und fest angestellt.

Im Juli 1525 wurde Bertram die schwere Ratskette umgelegt, und er war von nun an einer der Frankfurter Schöffen.

Der Landgraf Philipp I. von Hessen wurde lutherisch. Bertram triumphierte. Wenn der Großmütige lutherisch war, so tätigte Bertram endlich sowohl mit den Lutherischen als auch mit den Altgläubigen Geschäfte. Er hatte es geahnt seit Worms. Die Handelsgesellschaften liefen glänzend, sein Sohn Falk gedieh, nur die Tochter Caritas war allzu oft krank. Blass und schwächlich hing sie an Guttas Rockzipfel, und immer hustete sie oder litt unter Magenschmerzen. Als wäre das Fernbleiben des Vaters während der Geburt ein schlechtes Omen gewesen, blieb das kleine Mädchen ihrem Vater fremd. Eine Tochter, wie Gutta sie gewesen war, hatte er sich gewünscht. Nun hatte er Caritas, die bereits weinte, wenn er sie nur auf den Arm heben wollte, und – das war das Schlimmste – eine Frau, die aus dem ehelichen Schlafzimmer und in die Kinderkammer zog. »Ich muss bei ihr sein, Bertram, versteh das doch. Sie ist schwach und kränklich. Wie soll sie gesund und kräftig werden, wenn ich nicht bei ihr wache?«, erklärte Gutta. »Alle Mütter halten dies so.«

Bertram behielt seine Meinung für sich und antwortete lediglich: »Dann wirst du sie auch am Tag hüten müssen; ins Kontor jedenfalls kannst du sie nicht mehr mitbringen. Keine der anderen Mütter tut dies.«

Er wollte nicht mit Gutta streiten. Er wollte sie lieben und von ihr geliebt werden, er wollte mit ihr arbeiten und leben. Ganz so wie ein paar Handschuhe. Wo er war, sollte sie sein, und wo sie war, da wollte er sein. Ohne Caritas, dieses unnütze Geschöpf, das ihm die Frau und Gefährtin genom[illegible] hatte. Auch jetzt weinte sie schon wieder, verlangte, au[illegible] Arm genommen und gewiegt zu werden, während de[illegible] de einjährige Falk mit Flusskieseln auf dem gesch[illegible] Dielenboden spielte und mit seinen dicken Fingerche[illegible] die Steine packen konnte. Bertram strich seinem krä[illegible] Sohn sanft über den Kopf und verzog das Gesicht be[illegible] Anblick von Caritas' greinendem Mund.

Die nächste Messe stand vor der Tür, und noch immer nächtigten die mächtigen Kaufleute drüben im Nachbarhaus bei Ludovik.

»Wie geht es Stetten und Angelika?«, fragte Bertram seine Frau, als das Kind auf dem Schoß seiner Mutter endlich Ruhe gegeben hatte.

»Wie soll's ihnen gehen? Was soll werden, wenn der Mann den ganzen Tag in der Ratsstube hockt und am Abend zu den

Alten Limpurgern geht? Sie leben so recht und schlecht. Angelika hätte weiß Gott einen Mann verdient, der sich ein wenig um sie kümmert.«

»Und die Geschäfte?«

»Du weißt es selbst, Bertram, willst es nur aus fremdem Mund hören: Die Geschäfte laufen nicht. Er ist kein Kaufmann wie du. Von den Ersparnissen leben sie. Von Angelikas Erbe. So ist es.«

»Und sie? Was macht sie? Kann sie nicht die Geschäfte erledigen? Immerhin hat sie keine Kinder und nur wenig Bedienstete.«

Gutta lachte. Es war ein bitteres Lachen. »Du hast keine Ahnung davon, wie Frauen leben sollen, Bertram. Dein Alltag steht in den Kontorbüchern. Angelika macht, was alle Ehefrauen dieser Welt machen: Sie kümmert sich um den Haushalt, geht in die Kirche, hält sich ansonsten am Stickrahmen fest. Die Leute lieben sie, weil sie ihnen ähnlich ist. Das wiederum würde bei den Geschäften nützlich sein, hätte sie einen Mann, der etwas davon verstünde. Von den Messegästen leben sie und von den Geschäften, die Ludoviks Spießgesellen ihm ab und an zuschieben.«

»Hm«, machte Bertram. »Müssen sie sparen?«, fragte er dann.

Gutta nickte. »Natürlich müssen sie das. Nur während der Messezeiten wird geprasst, damit keiner merkt, wie es wirklich steht.«

»Nun, so werde ich Ludovik mal einen Besuch unter Nachbarn abstatten«, erklärte Bertram.

Er fand Ludovik in der Ratsstube. Er saß allein an einem Tisch und brütete über einem Krug Bier.

»Wie geht es dir?«, fragte Bertram. »Was machen die Geschäfte?«

Ludovik sah ihn mit rot geränderten Augen an. »Alles in schönster Ordnung, mein Lieber. Könnte nicht besser sein.«

Bertram ließ sich ihm gegenüber nieder, bestellte einen Becher mit verdünntem Wein.

Ludovik lachte. »Musst du dir den Wein schon panschen, weil es zu einem ganzen Becher nicht reicht?«, fragte er lauernd.

Bertram antwortete nicht, sondern sagte: »Die Messe beginnt in ein paar Wochen. Es gibt noch viel zu tun vorher. Man muss wach sein, damit einem nichts durch die Lappen geht.«

»Wach sein, hoho! Hört ihn euch an, den großen Kaufherrn Geisenheimer!« Er beugte sich über den Tisch und zischte: »Seit du in der Stadt bist, habe ich quasi keinen guten Tag mehr gehabt! Du hast hinter meinem Rücken in die eigene Tasche gewirtschaftet, seit du ein Schwengel warst. Aber Gott ist gerecht: Er hat dich gestraft mit einer Frau, die eiskalt ist und herrischer als der Erzbischof von Mainz. Hast du dich schon mal gefragt, warum die Erstgeborene so kränklich ist? Wie soll sie gedeihen bei einer Mutter, die die Kinderaufzucht betreibt wie eine Handelsgesellschaft!«

»Wer sagt so etwas?«, fragte Bertram.

»Alle sagen das. Stadtgespräch seid ihr. Ein Kind im Kontor! Wo hat es so was je gegeben? Die Frauen der Alten Limpurg sind der Meinung, dass Luthers Worte über die Hoffart und Kinderzucht auf die deine am ehesten zutreffen.«

Ludovik erregte sich so, dass weiße Speichelflocken über den Tisch sprühten. »Jetzt sitzt du sogar im Rat! Dass ich nicht lache! Ein armer Novize ist jetzt Frankfurter Schöffe.

Das hat es noch nie gegeben, Geisenheimer, hörst du? Und ich werde dafür sorgen, dass du bald wieder dort bist, wo du hingehörst: als kleiner Schwengel in einen Kramladen.«

»Was redest du, Ludovik? Ich habe dir nie geschadet. Im Gegenteil: Als ich dein Prokurist war, lief dein Handelshaus gut. Was ist los?«

»Was los ist, fragst du? Ruiniert hast du mich. Du hast mir Guttas Mitgift genommen, den Sitz im Rat, hast vorteilhafte Geschäfte für dich geschlossen und mir die schlechten gelassen.«

»Das sagst du mir, Ludovik? Du weißt, dass es nicht so war.«

»Das sage nicht nur ich, das sagen alle! Frag Hainbuch! Auch er ist der Meinung, dass ich Schöffe geworden wäre, wäre alles mit rechten Dingen zugegangen. Und dass deine Tochter gesund und kräftig wäre, würde Gott euch nicht strafen dafür, dass dein Weib nicht ist wie ein richtiges Weib sein soll.«

Plötzlich schlug er mit der flachen Hand auf den Tisch, dass die Becher hüpften: »Merke dir gut, Geisenheimer, was ich dir sage: Du wirst fallen. Und ich werde dafür sorgen, dass es bald geschieht.«

»Was hast du vor, Ludovik?«, fragte Bertram leise.

Stetten schaute düster auf und zischte: »Ich werde dich fertigmachen, Nachbar. Ich werde dir alles nehmen, was du hast. Am Ende werde ich Gutta und eine reiche Gesellschaft haben, und du wirst dorthin zurückkehren, wo du hergekommen bist.«

»Denk genau nach, Ludovik, ob du mich zum Feind haben möchtest. Ich werde mich wehren, das weißt du. Als gute Nachbarn können wir einander nützen. Denk nach, und dann sage mir, was du willst.«

»Ich brauche nicht nachzudenken, Schwengel: Du hast mich ins Unglück gestürzt, und ich werde nicht eher ruhen, als bis du noch tiefer im Leid steckst als ich.«

»Dein letztes Wort?«

»Mein letztes Wort, Schwengel, darauf kannst du schwören.«

Bertram nickte und ging.

Gutta war damit beschäftigt, die beiden Kammern für die Messegäste herzurichten. Aus Worms sollte der Mitinhaber der Fischhandelsgesellschaft kommen und aus Leipzig ein Kaufmann, der mit Waren aus den Ostländern Handel trieb. Doch zunächst kam ein Bote, der ein Schreiben aus Worms brachte.

»Lieber Geisenheimer«, schrieb der Fischhändler. »Ich hatte Euch vertraut. Nun hörte ich von einem Geschäftsfreund aus der Messestadt, dass Ihr von einer Schuldenlast fast erdrückt werdet und die Gläubiger Schlange vor Eurer Haustür stehen. Ihr werdet mir deshalb gewiss nicht böse sein, wenn ich es zur Herbstmesse vorziehe, im Hause Stetten zu wohnen. Bis zur Klärung unserer beider Angelegenheit in Frankfurt wünsche ich Euch Gottes Segen.«

Bertram las die Nachricht, gab sie an Gutta weiter.

»Stetten?«, fragte sie. »Du glaubst, Ludovik erzählt Lügen über dich? Aber sollte der Wormser dich nicht besser kennen?«

»Ich habe noch immer keinen Namen, Gutta«, erwiderte Bertram. »Außerhalb Frankfurts bin ich den Geschäftsleuten nicht bekannt. Stetten schon. Gesagt hat er, dass er mich vernichten will. Nun vermute ich, er möchte sich zuvor noch meine Geschäfte unter den Nagel reißen. Hainbuch wird ihm dabei helfen.«

»Und was wirst du dagegen tun?«, fragte Gutta und presste Caritas, die schon wieder wimmerte, an sich.

Bertram lächelte bitter. »Ich möchte dich nicht damit belasten, Gutta.«

Die junge Frau griff nach ihrem Mann. »Versündige dich nicht, Bertram. Sei vorsichtig mit dem, was du tust. Und schone Angelika.«

Es dauerte einige Tage, bis es Bertram gelang, den Prokuristen aus dem Hause Stetten, bei dem er einst gelernt hatte, zu treffen.

»Wie geht es Euch, Meister Dietz?«, fragte Bertram und schloss sich dem Mann, der mit langen Schritten durch die Gasse eilte, an.

Dietz betrachtete ihn von der Seite. »Wie soll es schon gehen?«

»Man hört, Ihr ersticktet nicht gerade in der Arbeit«, fuhr Bertram fort. »Während mir die Geschäfte über den Kopf wachsen. Wie gern hätte ich einen Fachmann wie Euch in meinem Kontor.«

Dietz blieb stehen. »Was wollt Ihr? Seid Ihr gekommen, um mich auszuhorchen?«

Bertram wies mit der Hand zu einer kleinen Schenke. »Wenn Ihr einen Moment Zeit habt, werde ich Euch alles erklären.«

Dietz war ein aufrechter Mann, ein kluger Mann. Bertram wusste, dass er mit offenen Karten spielen musste. Dietz hatte eine Frau und vier kleine Kinder, dazu seinen alten Vater zu ernähren. Er brauchte Geld. Mehr Geld, als er bei Ludovik verdiente.

Dietz musterte Bertram misstrauisch. »Was Ihr mir zu sagen habt, könnt Ihr mir hier auf der Straße sagen.«

»Gut«, erwiderte Bertram. »Ihr seid ein kluger Prokurist, der im Hause Stetten nicht nur unterbezahlt, sondern überdies unterbeschäftigt ist. Ich weiß, Ihr seid dem alten Stetten verpflichtet, doch der ist lange tot. Wie viele Jahre habt Ihr dem Sohn die Treue gehalten? Wie viele Jahren steht Ihr nun beschäftigungslos hinter Eurem Schreibpult? Ich biete Euch, Dietz, die Stelle als Prokurist in meinem Hause an. Ihr seid nur meiner Frau und mir Rechenschaft schuldig. Euer Lohn soll großzügig bemessen sein, und wenn Ihr Euch bewährt, Dietz, so soll es gewiss nicht Euer Schaden sein.«

Der Handelsdiener kratzte sich am Kinn. »Was muss ich dafür tun, Geisenheimer? Männer wie mich findet Ihr zuhauf in dieser Stadt. Soll ich Euch die Geheimnisse Stettens anvertrauen? So einer bin ich nicht.«

»Nein, Dietz, das sollt Ihr gewiss nicht. Ich kenne Euch seit Jahren, weiß um Eure Arbeit. Ich möchte, dass Ihr fortan für mich tätig seid.«

Dietz strich sich wieder über das Kinn. Bertram wartete, dann fügte er hinzu: »Eine Bitte habe ich: Ihr seid ein vernünftiger Mann, der klug rechnet. Meine Frau ist mit der Stettenschen befreundet. Wir wissen, dass der Pleitegeier über dem Kamin kreist und die Mägde bei Kälte ihre Kammern nicht heizen können.«

»Wie lautet Eure Bitte?«, fragte Dietz.

»Lasst die Mägde ab sofort die Kammern und das Kontor mit Hühnerdreck heizen. Das spart Geld. Die Meine ist der Stettenschen diesen Rat schuldig.«

Dietz biss sich auf die Unterlippe und schwieg. Mit dem Fuß kratzte er auf dem Boden herum.

»Nun?«, fragte Bertram. »Wie habt Ihr entschieden? Eure Frau erwartet das fünfte Kind, nicht wahr? Der Jüngste hat sich neulich ein Bein gebrochen. Die Kosten für den Stadtarzt und den Apotheker waren üppig. Wenn das Kleine da ist, wird Euer Haus zu klein. Ihr müsst Euch wohl nach etwas Neuem umsehen.«

»Das weiß ich alles«, presste Dietz zwischen den Zähnen hervor. »Ihr wart immer ein ehrlicher Mann, Geisenheimer, habt nie betrogen, nie in die eigene Tasche gewirtschaftet, als Ihr noch der Prokurist wart. Ihr habt Kaufmannsgeschick, Stetten nicht. Ich bin nur der Verwalter seiner Geschäfte. Aber Stetten hat mir seit Wochen schon keinen Lohn mehr gezahlt. Angst habe ich, nicht nach der Hebamme schicken zu können, wenn die Stunde meines Weibes gekommen ist.«

Bertram frohlockte innerlich, doch er verzog keine Miene und schwieg.

Dietz fuhr sich mit der Hand über das Kinn, kratzte mit der Schuhspitze im Dreck, riss an seinem Wams, dann fragte er: »Warum Hühnerdreck? Warum sollen die Mägde mit Hühnerdreck heizen?«

»Hühnerdreck ist billiger als Holz oder Holzkohle, kostet gar nichts, wenn Ihr ihn von den Gassen sammelt. Er brennt und wärmt. Was wollt Ihr mehr?«

»Was Ihr davon habt, will ich wissen. Ich mache keine krummen Geschäfte, Geisenheimer, ich war immer ein anständiger, gottesfürchtiger Mann.«

Nun kratzte sich Bertram am Kinn. »Ich weiß, Dietz, ich weiß. Aber Ihr braucht ein neues Haus, braucht die Hebamme und sonst noch einiges. Das alles kommt nicht vom Himmel. Das alles muss verdient werden. Ihr wisst es, nicht wahr?«

Dietz nickte unglücklich.

»Der Haken, Geisenheimer. Wo ist der Haken an der Sache?«

Bertram lächelte. »Hühnerdreck stinkt.«

»Wollt Ihr mich auf den Arm nehmen? Jedes Kind weiß, dass Hühnerdreck stinkt.«

»Den Messfremden wird es neu sein, in einem Haus zu schlafen, in dem der Gestank einem die Augen tränen lässt. Sie werden zu mir zurückkommen. Ich werde wunderbare Geschäfte mit ihnen machen, und Ihr, Dietz, werdet daran teilhaben.«

Der Schreiber riss an seinem Kragen, dass Bertram um den Stoff bangte. »Mir ist nicht wohl bei der Sache, Geisenheimer.«

»Wird Euch wohler, wenn Ihr daran denkt, wie viel Lohn Euch Stetten schuldet? Wird Euch wohler, wenn Euer Weib ohne Hebamme durch ihre schwere Stunde muss? Wisst Ihr überhaupt, ob Ihr morgen noch in Lohn und Brot steht?«

Dietz trat von einem Bein auf das andere, er seufzte, wand sich, riss wieder und wieder an seinem Wams, als könne er schlecht atmen. Schließlich gab er Bertram die Hand: »Abgemacht. Noch vor der Messe werde ich bei Euch sein. Zuerst muss ich noch die Bücher in Ordnung bringen. Ich werde Stetten alles so überlassen, dass er weiterhin arbeiten kann.«

Er hielt Bertram die Hand hin, doch bevor dieser einschlagen konnte, zuckte Dietz zurück. »Die Herrin ist schwanger wie mein Weib. Ich möchte nicht, dass das Ungeborene durch den Hühnerdreck Schaden nimmt.«

»Ich werde dafür sorgen, dass Angelika woanders unterkommt«, versprach Bertram.

Dann schlugen die Männer ein.

Wenig später schickte Bertram seine Frau zu ihrer Freundin. »Willst du in deinem Zustand während der Messe nicht in das Haus deiner Eltern zurückkehren?«, fragte Gutta die Freundin Angelika. »Es wird laut sein hier und anstrengend. Du musst dich schonen. Schon jetzt hat die Hebamme sich um dich gesorgt. Willst du das Schicksal herausfordern?«

Angelika, blass und schmal in ihrem bestickten Kleid, das an manchen Stellen schon fadenscheinig war, seufzte: »Ich dachte, mein Leben als verheiratete Frau wäre leichter als das Witwendasein. Aber ach, weit gefehlt. Als Witwe war ich frei und musste für niemanden sorgen. Nun bin ich Stettens Frau und muss zusehen, wie mein Erbe schmilzt.«

»Du bist nicht glücklich mit ihm?«, fragte Gutta. Auf Angelikas blassem Gesicht blühte ein merkwürdig verzerrtes Lächeln. »Oh, er ist charmant und freundlich, wenn er da ist. Er ist ein zärtlicher Liebhaber, aber ein guter Ehemann ist er weiß Gott nicht.«

»Du wirst zu deinen Eltern gehen während der Messe? Kann sein, dass deine Zeit bald kommt, dein Leib senkt sich schon. Ich würde ruhiger schlafen, wüsste ich dich nicht allein.«

»Du hast recht, Gutta. Auf Ludovik ist kein Verlass. Ich werde zu meinen Eltern gehen.«

Die Messe hatte gerade begonnen, als der Gestank, der aus dem Nachbarhaus drang, Gutta veranlasste, die Fenster geschlossen zu halten. Den ganzen Tag war sie damit beschäftigt, duftende Kräuter zu verbrennen. Im Stettenschen Haus rissen die Mägde die Fenster auf, sodass der frühe und kalte Herbst das Haus bald auskühlte. Am Abend aber hatten sie den Gestank vergessen und heizten ordentlich mit dem Hühnerdreck ein. Durch alle Ritzen drang der beißende Geruch, setzte sich in die Stoffballen im Lager, drang durch Kisten und Truhen in die Waren der fremden Kaufleute, sickerte sogar in die morgendliche Hafergrütze und in die Federbetten. Nur Ludovik, der die Messetage palavernd mit seinem Freund Hainbuch in der Stube der Alten Limpurger verbrachte und erst in den späten Abendstunden volltrunken nach Hause kam, störte der Gestank nicht. Und auch Angelika störte er nicht, die am vierten Messetag im Hause ihrer Eltern einem gesunden Mädchen das Leben schenkte.

Nach zwei Tagen schon klopfte es an die Tür. Der Wormser Fischkaufmann stand davor. »Ich komme nicht gern, Geisenheimerin. Aber ehe ich ersticke, vergesse ich meinen Stolz und frage nach, ob ich bei Euch noch eine Kammer finde. Da drüben ist es vor Gestank nicht auszuhalten.«

Gutta lächelte; sie hatte längst alle Kammern vorbereitet. »Ihr seid uns herzlich willkommen. Und bringt auch die anderen Messegäste mit. Es ist nicht gut für die Stadt und die Kaufmannszunft, wenn Auswärtige schlecht schlafen.«

Zwei Stunden später war das Kaufmannshaus Stetten leer, die Kammern verwaist, während im Nachbarhaus Zum Raben sich die Tafeln unter köstlichen Speisen bogen und die Hausherrin durch charmantes Geplauder, der Hausherr aber durch sein zuvorkommendes Wesen den Gästen zu gefallen wussten.

In den letzten Messetagen erfuhr Bertram, dass er das beste Geschäft aller Zeiten getätigt hatte: Alle Gerüchte waren ausgeräumt, die Zahlungsfähigkeit und Lauterkeit der Geisenheimers bewiesen. Der Wormser hatte neues Kapital in die Handelsgesellschaft gesteckt und damit dafür Sorge getragen, dass der Wormser Fisch nicht nur bis in die Wetterau und in den Vogelsberg, sondern sogar bis nach Nordhessen verkauft werden würde. Der Leipziger Handelsherr wiederum hatte Bertram angeboten, eine Niederlassung seines Frankfurter Geschäfts in seiner Heimatstadt zu begründen. Bertram hatte zugestimmt und den Prokuristen Dietz zum Leiter der Leipziger Niederlassung bestimmt.

Ein halbes Jahr später, im März des Jahres 1526 kaufte Bertram das ehemalige Stettenhandelshaus samt Kontor und Lager, verfolgte vom Fenster des Rabenhauses, wie Ludoviks Hausrat auf Fuhrwerke verladen und zu Angelikas Haus, welches sie mit ihrem ersten Mann Holzbach bewohnt und nach seinem Tod vermietet hatte, in die Nähe des Heumarktes gebracht wurde.

Als Ludovik zum Schluss die Kutsche bestieg, hielt er inne, sah zum Fenster Bertrams empor, sah ihn dort stehen, schüttelte die Faust und rief: »Der Teufel soll dich holen, Schwengel. Ein Teufel mit Namen Irmelin.«

21

Als Gutta Bertram berichtete, dass sie erneut schwanger war, fragte er: »Wie kommt das?«

Gutta verzog das Gesicht. »Bist du nicht alt genug, um zu wissen, wie so etwas kommt?«

»Nun, seit Jahren schläfst du in der Kammer der Kinder. Ich erinnere mich kaum an die wenigen Male, in denen du bei mir gelegen hast.«

Gutta stand in der Küche am offenen Fenster. Die Kräuterbänke auf dem Sims verströmten einen würzigen Geruch. Die ersten Strahlen der Märzsonne schlichen herein, fingen sich in den glänzenden Kupferkesseln und Pfannen, die über dem Herd hingen, und legten sich dann auf den blitzblanken Fliesenboden zur Ruhe nieder.

Bei den letzten Worten Bertrams war Gutta errötet. Die Schwangerschaft hatte sie runder gemacht, die Brüste schwerer, die Hüften breiter. Doch ihre Haut war prall und fest, ihre Silhouette so weiblich wie die Sünde, ihr Haar, das sie im Hause noch immer nicht unter einer Haube versteckte, floss duftend über ihre Schultern bis zur Taille. Noch immer lachte sie mit weit zurückgelegtem Kopf, doch ihr Lachen war selten geworden. Jetzt zeigte ihr Gesicht einen gekränkten und zugleich schuldbewussten Ausdruck.

»Sagen will ich, dass es einem Wunder gleicht, dass du

schwanger geworden bist, obwohl du das gemeinsame Schlafzimmer meidest, wie der Teufel das Weihwasser.«

Gutta schwieg. Sie hielt ein Tuch in der Hand, das sie unaufhörlich knetete.

»Es ist deine Pflicht, Weib, bei mir zu liegen«, fügte Bertram hinzu.

Gutta sah hoch, reckte das Kinn. »Gut!«, sagte sie. »Du hast recht; es ist meine Pflicht.«

Dann riss sie an ihrem Mieder, zerrte an ihrem Oberkleid.

»Was soll das?«, fragte Bertram.

»Ich will meine Pflicht erfüllen«, erwiderte Gutta schnippisch. »Du selbst hast es von mir verlangt.«

»Es ist gerade neun Uhr am Morgen. Die Magd wird gleich zurückkommen. Nicht die rechte Zeit für die Liebe.«

»Die rechte Zeit für eine Hausfrau, ihre Pflicht zu erfüllen«, erwiderte Gutta, warf das Oberkleid auf den Küchenboden, nestelte an den Bändern, die das Unterkleid hielten.

Bertram trat zu ihr, fasste nach ihren Händen. »Nicht, Gutta. Hör auf damit.«

Doch sie stieß ihn weg, riss an ihren Kleidern.

»Gutta!«, beschwor er sie. »Gutta! Bitte lass das!«

Er sah ihr Gesicht, sah den verkniffenen Mund, den versperrten, wässrigen Blick.

Sie riss am Unterkleid, hob die Arme, zog es über den Kopf. Als ihr Gesicht verdeckt war, umschlang er sie. Sie, die gefangen war und sich ohnehin nicht rühren konnte. Er hielt mit einer Hand ihre beiden Handgelenke über dem Kopf zusammen, küsste ihren Mund durch den Stoff hindurch, strich mit der freien Hand über ihre Brüste. Er hatte das Bedürfnis, sie zu kränken, ihr wehzutun. Am liebsten hätte er sie geschändet wie ein Landsknecht. All sein Zorn über ihr

Fernbleiben brach hervor. Sie hatte ihr Versprechen nicht eingelöst; sie hatte ihn nicht so geliebt, wie er es brauchte und gab ihm – das war das Schlimmste – obendrein noch die Schuld daran. Aber sie war es, die sich entzog. Sie war es doch, die sich nicht lieben ließ, die ihn allein ließ mit seinen Gefühlen, mit seiner Liebe. Sie war es, die den ganzen Tag um Caritas war. Jetzt würde er sich holen, was ihm zustand!

Er hörte sie keuchen, sah den Stoff über ihrem Mund flattern, nahm ihre Brustwarzen zwischen Daumen und Zeigefinger, rieb sie hart, bis sie aufschrie.

Als würde Bertram darüber schweben, sah er sich in der morgenhellen Küche stehen, seine Frau bedrängen, seine Frau fesseln mit dem eigenen Rock, seiner Frau Schmerzen zufügen, sich an seiner Frau rächen für das, was sie ihm angetan hatte, für seine Einsamkeit. Rasch ließ er sie los, stand keuchend, ging zum Wassereimer und spritzte sich Wasser ins Gesicht.

»Was ist los mit uns?«, fragte er leise. »Was ist mit uns passiert, Gutta?«

Sie befreite sich aus dem Rock, strich sich Haarsträhnen aus dem Gesicht, strich auch über ihre Handgelenke, die rot waren von seinem Griff.

Einen Augenblick schaute sie ihn an, und Bertram hoffte, dass jetzt noch alles gut werden könnte. Er musste sie nur in den Arm nehmen, musste sie verzärteln, küssen, halten. Nur einen einzigen Schritt musste sie ihm entgegenkommen, nur einen Blick ihm schenken, nur die Hand ausstrecken nach ihm. Doch sie stand da mit hängenden Armen, den Blick auf den Boden gerichtet.

Schließlich bückte sich Gutta, hob ihr Oberkleid auf, zog es an.

Bertram sah ihr dabei zu, konnte die Mauer spüren, die sich von Augenblick zu Augenblick höher zwischen ihnen aufrichtete. Während sie die Spange im Haar befestigte, ging er.

Den ganzen Tag lief er durch die Kaufhäuser, zur Poststation, hinunter zum Hafen. Er schickte einen Boten zum Kontor mit Anweisungen für Bechtermünz, den neuen Handelsdiener und Nachfolger von Dietz, dann ging er hinüber zum Rathaus, und als die Sonne langsam dem Horizont entgegenfiel, ging er hinunter zum Main. Dorthin, wo die Hübschlerinnen in der Dämmerung ihre Geschäfte aufnahmen. Er hörte, wie sie seinen Namen flüsterten: »Der Geisenheimer«. Die Huren kannten seinen Namen, und Bertram verwunderte sich darüber und wusste nicht, ob es ihn freuen oder reuen sollte, dass er sich bei ihnen einen Namen gemacht hatte.

Er sah in die Gesichter, fasste schließlich eine bei der Hand, zog sie hinter ein Gebüsch und stillte seine Lust an ihr, hatte schon Augenblicke später ihr Gesicht vergessen und ihren Namen nie gewusst. Unerlöst schlug er den Weg zum Allerheiligentor ein, ging über den Frostkellerweg in die Seckbächer Gasse, die im weiteren Verlauf zur Berger Straße wurde, und fand sich plötzlich vor dem Fachwerkhäuschen in Bornheim wieder, das Irmelin gehörte.

Irmelin. Wie lange hatte er sie nicht mehr gesehen? Drei Jahre? Vier? Er wusste es nicht. Nur eines wusste er: dass er wie früher zwischen ihren Schenkeln liegen wollte, ihre Hände in seinem Haar. Mit einem Male fühlte er sich beklommen. Ludovik fiel ihm ein, der gesagt hatte, dass der Teufel ihren Namen trage.

Er erklomm die drei Steinstufen bis zu ihrer Haustür, klopfte verhalten, öffnete erst auf ihren Ruf.

Dann stand er im Haus, erkannte mit einem Blick, dass Irmelin sich verändert hatte. Ihre Augen waren hart, der Mund schmal, das Kinn kantig.

»Oh, welch hoher Besuch!«, rief sie höhnisch und ging in ihre Kammer voran.

Bertram ließ sich, auf einmal erschöpft, auf der Bettkante nieder, blickte in ihre harten Augen: »Wie geht es dir?«

»Bist du gekommen, um mich das zu fragen?«

Er antwortete nicht, ließ sich auf das Bett fallen, legte den Arm über sein Gesicht. »Ich möchte zwischen deinen Schenkeln liegen. So wie früher.«

Irmelin schnaubte, dann erwiderte sie: »Zwanzig Heller für eine halbe Stunde. Einen Viertelgulden für die ganze Nacht. Küssen ist nicht.«

Er nahm den Arm vom Gesicht. »Ist das dein Ernst?«

Sie nickte, verschränkte die Arme vor der Brust. »Was glaubst du denn? Dass ich vier Jahre nur auf dich gewartet habe? Du hast mich verstoßen, hast meine Liebe nicht gewollt. Nun, ich muss leben, muss Geld verdienen. Wenn du bezahlst, darfst du zwischen meinen Schenkeln liegen. Alle Männer, die dafür bezahlen, dürfen das.«

Sie schlüpfte aus dem Kleid, Bertram sah ihre Magerkeit, dann legte sie sich auf das Bett, spreizte die Beine. »Leg das Geld auf den Tisch und dann komm. Ich habe nicht ewig Zeit.«

Er nahm ein Geldstück, warf es auf den Tisch, spreizte Irmelins Beine so weit er konnte, legte sich dazwischen, doch das Gefühl von Heimat, welches er früher an dieser Stelle empfunden hatte, wollte sich nicht einstellen.

Da richtete er sich auf, bedeckte ihr Gesicht mit einem Tuch und wollte sich unter ihre Haut streicheln, doch es gelang nicht. Erst, als er die Augen schloss, wurden seine Hände sanft. Und in dem Augenblick, in dem er in sie stieß, stöhnte er den Namen seiner Frau.

Dann stand er auf, zog sich an, setzte sich auf den Schemel, der unter dem Fenster stand. Irmelin wischte sich das Tuch aus dem Gesicht. »Hast du bekommen, was du gesucht hast?«, fragte sie.

Bertram schüttelte den Kopf. »Was hast du mit Ludovik Stetten zu schaffen?«, fragte er.

Irmelin ließ ihre Augen rund werden. »Nichts. Er ist ein Freier. Manchmal kommt er hierher, manchmal treffen wir uns in einer heimlichen Herberge.«

Irmelins Blick war noch immer kalt und hart, sodass es Bertram fröstelte. »Liebst du ihn? Stetten meine ich.«

Irmelin lachte auf. »Lieben, Bertram? Ich bin eine Hure. Hast du das vergessen? Huren lieben nicht.«

Er lächelte schief. »Mich hast du geliebt.«

Sie machte eine wegwerfende Handbewegung. »Das ist lange her. Ich war jung und dumm. Wäre Ludovik nicht gewesen…« Sie lachte schrill. »… wäre ich am Ende aus lauter Dummheit noch ins Wasser gegangen.«

Bertram suchte in ihrem Gesicht nach einem Zeichen der früheren Liebe, und Irmelin hielt seinem Blick stand, setzte ihre harten, kalten Augen dagegen, in denen nichts zu lesen war.

»Hasst du mich?«, fragte Bertram. Irmelin lachte.

»Das hättest du gern, nicht wahr? Wenn du schon nicht geliebt wirst, dann willst du wenigstens gehasst werden. Das Schlimmste, nicht wahr, Bertram, ist für dich Gleichgültigkeit. Das Wissen, dass dem anderen vollkommen egal ist, was mit dir geschieht. Das Allerschlimmste wäre, er vergäße sogar deinen Namen. Nein, Bertram, du bist meinen Hass nicht wert.«

»Willst du dich rächen an mir?«, fragte er.

»Ich bin eine Geschäftsfrau. Wenn dein Schaden mir zum Vorteil gereicht, soll es mir recht sein.«

»Was hast du vor, Irmelin? Ich beschwöre dich in Gottes Namen, es mir zu sagen!«

»Du wirst es früh genug erfahren. Und jetzt geh. Deine Zeit ist um.«

Als Guttas Stunde gekommen war, eilte der Handelsdiener Bechtermünz in den Römer, wo der Rat gerade tagte.

Diesmal ging Bertram mit, saß stundenlang auf einem Schemel vor der Tür des Schlafzimmers, schreckte bei jedem Schrei Guttas zusammen, hielt die Hände gefaltet und betete. Er hörte die Anweisungen der Hebamme, wich der Magd aus, die mit schweren, mit Wasser gefüllten Zubern und sauberen Tüchern hin und her eilte. »Wie steht es da drinnen?«, fragte er die Burga.

Diese zuckte mit den Achseln. »Wie soll ich das wissen, Herr? Eure Frau hat es schwer. Das Kind liegt nicht richtig, sagt die Hebamme.«

»Es liegt nicht richtig? Was soll das heißen?«, fragte Bertram. Die Magd zuckte wieder mit den Achseln, ließ den Herrn einfach sitzen.

Da hielt es Bertram nicht mehr aus. Er stand auf, stürmte in das Zimmer, in dem seine Frau bleich und verschwitzt im Gebärstuhl hing, während die Hebamme zwischen ihren Beinen hantierte.

»Was ist?«, fragte er, eilte zu Gutta, strich ihr das verschwitzte Haar aus der Stirn.

»Was soll das, Herr?«, fuhr die Hebamme ihn an. »Seit wann sind Männer in einer Gebärstube erlaubt? Schleicht Euch. Wir werden nach Euch rufen, wenn das Kind da ist. Geht in die Schenke, geht in die Würfelstube, ganz gleich, wohin, aber macht, dass Ihr hier verschwindet.«

Bertram hörte die Worte der Hebamme, aber er sah nur Gutta. »Wie geht es dir?«, fragte er.

Gutta schloss die Augen. »Mach, was die Hebamme sagt, mein Junge. Geh in eine Schenke und lass mich allein.«

Doch so einfach ließ sich Bertram nicht vertreiben. »Was soll das heißen: Das Kind liegt nicht richtig?«, fragte er.

Die Hebamme seufzte. »Nichts, das Euch interessieren muss. Weibersache. Geht!«

»Sie ist meine Frau! Und sie bringt gerade mein Kind zur Welt. Ich habe ein Recht zu wissen, was hier vorgeht.«

Die Hebamme räusperte sich, sah zu Gutta. »Gebt ihm Auskunft«, sagte Gutta mit schwacher Stimme.

»Als ob er etwas davon verstünde!«, grummelte die Hebamme, dann wandte sie sich zu Bertram. »Mit dem Hintern zuerst will das Kind in die Welt gucken.«

»Eine Arschgeburt!« Bertrams Ausruf klang wie ein Jubelschrei. Die Hebamme schüttelte den Kopf. »Hab ich's nicht gesagt: Männer verstehen nichts davon. Jetzt freut er sich gar über eine Arschgeburt und weiß nicht, wie schwer es seine Frau damit hat.«

Bertrams Lächeln erlosch. »Geht es um ihr Leben?«, fragte er und wies mit der Hand auf seine Frau.

Die Hebamme schüttelte den Kopf. »Das nicht, Herr. Aber sie wird reißen und es schwer haben.«

Wieder trat er zu Gutta, nahm ihre Hand, küsste die Fingerspitzen. »Wirst du es schaffen?«, fragte er mit sanfter Stimme.

Gutta zwang sich ein Lächeln ins Gesicht. »Das werde ich, mein Junge.« Dann drückte sie seine Hand.

»Jetzt geht endlich, Herr! Ihr habt hier nichts verloren«, drängte die Hebamme.

Bertram gehorchte, doch in der Tür blieb er stehen. »Amme!«, sagte er. »Wenn es hart auf hart kommt: Rettet mir die Frau.«

Dann saß er wieder auf dem Schemel, hatte die Unterarme auf die Oberschenkel gestützt, lauschte auf die Geräusche aus dem Haus, auf das Klappern der Töpfe aus der Küche, auf die Befehle, die der Kontorist dem Lehrjungen gab, auf das Rumpeln der Fuhrwerke, die in den Hof fuhren und Waren brachten und holten, und er lächelte dabei. »Eine Arschgeburt«, sagte er leise vor sich hin, und wieder lag Stolz in seiner Stimme. »Kind, welchen Geschlechts du auch sein magst, ich werde dich lieben. Du bist wie ich, du bist mir ähnlich, mein Blut fließt in deinen Adern.«

Gutta brauchte dieses Mal sehr lange, bis sie sich von der Geburt erholt hatte. Eine Amme wollte sie nicht, und so sorgte Bertram für das winzige Mädchen. Er trug es mit sich herum, nahm es mit ins Kaufhaus, zur Poststation, sogar ins Rathaus. Die Männer belächelten ihn, die Frauen raunten hinter vorgehaltener Hand: »Jetzt gibt das fischkalte Weib sogar schon das eigen Fleisch und Blut her.«

Hellmund schickte ein junges Mädchen mit prallen Brüsten und einem Geruch nach Milch, das sich um die kleine Konstanze kümmern sollte, doch Bertram schickte sie weg, sobald das Kind gesättigt war. Angelika kam und bot an, sich um das Kind zu kümmern, aber Bertram gab die Kleine nicht her. Er trug Konstanze durch das Kontor, erklärte dem Säugling die

Waren, fuhr ihm mit einem Stück Samt über die Haut, dass er lachte, ließ ihn in einem Weidenkorb neben seinem Schreibtisch schlafen. Nur wenn das Kind vor Hunger zu brüllen begann oder gewickelt werden musste, brachte er es zur Amme.

Gutta, noch immer bettlägerig und blutarm, bat ihn: »Gib der Amme das Kind ganz. Die Leuten reden so schon über mich. Wenn sie erst sehen, dass du dich um das Kind kümmerst, werden sie erst recht das Maul aufreißen und mir nachsagen, ich wäre eine Rabenmutter.«

»Lass sie reden, was sie wollen. Konstanze ist meine Tochter; sie ist dir ähnlich und mir ebenfalls.«

»Wir müssen sie taufen lassen, Bertram.«

»Das werden wir, wenn du wieder auf den Beinen bist.«

»Ich möchte«, sagte Gutta leise. »dass Konstanze von einem lutherischen Prediger getauft wird.«

Bertram strich mit dem Finger über die Wange seiner Tochter, die energisch an seinem Finger saugte. »Zu einer Protestantin willst du sie machen?«, fragte er. »Das passt. Vom ersten Augenblick ihres Lebens hat sie protestiert. Ich bin einverstanden.«

So fand zu Beginn des Jahres 1527 die erste lutherische Taufe in deutscher Sprache in der Stadt Frankfurt statt. Zur Gevatterin bestimmte Gutta die Tochter von Philipp Fürstenberg, mit der sie ebenfalls von Kindesbeinen an befreundet war. Am Abend holte Gutta die lederne Familienbibel hervor und schrieb Konstanzes Namen und das Geburtsdatum mit ordentlichen kleinen Buchstaben in den Stammbaum der Familie Geisenheimer.

Bertram arbeitete noch häufiger im Kontor, schrieb Briefe nach Leipzig, in denen er Dietz anwies, Kleineisenwaren, Silber, Buntmetalle, Häute, Rohwolle, Felle, Wachs und Pelze aus dem Osten einzukaufen, und bestückte anschließend eine Wagenkolonne mit englischem Tuch, gesponnener Wolle, mit Seidenfabrikaten, Edelsteinen und Gewürzen und schickte diese mit dem Tross, zu dem sich mehrere Handelshäuser zusammengeschlossen hatten, nach Leipzig. Zwischendrin sandte er einzelne Fuhrwerke mit Wormser Fisch in die Wetterau, in den Vogelsberg und nach Nordhessen und ließ von dort Holz, Schlachtvieh und die verarbeitete Rohwolle nach Frankfurt bringen.

Gutta hatte sich erholt, stand dem Haushalt vor und machte sich im Kontor zu schaffen, die Kinder immer nahe bei sich.

Eines Tages kam ein Wagen aus Pforzheim in den großen Innenhof des Hauses Zum Raben gerumpelt, der Werkzeuge und Waagen für Goldschmiede lieferte, die zum Weiterverkauf nach Leipzig bestimmt waren. Während die Knechte das Fuhrwerk entluden und Bechtermünz jedes Stück ins Kontorbuch schrieb, lud Bertram den Kutscher in die Küche ein, damit er sich nach der langen Fahrt stärken sollte.

»Was gibt es Neues in Pforzheim?«, fragte er, als der Kutscher fertig gegessen und getrunken hatte.

»Neues gibt es jeden Tag. Aber noch immer spricht die ganze Stadt von der Hinrichtung Jerg Ratgebs.«

»Was?« Gutta ließ das Wäschestück, welches sie in der Hand hatte, fallen. »Jerg Ratgeb ist tot?«

Der Kutscher nickte. »Vor einigen Wochen schon ist er vor Gottes Thron getreten. Als die Fürsten die Bauernkriege niederschlugen, griffen sie auch nach dem Maler. Ein Exempel wollten sie an ihm erproben, hieß es.«

Der Kutscher hatte Mühe, das schwierige Wort richtig auszusprechen. »Ein Exempel, jawohl. Zum Tode haben sie ihn verurteilt und dann auf dem Marktplatz gevierteilt. Mein Weib, die verdammte Tratschtante, war dabei. Er hätte nicht einmal geschrien, erzählte sie, als die vier Pferde seinen Leib in der Mitte auseinanderrissen.«

Gutta stand starr, hatte die Hände vor den offenen Mund geschlagen, um einen Schrei zu unterdrücken.

In der Nacht bekam Caritas Fieber. Das fünfjährige Mädchen wälzte sich unruhig und wimmernd im Bett herum. Am nächsten Morgen schickte Bertram nach dem Stadtarzt.

Dieser ließ das Kind in ein weißes Tuch husten, untersuchte den Auswurf gründlich und wiegte bedenklich den Kopf. »Bluthusten«, sagte er. »Das Kind hat die Schwindsucht.«

»Muss es … wird sie … sterben?«, stammelte Gutta und presste die kleine Konstanze, die sie auf dem Arm trug, fest an sich, während der dreijährige Falk sich an ihre Röcke klammerte.

»Es geschehen immer wieder Wunder, Geisenheimerin«, sagte der Arzt mit gleichgültiger Stimme. »Gebt ihr einen Sud aus Lindenblüten und Honig, tut etwas Thymian dazu, macht ihr kalte Wickel und betet. Vielleicht hat Gott ein Erbarmen mit dem Kind.«

Gutta war blass geworden. Sie trug der Magd auf, sich um Falk und Konstanze zu kümmern und wachte Tag und Nacht am Bett ihrer kranken Tochter. Einmal kam Bertram in die Kammer zu dem fiebernden, röchelnden Kind. »Du musst schlafen, Gutta«, sagte er, als er seine erschöpfte Frau betrachtete, die mit dunkel verschatteten Augen auf ihre älteste

Tochter sah. »Du bist zu Tode erschöpft. Dem Mädchen kann niemand mehr helfen, aber du musst gesund bleiben.«

Da sah Gutta ihn mit funkelnden Augen an und zischte voller Hass: »Es ist deine Schuld, Bertram. Du hast Caritas nie gemocht, hast ihr meine Liebe geneidet. So sehr, dass sie krank darüber geworden ist und nun auf den Tod liegt.«

»Gutta, bitte!«, bat er, holte ihr einen Umhang, den sie abwarf, brachte einen Becher stärkenden Wein, den sie nicht beachtete, ein Stück weißes Brot, von dem sie nicht aß.

Da ging er, kam erst zurück, als das Kind tot war, nahm seine Frau, brachte sie zu Bett und wachte über ihren tränenreichen, unruhigen Schlaf. Er ging mit ihr hinter dem winzigen weißen Sarg her, stützte sie, als sie aufheulte und sich am liebsten in die Grube gestürzt hätte, begleitete sie unzählige Male in die Kirche, damit dort eine Messe für Caritas gelesen wurde.

»Ich will sie malen lassen«, verlangte Gutta in der zweiten Woche nach Caritas Tod. »Matthias Grünewald ist hier. Der berühmte Künstler. Er soll Caritas malen.«

Bertram seufzte. »Wie soll das gehen? Er hat das Kind nie gesehen!«

»Ich werde ihm erzählen, wie sie war. Er ist empfindsam, sagt man, er wird wissen, was ich meine.«

»Gutta, die Leute reden jetzt schon. Was werden sie erst sagen, wenn du ein Bild malen lässt von ihr?«

»Was meinst du denn, was sie sagen werden?«

Bertram schaute sie an, erblickte auch Trotz in ihrem Gesicht. »Sie sagen, gestorben wäre das Kind, weil du eine schlechte Mutter und ein kaltherziges Weib wärst. Bei einem Abbild von Caritas würden sie denken, du wolltest damit deine Schuld an ihr sühnen.«

Da sprang Gutta auf und ließ ihre flache Hand auf seine Wange klatschen, dass sich alle Finger abzeichneten.

»Pssst!«, hörte Bertram hinter sich eine Stimme. Er, auf dem täglichen Weg ins Kaufhaus, wandte sich um. Doch er sah niemanden, ging weiter.

»Psst! Bertram. Hier bin ich!«

Endlich sah er Irmelin, die sich in einer Mauernische verborgen hatte. Jetzt trat sie vor – und Bertram prallte zurück. »Was … was ist mit dir?«, fragte er und hob die Hand, um über ihr farbloses Haar zu streichen. Irmelin wich zurück, strich sich eine Strähne aus dem rotfleckigen Gesicht und blinzelte mit den rot geränderten, trüben Augen. »Ich bin schwanger«, sagte sie leise. »Schwanger von dir, Bertram.«

»Von mir? Das kann nicht sein. Einmal nur war ich in den letzten Monaten bei dir.«

»Und da ist es passiert. An diesem Abend hast du mich geschwängert.«

»Woher willst du das wissen? Irmelin, du bist eine Hure, schläfst täglich mit wer weiß wie vielen Männern.«

Irmelin schnaubte verächtlich und wischte sich mit dem Ärmel über das fleckige, schweißfeuchte Gesicht. »Eine Frau weiß, von wem sie schwanger geworden ist. Trenne dich von der Deinen, Bertram. Heirate mich!«

»Irmelin!! Bist du närrisch? Was soll das Gerede? Was willst du von mir?«

»Ich sagte es schon. Lass dich scheiden. Du hast genug Geld, um eine Scheidung durchzusetzen. Gründe gibt es genug. Fischkalt ist dein Weib, sagen alle. Eine Rabenmutter dazu. Sogar ihr Kind hat sie sterben lassen. Also, lass dich scheiden von ihr. Heirate mich, und alles wird so, wie du es dir immer gewünscht hast.«

Bertram stand vor ihr und schüttelte ein um das andere Mal den Kopf. »Nein, Irmelin. Ich werde mich nicht scheiden lassen.«

»Aber du musst«, kreischte das Weib. »Ich bekomme ein Kind von dir.«

»Nein, Irmelin.«

»Gut, Bertram. Wie du willst. Dann werde ich zu der Deinen gehen und ihr alles erzählen. Berichten werde ich ihr, dass du mich bezahlst, dass du regelmäßig zu mir kommst, dass du mich liebst.«

Bertram packte Irmelin bei den Schultern, schüttelte sie. »Hör auf mit dem Gerede, Irmelin. Von wem auch immer du schwanger bist, von mir jedenfalls nicht.«

Bertram zwang sich, ganz in Ruhe zu sprechen. Irmelin kniff die Augen zu schmalen Schlitzen zusammen. »Dann gib mir Geld. Viel Geld. Hundert Gulden will ich. Für mich und dein Kind.«

»Du bist verrückt, Irmelin. Ich werde dir kein Geld geben. Du bist eine Hure. Geh nach Hause und ruh dich aus.«

Nun begann Irmelin zu weinen. Die Tränen rannen über ihr Gesicht, liefen den Hals hinab und versickerten im Brusttuch. Schluchzer schüttelten sie.

»Ich wollte immer nur dich, Bertram. Nie habe ich etwas anderes gewollt. Du hast mich geliebt, ich weiß es. Geheiratet hast du die andere nur wegen ihrer Mitgift. Aber du liebst mich.« Sie schlug sich auf die Brust. »Mich, Bertram. Mich! Nur mich!«

Irmelin war lauter geworden, und Bertram spähte unbehaglich die Straße auf und ab. »Schrei nicht, Irmelin. Ich möchte nicht, dass dich jemand hört.«

»Du liebst mich«, schrie das Weib und stampfte mit den Füßen auf. »Du liebst mich, das kann jeder hören.«

Sie stellte sich mitten auf die Gasse und riss den Mund auf. Bertram packte ihren Arm, zog sie in die Mauernische und versetzte ihr eine Ohrfeige. »Höre sofort auf, Irmelin, sonst lasse ich dich von den Bütteln ins Narrenhaus sperren.«

Er spürte eine Wut in sich auflodern, die alles in ihm, jede Regung, jeden Gedanken zum Glühen brachte. Er packte sie bei den Armen, schüttelte sie und schrie ihr ins Gesicht: »Ich habe dich nie geliebt, Irmelin. Vom ersten Tag an warst du mir gleichgültig. Gebraucht habe ich nur das Wissen über deine Freier. Sonst nichts. Mir ist gleichgültig, von wem du schwanger bist. Ich werde dich nicht nur niemals heiraten, sondern bestreiten, dich je gesehen zu haben. Geh zum Teufel, Irmelin. Geh ins Wasser oder in die Ferne. Es ist mir egal, was aus dir wird, hörst du. Du bist mir egal.«

Dann ließ er sie los, stieß sie mit Ekel von sich und ging davon. »Das wirst du bereuen, Geisenheimer. Du und deine ganze Brut«, rief sie ihm nach. Es hallte noch lang in seinen Ohren.

22

Landgraf Philipp, der Großmütige, machte Hessen lutherisch. Er beschloss, die hessischen Klöster aufzulösen. Die Narren und Tollköpfe, die vorher zur Belustigung der Leute auf den Marktplätzen angekettet und von Kindern, Bauern und Bürgern verspottet worden waren, kamen in neu gegründete Hospitäler, die ehemalige Klöster gewesen waren. Die Kirchengüter fielen dem Landgrafen zu, der mit diesen Mitteln in Marburg eine Universität gründete.

Bertram verfolgte diese Entwicklung aufmerksam, doch er traute den offiziellen Berichten vom Hofe des Landgrafen nicht.

»Was hat er vor?«, fragte er eines Tages Bechtermünz. »So offensichtlich wie er sich gegen den Kaiser stellt, kann ich mir nicht denken, dass er das nur aus Großmut tut. Was meint Ihr, Bechtermünz? Was hat er vor?«

Der Prokurist zuckte die Achseln. »Die Türken stehen vor Wien, der Kaiser hat andere Sorgen, als die Umtriebe des hessischen Landgrafen zu kontrollieren. Ich denke, Philipp nutzt die Abwesenheit des Kaisers, um seine Macht und seinen Einfluss im Lande auszubauen. Er steht sich gut mit dem Kurfürsten, ist über seine Frau mit dem Herzog von Sachsen verwandt.«

»Ihr meint, er macht dem Kaiser die Macht streitig?«

»Ich weiß es nicht«, erwiderte Bechtermünz. »Ich höre nur, dass er Klöster auflöst, sich um das Armen- und Krankenwesen kümmert, dass er Schulen und Hospitäler gründet. Und ich weigere mich zu glauben, dass all dies aus Großmütigkeit geschieht.«

»Was bedeutet das für den Handel?«, fragte Bertram weiter.

»Nun, die Leute werden weniger Fisch essen. Der Bedarf an Weihrauch wird schwinden, dafür werden billige Stoffe und Arzneien gebraucht, des weiteren Schiefertafeln für die Schulen, Kreide, Tinten und einiges andere mehr.«

»Gut«, befand Bertram. »Also werden wir billiges Leinen kaufen und versuchen, mit Philipp einen Vertrag darüber zu schließen. Außerdem werden wir getrocknete Kräuter, Guajak gegen die Franzosenkrankheit und andere Heilmittel einkaufen. Zuallererst aber werden wir uns um die Tinte kümmern. Neulich erst erzählte mir ein Leipziger Kaufmann von einer neuen Tinte. Seht zu, Bechtermünz, dass Ihr alles davon aufkauft, was Ihr kriegen könnt.«

Der Prokurist nickte, dann scharrte er mit dem Fuße unruhig auf dem gefliesten Boden umher, ehe er mit gesenktem Blick sprach: »Ihr solltet in die Ratsstube gehen, Herr. Es wird über Euch gesprochen. So, dass es Euch schaden könnte.«

»Was?«, fragte Bertram. »Was redet Ihr da? Wer soll über mich sprechen? Mein Gewissen ist so rein wie Guttas Tischtücher.«

Bechtermünz wagte noch immer nicht, den Blick zu heben. »Ihr habt Feinde in der Stadt«, sagte er kaum hörbar.

»Ludovik Stetten?«

Der Prokurist nickte. »Was wird geredet. Sprecht!«

Bechtermünz schüttelte den Kopf. »Genaues weiß ich nicht. Mit einer Dirne hat es zu tun. Mit einer, die im Verlies hockt und auf ihre Hinrichtung wartet. Eine Kindsmörderin, heißt es, wäre sie. Der Ausrufer der Stadt hat die Sache kundgetan. Habt Ihr nichts gehört?«

»Was soll mir die Nachricht, welcher Schelm wann und wem einen Beutel geschnitten hat? Was habe ich mit Dingen zu tun, die der Ausrufer über die Verbrechen der Stadt kundtut?«

Bechtermünz seufzte.

»Geht in die Ratsstube, Herr. Dort erfahrt Ihr mehr, als ich Euch sagen kann.«

Bertram zog die Augenbrauen zusammen, blätterte in einem Handelsbuch, stieg noch einmal in den Keller, ging durch die Lagerhäuser, ehe er sich entschließen konnte, in die Ratsstube zu gehen.

Als er eben das Haus verlassen wollte, traf ein Bote ein und übergab ihm ein Schreiben. Das Schreiben kam vom Rat und informierte über eine außerordentliche Sitzung, die noch am selben Nachmittag im Römer stattfinden sollte.

Bertram steckte das Schreiben ein, ging langsam die Gasse hinab und war schon bald in der Ratsstube. Erstaunt stellte er fest, dass sein Schwiegervater mit Ludovik Stetten und Hainbuch an einem Tisch saß und erregt redete.

»Darf ich mich dazusetzen?«, fragte Bertram.

Sein Schwiegervater nickte, Hainbuch schlug mit der Hand auf den Sitz neben sich und Ludovik starrte an die Wand.

»Was gibt es Neues?«, fragte Bertram so ruhig wie möglich in das Schweigen, obwohl ihm das Herz schmerzhaft aufgeregt gegen die Rippen trommelte.

»Ein Fuhrwerk ist heute morgen in der Fahrgasse umgekippt«, sagte Hainbuch lapidar und im Tonfall einer Krämerin.

Bertram fragte: »Und sonst?«

Die anderen schwiegen, schließlich stand sein Schwiegervater auf, rief nach dem Schankmädchen, beglich die Zeche, sah seinen Schwiegersohn lange wortlos an und wandte sich zum Gehen.

»Wartet!«, rief Bertram. »Ich komme mit!«

Als sie draußen waren, fragte er: »Was ist los?«

Der alte Hellmund blieb stehen. »Die Hure Irmelin gibt an, dass du der Vater ihres Kindes bist. Gemordet hätte sie es, weil du ihr jede Unterstützung verweigert hast, und sie samt Kind hätte hungers sterben müssen.«

Bertram schüttelte den Kopf, als hätte ihm jemand einen Eimer darübergegossen. »Was? Wie bitte?«

»Du hast gehört, was ich gesagt habe.«

»Woher will sie denn wissen, dass ich der Vater bin?«

»Du warst also bei ihr?«

»Einmal, seit ich mit Eurer Tochter verheiratet bin. Ein einziges Mal nur.«

»Es könnte also sein, dass du der Kindsvater bist?«

Bertram rechnete im Kopf schnell nach. »Ich bin vor elf Monaten bei ihr gewesen«, sagte er schließlich.

»Also ist es so: Als Vater kämst du in Frage«, stellte Hellmund fest. »Bei der Ratssitzung heute Nachmittag wird es eine Anhörung geben. Die alte Frau, die der Hübschlerin den Haushalt geführt hat, wird kommen. Und auch Ludovik Stetten ist als Zeuge geladen.«

Bertram blieb stehen: »Er will mich fertigmachen! Ludovik Stetten will mich ruinieren. Er hat es selbst gesagt! Ich bin nicht der Vater des toten Kindes; ich habe Irmelin auch nicht im Stich gelassen. Das ist ein Komplott, Schwiegervater!«

Hellmund blieb stehen. »Kann sein, kann auch nicht sein.«

Er sah seinen Schwiegersohn von oben bis unten an: »Höre, Junge, ich habe nichts dagegen, dass du zu den Huren gehst. Wir alle tun das. Aber ich möchte nicht, dass meine Tochter und mein Schwiegersohn zum Gespött der Leute werden und der Mitschuld an einem Kindsmord verdächtigt werden. Es gibt auch ohne dies genug Gerede.«

Bertram nickte, dann fragte er: »Was soll ich tun?«

»Gib deinen Posten als Schöffe ab! Und dann geh auf Handelsreise. Wird Zeit, dass du Italien kennenlernst. Mein Sohn Baptist sitzt in Rom. Fahr zu ihm, bis Gras über die Sache gewachsen ist.«

»Aber ich habe nichts Unrechtes getan!«

»Das ist vollkommen gleichgültig. Deine Feinde wollen dich ruinieren. Jetzt musst du ihnen zuvorkommen. Gibst du den Posten auf, so wird der Rat dies als ausreichende Reue werten und dich ziehen lassen.«

»Es gibt keine Möglichkeit, Stetten und Irmelin zu zwingen, die Wahrheit sagen?«

»Nein, mein Lieber. Die Wahrheit kennst du selbst nicht. Wenn die Hure, ihre Haushälterin und Stetten gegen dich sprechen, hast du keine Chance. Und es ist vollkommen egal, ob und was du getan hast. Also komm ihnen zuvor, wenn du weiteren Schaden von deinem Haus abwenden willst.«

»Ich kann den Posten als Schöffe nicht niederlegen, Schwiegervater«, erklärte Bertram erregt und breitete die Arme aus. »Mein ganzes Leben lang habe ich mir gewünscht, im Rat zu sein. Nun habe ich es durch meiner eigenen Hände Arbeit geschafft. Den Teufel werde ich tun! Und ich werde auch nicht nach Italien reisen. Das Kontor braucht mich.«

Hellmund legte seinem Eidam beruhigend die Hand auf die Schulter. »Du musst, mein Junge. Tust du es nicht, so wird ein jeder in dir einen Mann sehen, der nicht zu seinen Taten steht. Das ist ein Unglück für einen Kaufmann. Willst du weiter gute Geschäfte machen, musst du dich bekennen und dein Amt jemand anderem zur Verfügung stellen. Du musst vertrauenswürdig bleiben. Die Leute verzeihen dir, dass du zu einer Hure gegangen bist. Die Leute verzeihen einem Kaufmann jedoch keine Lüge.«

»Warum hat sie sich umgebracht, Schwiegervater? Wisst Ihr es?«

Hellmund zuckte mit den Achseln. »Ein jeder weiß etwas anderes. Die einen sagen, sie wollte das Kind vor einem Leben in Armut bewahren. Die anderen sagen, sie hat das Kind gehasst, weil der Kindsvater sie verstoßen hat. Die Dritten wollen gehört haben, dass die Hure an der Franzosenkrankheit gelitten hat und ohnehin bald gestorben wäre, sodass das Kind allein in der Welt gewesen wäre. Stetten behauptet, der Kindsvater hätte die Hure angestiftet, die Frucht ihres Leibes zu töten.«

Bertram sah sich um. Die Sonne schien und gaukelte frühlingshafte Leichtigkeit vor. Vor dem Kaufhaus herrschte reges Treiben. Schreiber standen neben der Waage und notierten jeden Posten in ihren Büchern. Kaufleute aus ganz Deutschland, aus Holland, aus dem Elsass und aus dem Norden standen beieinander und lachten. Bürgersfrauen huschten über den Römerplatz, Mägde schleppten volle Marktkörbe nach Hause, die Stadtwache stand mit umgehängten Hakenbüchsen vor dem Römer, zwei Bettler schlurften langsam über den Platz, ein Bäckerjunge schob einen Karren mit duftenden Broten in Richtung Dominikanerkloster.

Das Leben in Frankfurt geht weiter und schert sich einen Dreck um meine Sorgen, dachte Bertram.

»Wer wird meinen Platz auf der Schöffenbank einnehmen?«, fragte er leise.

»Ich denke, Ludovik Stetten wird mit seiner Aussage beweisen, dass er ein aufmerksamer Bürger der Stadt ist, dem Recht und Ordnung etwas gelten. Er hat gute Aussichten.«

»Das ist es also. Er will mir nur mein Amt rauben«, sagte Bertram leise vor sich hin. »Wie aber hat er Irmelin dazu gebracht, ihr Kind zu töten?«

»Du wirst die Wahrheit wohl nie erfahren, mein Sohn, ich sagte es schon. Doch jetzt geh und lege dein Amt nieder. Ich werde dich begleiten.«

Bertram schüttelte erneut den Kopf. »Als Schöffe war ich über alle Entscheidungen des Rates informiert. Für einen Kaufmann eine unverzichtbare Nachrichtenquelle.«

»Du wirst auch weiter alles aus erster Hand erfahren«, tröstete Hellmund. »Denn noch sitze ich auf der ersten Ratsbank. Und nun lass uns gehen. Danach gehe beichten und berichte auch Gutta, was vorgefallen ist. Gottlob ist sie stark und klug genug, das Handelshaus zu leiten, während du nach Rom reist.«

Gutta! An sie hatte Bertram bisher nicht gedacht. Was würde sie sagen, wenn sie erfuhr, dass Bertram bei Irmelin gewesen war? Schon jetzt sprach sie kaum mit ihm, wich seinen Umarmungen und seinen Küssen aus, schlief bei den Kindern. Würde sie ihn nun auch noch verachten? Er schüttelte sich bei diesem Gedanken. Ihre Kälte konnte er nur sehr schwer ertragen, mit ihrer Verachtung aber würde er nicht leben können.

Hellmund zog ihn am Ärmel zum Rathaus, und genau eine Stunde, bevor der Rat in Sachen Irmelin zusammentrat, war Bertram kein Schöffe mehr.

»Hast du mir etwas zu sagen?«, fragte Gutta, als Bertram am Abend nach Hause kam. Sie war blass, ihre Hände zitterten, sodass sie sie im Stoff ihres Kleides festkrallte.

Sie ging in die Wohnstube, bedeutete Bertram, ihr zu folgen, und wies ihm den Lehnstuhl ihr gegenüber zu.

»Ich höre«, sagte sie, nahm den Stickrahmen zur Hand und stocherte mit der Nadel blind im Stoff herum.

»Die Hure Irmelin hat ihr Kind getötet«, berichtete Bertram. »Sie behauptet, ich wäre der Vater. Meinen Platz im Rat habe ich deshalb zurückgegeben.«

»Das weiß die ganze Stadt, das habe auch ich gehört«, fuhr Gutta ihn an. »Wissen will ich, ob es stimmt, dass du zu den Huren gehst. Wissen will ich, ob es ist, wie die Burga der Köchin erzählt hat: Dass du nach Bornheim gegangen bist, weil du ein Weib gesucht hat, das dich wärmt. Weil du gesucht hast nach dem, was dein fischkaltes Weib dir nicht zu geben vermag.«

Bertram senkte den Blick, scharrte mit der Fußspitze auf dem Dielenboden herum.

Gutta ließ den Stickrahmen sinken, betrachtete ihren Mann, sein zugesperrtes Gesicht, den trotzig verzogenen Mund. Sie hörte in sein Schweigen, das ihr mehr sagte, als alle Worte. »Ja«, hörte sie. »Ich bin zu ihr gegangen, weil du mich nicht bei dir liegen lässt. Ja, ich habe mich lieben lassen von einer für Geld, weil du es nicht tust.«

Als Bertram den Blick hob, sie anschaute und leise sagte: »So war es nicht, Gutta«, glaubte sie ihm nicht.

»Geh«, sagte sie. Und als er blieb, nahm sie die Nadel auf und stach in den Stoff, bis er riss. Sie stichelte einfach weiter, achtete nicht auf Muster, Knoten und Fäden. Sie stach in den Stoff mit Kraft und blinder Wut, nahm schließlich den Rahmen und feuerte ihn in den Kamin.

Dann stand sie auf, schluckte an den Tränen und sagte mit leiser Stimme. »Vielleicht ist es unser beider Schuld.«

Da sprang Bertram auf, nahm ihre Hände und hielt sie fest. »Ich wollte nicht, dass so etwas passiert, Gutta«, sagte er.

»Aber es ist passiert«, erwiderte sie. »Lass es gut sein. Du tust klug daran, nach Rom zu fahren.«

Irmelin wurde des Kindsmordes für schuldig befunden und zum Tode verurteilt. Die Hinrichtung sollte schon am nächsten Vormittag auf dem Gallusberg stattfinden.

Bertram erwachte mit schwerem Kopf und steifen Gliedern. Er stieß die hölzernen Fensterläden auf und musste die Augen vor der Kraft der Sonne schließen.

Er stolperte die Treppe hinunter und fand Gutta in der Küche. Seine Grütze stand schon auf dem Tisch, ein Glas Milch daneben. Er setzte sich, wagte kaum, seine Frau anzusehen.

»Möchtest du gebratene Eier?«, fragte Gutta jetzt so freundlich wie seit Wochen nicht mehr.

»Eier?«, wiederholte Bertram töricht.

»Ja, mein Lieber. Eier. Du wirst heute Kraft brauchen.«

Er schüttelte den Kopf. »Ich gehe nicht zur Hinrichtung. Niemand kann mich dazu zwingen.«

»O doch«, widersprach Gutta. »Du wirst hingehen. Und zwar mit mir. Arm in Arm werden wir zusehen, wie Irmelin getötet wird. Du wirst dein Barett vom Kopf ziehen, wenn es so weit ist, und ich werde mir mit einem Tüchlein die Augen tupfen. Dann werden wir eine großzügige Spende in den Almosenkasten für die Armen geben und nach Hause gehen. Die Leute werden deine Reue sehen, und das ist es, was sie wollen.«

Als er später an ihrem Arm zur Hinrichtungsstätte ging, war ihm leichter zumute. Gutta hatte sich bei ihm eingehängt, er hielt ihre Hand, die auf seinem Arm lag, grüßte freundlich nach rechts und nach links. Manchmal sah er sie von der Seite an. Meine Frau, dachte er. Meine Frau. Konnte es sein, dass das Unglück, sein Unglück, sie einander wieder nähergebracht hatte? Einmal nur dachte Bertram, dass die Zuneigung seiner Frau Irmelins Tod rechtfertigte, doch dann versagte er sich diesen Gedanken. Irmelin. Er hatte nie gewusst, wer sie war, wie sie war. Es hatte ihn nicht interessiert. Sie war da gewesen, sie waren eine Zeit lang einander nützlich gewesen, und dann hatte er sie vergessen. Er hatte ihr nichts Schlechtes gewünscht und ihr nichts Gutes getan.

Weggeschickt hatte er sie, als sie zu ihm kam und ihn mit der Schwangerschaft erpressen wollte.

Er brauchte keine weiteren Kinder; uneheliche schon gar nicht. Er hatte Erben. Einen Nebenbuhler, einen Raben, einen Hurensohn, der am Ende auf das Handelshaus spekuliert und die rechtmäßigen Erben verdrängt, hatte er ums Verrecken nicht gewollt. Nein. Bertram schüttelte den Kopf, ohne es zu merken.

Er war nicht einmal traurig über Irmelins baldigen Tod. Er wusste, dass er traurig hätte sein müssen, aber, Herrgott noch mal!, er war es nicht. Irmelin war ihm gleichgültig, jetzt mehr denn je. Er suchte in seinem Herzen nach Schuld, doch er fand keine. Er hatte gehandelt wie Tausende Männer vor ihm. Und er hatte sogar Glück gehabt. Ein toter Bastard war nicht gefährlich, eine hingerichtete Geliebte ebenfalls nicht. Unangenehm war, dass er nun hier gehen musste, aber schon zu Mittag würde diese Angelegenheit erledigt sein; in ein paar Monaten vergessen, sein Name nicht länger befleckt, der Ruf wiederhergestellt.

Die Frankfurter hatten sich nahezu vollzählig auf dem Gallusberg eingefunden. Brezelverkäufer liefen mit ihren Körben durch die Reihen, Wahrsagerinnen boten ihre Dienste an, Kinder lachten und spielten Fangen. Nachbarinnen standen beieinander und tratschten, ein paar Handwerksgesellen nutzten die Zeit bis zur Hinrichtung zum Kartenspiel.

Als Gutta und Bertram näher kamen, bildeten die Leute sofort eine Gasse. Es wurde getuschelt und gewispert, geraunt und gezischt. Doch Gutta ging hocherhobenen Hauptes neben ihrem Gatten her und lächelte jeden an, auf den ihr Blick fiel. Sie gingen bis ganz nach vorn. Fast bis dahin, wo die Ratsherren saßen. Bertrams ehemaliger Platz war besetzt. Ludovik Stetten spreizte sich dort, warf Bertram einen hämischen Blick zu, während seine Frau Angelika auf den Boden sah.

»Gelobt sei Jesus Christus, Angelika«, rief Gutta. »Ich hoffe, es geht dir gut.«

Angelika blickte auf und sah das Lächeln auf dem Gesicht ihrer Freundin. »In Ewigkeit, Amen. Ich hoffe, es geht auch dir gut.«

Gutta nickte. »Komm doch morgen am Nachmittag zu mir. Ich wette, unsere Burga wird uns einen schönen Kuchen backen.«

Nun strahlte Angelika. »Gern komme ich, Gutta. Ich freue mich.«

Ludovik zerrte an ihrem Ärmel, wollte ihr den Mund verbieten, doch Angelika tat, als bemerke sie die Anstrengungen ihres Mannes nicht.

Gutta und Bertram hatten kaum ihren Platz gefunden, als ein Raunen durch die Menge ging.

»Sie kommt«, tönte es von allen Seiten. »Die Ehebrecherin und Kindsmörderin kommt.«

Bertram und Gutta wandten die Köpfe.

Die ganze Stadt sah zu, wie Irmelin mit dem Strohkranz der Ehebrecherin auf dem Kopf durch das Spalier der Anständigen getrieben wurde. Gutta hielt Bertrams Hand und beobachtete, wie Irmelin jedes Mal zuckte, wenn ein faules Ei auf sie niederging. Das erste traf ihre Stirn, lief über das Gesicht. Das zweite zerschellte auf ihrem Haar, das dritte platzte auf ihrer Brust, ein viertes traf sie an der Wange.

Halb blind stolperte Irmelin durch die Menge, schrie auf, wenn einer an ihrem Hemd oder Rock zog. Sie duckte sich unter den bösen Worten, schüttelte den Kopf und schrie ein gellendes Nein, wenn einer sie Mörderin nannte. Sie schlug auf die Hände, die nach ihr griffen, erbebte, wenn sie angespuckt wurde, schüttelte sich, wenn der Inhalt von Nachttöpfen auf sie niederging. Bei jedem Schritt verlor sie ein wenig mehr von ihrer Kleidung. Schon war der Rock bis zu den Schenkeln zerrissen, schon hing das Hemd zerfetzt. Ein Pferdeapfel traf sie an der Lippe, Blut vermischte sich mit Eiern und Kot.

Jetzt hatte sie endlich die Richtstätte erreicht, stand mit entblößten Brüsten da und blickte wie ein Tier auf der Schlachtbank mit irren Augen auf die Menge.

Die Anständigen hatten noch nicht genug vom Unglück Irmelins. Zu wenig war es, um das eigene Unglück zu vergessen. Die Frauen, die nicht wussten, ob auch ihre Männer von der Lust Irmelins gekostet hatten, bückten sich nach Steinen.

»Hure«, schrie eine und spuckte sie an. »Dirne«, keifte eine andere Frau und goss ihr ein volles Nachtgeschirr über den Kopf.

»Sündiges Kebsweib«, schrie die Frau des Patriziers Hainbuch und gab ihr mit einer Gerte einen Streich über die nackten Brüste. Die anderen Weiber feuerten sie an. »Gib ihr die Rute«, schrien sie. »Schlag ihr die Mannes- und Mordlust aus dem verdorbenen Leib.«

Schon suchten sie Knüppel und Gerten, schon flogen weitere Steine und trafen Irmelin an der Stirn, sodass das Blut über ihr Gesicht lief, doch der Scharfrichter zog Irmelin auf den Richtblock, und die Stadtwache trieb mithilfe des lutherischen Predigers die Menge auseinander. »Wer ohne Sünde ist, der werfe den ersten Stein, der schwinge die Gerte«, schrie der Pastor und stieß die Weiber zur Seite.

Der Scharfrichter packte Irmelin am Genick, stieß sie zu Boden und setzte an, ihr die Kapuze über den Kopf zu zerren, da erblickte Irmelin Bertram und rief für alle hörbar: »Du hast meine Liebe nicht gewollt. Jetzt schenke ich dir meinen Tod.«

Bertram saß starr, doch Gutta legte einen Arm um die Schulter ihres Mannes und zog ihn an sich. Als der Scharfrichter das Schwert hob, lächelte sie in die Menge, während Bertram sich angewidert abwandte. Da stand eine der Frauen, die hinter den Ratsherrenbänken saßen, auf und zeigte mit dem Finger auf Gutta: »Sie ist schuld!«, schrie sie. »Sie ist schuld, und nicht das arme Ding auf dem Richtblock. Mit ihrer Kälte hat sie den Mann aus dem Haus und in die Arme der Hure getrieben. Gott ist mein Zeuge, Gutta Geisenheimerin ist schuld. Auch die Kinder sind wegen ihr gestorben. Das eigene und das der Hure.«

Schon blickten alle zu Gutta, die mit starrem Lächeln nach vorn stierte und tat, als hörte und sehe sie nichts. Erst als der Richter lauthals nach Ruhe schrie, verstummte die Stimme, verstummte alles Gemurmel.

Als Irmelins Kopf rollte, lächelte Gutta noch immer, und Bertram spuckte aus.

Wer unerwidert liebt, wusste er plötzlich, ist einsamer als ein Eremit. Wer unerwidert liebt, ist die Ärmste aller Kreaturen. Er löste sich aus Guttas Armen, stand auf, wandte den Blick von ihr, packte ihre Hand: »Lass uns gehen.« Seine Stimme klang rau. Gutta erhob sich, eilte neben ihm her, floh mit ihrem Mann vor dem Tod und den Lebenden und hinein in ihr Haus, das ganz leer war, weil die Mägde und Angestellten dem Tod gegenüber keine Schuld fühlten.

Bertram hielt ihre Hand so fest, dass ihre Finger sich erst weiß, dann bläulich verfärbten, aber sie sagte kein Wort. Sie ging an der Stube vorbei, in der die Kinderfrau sich um Konstanze und Falk kümmerte, folgte ihrem Mann in das Schlafzimmer, ließ sich dort die Kleider vom Leib reißen, ließ sich auf das Bett fallen, spreizte die Beine, ließ ihren Mann ein, ließ seine Tränen auf ihr Gesicht tropfen, während er sie liebte, nahm ihn dann in den Arm, wiegte ihn wie ein Kind, fühlte, dass sie gerade wieder schwanger geworden war, und erschrak. Kinder, dachte sie, sollten mit einem Lachen gemacht werden. Kinder, die mit Tränen gezeugt sind, werden von Tränen durchs Leben begleitet.

23

Zwei Tage nach Irmelins Hinrichtung machte sich Bertram auf den Weg nach Rom. Der Tross, mit dem er reiste, war klein. Ein paar Geistliche und einige Wachleute nur. Das Wetter war ihnen wohlgesinnt und die Überquerung der Alpen beinahe ein Kinderspiel. Im Flachland schafften sie pro Tag und mit mehreren Pferdewechseln an den Kutschenstationen ungefähr hundert Kilometer, in den Bergen die Hälfte. Bertram betrachtete still die Schönheiten der Natur, die schneebedeckten Gipfel und die tiefblauen Seen. Er starrte auf die Landschaft, bis ihm die Augen tränten. Er studierte jede Wolke, jeden Gipfel, nur um nicht an Gutta denken zu müssen.

Aber immer wieder flogen seine Gedanken nach Frankfurt ins Haus Zum Raben.

Gutta war mit ihm zur Hinrichtung gegangen und hatte danach mit ihm geschlafen, aber insgeheim befürchtete Bertram, dass sie ihm den Tod, der Hure nicht verzeihen konnte. Nicht ihren Tod, und besonders nicht die Anschuldigungen der Leute, die viel schwerer wogen.

Als sie nach Norditalien gelangten, hatte er keine Zeit mehr, sich um Gutta Gedanken zu machen.

Gleich hinter den Alpen traf der kleine Tross auf geplünderte Dörfer. An einem kleinen Weiher hielten sie an. Ein junges Mädchen jagte brüllend und mit irrem Blick davon, als sie die Männer sah.

»Was ist hier geschehen?«, fragte Bertram. »Es sieht aus wie im Krieg.«

Brandgeruch lag in der Luft. Die ärmlichen Häuser duckten sich um einen Weiher herum. Türbretter kreischten lose in den Angeln, zerfetzte Tierhäute hingen wie Leichentücher in den Fensteröffnungen. Zerbrochene Möbel bedeckten die lehmige Gasse. Bertram sah einen Lumpenball, der von Blut rot verfärbt war. Einige Katen waren abgebrannt, von anderen stieg noch immer Rauch auf. Ein totes Schwein mit halb verbrannten Hinterläufen lag am Rande eines Ackers, Kühe mit aufgeschlitzten Bäuchen daneben. Raben kreisten darüber.

Auch die Geistlichen waren inzwischen ausgestiegen, bekreuzigten sich und sprachen laute Gebete.

Plötzlich gebot Bertram Stille. Ein Geräusch drang zu ihm. Er beschirmte die Hand mit den Augen und blickte zum Waldrand hinüber. Ein alter Mann, gebeugt vom Leben, war dabei, eine Grube auszuheben. Neben ihm lagen Leichen.

Langsam trat Bertram vor, hörte die Geistlichen hinter sich erneut Gebete murmeln. Als er näher kam, sah er, dass die Toten meist Frauen und Kinder waren. Die Kleider der Frauen waren zerrissen. Einer von ihnen hatte man die Brüste abgeschnitten, einer anderen die Beine gebrochen. Tote Kinder mit blutigen Kopfwunden hielten ihre Lumpenpuppen in den Händen, starrten blind mit angstweiten Augen in den Himmel.

Bertram räusperte sich; der Alte fuhr auf, zuckte zurück.

Bertram trug keine Hakenbüchse, keine Radschlosspistole und auch keinen Dolch bei sich. Da stützte sich der Alte erleichtert auf den Spaten und sah ihn an.

»Was ist hier geschehen?«, fragte Bertram auf Italienisch, das er einst im Kloster gelernt hatte.

Der Alte spuckte aus.

»Die Euren waren es.«

»Deutsche?«

»Deutsche, spanische Söldner, italienische Landsknechte.«

»Warum?«

»Euer Kaiser, Karl V., will die Vorherrschaft in Italien.«

»Das ist bekannt.«

»Nun, nach der Schlacht bei Pavia hat sich der Papst mit seiner Bündnispolitik gegen Euren Kaiser gewandt. Die kaiserlichen Truppen hatten seit Monaten keinen Sold mehr bekommen. Jetzt ziehen sie nach Rom, um sich dort ihr Geld zu holen. Plündern, brandschatzen, vergewaltigen wollen sie. Die Spanier und Norditaliener haben sich angeschlossen. Vorgestern kamen sie hier vorbei. Sie sind Tiere.« Der Mann schüttelte den Kopf. Dann wies er mit der Hand auf die tote Frau mit den abgeschnittenen Brüsten. »Da, meine Tochter. Sie hat in ihrem ganzen Leben nichts Unrechtes getan.«

»Es tut mir so leid.«

Bertram wusste nicht, was er dem Alten noch sagen sollte. Die deutschen Söldner, er hatte von ihnen gehört. Ihr Groll auf Rom und den Papst war zu verstehen. Er und seine Prälaten waren es, die die Länder ausgeblutet hatten, Hurerei betrieben und es sich gut gehen ließen, während die Armen darbten. Der Papst war an allem schuld; selbst Luther hatte das gesagt. Und zum Papst wollten sie und sich nun holen, was der Kaiser ihnen an Sold verwehrte.

»Wir sind auf dem Weg nach Rom«, sagte Bertram. Der Alte wiegte den Kopf. »Keine gute Idee.«

Bertram nickte, ließ den Blick ein wenig schweifen. Hinter einem umgefallenen Zaun sah er noch mehr Leichen. Leichen in der Uniform der kaiserlichen Truppen.

»Sind das Deutsche?«

Der Alte nickte. »Ein paar haben wir auch erwischt.«

Dann sah er zu Bertram, und Bertram sah ihn an.

»Nehmt die Uniformen. Kann sein, dass Ihr sie weiter südlich brauchen werdet«, meinte der Alte. »Wie kann Unrecht sein, was einem das Leben rettet?«

»Da habt Ihr recht«, erwiderte Bertram, nestelte an seiner Geldbörse.

»Ich brauche Euer Geld nicht«, erwiderte der Alte. »Was soll ich damit? Ich bin der Letzte hier in diesem Weiler. Ich und eine junge Frau, die den Verstand verloren hat. Ich werde die Leichen begraben und am Ende eine Grube für mich ausheben. Ich habe hier mit diesen Leuten gelebt, und hier bleibe ich.«

Bertram steckte die Börse wieder weg. Der Alte hatte ohne Gram gesprochen, aber mit großer Müdigkeit und Überdruss. Bertram verstand ihn.

»Gottes Segen«, wünschte er, dann ging er zu den Leichen der deutschen Söldner.

»Gibt es einen Gott?«, rief ihm der Alte nach. »Wenn ja, warum lässt er das hier zu?«

Bertram wusste keine Antwort. Es war schwer, den starren Leichen die blutbesudelten kalten Röcke und Wämser, die abgetretenen Stiefel auszuziehen. Ihm war, als säße ihre Todesangst in den Sachen, auch die Lust am Töten, das Tierische. Er ekelte sich. Verwandle ich mich?, fragte er sich. Werde ich auch zum Tier, wenn ich diese Sachen vielleicht bald tragen muss?

Mit den Kleidern der deutschen Toten ging er zurück zur Kutsche. Die Geistlichen weigerten sich, die Uniformen zu berühren. »Wir sind Männer Gottes. Man wird uns verschonen. Mit dem Kaiser haben wir nichts zu tun. Wir werden diese Söldnersachen nicht brauchen.«

Bertram war es gleichgültig. Nur für Baptist bewahrte er eine Uniform auf.

An einem herrlichen Tag Anfang Mai kamen sie in der Stadt Rom an. Die Sonne ließ die Kuppeln der Kirchen glänzen, der Tiber zog sich wie ein breites silbernes Band durch die Stadt, die Straßen waren belebt, die Marktstände bogen sich unter den angebotenen Waren. In den Gassen, auf den Plätzen und Brücken herrschte unbeschreiblicher Lärm und Gedränge.

Bertram betrachtete alles ganz genau. Er sah die zahlreichen Geistlichen, sah sie am Arm von Kurtisanen gehen. Er sah Frauen, die so hochmütig waren, dass der Regen ihnen in die Nase tropfen konnte. Er sah feiste Herren, Handwerker, Künstler, Wäscherinnen. Die Leute, schien ihm, waren den Frankfurtern ähnlich und doch ganz anders. Leichtlebiger kam ihm das Leben in der Heiligen Stadt vor, vornehmer, fröhlicher. Die Menschen lachten, Musikanten spielten an allen Ecken, die Frauen erwiderten die Scherze der Männer. Es schien, als wüsste Rom nichts von der Gefahr, die vor den Toren lauerte.

Er traf Baptist in einem Studentenhaus, das in der Nähe des Tibers lag. Guttas Bruder war groß und hatte die weiße Haut und die Sommersprossen seiner Schwester. Sorglos wie die Römer war auch er. »Die Deutschen vor den Toren? Spanier und papstfeindliche Norditaliener obendrein? Geh fort mit deinen Gespenstern, Schwager, die letzte Plünderung liegt Jahrhunderte zurück. Wir haben hier die Schweizergarde und die Stadtwachen, dazu die päpstlichen Truppen! Was soll uns schon passieren?«

Baptist, verwöhnt und als Sieger geboren, schien Qualen, Leid und Mühen nicht zu kennen. Auch Ängste und Zweifel waren ihm fremd. Er stand mit beiden Beinen mitten in der Welt und erweckte den Eindruck, als würde er gerade zur richtigen Zeit am richtigen Ort weilen. Seine Studien waren abgeschlossen, doch die Rückreise hatte sich von Monat zu Monat verzögert.

»Mir graut vor Deutschland«, hatte Baptist gesagt. »Die Arbeit im Hause meines Vaters, puh! Er ist sehr genau, die Bücher von Gutta pingelig geführt. Hier in Italien lässt es sich leben. Die Sonne scheint, die Frauen sind schön und die Männer unterhaltsam und klug. Rom ist keine Stadt der Arbeit, sondern eine Stadt des Frohsinns. Am liebsten würde ich weiter hier studieren. Den halben Tag im Bett, die andere Hälfte auf den Plätzen der Stadt verbringen. Aber ich weiß, dass ich zurück muss und heiraten und Kinder zeugen. Gott im Himmel, ich bete jeden Tag, dass ich eine fröhliche Frau bekomme, die es mit der Tugend und der Frömmigkeit nicht so schrecklich genau nimmt.«

»Eines Tages wirst du das Handelshaus übernehmen. Das verlangt einige Kenntnisse.«

»Ja, ja. Du redest schon wie mein Vater, Bertram. Ich bin nicht faul, werde arbeiten. Aber auch das Vergnügen darf nicht zu kurz kommen.«

Er lachte, schlug Bertram auf die Schulter und zog ihn hinaus aus der Studentenburse und hinein in das pralle Leben der Ewigen Stadt.

In der Nacht, den Kopf schwer vom Wein, konnte Bertram lange nicht einschlafen. Es waren die Geräusche, die ihn störten. Er wusste, wie sich eine Stadt bei Nacht anhörte. Und er wusste auch, dass Waffengeklirr und Geschrei nicht dazugehörten. Er hörte Ausrufer, die alle Männer zu den Waffen riefen, dazu das Sturmgeläut sämtlicher Kirchen Roms.

Er sprang aus dem Bett, rüttelte Baptist an den Schultern. »Die Deutschen sind da. Los, wir müssen weg hier.«

Es dauerte, bis der schläfrige Baptist seine Gliedmaßen in der dreckigen Uniform des Söldners, die Bertram mitgebracht hatte, verstaut hatte.

Es gab nicht viel, was sie aus der Studentenburse mitnahmen.

Auf den Straßen herrschte ein unheimliches Geschrei und Gewühl. Häuser brannten, Kirchen wurde mit Kanonen zum Einsturz gebracht. Verletzte wimmerten, Söldner schlugen, stachen, brannten, vergewaltigten, drohten, stahlen und schleppten Erbeutetes fort. Weinende, wimmernde, blutende Römer liefen von panischem Schrecken gepackt umher, beteten laut und vergebens zu Gott. Nichts und niemand wurde verschont. Mütter rannten mit ihren Kindern an der Hand durch die Gassen. Geistliche wurden von den Söldnern durch die Stadt geprügelt, Fenster splitterten, hier und dort stiegen dichte Rauchsäulen empor. Es roch nach Staub, Blut, nach Brand, Angst und Wut. Rauch quoll durch die Straßen, machte die Augen tränen.

»Komm mit!«, schrie Baptist und rannte die Straße hinab. Bertram keuchte hinterher, sah, wie die Leute ihm auswichen. Einige schrien bei seinem Anblick auf aus Furcht, Kinder pressten sich an ihre Eltern, Alte riefen: »Verschont uns.«

Eine reich gekleidete Dame reichte Bertram ihre Börse und flehte: »Nehmt das und lasst mir das Leben!«

Bertram stieß die Frau samt Börse zurück.

Sie kamen in eine Straße, in der ein Palazzo neben dem anderen stand. Landsknechte kletterten an den Mauern hoch, warfen die Fenster ein. »Kauft Euch los! Für fünftausend Dukaten pro Mann lassen wir Euch das Leben!«

Die Bewohner des nebenstehenden Palazzos waren geflohen, nun schleppten die Plünderer Teppiche und Möbel, Bilder und silbernes Gerät fort. »Los, Freunde«, rief ihnen einer zu. »Hier gibt's noch viel zu holen!«

Aus einer Kirche schlugen hohe Flammen. Im Turm hing eine Leiche im Mantel eines Bischofs.

»Los, weiter!«, schrie Baptist, hustete die Lungen vom Rauch frei.

Sie bogen um die nächste Ecke, gerieten in einen Trupp Söldner. Oberdeutscher Dialekt erklang.

»He, Ihr, Landsleute! Kommt mit!«

Schon waren Baptist und Bertram umringt, steckten mitten in einem Pulk, wurden von hinten nach vorn gestoßen, waren unversehens im Palazzo eines Kardinals. Der stand auf der Freitreppe, gebot mit herrischer Stimme Ruhe. Niemand hörte ihn. Alle hörten nur den Schuss aus der Radschlosspistole, der ihn niederstreckte. Der Kardinal fiel. Die Söldner jubelten. Einer trat zu ihm, nahm den Dolch des Geistlichen, schnitt den Finger mit dem Kardinalsring ab, hob ihn hoch, tat, als würde er daran lecken, und steckte ihn grinsend ein. Die anderen johlten, stürmten nacheinander die Freitreppe hinauf. Bertram und Baptist, eingeklemmt zwischen blutrünstigen, entmenschten Söldnern, wurden mitgestoßen, mitgezogen. Bertram war kalt. Kalt vor Angst. Er hatte Furcht um die, die sich da oben befanden. Ein Weib schrie. Einer spreizte ihr die Beine. Ein anderer schändete sie. Zwei nahmen die Magd, ein anderer ein Mädchen, ein Kind noch, das alles starr über sich ergehen ließ. Baptist taumelte, hielt sich an der Wand, würgte, kotzte. Ein spanischer Söldner stieß ihn an: »Wer bist du, Mann? Wo kommst du her? Benimmst dich nicht wie einer von uns.«

»Er? Kein Söldner? Willst du an seinem Dolch riechen? Solche wie dich verspeist er zum Frühstück, doch heute hat er sich den Magen verdorben«, gab Bertram bissig zurück.

Bertram zog Baptist weg, hinein in ein Zimmer, zu einem Schrank, öffnete Türen, riss Silbergerät heraus, spuckte auf ein Kreuz, das von Steinen besetzt war, bis der Spanier lächelte und seinen Argwohn fahren ließ. Dann riss Bertram das Tuch vom Tisch, schaufelte das Silber hinein, fand eine Schmuckschatulle, gab sie dazu, fand einen Sack mit Dukaten, schob ihn unter das Wams, stieß dabei immer wieder Baptist an, damit er sich auch wie ein Räuber aufführte und nicht erdolcht wurde von den tierischen Landsleuten.

Als Schrank und Truhe leer waren, verließen sie das Gemach, erblickten das starre Mädchen, das wie eine Puppe an der Wand lehnte, sahen weitere Söldner kommen, die sich den Latz aufknöpften, um sie zu schänden. Da nahm Baptist sie auf die Arme, schrie, so laut er konnte: »Die Kleine ist mein. Sie gehört mir.«

Einige lachten, andere aber wollten teilhaben an der jungen Haut. Sie rissen sie Baptist aus den Armen, warfen sie auf den Boden, fielen über sie her.

Baptist zog sein Messer, doch Bertram hielt ihm die Hand. »Willst du unbedingt sterben?«

Er riss ihn mit sich, hetzte die Treppe hinunter, die noch voll war von denen, die nach oben drängten. »Gibt es Weiber dort oben? Geld? Schmuck?«, riefen sie. Und Bertram brüllte zurück: »Alles in Hülle und Fülle.«

Endlich hatten sie den Ausgang erreicht, jagten davon, ließen einen silbernen Leuchter sehen, damit die anderen sie als Ihresgleichen erkannten und unbehelligt ließen. Aus jeder Tür strömten Söldner mit Raubgut. An einer Ecke saßen vier und hatten ein Fass mit Wein in der Mitte. Ein Stück weiter zwangen andere einen Kardinal, einen Esel zu segnen. Gegenüber flehte eine reiche Dame um ihr Leben. Die ganze Stadt war ein Tollhaus, ein stinkendes, tierisches, rauchendes, fauchendes Tollhaus. Rufe wie »Tötet den Papst!« wurden laut, die Fahne des Vatikans ging in Flammen auf.

Baptist und Bertram rannten, bis ihnen die Lungen pfiffen. Sie hetzten durch eine Stadt, die ihnen als Hölle, als Inferno erschien. Endlich hatten sie die Stadttore hinter sich gelassen. In einem Olivenhain, der die Spuren der nächtlichen Belagerung zeigte, hielten sie inne und ließen sich erschöpft nieder. »Ich … ich habe noch nie so etwas Schreckliches gesehen«, stammelte Baptist. »Das Fegefeuer kann nicht schlimmer sein.«

Bertram nickte und schöpfte tief Atem. Seine Augen brannten, die Lider zitterten. Er bedeckte sie mit den Händen, wollte die Bilder wegwischen. Wollte Gras riechen, rauchfreie Luft atmen, kein Blut mehr schmecken. Er nahm das Schmuckkästchen, sah hinein, um die irren Blicke zur Ruhe zu bringen. Perlenketten, goldene Ringe, Ohrgehänge und Broschen waren darin. Diamanten und Saphire funkelten. Er schlug das Kästchen zu, nahm den Sack mit Dukaten und schüttete ihn aus.

»Gold«, sagte er und biss auf ein Geldstück. »Dukatengold mit einem ordentlichen Feingehalt. Venezianisches Gold, die stabilste Währung der Welt.«

Er sah sich die Inschrift an, sagte: »Das ist mehr Geld, als ich jemals auf einen Haufen gesehen habe. Für dieses Geld kann ich in Frankfurt zehn Häuser und mehr kaufen.«

Sorgsam wog er ein einzelnes Geldstück in der Hand. »So leicht und doch so schrecklich schwer.«

»Blutgeld«, erwiderte Baptist, lehnte kalkbleich an einem Baumstamm, keuchte noch immer und riss sich schwitzend das Hemd auf.

»Wir haben das Geld nicht gestohlen. Man hat uns gezwungen; die Umstände haben uns zu Dieben gemacht. Außerdem ist der Besitzer, der Kardinal, tot. Nicht wir sind schuld. Was hätten wir tun sollen?«

Baptist schüttelte den Kopf und hob die Schultern: »Ich weiß es nicht, ich weiß es doch verdammt nochmal auch nicht.«

Dann begann er zu weinen.

Bertram setzte sich neben ihn, legte ihm einen Arm um die Schultern, spürte, wie Baptists Körper bebte. Er sah noch immer die starren Augen des geschändeten Mädchens vor sich, die Leiche der Frau mit den abgeschnittenen Brüsten, den toten Kardinal. Kurz gab er sich dem Grauen hin, kämpfte selbst mit den Tränen. Dann aber schluckte er, stand auf und schüttelte sich, schüttelte das Entsetzen ab wie einen Albtraum.

»Baptist, es hat keinen Sinn, sich Gedanken zu machen. Was passiert ist, ist passiert. Willst du zurück in die Stadt und das Geld beim Papst in der Engelsburg abgeben? Hast du dich mal gefragt, woher der Kardinal so viele Dukaten hat?

Hast du vergessen, wie die Ablassprediger den Gutgläubigen das Geld aus der Tasche geschwindelt haben? Na?«

Baptist schüttelte den Kopf, beruhigte sich langsam, zog die Nase hoch, atmete ganz tief ein und aus. Dann erwiderte er: »Wir sind Kaufleute, Bertram. Wir nehmen es, wie es kommt.«

Bertram lächelte, holte aus, schlug dem Schwager auf die Schultern. »Na also. Ich dachte schon, Rom hätte aus dir einen Weichling gemacht. Lass uns über Florenz zurück nach Frankfurt reisen. Wir lassen die Dukaten am besten gleich in Italien. Wenn wir mit einer reich beladenen Kolonne zurückkehren, ist allen am besten gedient.«

Sie warteten, bis die Dämmerung hereingebrochen war, saßen an Olivenbäume gelehnt und hatten vor sich die blutende, geschändete Stadt Rom liegen, die von einem goldenen Feuerschein gekrönt war. Sie saßen schweigend, hingen ihren Gedanken nach, waren müde und doch um den Schlaf gebracht. Lange saßen sie und schluckten an ihrem Grauen.

Die Sonne fiel hinter den Horizont, als sie sich in das nächste Dorf aufmachten. In einer Herberge kehrten sie ein, doch beim Anblick der deutschen Uniformen schrien die Leute auf.

Der Wirt nahm einen Prügel und stand plötzlich breitbeinig vor ihnen. Bertram lächelte begütigend, hob die Hände: »Wir sind Kaufleute.«

Doch erst als er einen Golddukaten hervorholte, kehrte Frieden in der Herberge ein. Ein reichliches Essen, ein sauberes Nachtlager, neue Kleidung und zwei Pferde bekamen sie für das Geld.

Am nächsten Abend zogen sie weiter, ritten durch die Nächte, schliefen bei Tag, verbargen sich vor jedem, der des Weges kam, und erreichten endlich Florenz.

In der Stadt der Künstler und Goldschmiede erfuhren sie mehr über das, was in Rom vorgefallen war und noch bevor die letzten Häuser ausgeraucht waren einen Namen hatte: Sacco di Roma.

Vierundzwanzigtausend Deutsche, Spanier und Norditaliener waren in die Stadt eingefallen und hatten keinen Stein auf dem anderen gelassen. Der Papst hatte sich in der Engelsburg verschanzt und wurde von der Schweizergarde geschützt, doch die Bürger Roms mussten bluten. Keine Familie gab es, die nicht Tote zu beklagen hatte. Kein Haus, das nicht beraubt, kaum eine junge Frau, die nicht geschändet worden war.

In Florenz berichteten aufgeregte Boten, denen das Grauen ins Gesicht geschrieben stand, dass beinahe die Hälfte der Römer, beinahe dreißigtausend Menschen, den Tod dabei gefunden hatten.

Baptist konnte es nicht fassen: »Im Namen Gottes haben sie Unschuldige wie Vieh abgeschlachtet! Wie kann der Mensch so zum Tier werden?«

Bertram wollte noch immer nicht darüber nachdenken, doch er merkte, dass der jüngere Baptist nicht mit den Geschehnissen fertig wurde.

»Verranntheit nennt man so etwas«, erklärte er. »Einer fängt an, die anderen werden davon angesteckt – wie mit der Pest. So ist das.«

Baptist verneinte.

»Du machst es dir zu einfach. Wie kann ein Mensch, der

sich zu Hause liebevoll um Frau und Kinder kümmert, so plötzlich zum reißenden Tier werden?«

»In uns allen steckt eine zerstörerische Kraft. Die meisten wissen nichts davon, bis sie hervorbricht. Ein guter Mensch und Christ ist einer, der um das Dunkle in sich weiß und dagegenhält.«

Bertram wusste, dass er dem Jüngeren damit keinen Trost bot, doch einen besseren Trost hatte er nicht. Der Mensch war, wie er war. Schlecht und gut in einem. Grausam und zärtlich, laut und still.

24

Gutta trug ein schlichtes Kleid mit einer großen Kapuze, als sie über den Friedhof ging, bis ganz nach hinten zur Mauer, hinter der die Selbstmörder und Verbrecher lagen. Sie hielt sich unter den Bäumen und verbarg sich, sobald sie jemanden erblickte.

Es gab keine Kreuze hinter der Mauer, keine Blumen, keine Kerzen. Nur ein paar Hügel zeugten davon, dass jemand hier gegraben hatte. Einer der Hügel war frisch, die Erde dunkel und schwer. Gutta blieb davor stehen, starrte darauf, als könne sie durch die Erde hindurch Irmelins Leiche sehen.

Sie trat mit ihren Füßen auf das Grab, stand ganz still, die Augen geschlossen. Ein Fuß hob sich, stampfte auf. Dann hob sich der zweite, und schließlich trampelte Gutta auf dem Grab herum in einem seltsamen Tanz. Sie hielt die Hände zu Fäusten geballt, stieß sie von unten nach oben, stampfte mit den Füßen. Ihr Gesicht rötete sich, Schweißtropfen traten auf die Oberlippe. Ihre Füße aber wirbelten auf der dunklen Erde herum wie Hämmer auf einem Amboss. Die Kapuze glitt ihr vom Kopf, der Umhang verrutschte, doch sie bemerkte es nicht, stampfte im wilden Tanz, atemlos, keuchend, fuhr mit der Stiefelspitze unter die Erde, wirbelte sie auf, trat sie nieder, bis der Hügel ganz und gar platt getreten war, bis nichts mehr auf den Leichnam verwies, der darunter verweste. Keuchend hielt sie inne, trat noch einmal auf das Grab und noch einmal, dann schleppte sie Ackersteine heran und streute sie auf die gewesene Ruhestätte. »Nichts soll mehr an dich erinnern. Nichts! Nichts! Nichts!«, murmelte sie. »Verflucht seist du über den Tod hinaus. Im Höllenfeuer sollst du schmoren mit deinem Schoß, der meinen Mann verbrannt hat.« Gutta richtete sich auf und betrachtete ihr Werk, dann spuckte sie aus und ging davon.

Sie hatte gedacht, dass sie sich leichter fühlen würde, wenn von Irmelin alle Spuren getilgt waren, doch es war nicht so. Es war nicht das Grab gewesen, das verschwinden musste, sondern Irmelins Andenken in Bertram, in ihr. Gutta blieb stehen, fuhr sich mit dem Ärmel über die Stirn, blickte zum Himmel. Ein Rabe kreiste dicht über ihr. Mit den ausgebreiteten Flügeln malte der Schatten ein Kreuz auf den Boden, genau dort, wo Gutta stand. Sie schrie auf und rannte davon, erreichte die ersten Gassen, hastete weiter, als wäre sie von Hunden gehetzt, jagte durch die Stadt, bis einer sie am Ärmel hielt und ihren Namen rief. Da blieb sie stehen, hustete, keuchte nach Atem.

»Was ist los mit Euch, Gutta? Ist der Teufel hinter Euch her?«

Sie schüttelte den Kopf, rang nach Luft. Ihr Blick hielt sich an Ludoviks Gesicht, an den hellen Augen, dem blassen Gesicht, dem vollen, lebenshungrigen Mund.

»Gutta, was ist?«

»Ich … ich hatte einen Albtraum«, stammelte sie. »Mitten am Tag hat er mich eingeholt. Die Hexe Irmelin hat ihn mir geschickt. Die Hexe war es auch, die meinen Mann verdorben hat. Gut, dass sie tot ist.«

Während sie sprach wusste sie schon, dass ihre Worte dem Falschen zu Gehör kamen, dass ihr Geheimnis, ihre Angst, aufgedeckt waren.

Tränen stiegen in ihre Augen. Sie wusste nicht, was sie tun sollte. Weglaufen vielleicht, aber ihre Füße waren wie festgenagelt, ihr Blick hing wie an einem Faden an Ludoviks Gesicht. Sie fühlte sich erröten, wäre vor Scham am liebsten im Boden versunken, brach in Tränen aus und ließ es zu, dass er sie an seine Brust zog und ihren Rücken tätschelte.

»Ich bringe Euch nach Hause, Gutta. Ihr seid ja ganz verwirrt.«

Er nahm sie bei der Hüfte, trug sie fast ins Haus Zum Raben, setzte sie auf die Küchenbank. Die Magd schickte er fort nach einem Kraut gegen die Unruhe. Aus der Vorstadt sollte sie es holen und sich nicht eilen damit. Die Tür zum Kontor schloss er, die Wäschekammer versperrte er mit einem Riegel. Dann nahm er Gutta auf seine Arme und trug sie hinauf in das Schlafzimmer.

Sie war so müde, so unendlich müde und erschöpft von ihrer Angst, dass sie froh war über die Wärme eines Menschen, froh, nicht allein sein zu müssen.

Er legte sie aufs Bett, öffnete ihr Mieder. Sie lag mit geschlossenen Augen, fühlte nichts, dachte nichts. Nur seine Worte hörte sie: »Den Teufel treibt man am besten mit dem Beelzebub aus.«

Sie spürte seine warmen Hände auf ihren Armen, auf den Brüsten, dem Bauch, rekelte sich, hielt die Augen noch immer geschlossen.

»Was ist nur los mit mir, Ludovik?«, fragte sie, kannte sich nicht wieder, kannte nicht das Weib, das vor Lust stöhnte, die

Hüften kreisen ließ und mehr wollte. Mehr Küsse, mehr Haut, mehr von allem.

Ludovik lachte leise: »Nichts ist los mit dir. Du suchst die Lust, das ist alles.«

»Nein«, stammelte Gutta. »Keine Lust, keine Wollust …«

Als er seine Lippen auf ihren Mund presste, schlang sie gierig seinen Atem ein, klammerte ihre Beine um seine Hüften, presste sich an ihn mit heißem Schoß, wurde von einem nie gekannten Taumel ergriffen, fühlte Lust, wollte nur eins und nichts sonst auf der Welt. Sie rieb ihre Scham an ihm, nahm seine Hand, führte sie zu ihrem lodernden Leib, drängte sich an ihn, gegen ihn, in ihn und rief laut Bertrams Namen, bis Ludovik ihr mit seiner Hand den Mund verschloss.

Bertram und Baptist hatten Herberge genommen in einem Gasthaus unweit des Doms Santa Maria del Fiore. In dieser Gegend wohnten wohlhabende Kaufleute, Ärzte, Advokaten und die Räte der Stadt. Die Herberge selbst war ein beliebter Treffpunkt für Händler aus aller Welt.

In Florenz, einer Hochburg der Emaillier- und Goldschmiedekunst, trafen sich Juwelen- und Metallhändler, Künstler, Gelehrte und Kaufleute, die zum Überseehafen nach Livorno reisten oder zu Gast im Palazzo der reichen Medici geladen waren.

Bertram ging gleich am ersten Tag in das Kontor der deutschen Handelsgesellschaften. Er betrachtete die riesigen Lagerhallen, die Keller, sah den Handelsdienern über die Schulter.

Er kaufte Edelsteine, Stoffe, Glas und ein paar ausgewählt schöne Spiegel, dann eilte er zurück in die Herberge.

Als Baptist kam, saß Bertram an einem hölzernen Tisch

und versuchte, mit einer Stahlfeder und einer dunklen Flüssigkeit Buchstaben auf Papier zu kratzen.

»Was tust du da?«, fragte Baptist.

Bertram sah auf. »Siehst du das?«, fragte er und hielt das Blatt nach oben.

»Beschriebenes Papier.«

»Was sonst? Aber womit beschrieben?«

Baptist trat näher heran. »Was ist das? Tinte?«

»Ja, mein Lieber. Eisengallustinte.«

Baptist schien wenig begeistert. »Was ist so Besonderes daran?«

Bertram lächelte. »Die meisten Frankfurter schreiben noch immer mit Rußtinte. Eisengallustinte aber ist aus Eisenvitriol, Gallusäpfeln und Gummi arabicum. Sie verblasst nicht. Niemals, mein Lieber. Noch in Jahrhunderten kann man die Schrift lesen. Die Mönche der reichen Orden benutzen sie in ihren Schreibstuben. Wir aber werden sie nach Frankfurt bringen.«

»Darauf haben die Frankfurter bestimmt schon gewartet«, lästerte Baptist. »Ganz aus dem Häuschen werden sie sein, wenn sie mit Gummi arabicum schreiben dürfen. Eine Messe werden sie für dich lesen lassen, wenn sie hören, dass ihre Vorratslisten auch in Jahrhunderten noch sichtbar sein werden.«

Bertram behielt sein Lächeln im Gesicht, strich mit dem Finger vorsichtig über das tiefe Schwarz.

»Du meinst also, diese Tinte ist für einen Kaufmann der Ruin, nicht wahr?«

»Ach, Bertram, geh fort mit diesen Dingen, die keiner braucht. Geld wird anders verdient.«

Bertram stand auf, holte den Beutel mit den Golddukaten

und zählte Baptist genau die Hälfte davon ab. »Hier, dein Anteil. Mach damit, was du möchtest. Ich werde jedenfalls Gummi arabicum und Vitriol kaufen.«

Baptist neigte den Kopf und betrachtete seinen Schwager aus zusammengekniffenen Augen: »Du hast etwas vor, mein Lieber. So gut kenne ich dich inzwischen. Es ist keine normale Tinte, nicht wahr? Ein Geheimnis steckt dahinter?«

»Richtig«, erklärte Bertram. »Gallustinte ist eine Geheimtinte.«

»Geheimtinten sind nicht neu. Man macht sie aus Zwiebel- oder Obstsaft. Auch aus Holzasche kann man Geheimtinte herstellen.«

»Genau. Und weil jeder Straßenjunge das Rezept für diese Geheimtinten kennt, sind sie ja auch so ungeheuer geheim.«

Baptist setzte sich. »Jetzt verstehe ich«, sagte er. »Du willst eine Geheimtinte herstellen, deren Rezept niemand kennt, nicht wahr?«

»Wir haben Krieg überall im Land, dazu die Konkurrenz. Wie oft hast du schon gehört, dass Botschaften abgefangen worden sind? Wie oft hat dir die Konkurrenz ein Geschäft verdorben, nur weil deine Pläne offensichtlich geworden sind?«

Baptist kratzte sich am Kinn. Dann schob er einen Teil seines Dukatenhäufleins zu Bertram hinüber.

»In Ordnung, Schwager! Ich werde ebenfalls Vitriol und Gummi arabicum kaufen. Doch dazu noch Brokat und venezianische Stickereien, Emaillewaren und Olivenöl, Gewürze aus dem Hafen von Livorno und Gegenstände aus Alabaster.«

Bertram streckte ihm die Hand hin. »Auf eine deutsch-italienische Handelsgesellschaft, mein Freund und Schwager.«

Baptist stutzte. »Wie kommst du darauf?«

Bertram lächelte. »Du willst doch am liebsten in Italien bleiben, nicht wahr? Gut. Noch ist dein Vater da, der die Geschäfte von Frankfurt aus leitet. Was aber wäre, hätten die Hellmunds und Geisenheimers eine Faktorei hier in Florenz? Zwei Fliegen hätten wir geschlagen mit einer Klappe! Rom liegt in Schutt und Asche, aber bald werden die, die geflohen sind, zurückkehren und ihre geplünderten Haushalte neu gründen. Du wirst hier in Florenz bleiben und Waren einkaufen, damit du mit den Römern die besten Geschäfte machen kannst. Ich aber werde zurück nach Frankfurt gehen und sogleich eine Kolonne mit schlesischen Tuchen, sächsischem Erz, thüringischem Waid, mit Waffen aus den hessischen Schmieden und polnischen Lederwaren hierher zu dir schicken. Der Sacco di Roma hat alles zerstört. Die Römer brauchen mehr Waren, als sie im eigenen Land haben. Was sagst du nun? Unsere Geschäftskorrespondenz aber wird mit Geheimtinte aus Vitriol geschrieben sein.«

Baptist stand am Fenster, hatte einen Arm vor der Brust verschränkt, den Ellbogen auf das Handgelenk gelegt und stützte den Kopf ins Kinn.

»Manchmal, Bertram, machst du mir Angst«, sagte er nach einer Weile, doch er lächelte dabei.

»Angst? Wieso das?«

»Weil du es verstehst, noch aus dem Unglück der Menschen Kapital zu schlagen.«

Bertram betrachtete Baptist. Lange. Und sagte kein Wort dabei. Dann ging er und rief nach der Magd. Wein und

Becher solle sie bringen. Als der erste Schluck getrunken war, sagte er leise: »Du bist deiner Schwester sehr ähnlich. Ihr liebt die Menschen insgesamt, aber vergesst darüber den Menschen neben euch. Ihr habt nie kämpfen müssen. Alles, was ihr seid und habt, seid und habt ihr von Geburt an.«

»Was ist schlecht daran?«, fragte Baptist und ließ den weichen Rotwein über den Gaumen fließen.

Bertram schüttelte den Kopf. »Nichts ist schlecht daran. Nichts, was ihr je tut oder lasst, ist schlecht.«

»Was wirfst du uns dann vor?«

Bertram hob die Arme, ließ sie hilflos fallen. »Ich werfe euch nichts vor. Ihr seid satt. Habt stets von allem genug. Ihr seid maßlos und bescheiden zugleich. Aber ihr wagt nichts. Nichts für euch und die Euren und nichts für die Menschen, von denen ihr beteuert, wie sehr sie euch am Herzen liegen.«

»Sollten wir leichtsinnig sein, um dir zu gefallen?«, fragte Baptist, der sich zu Unrecht gescholten fühlte. »Ich verstehe dich nicht, Bertram.«

»Etwas schaffen, das ist es. Etwas wagen. Nur Verlierer sind töricht oder leichtsinnig. Der Erfolg rechtfertigt sich selbst.«

»Anmaßend bist du, Bertram.«

Der Ältere nickte, füllte erneut die Becher. »Ihr seid die Gerechten von Geburt und Herkunft. Ich kann mich euch nicht verständlich machen, kann eure Grausamkeit nicht mit Worten belegen.« Bertram dachte an seinen Vater, an den alten Stetten, an Caritas, an Irmelin und deren Kind, dessen Vater er vielleicht gewesen war. So viele Tote hatte es auf seinem Weg gegeben. So viel Schuld hatte er auf sich geladen. Es hatte sein müssen, war nicht zu verhindern gewesen. Neide ich Baptist und Gutta ihre Unschuld?, fragte er sich. Herrgott im Himmel, dachte er, was hätte ich denn anderes tun sollen? Einen Namen wollte ich mir machen. Etwas haben, das den beiden bereits in die Wiege gelegt war. Bin ich deshalb schlechter als sie?

Er trank den Becher in einem Zug aus und ging ohne Baptist hinaus in den florentinischen Abend. In den Gassen herrschte fröhliches Treiben. Burschen standen ganz ungezwungen mit jungen Mädchen auf der Straße, trieben Scherze miteinander. Auf der Brücke über den Arno hatten sich Musikanten eingefunden. Sie spielten zum Spaß, nicht um Geld. Ein Junge versuchte, auf Stelzen zu laufen. Seine Kumpane lachten, als er zu Boden stürzte, halfen ihm auf, schlugen ihm auf die Schulter. Als der zweite Versuch klappte, klatschten sie.

Ein Kätzchen rieb sich an Bertrams Hosenbein, von irgendwoher erklang die Melodie einer Vianella. Dazu tanzte ein Mädchen. Andere standen drum herum, sangen:

»Vianella, Vianella,
Ballerina sou la stella …
Bleib doch hier,
tanz mit mir,
immer schneller
Vianella.«

In einer Osteria ließ Bertram sich nieder, trank Wein und sah auf die Gasse hinaus.

Eine junge Frau tanzte, lachte mit weit zurückgeworfenem Kopf. Sie drehte sich, die Röcke schwangen um ihre nackten Beine. Die Augen hielt sie geschlossen, als ob sie in ihrem Tanz ungestört sein wollte. Sie tanzte für sich, tanzte, weil das Leben so schön war und sie mittendrin.

Bertram wurde plötzlich traurig. Es war eine tiefe Traurigkeit, die schwer wog und nicht mit einem Lachen, einem Wort verging.

Er hatte Gutta noch nie auf diese Art erlebt. Auch sie lachte laut und gern, doch nie aus vollem Herzen.

Sie ist bis oben hin angefüllt mit Geiz, dachte er, und war voller Grimm. Sie gab den Armen Brot mit vollen Händen, doch von ihrem Herzen gab sie nichts. Nichts geschenkt, nichts umsonst.

»Noch einen Wein«, rief er dem Schankmädchen zu. Als sie kam, zog er sie auf seinen Schoß, strich mit seinen harten Händen über den Stoff ihres Rockes. »Mein lieber Junge«, hörte er sie sagen.

Er erschrak, hätte sie beinahe weggestoßen. Sie hatte ihn »mein lieber Junge« genannt. Doch ihre Worte waren weich und warm gewesen. Wenn Gutta ihn so nannte, schwang Mitleid in ihrer Stimme.

»Wie heißt du?«, fragte er sie.

»Giovanna«, sagte sie, lachte und strich ihm mit der Hand über die Wange.

»Schöner, trauriger Junge«, sagte sie und küsste ihn. Ihre Lippen waren weich und zart. Bertram erschauerte, obwohl er es nicht wollte. Er sehnte sich nach Wärme und Zärtlichkeit. Plötzlich waren die Musikanten in der Osteria. Giovanna packte ihn, zog ihn hoch, wirbelte mit ihm im Kreis, bis er ohne Atem war.

Bleib doch hier
Tanz mit mir
Immer schneller
Vianella.

Dann nahm sie einen Becher, trank, bis der Wein über ihre Lippen, über das Kinn rann und zwischen ihren Brüsten verschwand.

Hingerissen starrte Bertram auf dieses Mädchen, auf dieses Weib, das so prall von Leben und Lust war. So prall, dass er aufgehen wollte in ihr und ihrer unbändigen Lust.

Er nahm sie bei der Hand, wirbelte mit ihr herum, bis ihm schwindelig war. Er spürte ihre Wärme, ihren Duft nach Schweiß und Blumen, ihre feste Haut. Auf ihrer Oberlippe standen feine Schweißperlen, das Haar, hochgesteckt, war im Nacken feucht. Sie lachte, lachte, lachte.

Später ging er neben ihr durch die nach Oleander duftenden Gassen, folgte ihr bis zum Fluss.

Als sie am Arno angekommen waren, staunte er. Überall waren Pärchen. Junge Leute, die sich küssten und herzten. Junge Mädchen mit roten Wangen und blitzenden Augen, junge Männer mit ungeschickten Bewegungen und viel zu harten Lippen.

Sie gingen Hand in Hand, lagerten am Ufer, verschwanden hinter Büschen. Sie lachten, wisperten, tuschelten, raunten, beschworen. Die Luft war erfüllt von süßen Worten und dem Duft des Oleanders.

Da ließ die Traurigkeit von Bertram. So leben, dachte er. Leben, wie es kommt. Einfach genießen. Nicht mehr rechnen und taktieren, nicht mehr bitten und planen, nicht mehr lügen und betrügen, den eigenen Vorteil vergessen.

Er zog Giovanna zu sich herum, blickte ihr in die braunen Augen, die ihn groß und fragend ansahen.

»Du bist schön«, sagte er. »Bist die Schönste, Lebendigste von allen.«

Er nahm ihr Gesicht in seine Hände, stöberte in ihrem

Gesicht nach List und Argwohn, doch da war nichts. Freude stand in ihren Blicken, Lust lag auf ihren Lippen. Er küsste sie. Zuerst ganz behutsam, dann heftiger, sog ihren Atem ein, als könne er nur dadurch leben.

Seine Hände lagen auf ihren Schultern, strichen über ihre Brüste. Er zog sie hinter einen Busch, streifte ihr das Kleid vom Leib, fasste nach ihrer Wärme, suhlte sich in ihrem Duft, war ganz Kind und ganz Mann zugleich, suchte Frieden und Erlösung.

Ihr Schoß nahm ihn auf, als hätte er auf Bertram gewartet. Alles war weich und warm und duftend. Er fasste Mut, verschwendete sich an sie, sie verschwendete sich an ihn. Sie labten einander mit ihren Leibern, schöpften die Lust aus bis zum Grund.

Als die Sonne hinter den Hügeln aufstieg, lagen sie mit schweißnassen Körpern auf der Wiese. Giovanna hatte die Arme unter dem Kopf gekreuzt, Bertram lag auf ihrem weichen Bauch.

Und wenn ich bliebe?, überlegte er. Wenn ich hierbliebe und die Faktorei gründete? Ich würde arbeiten und könnte bei Giovanna sein. Warm wäre es immer und weich, und ich wäre jederzeit willkommen. Das Leben würde einfach sein und voller Freude und Leichtigkeit.

Giovanna. Er hob den Kopf, betrachtete sie. Sie hatte die Augen geschlossen. Schön war sie. Und vor allem warm. Mit ihr leben, mit ihr ein paar fröhliche Kinder haben, die nichts wussten von Stand und Stubengesellschaft, nichts von altgläubig und lutherisch, nichts von Soll und Haben. Noch einmal neu beginnen. Ohne Schuld. Er würde Giovanna Kleider kaufen und bestickte Gürtel. Noch schöner würde er sie machen. Und immer wäre es warm, und er wäre willkommen.

Giovanna schlug die Augen auf. »Buon giorno, amore!«, sagte sie leise, schmiegte sich an ihn. Er hielt sie umschlungen, wiegte sich mit ihr hin und her, schloss ebenfalls die Augen und genoss.

Als die Kirchenglocken schlugen, ließ Giovanna ihn plötzlich los.

»Ich muss fort«, sagte sie. »Die Mutter wartet. Heute ist Waschtag.«

»Sehe ich dich wieder?«, fragte Bertram. »Heute Abend in der Osteria?«

Giovanna lachte. »Neuer Tag, neues Glück. Ich wünsche dir la fortuna, benedetto ragazzo.«

Noch einmal umarmte sie ihn zärtlich, dann lief sie eilig davon.

Kaum war das Vespergeläut der Florentiner Kirchen verklungen, machte sich Bertram auf den Weg in die Osteria. Es regnete. Nur wenig, aber stetig, sodass er bis auf die Haut durchnässt wurde. Heute waren keine Musikanten auf der Brücke, wurde keine Vianella auf der Straße getanzt. Still lag die Stadt. Alles, was gestern golden geglänzt hatte, war heute grau. Alles, was getönt und gelockt hatte, war heute stumm.

Der Wirt tat, als hätte er Bertram noch nie gesehen. Von Giovanna keine Spur.

»Wo ist sie?«, fragte er den Wirt.

Der zuckte die Schultern. »Ich weiß nicht, wen Ihr meint, Signore.«

Da stand er auf, ging zurück in die Herberge, gab Anweisungen zur Abreise.

»Ich fahre morgen«, erklärte er Baptist. »Genug Waren

habe ich eingekauft. Stell eine Kolonne zusammen und schicke sie nach Frankfurt. Eile dich, dass die Sachen zur Herbstmesse da sind.«

Baptist nickte. »Ich habe heute ein Kontor angemietet. Ich dachte, wir könnten es uns vielleicht gemeinsam ansehen und einrichten.«

Bertram schüttelte den Kopf. »Nach Hause will ich. Im April bin ich aufgebrochen, nun haben wir bald Juli. Auch in Frankfurt gibt es viel Arbeit.«

»Da, das hat heute ein Bote gebracht.«

Baptist reichte Bertram ein versiegeltes Schreiben. Auf dem Siegel war ein Rabe zu sehen. Post von zu Hause, ein Brief von Gutta.

Bertram nahm das Schreiben, brach das Siegel, ging damit zum Fenster und fing an zu lesen, Baptist den Rücken zugekehrt.

Mein lieber Junge, las er, und seine Mundwinkel verzogen sich traurig. *Nun bist du schon seit Wochen fort. Niemand mehr in der Stadt spricht von dir und der Kindsmörderin.*

Alle Augen sind auf Kassel gerichtet. Philipp der Großmütige macht von sich reden. Stell dir nur vor, er hat eine Universität gegründet. Alles munkelt, dass der Landgraf ganz Hessen bald lutherisch machen und den Erzbischof nicht mitregieren lassen wird.

Hier ist alles wie immer. Die Kinder fragen nach dir. Meinem Vater geht es gut, und – das Wichtigste – unsere Auftragsbücher sind gut gefüllt. Du wirst stolz sein auf deine Frau.

In Liebe
Gutta.

»*In Liebe, Gutta*«, murmelte Bertram vor sich hin. Er ließ das Blatt sinken, starrte auf die schmale Gasse hinunter, die vor Nässe im Abendlicht glänzte.

Er schüttelte den Kopf, ballte die Faust. Ein Narr bin ich, dachte er. Gehöre selbst in einen Käfig. Geglaubt habe ich, dass es Liebe gibt. Aber es gibt nur den Augenblick, mehr nicht. Giovanna ist fort. Einen anderen wird sie heute wärmen. Gibt es nur zwei Sorten Frauen auf der Welt? Huren und Eheweiber?

Er wandte sich um: »Es ist abgemacht: Ich fahre morgen. Gutta braucht mich in Frankfurt.«

25

Im November brachte Gutta einen Sohn zur Welt, den sie Gero nannte. Bertram hatte darauf bestanden, den Sohn katholisch zu taufen und war darüber mit Gutta in Streit geraten.

»Du bist ein Altgläubiger«, hatte Gutta ihm vorgeworfen. »Der neue Glaube, der Fortschritt sind dir nichts wert.«

»Die protestantische Lehre, was bedeutet sie denn, hm?«, hatte Bertram zurückgefragt. »Was ist der Unterschied? Welcher Gläubige ist der bessere Christ? Und was sagt Gott dazu? Der neue Glaube ist von den Menschen und nicht von Gott gemacht. Warum also soll er besser sein als der alte?«

»Weil er gerechter ist, deshalb. Weil er die Bibel zur höchsten Instanz erklärt und nicht den Papst, weil er auf der Gnade Gottes beruht und nicht auf dem gefüllten Ablasskasten, weil er die guten Werke aus Nächstenliebe fördert und vor allem, weil es ein Glaube ist, der in der Sprache verkündet wird, die jeder verstehen kann. Der neue Glaube ist ein Glaube für die Menschen, der alte ist einer für die Kirche. So ist das.«

Bertram schnaubte, dann sagte er: »Ich will nicht mit dir streiten, Gutta. Lass uns die Töchter nach dem neuen und die Söhne nach dem alten Glauben taufen. Später sollen sie selbst entscheiden, was ihnen lieber ist. Aber menschlicher und gerechter ist er nicht, dein neuer Glaube.«

Gutta trat zu ihm, legte eine Hand auf seinen Arm. »Du bist verändert seit Rom«, sagte sie. »Es ist, als wären dir Glaube und Hoffnung abhandengekommen.«

Bertram zuckte die Schultern, sah auf die Hand auf seinem Arm und spürte ihre Wärme nicht.

»Mag sein«, erwiderte er knapp.

»Was willst du, Bertram?«

Er sah sie an, schnaubte ein wenig. »Dasselbe wie immer. Mir einen Namen machen.« Er schüttelte sie ab. »Lass den Jungen nach dem alten Glauben taufen. Such dir Gevatter für ihn, die ihm nützlich sein werden.«

So geschah es, und Gutta trug das Datum der Taufe und die Namen der Paten in die Familienbibel ein.

Falk kam in die Schule, Konstanze lernte sprechen, und Gero bekam die ersten Zähne. Das Leben lief, wie es immer lief, lief so, wie Bertram es sich gewünscht hätte, wäre er nicht Giovanna begegnet. Giovanna, die Warme, die Weiche, die Liebevolle, Lebenspralle. Ihm war kalt, wenn er viel zu selten neben Gutta lag. Ihre seltenen Küsse, schien ihm, streichelten nicht seine Haut, sondern knallten darauf. Ihr Hände, wohl gepflegt mit Olivenöl, waren glatt und frostig. Ihr Lachen abgezirkelt, seinem Wert entsprechend. Ein kleiner Scherz, ein kleines Lachen. Ein liebes Wort, ein kurzes Heben der Mundwinkel. Alles entsprach seinem Gegenwert. Und ihm war kalt.

Während Gutta sich weiterhin um die Bücher des Handelshauses kümmerte und die Kinder großzog, machte Bertram Geschäfte. Er hatte sich auf Vitriol spezialisiert, eine Flüssigkeit aus Schwefelsalzen und Zink oder Eisen. Er bezog es von überall her und gab es in ein Kloster in der Wetterau. Die Mönche dort, die eine große Schreibkanzlei betrieben, stellten daraus Eisengallustinte her, die sie zurück an Bertram lieferten, der sie mit großem Gewinn an Schulen, Universitäten, Rathäuser, Schreibstuben und überall dorthin verkaufte, wo Tinte in großen Mengen gebraucht wurde. Die Geheimtinte aber, mit der er die Briefe nach Florenz an Baptist schrieb, stellte er selbst her.

Baptist schrieb, Rom habe sich noch immer nicht von den Plünderungen erholt. Es würde lange dauern, sehr lange, bis die Palazzi wieder so goldstrotzend, die Kirchen so silberreich und die Herren wieder so punkvoll wären. Bertram solle Waren schicken. So viel er nur konnte, denn es würde an allem fehlen.

Bertram hatte es sich angewöhnt, sich über die in Frankfurt gebräuchliche Tinte aus Ruß lustig zu machen, die viel zu schnell verblasste. »Bei Euch würde ich gern Schulden machen«, sagte er bei jeder Vertragsunterzeichnung. »Und auf die Rückzahlung könntet Ihr warten bis zum Sanktnimmerleinstag. Eure Tinte ist ja schon nicht mehr zu erkennen, bevor sie getrocknet ist! Was nützt Euch ein Schuldschein, den niemand mehr lesen kann?«

Und recht hatte er: Die Rußtinte verblasste zu schnell, während die Tinte aus dunklem Spätburgunder auf die Dauer zu teuer war.

»Was sollen wir tun? Habt Ihr vielleicht eine bessere Idee?«, fragten die Geschäftspartner mit der Regelmäßigkeit einer Kirchenuhr.

»Im alten Byzanz nahm man Eisengallustinte aus Eisenvitriol, Galläpfelsud, Gummi arabicum und dazu Wasser oder Wein. Die Orientalen schreiben noch heute damit, und keines der Schriftstücke verblasst. Im Gegenteil: Die Tinte ist zuerst grau, wird dann braun und hält bis in alle Ewigkeit. Ich selbst schreibe mit nichts anderem mehr.« Jedes Mal schenkte er ein winziges bisschen der Eisengallustinte her und rieb sich die Hände, wenn kurz danach ein ganzes Fässchen davon verlangt wurde.

Nun war Bertram der einzige Kaufmann in Frankfurt, der diese Tinte verkaufte. Sogar nach Leipzig in seine dortige Faktorei zu Dietz schickte er sie. Auch seine anderen Geschäfte gingen ausgesprochen gut. Zu Messezeiten war sein Haus mit auswärtigen Handelsherren bis zur letzten Dachkammer belegt. Die Gäste kamen von Krakau über Breslau, Leipzig, Naumburg, Erfurt bis nach Frankfurt und brachten Pelze, Wachs, Holz, Waid, Kupfer- und Silberwaren, schlesisches Tuch, böhmisches Glas und Kerzen nach Frankfurt ins Haus Zum Raben und erhielten von Bertram gegen Bares oder Wechsel Spezereien, die er aus Florenz von Baptist bekam: Pfeffer, Safran, Kümmel, Nelken, Zimt, dazu Feigen, Rosinen, Korinthen, Honig und Vitriol. In Frankfurt selbst handelte Bertram mit Wachs, venezianischer Seife und Papier, mit Weinen aller Art, Seidenwaren aus Antwerpen, Leinwand und Barchent, Lederwaren, Metallwaren und Fisch aus Worms.

Die Lagerhäuser waren gut gefüllt, beinahe jede Woche rollten Fuhrwerke auf den gepflasterten Hof.

Mit seinem Schwiegervater Walter Hellmund und mit Baptist hatte er weitere Handelsgesellschaften gegründet. Da war die Antwerpener Seidenwarenhandelsgesellschaft, die Schlesische Leinwandgesellschaft, die Florentiner Spezereiengesellschaft und noch einige kleinere, die Bertram über Dietz von Leipzig aus betrieb.

Bertram war ein reicher Mann geworden. Seine Steuerschuld war nicht geringer als die der Ratsherren und Patrizier, als die der Alten Limpurger und der vermögendsten Kaufleute. Aber er saß nicht mehr im Rat. An seiner Stelle saß Ludovik, und kein Tag verging, an dem Bertram nicht daran dachte. Wenn er ihn traf, behandelte Stetten Bertram mit Herablassung, strich sich über das Wams, sprach davon, dass der Geisenheimer zu lange weg gewesen wäre.

Bertram verstand nicht, was er meinte, doch als Ludovik einmal der Name Irmelin entschlüpfte, war er beruhigt. Es hatte sich nichts ereignet in den Monaten seiner Abwesenheit. Alles war wie immer. Seine Angestellten arbeiteten fleißig, die Kinder gediehen ebenso prächtig wie seine Geschäfte.

Beinahe jeden Tag traf Bertram sich mit seinem Schwiegervater, um über Geschäfte und die Neuigkeiten aus dem Rathaus zu reden.

»Der Rat hat beschlossen, zwei weitere lutherische Geistliche einzustellen«, berichtete Walter Hellmund eines Tages. »Alles deutet darauf hin, dass auch Frankfurt sich alsbald dem lutherischen Glauben anschließt und eine Kirchenreform einführt.«

»So schnell sind die Frankfurter nicht. Vergiss den Erzbischof von Mainz nicht. Und den Kaiser. Noch immer hat er die Macht, uns die Messeprivilegien zu entziehen.«

»Allerdings hieß es heute, dass die Barfüßer ihr Kloster samt den Gütern dem Rat übergeben wollen.«

»Die Mönche wollen ihr Kloster verhökern?«, fragte Bertram verblüfft. »So wie in Worms und den anderen Städten, die schon lutherisch sind?«

Hellmund nickte, doch Bertram bemerkte es nicht. Seine Gedanken waren abgeschweift.

Schließlich fragte er: »Was soll das Kloster kosten?« Hellmund lachte. »Willst du es kaufen?«

»Warum nicht? Ein so großes Grundstück innerhalb der Stadtmauern wird im Wert steigen. Dazu die Äcker und Gärten vor der Stadt. Man könnte sich eine goldene Nase damit verdienen.«

Der alte Hellmund wiegte den Kopf hin und her. »Geld muss arbeiten. Du hast nicht unrecht, aber wer soll solch eine riesige Summe aufbringen? Ich schätze, das Kloster samt den Gütern ist um die fünfzehntausend Rheinische Gulden wert. Dafür bekommst du die ganze Krämergasse.«

»Fünfzehntausend Gulden«, wiederholte Bertram. »Das wären für jeden von uns – Baptist, du und ich – fünftausend.«

»Ohne Baptist! Das ist zu viel. So viel hat er nicht. Er möchte heiraten und das Hellmundhaus ausbauen.«

»Er kommt zurück nach Frankfurt?«

Walter Hellmund nickte. »Für die Faktorei in Florenz werden wir einen tüchtigen Leiter finden. Zeit wird es, dass er eine Familie gründet. Er wird Petronella heiraten.«

»Und du, Schwiegervater? Würdest du mit mir eine Gesellschaft gründen, die sich mit dem Kauf und Verkauf von Häusern und Grundstücken befasst?«

»Das muss gut überlegt sein, mein Junge. Fünftausend Gulden sind viel Geld. Mehr, als mein Haus im Hirschgraben wert ist. Mehr auch, als deine beiden Häuser.«

»Hat der Rat genug Geld, um das Gelände zu kaufen?«, fragte Bertram. Hellmund schüttelte den Kopf. »Die Stadt möchte schon, doch sie ist verschuldet. Dennoch glaube ich nicht, dass wir den Zuschlag bekämen. Es gibt andere, die ihr Interesse angemeldet haben.«

Bertram nickte. »Ich werde darüber nachdenken«, sagte er.

»Lass es sein, Bertram«, empfahl Hellmund. »Das Barfüßerkloster ist eine Nummer zu groß für uns.«

Doch Bertram hörte ihn nicht mehr.

Er ging über den Römer in Richtung Judengasse. Vor dem Kaufhaus verharrte er, stand eine Weile und starrte vor sich hin, dann ging er hinein.

Diesmal sah er nicht nach den Preisen der Waren; diesmal hörte er, was die anderen Kaufleute redeten. Er stellte sich zu von Melem, den er aus dem Rat kannte.

»Ihr habt eine Faktorei in Florenz, hörte ich«, sagte der Mann, und Bertram nickte.

»Nun, vielleicht ist es möglich, gemeinsame Kolonnen zusammenzustellen. Billiger wäre es für beide.«

Bertram nickte. »In vier Wochen soll die nächste an uns abgehen. Eilt Ihr Euch, so könnt Ihr Eure Wagen gern unserer Kolonne anschließen.«

»Lasst uns in der Ratsschenke darüber reden«, sagte von Melem laut, und leiser in Bertrams Ohr: »Hier wird zu viel geredet. Es muss nicht jeder wissen, was zwei ehrbare Kaufleute miteinander zu tun haben, Hellmund-Eidam.«

»Hellmund-Eidam nennt Ihr mich? Kennt Ihr meinen Namen nicht?«

Von Melem kratzte sich am Kinn. »Von den alten Geschlechtern stammt Ihr nicht ab.«

»Bertram Geisenheimer«, erwiderte Bertram. »Merkt Euch diesen Namen. Sonst kommen wir nicht ins Geschäft.«

Von Melem lachte und hieb ihm auf die Schulter. »Recht habt Ihr. Und nun lasst uns einen Becher trinken.«

In der Ratsschenke waren bereits mehrere Tische besetzt. Auch Ludovik und Hainbuch saßen beim Wein.

»Wollt Ihr lieber bei Euren Freunden sitzen, bei Stetten

und dem anderen?«, fragte von Melem, grüßte leutselig in die Runde und schob Bertram zu einem Ecktisch.

»Sie sind nicht meine Freunde«, erklärte Bertram. »Lehrjunge war ich einst bei den Stettens. Aber Freunde«, er schüttelte den Kopf, »waren wir nie.«

»Nicht? Ich dachte. Stetten posaunt überall herum, wie sehr er Euch schätzt. Auf den Hellmund-Eidam müssen wir einen Blick werfen, sagt er. Er wird uns noch einiges zu denken geben.«

Bertram nickte grimmig. Nur Gutta und Ludovik wussten, wie wichtig ihm ein Name war. Hellmund-Eidam. Kaufmanns-Schwiegersohn.

»Erzählt er noch mehr von mir, der Stetten?«, fragte Bertram betont gleichmütig.

»Dies und das. Aber wer von uns gibt schon etwas auf Gerüchte?«

Wir alle, dachte Bertram.

Von Melem beugte sich vertraulich nach vorn. »Auf die Eure soll er ein Auge geworfen haben«, heißt es.

»Er hatte um sie geworben. Aber ich habe sie geheiratet«, erwiderte Bertram.

»Nun, es heißt, dass er sich damit nicht zufriedengegeben hat.«

»Was soll das heißen?«

Der Kaufmann zuckte mit den Achseln. »Die Leute reden halt. Und Ihr wart lange in Italien. Ihr wisst schon, nach der Sache mit der Kindsmörderin.«

Bertram betrachtete das Gesicht von Melems, suchte darin nach Spuren von Bosheit, doch das Gesicht war offen und freundlich. »Nehmt es nicht so schwer, Geisenheimer. Die Weiber sind, wie sie sind.«

Er rief nach dem Wirt, rieb sich die Hände und sprach weiter: »Lasst uns zum Geschäftlichen kommen, Geisenheimer. Von Eurer Tinte brauche ich. Fässerweise. Meine Schwester ist Oberin in einem Marburger Stift. Die Schwester des Landgrafen ist ebenfalls dort. Eure Tinte wollen sie. Wie viel könnt Ihr mir davon geben?«

Bertram verhandelte, schüttelte den Kopf, griff sich mit zwei Fingern in den Kragen, als schnüre ihm jemand die Luft ab, nannte Zahlen und machte am Ende eine Handbewegung, die an einen Luftschlag erinnerte: von oben nach unten und von rechts nach links.

Da war das Geschäft besiegelt, und er ging.

Auf dem Weg in die Judengasse hämmerte ein Gedanke in seinem Kopf wie ein Schmied auf den Amboss. Gutta und Ludovik. Der schöne, galante Ludovik und seine spröde Gutta. Hatte er ihr Eis tauen können? Oder war es nur Gerede?

Vor dem Haus des Aaron Zum Hirschen schüttelte er die Gedanken ab, schloss kurz die Augen, senkte den Kopf und griff mit Daumen und Zeigefinger der rechten Hand an seine Nasenwurzel. Dann atmete er tief ein und ging in das Haus.

»Willkommen, mein Freund«, begrüßte Aaron Zum Hirschen den jungen Kaufmann. »Man hört viel Gutes von Euch. Reich seid Ihr geworden, habt in Italien Euer Glück gemacht. Ein guter Kaufmann ist der, der aus jeder Situation seinen Vorteil zieht.«

»Spart Euch die Anspielungen auf die Plünderung Roms«, antwortete Bertram. »Wie schlimm es dort war, kann niemand beschreiben. Meine Geschäfte habe ich in Florenz gemacht. Heute aber bin ich um einen Kredit gekommen.

Zehntausend Rheinische Gulden brauche ich. Zur Sicherheit habt Ihr mein Haus und meine Handelsgesellschaften.«

»Zehntausend Gulden? Das ist viel Geld. Sehr viel. Was habt Ihr damit vor?«

»Bin ich ein Narr? Verrate ich Euch meine Geschäfte, so geht Ihr hin und tätigt sie selbst.«

Aaron Zum Hirschen schüttelte den Kopf. »Ihr wisst genau, dass ich keine Bürgergeschäfte ausüben darf. Ich bin Jude, Geldwechsler. Und damit zufrieden. Gefragt habe ich, weil Ihr schon der dritte Kaufmann in dieser Woche seid, der mich um eine so große Summe angeht. Also: Was ist los? Verkauft sich die Stadt selbst?«

Bertram war hellhörig geworden. »Der Dritte?«, fragte er.

Der Jude nickte und wiederholte: »Verkauft sich die Stadt selbst?«

»So kann man es nennen. Die Barfüßer wollen ihr Kloster abgeben. Mein Schwiegervater und ich wollen es kaufen.«

Aaron ließ sich in seinem gepolsterten Lehnstuhl zurücksinken und strich sich über den grauen Bart, der ihm bis auf die Brust reichte. »Das Barfüßerkloster also. Beinahe wäre ich von selbst drauf gekommen.«

Er sah Bertram lange an, dann fragte er: »Mit wem habt Ihr schon über diesen Kauf gesprochen?«

»Nur mit meinem Schwiegervater, Walter Hellmund.«

Wieder schwieg Aaron Zum Hirschen lange, ehe er weitersprach: »Es waren zwei bei mir, die das Kloster ebenfalls kaufen wollten. Sie borgten große Summen.«

»Wer?«

»Zwei, die es nicht verstehen, dieses Kloster gewinnbringend zu nutzen. Zwei, die mit dem Maul mehr bewegen als ein Ochse, aber im Kopf nichts als Stroh haben.«

Wieder sah er Bertram an und strich über seinen Bart. Schließlich sagte Bertram: »Dann wäre ich ein Tölpel, liehe ich Geld von Euch. Besser wäre es, ihre Schuldscheine zu kaufen, nicht wahr?«

Aaron lächelte und ließ seinen Bart fahren. »Ich wusste, dass Ihr ein kluger Mann seid.«

»Wie viel?«

»Oh, nicht der Rede wert. Sie haben einen hohen Zinssatz vereinbart und mir als Sicherheit ihre Häuser überschrieben. Was also soll ich mit dem Schuldschein? Geld muss arbeiten. Löst ihn aus, den Schein, bürgt mit Euren Häusern. Dazu die Antwerpener Seidenhandelsgesellschaft und die Faktorei in Leipzig.«

Jetzt war es Bertram, der sich im Sessel zurücklehnte und sich das Kinn strich. »Ich würde mehr als die Hälfte meines Vermögens einsetzen«, sagte er. »Ich würde mehr investieren, als ich vorhatte. Der Gewinn lässt sich nicht abschätzen. Ein Hasardeur wäre ich, ließe ich mich darauf ein.«

»Nun, wenn es klappt, seid Ihr reicher als je zuvor. Sechs große Häuser in Frankfurt würden Euch gehören, beste Lage natürlich. Auf einen Schlag würdet Ihr zu den reichsten Kaufleuten zählen. Euer Name wäre in aller Munde.«

Er kniff ein Auge zusammen, ehe er weitersprach: »Und eine persönliche Rechnung könntet Ihr dabei auch begleichen.«

Wieder strich sich Bertram über das Kinn, dann setzte er sich aufrecht hin und bog die Schultern zurück. »Gut. Ihr bekommt Bares und Sicherheiten. Dafür bekomme ich von Euch die Schuldscheine.«

Der alte Jude lächelte, hob sich schwerfällig aus seinem Sessel und ging zu einer verschlossenen Truhe. Umständlich öffnete er sie, zog ein Kästchen hervor, öffnete auch das und kam mit einem Pergament zurück, das er Bertram reichte.

Er nahm es, las die Namen der Schuldner – und musste lächeln.

»Die Scheine werden mir Ansporn sein. Einen besseren Antrieb kann es für mich nicht geben.«

Aaron Zum Hirschen lächelte. »Ich dachte es mir. Und ich habe zu Euch mehr Zutrauen als zu den beiden anderen. Wenn es jemand schafft, diese Schuld abzulösen, dann Ihr.«

Noch einmal las Bertram die Namen auf den Schuldscheinen: Ludovik Stetten und Hainbuch.

Jetzt musste er nur noch abwarten.

Er lief langsam nach Hause. Die Andeutungen des Kaufmanns von Melem über Ludovik und Gutta nagten an ihm. Wollte Gutta heute nicht ihrer Freundin Angelika einen Besuch abstatten? Die Familie Stetten wohnte nun am Holzgraben. Bertram befand sich nur wenige Schritte davon entfernt.

Langsam lief er dorthin, verbarg sich in einer Mauernische.

Er musste nicht lange warten. Bald öffnete sich die Haustür, und Gutta erschien auf der Schwelle. Sie umarmte Angelika und küsste sie auf die Wange, dann trat sie auf die Gasse hinaus.

Ludovik war gleich hinter ihr. »Ich bringe dich ein Stück«, sagte er laut. »Es dämmert schon. Eine schöne Frau wie du sollte nicht um diese Zeit und nur von einer Magd begleitet durch die Stadt laufen.«

Du? Dich? Duzte Ludovik seine Frau? Benutzte er ihr gegenüber eine Anrede, die in seinen Kreisen nur für engste Freunde und die Familie gebräuchlich war?

Ludovik reichte Gutta den Arm, dann liefen sie rasch die Gasse entlang.

Bertram presste sich eng in die Mauernische, doch die beiden waren so in ihr Gespräch vertieft, dass sie ihn nicht bemerkten und er ihnen beinahe mühelos folgen konnte.

»Nun, wie geht es bei euch, Gutta?«, hörte er Ludovik fragen. »Wie ist es, seit er aus Italien zurück ist?«

Gutta zuckte mit den Achseln. »Wie soll es sein? Wie immer.«

Sie blieb stehen, öffnete den Mund, als wolle sie etwas Wichtiges sagen, doch dann schloss sie ihn wieder und ging weiter.

»Geht er wieder zu den Huren?«, erkundigte sich Ludovik weiter.

Gutta schüttelte den Kopf. »Ich weiß es nicht. Ich kümmere mich nicht darum, habe andere Sorgen.«

»Du kannst immer zu mir kommen, wenn etwas ist«, sagte Ludovik. »Du weißt, Gutta, ich bin für dich und die Deinen da. Erinnerst du dich …«

In diesem Augenblick überquerten Ludovik und Gutta die Straße. Bertram wollte hinterher, doch im selben Augenblick trieb ein Reiter sein Pferd im Galopp vorbei und zwang Bertram, stehen zu bleiben.

Er stand wie angenagelt. Gutta und Ludovik? War das wirklich wahr?

Er kramte in seinem Hirn nach Hinweisen. Und plötzlich fielen ihm allerlei ein: Wie oft sie zu Angelika ging. Wie höflich sie Ludovik grüßte. Hatte sie ihm nicht sogar einmal nachgestarrt? Früher hatte sie ihn weibisch genannt, doch jetzt gab es kein Wort mehr davon. Sie sprach eigentlich überhaupt nicht über Ludovik. So, wie er nie über Irmelin gesprochen hatte, so, wie er Giovanna und die Vianella verschwiegen hatte.

Er brauchte lange für den Heimweg. Sehr lange.

Als er endlich im Haus Zum Raben eintraf, stand das Abendessen bereits auf dem Tisch.

Schweigend aß er, sah nur hin und wieder zu seiner Frau, die rote Wangen hatte und lachte.

Worüber lacht sie?, fragte sich Bertram und war sich schon sicher, dass sie ihn auslachte.

Später saßen sie in der Wohnkammer.

»Wie geht es deiner Freundin Angelika?«, fragte er.

Gutta sah auf und legte das Buch zur Seite.

»Gut geht es ihr. Ludoviks Geschäfte gehen langsam besser. Sie muss keine Armut mehr leiden.«

»Seit wann?«

Gutta sah ihren Mann verwundert an. »Seit wann? Keine Ahnung. Er sitzt statt deiner im Rat, bekommt die nötigen Informationen. Mit Hainbuch soll er sich in manchen Geschäften zusammengetan haben.«

»Und Angelika? Liebt sie ihn?«

»Was soll das, Bertram? Warum fragst du nach Angelikas Gefühlen? Du hast dich nie für sie interessiert.«

»Wenn ich mit meiner eigenen Frau nicht über Gefühle sprechen kann, so liegt es auf der Hand, dass ich mich für die Gefühle anderer Frauen interessiere, oder nicht?«

Kaum hatte er die Worte ausgesprochen, da bereute er sie schon.

Gutta sah ihn mit funkelndem Blick an, nahm ihr Buch zur Hand und sagte dann leise: »Was ist mit dir, seit du aus Italien zurück bist? Was hast du nur, Bertram. Du bist so verändert.«

Er stand auf, ballte die Fäuste, beugte den Oberkörper nach vorn. »Nichts ist mit mir, hörst du, nichts. Früher war da was, jetzt ist da nichts mehr. Das ist los, das ist passiert.«

Sie nickte sehr langsam, biss sich auf die Unterlippe, sagte schließlich mit leiser Stimme: »Hast du geglaubt, die erste Glut halte ewig?«

»O nein! Das hatte ich vielleicht einst gewünscht, aber du hast mich sehr schnell gelehrt, dass es Glut bei uns nur im Herd gibt.«

Mit diesen Worten drehte er sich um und verschwand.

26

Der Rat der Stadt Frankfurt verfügte im Jahre 1529, dass das ehemalige Barfüßerkloster von nun ab als städtische Lateinschule dienen sollte. Auch der Almosenkasten sollte dort seinen Platz haben. Als neue Eigentümerin stand die Stadt höchstselbst in den Grundbüchern.

Seit drei Jahren schon war das Land Hessen lutherisch. Landgraf Philipp war damit beschäftigt, die Gerichtsbarkeit in Glaubensfragen in die eigenen Hände zu nehmen. Der Erzbischof von Mainz, spuckte Feuer und Galle. Nur über Frankfurt durfte er noch richten. Auf dem Speyerer Landtag zeigte der Frankfurter Gesandte eine unentschlossene Haltung. Der Landgraf drängte, die »Protestation« zu unterschreiben und Frankfurt lutherisch zu machen, doch auf der anderen Seite standen Albrecht, der gefürchtete Erzbischof von Mainz, und Kaiser Karl V. »Wir sind eine Handelsstadt«, entschied der Frankfurter Gesandte schließlich, »und somit abhängig von der Messe. Unser Herz schlägt lutherisch, doch die Finanzen müssen katholisch bleiben.«

Ein Jahr später jedoch, auf dem Augsburger Reichstag, wurde Frankfurt trotz der Androhung der kaiserlichen Ungnade lutherisch.

Das Jahr 1530 war noch nicht zu Ende, da protestierten die lutherischen Fürsten und Städte gegen die Strafandrohungen des Kaisers und schlossen sich zum Schmalkaldischen Bund zusammen. Gemeinsam für Luther und gegen den altgläubigen Kaiser. Federführend bei dieser Gründung war der Landgraf Philipp von Hessen. Damit war der Krieg zwischen den Lutherischen und dem Kaiser nicht mehr aufzuhalten. Die Stadt Frankfurt, die sich dem Bündnis fernhielt, stand genau zwischen den Fronten.

Zwei Jahre danach, 1532, fielen die Türken erneut in Ungarn ein. Der Kaiser musste handeln. Höchstselbst stellte er sich an die Spitze des Reichsheeres. Der Stadtschreiber trug in die Annalen ein: Wir geben vierzig Reiter, zweihundertachtzig Fußknechte, einige erfahrene Büchsenmacher samt fünfzig Zentner Pulver zum Reichsheer. Die Söldner tragen ein braunes Wams, welches an den aufgebufften Ärmeln gelb, rot, grau und weiß gestreift ist. Angeführt werden sie von Konrad von Hattstein, Amtmann von Bonames.

Der Rat atmete auf. Gottlob, der Kaiser war mit den Türken beschäftigt und Frankfurt somit aus der Schusslinie.

Auch durch das Haus Zum Raben verlief eine Front, aber eine unsichtbare. Auf der einen Seite Gutta, auf der anderen Seite Bertram. Gestritten wurde um Konstanze, aber eigentlich ging es um etwas ganz anderes.

»Sie ist vier Jahre alt. Ich möchte, dass sie lesen und schreiben lernt. Ich werde sie selbst im Kontor unterrichten.«

»Wie stellst du dir das vor, Bertram? Eine Vierjährige zwischen Schreibpulten, Vorratsräumen und Lagern! Fuhrwerke und Boten kommen, Fässer werden gerollt, Säcke geschleppt.

Wie schnell kann da etwas passieren. Ich werde einen Hauslehrer für sie suchen.«

Bertram schüttelte stur den Kopf. »Nein! Kein Hauslehrer. Ich dulde nicht, dass irgendwer meiner Tochter Flausen in den Kopf setzt.«

»Flausen! Faxenkram! Ein Mädchen braucht eine Ausbildung, die sie zu einer guten Ehefrau macht. Falk wird einmal die Geschäfte übernehmen. So ist das. Es reicht, wenn sie weiß, wie ein Kontorbuch geführt wird.«

Bertram lächelte, wich keinen Millimeter von seiner Meinung und sagte nur: »Früher hast du anders gesprochen, anders gedacht. Am liebsten hättest du die Geschäfte selbst geführt. Und nun?«

»Ich bin auch älter geworden«, erklärte Gutta. »Habe gelernt, dass es nicht geht: Ehefrau sein, Kinder haben, einem Haushalt vorstehen und gleichzeitig noch Geschäfte machen.«

»Ach?«

Plötzlich kniff Gutta die Augen zu schmalen Schlitzen zusammen. »Natürlich geht es nicht. Wie auch? Ihr Männer habt nur das eine, sonst kümmert euch nichts. Weißt du, woher das Fleisch kommt, das abends auf dem Tisch steht? Hast du eine Ahnung, ob deine Kinder neue Kleidung brauchen? Macht die Wäscherin ihre Arbeit ordentlich?«

Bertram schüttelte den Kopf. »Weibersache.«

Gutta ließ sich auf die Bank am Küchentisch sinken und den Kopf hängen. Leise sagte sie: »Ich hatte mir das alles wirklich anders vorgestellt, hatte geglaubt, ebenso viel bewirken zu können wie ein Mann.«

Sie sah auf. »Und du, Bertram, hast mich in diesem Glauben gelassen. Damit, nur damit, hast du mich in diese Ehe gelockt. Ich dachte, bei dir wäre ich angekommen. Dann aber hat sich angekommen als eingefangen herausgestellt. Es reicht für eine Frau nicht, dass sie gut ist wie ein Mann. Sie muss Mann und Weib in einem sein, will sie etwas gelten.«

Bertram kannte diese Vorwürfe zur Genüge.

»Was hat das mit Konstanze zu tun?«, fragte er. »Was hat deine Enttäuschung mit dem Hauslehrer zu tun?«

»Ich will nicht, dass Konstanze in dem Glauben aufwächst, ihr sei alles möglich. Ich will nicht, dass sie meine Enttäuschung erleben muss. Gleich zu Beginn soll sie lernen, welches die Aufgaben einer Frau sind. Wenn sie nicht träumt, wird sie nicht enttäuscht. So ist das.«

Wieder hatte er das Gefühl, Gutta gäbe ihm die Schuld an ihrem Unglück. Und wieder wusste er nicht, was er falsch gemacht hatte. Hätte er die Kinder großziehen und sich um den Haushalt kümmern sollen, während sie im Kontor und im Kaufhaus stand? Lächerlich! Keine Frau tat so etwas, nicht einmal die Witwen, die keinen hatten, der sich um sie kümmerte.

Er trat zu ihr, legte ihr eine Hand auf die Schulter. »Was willst du, Gutta. Sag es mir. Vielleicht kann man etwas ändern.«

Sie schwieg, saß ganz starr unter seiner Hand. Noch einmal strich er über ihre Schulter, über den Arm. Da entzog sie sich ihm. Er ließ die Hand sinken und ging.

Im Kaufhaus, in der Ratsstube, im Kontor, im Lager, unten am Hafen – überall wo er war dachte er über Gutta nach. Wir sind beide voneinander enttäuscht, erkannte er. Mir fehlt die Wärme, die Liebe. Was ihr fehlt? Weiß Gott!

Er hatte sie geliebt, hatte sie glücklich machen wollen. Warum war ihr seine Liebe zu wenig?

Damals, vor drei Jahren, als er von Italien zurückgekommen war, angefüllt von Giovanna, da dachte er, man könne es richten im Haus Zum Raben. Auftauen wollte er seine spröde Frau, sie nur immer fest an sich drücken und küssen und herzen, bis seine Wärme sie ganz und gar durchströmte. Einen Satz nur hätte sie sagen müssen, ein Wort nur. Doch sie hatte geschwiegen. Er war nach drei Monaten nach Hause gekommen, und sie hatte nur kurz aufgesehen und gesagt: »Da bist du ja.« Mit unbewegtem Gesicht. Kein Lächeln, keine roten Wangen, keine blitzenden Augen. Sie hatte sich nicht einmal verschämt eine Haarsträhne zurückgestrichen. Nichts.

»Freust du dich, dass ich wieder da bin?« Er hatte nicht fragen wollen, aber die Worte waren ihm entwichen.

»Natürlich freue ich mich«, hatte sie geantwortet.

Sie spricht diese Sätze wie ein Tischgebet, hatte er gedacht. Gehorsamssätze. Mehr nicht.

Er schüttelte den Kopf, wollte nicht nachdenken. Er war jung, gerade zweiunddreißig Jahre alt. Er hatte Kraft in den Lenden und Feuer in der Leibesmitte. Wenn Gutta ihn verschmähte, gut, dann war es so. Er aber würde sich anders behelfen. Ohne Wärme und Weichheit wollte er nicht sein.

Wenn er am Abend nach Hause kam, sprach er mit den Kindern, holte sich Konstanze auf den Schoß, verzärtelte sie. Scherzte mit Falk, streichelte Gero. Waren die Kinder im Bett, ging er entweder noch einmal hinunter ins Kontor oder in sein Arbeitszimmer. Was Gutta in dieser Zeit machte, wusste er nicht.

Er wusste nur, dass auch sie die Wohnstube nicht betrat, wenn die Kinder schliefen. Als hätte sie Angst, mit ihm allein zu sein. Angst nicht vor ihm, sondern vor der Langeweile, die sie miteinander hatten.

Als Bertram heute nach Hause kam, waren die Kinder bereits im Bett, Gutta in der Wohnkammer. Sie saß vor dem Kamin, den Rücken gerade, die Hände im Schoß, und blickte in die Flammen.

»Ist etwas mit dir?«, fragte er, wusste nicht, ob er gehen oder bleiben sollte, setzte sich schließlich in den Lehnstuhl neben sie und schaute auf ihre Hände, die ein Taschentuch zerknüllten.

»Ist etwas mit dir?«

Langsam wandte sie den Kopf und sah ihn an. Er schrak zurück vor dem Schmerz in ihrem Gesicht. Vor der Verzweiflung, die ihre Augen schwarz färbte, vor den farblosen, wundgebissenen Lippen, den bleichen Wangen.

»Mein Vater ist … er ist tot.«

Der Satz war nur gehaucht, kaum zu verstehen.

Bertram sah sie an, sah das tränenlose Gesicht und verstand. Ihr Schmerz war zu groß für Tränen.

Ihn fror, als er sie so sitzen sah. Er stand auf, holte ein Fell, legte es ihr um die Schultern. »Es tut mir leid«, sagte er.

Der Sommertag war heiß und drückend. Die Frauen öffneten ihr Mieder, die Männer das Wams. Fliegen schwirrten umher, die Gassen stanken nach Verwesendem, über den Feldern flimmerte die Hitze.

Der Wasserspiegel des Mains war gesunken, und unten am Hafen fürchtete man, bald schon keine Schiffe mehr beladen zu können.

Die Fleischbänke schlossen früh. Kaum lagen die Schweinehälften und Kuhfüße, die Euter, Augen, Haxen, die Hühner und Gänse in der Auslage, schon kamen die Fliegen. Es war noch nicht Mittag, als die ersten Fleischstücke grünlich schimmerten. Den Krämerinnen auf dem Markt floss die Butter davon, die wenigen Mönche, die noch in der Stadt waren, schürzten ihre Kutten und staksten stöhnend über das heiße Pflaster.

Nur Gutta fror, klapperte mit den Zähnen vor Kälte, als sie dem Sarg ihres Vaters folgte.

Voran der ehemalige Priester des St. Bartholomäusdoms, der ein Weihrauchfässchen schwang, hinter ihm die Messdiener mit Kerzen.

Bertram ging neben Gutta, doch er berührte sie nicht. Er hielt Konstanze an der Hand, in deren Zöpfe schwarze Schleifen gebunden waren. Hin und wieder sah er sich um. Der Zug, der dem Sarg folgte, war lang.

Hier wurde noch einer nach dem alten Ritus zu Grabe getragen, obwohl die Stadt lutherisch war. Die Altgläubigen hatten es schwer. Nur dem Schwanken des Rates war es verdankt, dass überhaupt noch nach dem alten Glauben geboren, gelebt, geliebt und gestorben werden durfte.

Manche der Alten Limpurger, die stumm hinter dem Sarg einherschritten, hatten sich helle Tücher umgebunden, um zu zeigen, dass sie lutherisch, fortschrittlich, modern waren. Sie gingen hier, um Augenzeugen zu sein, wie das Alte verscharrt wurde. Ehre erwiesen sie, doch sie gehörten nicht mehr dazu.

Viele aber kannten sich nicht mehr aus, waren froh, dass wenigstens auf dem Gottesacker noch alles so war, wie sie es gewohnt waren. In Sachsenhausen drüben hatte sich eine lutherische Gemeinde gebildet, die Dreikönigsgemeinde. In der Altstadt gab es lutherische Gottesdienste in deutscher Sprache. Mönche konnten nicht mehr durch die Stadt gehen, ohne verspottet zu werden. Aber noch hielt sich ein Rest der

Alten, hatte sich fest in die Geschicke der Stadt gekrallt und wollte nicht loslassen. So war Frankfurt lutherisch und katholisch zugleich. Dieser Zustand war nicht von Dauer, konnte es nicht sein.

»Er war ein guter Christ, ein frommer Mann«, erklärte der alte Handelsdiener des Hellmundhauses. Der Jüngere hielt dagegen: »Altmodisch war er, wollte nicht anerkennen, dass sich jeder seinen Gott selbst suchen darf.«

»Ruhe! Über den Toten nichts Schlechtes!«

Konstanze hüpfte an der Hand des Vaters, schlug mit der Hand nach einem Schmetterling.

»Lass das!«, sagte Bertram. »Wir tragen den Großvater zu Grabe. Gleich kommt er in die Grube und dann in den Himmel.«

»Warum legen wir ihn unter die Erde, wenn er in den Himmel kommen soll?«, fragte das Kind. Da wurde es von seiner Mutter an den Zöpfen gerissen und verstummte.

Im Zug gingen auch die beiden lutherischen Pfarrer. Ganz am Ende hatten sie sich eingereiht und hielten gehörigen Abstand zu den Altgläubigen, würdigten den Priester mit dem Weihrauch keines Blickes.

»Es gibt keinen rechten Glauben mehr seit Luther«, murmelte die alte Mutter Hynsperg. »Der Mensch solle selbst zu Gott sprechen, geh mir fort mit so was. Hoffen will ich nur, dass sie dem alten Hellmund eine Messe lesen lassen. Verdient hat er es.«

Dann erreichten sie die Grube und blickten auf den Sarg. Ganz vorn stand Gutta, schwankte hin und her, als könne sie sich nicht entscheiden, wem sie folgen sollte. Nach vorn, zum Vater? Nach hinten, zu Bertram?

Da ließ Bertram das Kind los, gab es Angelika an die Hand,

umschlang seine Frau von hinten mit beiden Armen, hielt sie fest, damit sie ihm am Ende nicht doch abhanden kam. Und sie griff nach seiner Hand, schlang ihre Finger um seine und brach – endlich, endlich – in Tränen aus.

Baptist, der für immer von Florenz nach Frankfurt gekommen war, stand daneben, die Hände verschränkt, und wandte sich um.

»Die meisten sind nur aus Neugier gekommen«, raunte er Bertram zu. »Um den Kaufmann ging es ihnen nicht. Noch einmal am Alten ergötzen wollen sie sich. Man legt seinen Glauben nicht einfach ab wie ein Hemd und zieht sich einen neuen über die Seele.«

Bertram nickte, umschlang seine Frau, wiegte sie hin und her. Küsste ihr Haar. Er hätte gern ihre Seele gehalten, doch er hielt nur ihren Körper.

Dann warf der Priester drei Schaufeln Erde: »Erde zu Erde, Asche zu Asche, Staub zu Staub.«

Bertram ließ Gutta nicht los, führte mit ihr gemeinsam die Schaufel. Er geleitete sie weg vom Grab, den ganzen langen Trauerzug entlang. Dabei sah er, wer gekommen war. Er sah Ludovik und Hainbuch, Angelika und Petronella, die Ratsherren, die Alten Limpurger, den Stadtmedicus, den Advokaten. Sogar Aaron Zum Hirschen war gekommen. Noch ein letztes Mal standen sie friedlich beieinander, die Alt- und die Neugläubigen. Ein letztes Mal an einer offenen Grube. Wer von ihnen, dachte Bertram, trägt heute seinen Glauben zu Grabe?

Ludovik trat ihm in den Weg, reichte Gutta die Hand, die sie schlaff nahm und gleich wieder fallen ließ, als er die Beileidsformel gemurmelt hatte.

»Nun sitzt du im Rat und bei den Alten Limpurgern. Hast

erreicht, was du immer wolltest, hast mit dem Tod den Platz deines Schwiegervaters bekommen. Wie fühlt es sich an, wenn einer dafür sterben muss?«

»Halt den Mund, Ludovik!«, befahl Bertram und fuhr mit der Hand durch die Luft.

Der lachte, wandte sich an Gutta. »Kannst du es ertragen, dass er den Platz deines Vaters einnimmt? Ein Schwengel als Patrizier?«

Gutta wandte den Kopf ab, legte sich die Hände auf die Ohren.

»Lass ihr wenigstens an diesem Tag ihren Frieden«, zischte Bertram und stieß Ludovik grob zur Seite.

Wenige Tage später tagte der Rat. Bertram saß neben Baptist auf der Ratsbank, die schwere Kette hing ihm um den Hals. Er war wieder Schöffe, hatte Walter Hellmunds Amt übernommen. Der Rat, der im Grunde der Rat der Alten Limpurger war, wollte die Altgläubigen hinausdrängen. Die Patrizier strebten nach dem Humanismus, nach Bildungsidealen. Schöngeister wollten sie sein. Und natürlich auch in Glaubensdingen selbstbestimmt.

Justinian von Holzhausen führte den Vorsitz. Auf der Tagesordnung: die Unruhen in der Stadt. Wieder war ein Priester aus der Kirche geprügelt worden. Erst kürzlich hatte der Rat Strafen verhängt über die, die außerhalb der Stadtmauern an Messgottesdiensten teilnahmen oder gar ihre Kinder katholisch taufen ließen. Die Beerdigung des alten Hellmund hatten sie zähneknirschend ertragen müssen. Wer altgläubig gelebt habe, solle altgläubig begraben werden, hatte Bertram gesagt, und niemandem war ein Gegenwort eingefallen. Dafür hatte der Rat Fluchen, Völlerei, Glücksspiele,

Hurerei, unzüchtige Tänze und sonstige Ausschweifungen verboten. Sogar eine Ratsdeputation, Sendenamt genannt, war erlassen worden. Sie ahndete Verstöße gegen die neuen kirchlichen Gebote und sonstige Verfehlungen. Auch Ehebruch gehörte dazu. Die Bürger murrten.

»Was sollen wir tun?«, fragte der Bürgermeister. »Die Bürger wollen lutherisch sein, lutherisch leben.«

»Wir sollten uns dem Schmalkaldischen Bund anschließen«, rief Hainbuch.

»Und uns den Kaiser und den Erzbischof zum Feind machen, wie?«

»Dann haben wir nur einen Feind, der überdies vor Wien beschäftigt ist. Jetzt sind uns alle Seiten gram. Klarheit muss her, endlich und endgültig. Dann wird Ruhe in der Stadt herrschen.«

»Und wie soll das gelingen, frage ich?«, meldete sich der Ratsherr von Melem zu Wort.

Da erhob sich Bertram. »Lasst das Volk bestimmen, was es will. So trägt der Rat keine Schuld. Er kann nicht gegen die Bürger regieren.«

Justinian von Holzhausen beugte sich vor. »Wie soll das gehen?«

»Holt die Zunftmeister zusammen. Ein jeder von ihnen spricht für sein Gewerk. Lasst sie abstimmen«, forderte Bertram.

Gemurmel entstand im Ratssaal. Der Bürgermeister rief nach Ruhe. »So machen wir es«, bestimmte er schließlich. »Wir sind der Rat, wir vertreten die Interessen der Bürger. Nach ihren Wünschen müssen wir uns richten, dann kann uns der Kaiser nichts.«

So wurde am 23. April 1533 nach dem Entscheid der

Zünfte und gegen die Bedenken der Patrizier der katholische Gottesdienst in Frankfurt eingestellt. Der Kaiser drohte mit der Reichsacht, aber im Grunde hatte er Wichtigeres zu tun. Die Türken! Sie waren ihm ärger als ein paar, die dem Luther anhingen. Doch der Rat ähnelte noch immer einer Jungfer, die sich zwischen zwei Verehrern nicht entscheiden konnte, bald diesem, bald jenem den Vorzug gab. Schon wenige Wochen nach dem Ratsbeschluss war der katholische Gottesdienst in den Stiften und Klöstern wiederhergestellt. Nur der Dom blieb in den Händen der Lutheraner.

28

Es war lange her, dass Irmelin hingerichtet worden war und Gutta auf ihrem Grab getanzt hatte. Niemand sprach mehr über die Kindsmörderin. Nur Gutta hatte sie nicht vergessen. Irmelin. Der Name geisterte bei Tag und bei Nacht in ihrem Kopf herum. Irmelin. Es war, als hätte Guttas Unglück mit Bertram einen Namen bekommen. Irmelin. Als hätte ihr Versagen als Weib, als liebende Frau einen Namen bekommen. Irmelin. Irmelin. Hätte es diese Frau nicht gegeben, so würde Bertram nichts bei Gutta vermissen. Sie war es, die ihn die Lust gelehrt hatte. Sie war es.

Gutta schüttelte sich. Ich darf nicht an sie denken, nahm sie sich jeden Tag aufs Neue vor. Ich muss sie abschütteln, loswerden.

Mit energischen Handgriffen räumte sie ihr Schreibpult auf, hörte ein Fuhrwerk in den Hof rumpeln. Sie hob die Nase, schnüffelte. Wolle, dachte sie. Ich rieche Wolle. Sie muss nass geworden sein, am Ende gar verdorben. Gutta lief hinaus in den Hof, kletterte auf das Fuhrwerk, befühlte die Wolle. Hart war sie, feucht und filzig.

»He, Fuhrmann, die Wolle ist nicht so, wie wir sie haben wollten. Sie ist verfilzt, kaum zu gebrauchen.«

Der Fuhrmann näherte sich, zuckte mit den Achseln. »Was kann ich dafür? Die Plane ist nicht dicht. Es hat geregnet.«

»Nehmt das Zeug wieder mit!«, befahl Gutta. »Verdorbene Ware will ich nicht haben.«

Der Fuhrmann blieb gleichgültig. »Wie Ihr wollt. Aber gebt mir das Geld. So war es ausgemacht mit dem Wollweber in Melsungen.«

»Kein Geld für schlechte Ware. Was denkt Ihr Euch? Ich soll bezahlen für etwas, was ich nicht brauchen kann? Schert Euch, Fuhrmann, und klärt mit dem Wollweber, was mit der Ware wird. Ich hatte Qualitätswolle bestellt, und keinen Filz.«

Der Fuhrmann spuckte aus. »Ist schon gut, Frau. Ich kläre das mit dem Kaufmann. Wo finde ich ihn?«

Gutta stemmte die Hände in die Hüften. »Meint Ihr, mein Mann sagt Euch etwas anderes?«

»Kann schon sein, Frau. Was versteht Ihr von Geschäften?«

»Jetzt reicht es«, keifte Gutta, packte die Pferde beim Zügel und dirigierte das Fuhrwerk herum. »Schert Euch, Fuhrmann. Ich sage es nicht noch einmal. Steigt auf den Bock und gebt den Pferden die Peitsche. Drei Augenblicke lasse ich Euch dafür, bevor ich nach den Bütteln rufe und Euch wegen Betrugs hinter Gitter bringen lasse.«

Der Fuhrmann schob überrascht seine Lederkappe in die Stirn. »Ist ja schon gut, Frau.«

Dann sprang er auf den Bock und machte, dass er vom Hof kam.

Ein Lachen ertönte hinter ihr. Gutta fuhr herum. Ludovik stand da. »In dieser Hinsicht hast du dich nicht geändert«, sagte er.

Gutta errötete und blies sich eine Haarsträhne aus dem Gesicht. »Was willst du hier?«, fragte sie. Seit ihrem Zusammensein während Bertrams Abwesenheit hatte sie es vermieden, mit Ludovik allein zu sein. Sie konnte ihm nicht mehr in die Augen sehen.

»Sehen, wie es dir geht.«

»Es geht mir gut, du kannst wieder gehen, Ludovik.«

Ihre Worte wurden vom Mittagsläuten der nahen Kirche übertönt. Die Handelsdiener und Knechte ließen ihre Arbeit liegen und verließen das Lager. Aus dem Kontor kamen die Schreiber. Alles, was im Hause Zum Raben beschäftigt war, ging zum Mittagessen.

Gutta sah sich nach Ludovik um, der noch immer in der offenen Einfahrt stand. Sie hatte Furcht, er würde ihr in die Küche folgen und dort auf Bertram treffen, deshalb ging sie in das leere Lager.

Wenn ich schon einmal hier bin, überlegte Gutta, dann kann ich auch gleich die Ballen mit dem Brokat zählen. Bald wird es wieder einen Messeball geben. Vielleicht brauchen wir noch etwas dafür von diesem Stoff.

Sie nahm Wachstafel und Griffel aus dem Kittel und drückte sich zwischen den anderen Stoffballen in die hinterste Ecke des Lagers zum Brokat.

Da hörte sie Schritte und fuhr herum. »Ludovik! Bist du mir nachgegangen?«

»Was soll ich sonst tun, um einmal mit dir allein sein zu können?«

Er schaute sie mit zur Seite geneigtem Kopf und einem Lächeln an, bewunderte ihre Brüste, die sich unter dem Stoff des Kleides hoben und senkten.

»Ich möchte aber nicht mit dir allein sein!«

Ludovik lachte auf. »Denkst du nicht manchmal noch an unsere schönen Stunden, als Bertram in Italien war?«

»Ein Mal, Ludovik. Ein einziges Mal habe ich mich vergessen. Und du tätest gut daran, dieses eine Mal ebenfalls aus deinem Gedächtnis zu streichen.«

»Deine zarte Haut … deine Lippen … deine köstlichen Brüste … dein lodernder Schoß. Selten habe ich so viel Leidenschaft erlebt.«

Wieder errötete Gutta, presste die Wachstafel vor ihre Brust, aber sie konnte nicht verhindern, dass ihr Leib zu glühen begann.

»Geh … geh, Ludovik. Sonst rufe ich nach den Knechten.«

»O nein, das wirst du nicht tun.«

Ludovik stieg um die Ballen herum, fasste nach Guttas Schultern, zog sie an sich, schnüffelte in ihrem Haar. »Du riechst wie eine Sommerblumenwiese«, murmelte er, dann suchten seine Lippen ihren Mund.

Gutta wollte aufschreien, nach dem Knecht rufen oder Ludovik wenigstens von sich stoßen, doch plötzlich hatte sie eine Schwäche befallen, die sie hilflos machte. Sie fühlte seine warmen, weichen Lippen, den festen Griff seiner Hände …

»Du willst es doch auch, Gutta«, raunte Ludovik. »Ich weiß doch, was du brauchst.«

Seine Hände fuhren über ihre Brüste, den Leib hinab, die Schenkel. Dann bückte er sich, schlug ihr die Röcke hoch und berührte sanft ihre Scham. Ohne es zu wollen, stöhnte Gutta auf. »So ist es gut, mein Herz«, raunte Ludovik. »Zeig mir deine Lust.«

Seine Finger drangen in ihren Schoß. »Ich kann sie fühlen, deine Lust. Hast du auf mich gewartet?«

Vor Guttas Augen schwammen rote Kreise. Ihr Schoß loderte heiß. Sie konnte die Feuchtigkeit zwischen ihren Schenkeln spüren. Sie wollte … wollte … wollte … Laut stöhnte sie auf, presste ihren Unterleib gegen seine lockenden Finger.

»Komm, sag mir, dass du dich nach mir gesehnt hast. Sag mir, dass ich es dir besser besorge als dein Mann«, flüsterte Ludovik.

Er hatte die Worte noch nicht zu Ende gesprochen, da stieß Gutta ihn weg.

»Was ist?«, fragte er verdutzt, wollte wieder nach ihr greifen, doch sie hielt die Hände vor ihren Körper, wich bis zur Wand zurück.

»Fass mich nicht an! Und nimm nie wieder Bertrams Namen in den Mund«, fauchte sie. »Verschwinde, oder ich schreie!«

Ihre Augen funkelten, ein Fuß stampfte auf. Sie hatte den Oberkörper nach vorn gebeugt und die Fäuste geballt.

»Ist ja gut, ganz ruhig«, sprach Ludovik und wich zurück bis zur Tür. »Eines Tages wirst du mich anflehen, dich zu nehmen«, sagte er, warf ihr eine Kusshand zu, lachte und verschwand. »Du hast es weitaus nötiger als ich.«

Gutta ließ sich mit klopfendem Herzen auf einen Ballen sinken. Noch immer spürte sie die Lust in ihrem Inneren. Sie stützte den Kopf in die Hände, meinte, das Blut in ihrem Leib rauschen zu hören. Wie eine läufige Hündin, dachte sie. Ich habe mich aufgeführt wie eine Hündin. Wenn der Schoß einmal entflammt ist, gibt es kein Entkommen.

Sie schüttelte sich, fühlte Abscheu vor sich selbst. Wie konnte ich bei einem einzigen Kuss alles um mich herum vergessen?, fragte sie sich. Die Äbtissin im Stift, die Pfaffen auf der Kanzel, sie alle hatten recht. Wollust ist Teufelswerk. Gutta wischte energisch mit einer Hand über ihre Lippen, wollte Ludoviks Kuss wegwischen, ihre Lust wegdenken, doch es gelang nicht. Sie stand auf, ging zu einem Eimer mit kaltem Wasser, der neben dem Eingang stand, schöpfte einige Hände voll Wasser und warf sie sich ins Gesicht. Verdorben bin ich, dachte sie. Verdorben von Ludovik und seiner Lust. Ein Mal nur habe ich ihm nachgegeben, und schon verbrennt mir die Wollust den Schoß. Sie ist wie die Pest. Nun bin ich noch weniger wert als vorher. Lieber ein fischkaltes Weib, aber ehrbar sein, als eine läufige Hündin, die nichts anderes im Kopf hat als das Glühen ihres Schoßes. Lieber einen Ehemann, der sich über meine Kälte beklagt, als einen, der meine Verdorbenheit kennt.

Ein Jahr später, 1534, lag das Heer des Landgrafen Philipp von Hessen vor der Stadt. Philipp wollte mit dreitausend Mann dem Herzog von Württemberg gegen die Altgläubigen zu Hilfe eilen, doch da besann sich der Kaiser auf seine Rechte. Er verbot dem Landgrafen den Durchzug durch die Stadt und hieß ihn, bei Griesheim über den Main zu setzen. Der Rat barmte: »Unser Korn – das Heer wird alles vernichten.«

Aber Philipp hatte angedroht, alle zu hängen, die dem Korn Schaden zufügten, plünderten, brandschatzten und ähnliches Unheil anrichteten.

Wieder war es der Stadt gelungen, einer Entscheidung zwischen dem Schmalkaldischen Bund und dem Kaiser zu entgehen.

Bertram war zu Philipp geritten, der vor den Toren der Stadt beim Dorf Griesheim Station machte. Und er war empfangen worden.

»Ah, der Holzhändler. Sagt, Kaufmann Geisenheimer, seid Ihr immer dort, wo sich eine Fehde zuträgt?«

»Ja und nein, Herr. Ich bin Kaufmann und dort anzutreffen, wo ich Geschäfte wittere.«

»Also seid Ihr auch um der Geschäfte willen zu mir gekommen?«

Bertram nickte und packte ein Fässchen Tinte aus.

»Was habt Ihr da?«

»Eisengallustinte, die nicht verblasst, und Geheimtinte, die nur für den zu lesen ist, der ihr Geheimnis kennt.«

»Zeigt her!«

Bertram tat, wie ihm geheißen, zeigte Schreiben vor mit dem Datum von vor drei Jahren, tiefschwarz noch immer die Tinte. Dann schrieb er etwas unsichtbar mit der Geheimtinte auf ein Blatt und machte sie hernach sichtbar, in dem er ein Fläschchen mit Eisensulfat und Wasser hervorholte, einen Pinsel hineintauchte und damit über das Papier strich.

Philipp sah Bertram an. »Seid Ihr ein Lutheraner?«

Bertram verbeugte sich. Philipp lachte. »Macht mir nichts vor. Wissen will ich, welchen Glaubens Ihr seid.«

Nur kurz überlegte Bertram, dann sagte er: »Wenn Ihr mich lutherisch wünscht, so bin ich dies. Ist Euch katholisch lieber, soll es mir auch recht sein.«

»Wie?« Philipp zog die Augenbrauen zusammen.

Bertram breitete die Arme aus. »Was wollt Ihr, mein Fürst? Es gibt nur einen Gott. Und nur er kennt den rechten Glauben. Lutherisch, katholisch, das sind Geschichten, die der Mensch gemacht hat. Mit Gott hat das nichts zu tun.«

Philipp kniff die Augen zusammen, musterte ihn.

Er wird mich rauswerfen, dachte Bertram. Töten wird er mich nicht. Selbst wenn das, was ich sage, der Ketzerei gleichkommt.

Er hielt den Atem an, richtete sich schnurgerade auf.

Da lachte Philipp, hieb ihm auf die Schulter. »Geisenheimer, Ihr seid ein rechter Mann. Ich habe Zutrauen zu Euch. Sitzt Ihr im Rat?«

Bertram nickte. »Im Rat sitze ich, und zu den Alten Limpurgern gehöre ich nun auch. Ich habe den Platz meines Schwiegervaters eingenommen.«

»Hmm … hmmm.« Philipp kratzte sich am Kinn. »Wissen möchte ich, was der Rat beschließt. Frankfurt will und will dem Schmalkaldischen Bund nicht beitreten. Ein Zwitterwesen ist die Stadt.«

Er hielt inne, hob die Hand und fuchtelte mit dem Zeigefinger. »Eure Räte sind nicht klug. Ihr habt keine Verbündeten. Weder auf der einen, noch auf der anderen Seite. Das Volk macht, was es will. Ich habe gehört, dass sie die Kirchen geplündert und die alten Priester verprügelt haben sollen.«

Bertram nickte. »Hin und wieder gibt es Unruhen, das ist wahr. Die Stadt versteht sich auf den Handel. Von Politik und Religion will sie nichts wissen. Die Messe soll bleiben, das ist alles, was der Rat will.«

»Und Ihr?«, fragte Philipp. »Was wollt Ihr?«

»Geschäfte machen.«

»Gut. Ein Mann, ein Wort. Ich kaufe Euch die Tinte ab. Alles, was Ihr habt. Auch andere Aufträge werde ich Euch geben. Dafür aber sitzt Ihr mir im Rat und vertretet meine Sache.«

»Hoflieferant des Landgrafen?«

Philipp nickte. »Wenn Ihr wollt, dann werdet ihr diesen Titel tragen.«

Er streckte Bertram die Hand entgegen, und der Kaufmann schlug ein.

In der Druckerei des Christian Egenolff erschien eine deutsche Bibel nach Luthers Übersetzung mit achtzig Holzschnitten von Hans Sebald Beham.

Bertram ging hin, sie zu betrachten. Eine Bibel nach Luther. Ein kostbares Stück. Die Alten Limpurger rissen dem Drucker die Schrift schier aus den Händen. Auch Gutta wünschte sich eine Egenolff-Bibel.

Bertram kaufte, ohne zu feilschen. Er hatte nichts dagegen, dass Gutta jeden Sonntag zum lutherischen Gottesdienst in den Dom ging. Er hatte auch nichts gegen ihre großzügigen Spenden in den Almosenkasten, der sich im ehemaligen Barfüßerkloster befand. Er hatte gegen nichts etwas einzuwenden, was seine Frau tat. Und ihr schien es recht zu sein, dass er mal die katholischen Messen, mal die lutherischen Gottesdienste besuchte.

Heute wollte Bertram einen letzten Versuch wagen, Gutta für sich zu gewinnen. Der alte Hellmund war seit zwei Jahren tot. Bertram war fünfunddreißig Jahre alt. Er hatte zwei Zähne verloren, doch sein Haar war noch dicht und dunkel, seine Arme stark, die Lenden ebenfalls. Er hatte genug gedarbt. Bertram wusste nicht, wie ein rechter Glaube auszusehen hatte. Er wusste auch nicht, wie Gott war – oder wo. Und er glaubte nicht an die Kraft der Gebete. Aber er glaubte an die Gültigkeit der Ehe. Liebe, hatte er gedacht, muss unendlich sein. Was sonst, wenn nicht die Liebe?

Er wusste längst, dass er sich geirrt hatte, aber er konnte nicht aufhören, dennoch daran zu glauben. Er hatte sich so gewünscht, dass Gutta ihm alles wäre. Aber seit vielen Jahren gingen Wunsch und Wollen getrennte Wege. Es schien, als hätte sein Wille keine Gewalt mehr über seine Wünsche.

Da war die Magd, die Angelika bei ihren Besuchen begleitete. Ein dralles Ding, das herzhaft lachen konnte und stets mit einem Finger im Honigtopf zu finden war. Ein genussvolles Weib, ein pralles Weib. Er hatte sie im Mai unter dem Maibaum tanzen sehen. Giovannas Anmut fehlte ihr. Sie stampfte mit den Füßen. Wenn sie sich mit den Fäusten in den Hüften drehte, stieß sie die Nebenstehenden zur Seite. Feine Seide würde ihr unter den ungeschickten Fingern reißen, beklagte sich Angelika oft. Aber sie war ein Weib. Ein Weib, das einen ganzen Krug kuhwarme Milch auf einmal trinken konnte und sich hernach mit der Zungenspitze den Milchbart von der Oberlippe wischte. Ein Weib – Bertram hatte es mit eigenen Augen gesehen –, das dem Pferdeknecht mit der flachen Hand auf den Hintern klatschte und dabei mit offenem Mund quiekte.

Er hatte sie angesehen, und sie hatte seine Blicke erwidert. Ja, sie hatte gelockt. Und er wollte sich locken lassen. Alles in ihm drängte zu dem prallen Weib, zu irgendeinem prallen Weib. Er wollte nach ihr greifen, sich in ihr Fleisch wühlen. Er wollte ihr den Schweiß aus den Kniekehlen lecken, wollte zwischen ihren Brüsten verschwinden.

Das war sein Wunsch. Und gleichzeitig wollte er nicht wünschen. Deshalb die Bibel für Gutta.

Die Bibel als Ablass für geplante Untreue. Wie leicht sich Gott, wenn es ihn gab, bescheißen ließ!

Nein, nicht Gott. Er selbst, Bertram, betrog sich. Was ich vorhabe, ist unredlich, obgleich es vor Redlichkeit nur so trieft. Ich kaufe die Bibel, erwarte, dass Gutta mich trotzdem zurückstößt, damit ich leichten Gewissens die Magd beschlafen kann. Gutta wäre schuld, natürlich. Wer sonst, wenn nicht sie? Was aber, wenn Gutta mich nicht zurückstößt?

Er lächelte, war plötzlich neugierig auf sich selbst. Und auf seine Frau.

In plötzlicher Hochstimmung ging er zurück in das Haus Zum Raben. Er wartete bis nach dem Abendessen. Die Kinder waren im Bett, Gutta saß in der Wohnstube. Er reichte ihr die Bibel.

»Hier, für dich.«

Gutta runzelte die Stirn. »Für mich? Warum?«

Bertram sah sie an, sagte nichts. Dann nahm er ihre Hände, küsste ihre Fingerspitzen, ließ sie gleich darauf los, strich dabei mit dem Handrücken über ihre Brust.

Gutta sah ihn an. Ihre Augen waren groß und dunkel. Da stand er auf, löste ihr das Mieder, wollte es über ihre Schulter streifen, doch Gutta hielt ihm die Hände fest.

»Nicht«, sagte sie, machte sich los, wollte aufstehen. Bertram sah sie aus kalten Augen an. »Du willst also wirklich nicht mehr mein Weib sein? Nur noch die Mutter meiner Kinder, der Vorstand meines Haushalts?«

»Nein«, sagte Gutta.

»Ich dachte es mir, wollte es nur noch einmal aus deinem Mund hören.«

Bertram stand auf, ging zur Tür, wenig später hörte sie seine Schritte auf dem Pflaster.

Da begann sie zu weinen. Sie hatte sagen wollen: Ja, ich will dein Weib sein. Und nein, nicht nur die Mutter deiner Kinder. Aber er hatte ihr Nein auf seine erste Frage bezogen. Ein Missverständnis. Sie hatte aufstehen und die Kerze löschen wollen, damit er nicht sah, wie sich ihr Körper verändert hatte. Sie wollte schön sein für ihn, doch das ging nur noch in der Dunkelheit. Nun war er fort.

Sie stand auf, trat an den Kamin, auf dessen Sims ein Spiegel stand. Ein Spiegel mit geschnitztem Rahmen und ganz aus venezianischem Glas. Ein Spiegel, in dem sich das Kerzenlicht verdoppelte.

Sie betrachtete sich darin, strich sich über das Haar, das an den Seiten schon einzelne graue Fäden aufwies. Dann fuhr sie sich mit den Fingern über die Stirn, als wolle sie die Falten dort glätten, fuhr sich auch über die Lippen, die nicht mehr prall waren und sich allmählich nach unten bogen. Ihr Mieder hing ihr halb offen über der Schulter. Einen Augenblick lauschte sie in das Haus hinein. Es herrschte Stille; die Dienstboten waren im Bett, das Kontor längst geschlossen, auch die Kinder schliefen.

Langsam streifte sie das Mieder von den Schultern, strich das Oberkleid hinab zur Hüfte, schob das Unterkleid hinterher, stand mit bloßen Brüsten.

Schwer hingen sie. Vier Kinder hatten sie zur Erde gezogen, obwohl eine Amme sie gesäugt hatte. Ihr Bauch war fülliger geworden, ihre Hüften breiter.

Ich bin alt, dachte sie. Schon lange nicht mehr schön. War ich es jemals?

Plötzlich fühlte sie sich betrogen. Um das Leben, um das Glück, um die Liebe, um Erfüllung und Zufriedenheit.

Sie hatte mit Bertram arbeiten wollen. Nun, das tat sie. Es gab keine Entscheidung, an der er sie nicht beteiligte.

Ich habe versagt, dachte sie. Maßlos war ich in meinen Ansprüchen. Die Oberin der Weißfrauen hat es mir vorausgesagt. Jetzt habe ich nichts mehr.

Sie fühlte, wie sich ihr Herz leer schlug. Sie stand und schaute ihr Spiegelbild an, als könnte der Blick ins eigene Gesicht ihr sagen, was jetzt zu tun sei.

Bertram, dachte sie. Wenn du nur zurückkommen würdest. Aber insgeheim wusste sie doch, dass er längst bei einer anderen Frau lag. Und dass sie daran nicht unschuldig war.

Da bedeckte sie ihre Brüste, richtete das Haar, nahm die Egenolff-Bibel und schrieb vorn auf die erste Seite: Bibel der Familie Geisenheimer. Dann schlug sie die letzten Seiten auf, die leer waren, und trug ein, was sich in den Jahren seit ihrer Hochzeit zugetragen hatte. Wenn ich Bertram schon verloren habe, dachte sie trotzig, so will ich wenigstens die Familie erhalten. Mit der haltbaren Tinte trage ich sie in die Bibel ein. So wird doch, was sein soll.

Zwei Jahre später, 1536, hatte Gutta ein paar Falten, die sich von der Nase seitlich bis hinunter zu den Lippen zogen, und diese Falten verliehen ihr etwas Bitteres.

Dabei hatte sie zur Bitternis keinen Grund. Ihre Kinder gediehen wohl.

Falk war zwölf Jahre alt, ein stiller Junge, der ordentlich seine Pflichten erfüllte. In der Lateinschule war er fleißig, arbeitete schon im Kontor. Nur manchmal, wenn ihn der Zorn überkam, kannte sie ihn nicht wieder. Dann trat er nach einer Katze, die ihm über den Weg lief, packte sie am Kragen und warf sie gegen die Wand. Hernach streichelte er das Tier, verwöhnte es mit Sahne und eingeweichtem Brot. Auch die Magd Burga und die Köchin hatten unter ihm zu leiden. Jeden Samstag, wenn in der Küche der Zuber mit heißem Wasser gefüllt wurde, damit sie darin baden konnte, hielt er sich in der Vorratskammer versteckt und betrachtete die Frauen.

Er sah seine Mutter, deren Haut ganz hell war und ihm weich erschien. Er sah die schweren Brüste, die sich hoben, wenn sie das Haar löste, welches dann herabstürzte und den

Busen bedeckte. Brüste wie Sommerwolken. Einmal hatte er gesehen, wie die Mutter mit beiden Händen über die Brüste strich, danach über den Leib, die Schenkel, das Gesäß. Sie hatte die Augen geschlossen dabei. Er fand sie schön, seine Mutter, schön und traurig wie ein Altarbild. Vom Licht der Kerze vergoldet und vom Dampf des Zubers in einen leisen Nebel gehüllt, wirkte sie wie eine Heilige. Eine Frau, die alles konnte, der man aber niemals nahekam. Eine Frau, die ein Ohr hatte für alle Kümmernisse und Wünsche, aber keine Hand, um die Sorgen von der Stirn zu streichen. Nicht nahe genug kam man ihr, um zu wissen, ob sie wirklich aus Gold war. Er hockte in seinem Versteck und streckte die Hand nach ihr aus. Er wäre gern hervorgekrochen und hätte sich ihr in die Arme geworfen, mitten hinein in das goldene Licht und den warmen Nebel. Aber er wagte es nicht. Wie man ein Altarbild nicht berührte.

Dann war Konstanze gekommen, und die Mutter hatte aufgehört zu stöhnen, hatte die Schwester ausgezogen und in den Zuber gesteckt.

Nach der Mutter badete die Magd. Ihr Körper war so fest wie der eines Mannes. Ihre Brüste tanzten und hüpften wie Bälle, während die Brüste der Mutter eher schwangen und sich wiegten. Der Hintern der Magd ragte keck hervor, wippte nach links und nach rechts. Die Magd sang beim Auskleiden, beim Baden, beim Ankleiden Küchenlieder, federte in den Hüften. Ihr Leib schien ihm wie ein Platz zum Spielen.

Burga hatte einen neugierigen Leib, fand Falk. Alles an ihr schien auf etwas zu warten, während der Körper der Mutter satt schien.

Er sah die Burga sehr gern an, hätte sie wohl auch gern

berührt. Sie war ihm seltsam fremd und vertraut, so wie ihm der Lumpenball vertraut und fremd zugleich war, mit dem er auf der Gasse mit den anderen Jungen spielte.

Die Magd goss noch einmal einen Eimer heißes Wasser in den Zuber, als sie fertig war, dann rief sie nach der Köchin.

Die Köchin war alt, ihr Körper von dunklen Flecken übersät. Die Brüste hingen flach wie Eierkuchen an ihr, und die Haut war von tausend kleinen Falten gezeichnet. Sie sieht aus wie kostbares Papier, dachte der Junge, und fühlte Zärtlichkeit für diesen Leib, der im Begriff war, zu vergehen. Er hätte der Köchin gern über den Rücken gestrichen. Ganz sanft und leicht, so wie man über eine kostbare Vase aus Alabaster strich. Ja, so schien ihm die alte Frau. Kostbar und schön. Wie teurer Stoff, wie Alabaster, wie wertvolles Papier. Er konnte sich nicht erklären, was ihn am Leib der alten Frau so faszinierte. Nein, er war nicht fasziniert, er war berührt. Ein Leib, in den ein ganzes Leben eingeschrieben stand. Ein gutes Leben, schien ihm. Eine kostbare Hülle für gute Erinnerungen, die geborgen in ihm waren, behütet und geschützt.

Konstanze war das Gegenteil von Falk. Sie langweilte sich. Schon seit zwei Stunden saß sie mit ihrem jüngeren Bruder Gero im Arbeitszimmer des Vaters und lauschte der gleichförmigen Stimme des Hauslehrers: »Vocare – rufen«, sprach er vor, und die Kinder wiederholten: »Vocare, vocandi, vocando, vocandum, vocando.«

»Docere – belehren«, deklamierte der Lehrer und gab mit seinem Stöckchen den Takt vor.

»Docere, docendi, docendo, docendum, docendo«, leierte Konstanze.

Doch ihre Gedanken glitten immer wieder weg, glitten hinunter ins Kontor des großen Handelshauses. Sie hörte ein Fuhrwerk in den Innenhof fahren und streckte die Nase in die Luft, um zu schnuppern.

»Wolle« flüsterte sie Gero zu. »Wolle und Hanf. Vielleicht Tuch, aber nicht aus England.«

»Konstanze!«

Das Rohrstöckchen des Hauslehrers knallte vor ihr auf den Tisch. Sie schrak auf.

»Wo waren wir stehen geblieben?«, fragte der Lehrer in der Mönchskutte streng. Er war einer der wenigen katholischen Geistlichen, die es in der Stadt noch gab. Bertram hatte durchgesetzt, dass er die jüngeren Kinder unterrichtete, bevor Gero in die städtische Lateinschule geschickt wurde, die nach lutherischem Credo und humanistischen Idealen lehrte. Ob Konstanze hernach in einem Stift das Wissen für zukünftige Ehefrauen erwarb, stand noch nicht fest. Die Eltern stritten darum.

»Wo waren wir stehen geblieben?«

Konstanze senkte den Blick. Sie hatte nicht zugehört.

Der Hauslehrer seufzte. »Ich habe es doch gleich gesagt: Mädchen sind für Bildung nicht geschaffen. Sie begreifen nichts. Ihr Hirn ist zu klein und zu feucht. Eine Dummheit war es, deinem Unterricht zuzustimmen. Aber das Wort des Patriziers Geisenheimer ist nun einmal Gesetz in diesem Hause.«

Konstanze sah hoch. »Ich wollte ja zuhören, aber gestern habt Ihr schon diese Verben durchgenommen und vorgestern auch und letzte Woche schon, und da dachte ich, dass es nicht so schlimm ist, wenn ich nicht zuhöre, und als ich das dachte, da hörte ich unten das Fuhrwerk, und da fiel mir ein, dass ich jetzt viel lieber wissen möchte, was das Fuhrwerk geladen hat und woher es kommt und ob wirklich Tuch dabei ist und ...«

»Schluss mit dem Gewäsch!« Wieder knallte der Rohrstock auf den Tisch, wieder zuckte Konstanze zusammen. »Wirst du wohl einmal den Mund halten, du unnützes Geschöpf? Dein Reden erinnert mich an eine Sturmflut. Mir wird ganz schwindlig von deinem Geschwätz! Antworte mit Ja oder Nein und stiehl dem Herrgott nicht den Tag mit Worten, die niemand braucht. Untertänig und demütig soll die Frau dem Manne begegnen, den Mund nur auftun, wenn sie gefragt wird. Es wird Zeit, dass dein Vater dir das beibringt.«

Er sah Konstanze mit einem vernichtenden Blick an, dann wandte er sich zum Fenster. Sie konnte hören, was er vor sich hinmurmelte: »Ein Mädchen zu unterrichten wie einen Jungen! Wo hat man so etwas schon gesehen? Vergebene Liebesmüh, das alles.«

Konstanze sah zu ihrem Bruder. Gero kicherte und streckte ihr die Zunge heraus.

Dem Mädchen reichte es. Sie stand auf, hob hochmütig den Kopf und verkündete mit ungewöhnlicher Knappheit: »Ich gehe jetzt. Der Unterricht ist ja nur lauter Faxenkram. Im Kontor lerne ich viel mehr.«

Sie schob die Dose mit dem Löschsand zur Seite, legte den Federkiel aus der Hand und verließ das Zimmer.

Unten im Kontor traf sie ihren Vater. »Na, Kind, bist du dem Lehrer wieder einmal fortgelaufen?«

Konstanze seufzte und sah ihren Vater mit großen Augen an. »Wir mussten schon wieder lateinische Verben konjugieren, und bestimmt werde ich diese Nacht davon träumen, aber dann hörte ich das Fuhrwerk im Hof und wollte lieber wissen, welche Waren wohl gekommen sind, und da knallte das Stöckchen des Lehrers auf das Pult, sodass ich erschrak und gleich dachte, dass der Herrgott im Himmel bestimmt auch gehört …«

»Hol doch mal Luft, Kind. Ich kann gar nicht so schnell zuhören, wie du redest.« Bertram lachte und strich ihr über das Haar. Sie ist wie ich, dachte er. Von allen Kindern, die ich habe, ist sie mir am nächsten. Eine Arschgeburt wie ich.

»Was meinst du denn, welche Waren gekommen sind?«, fragte er leise.

Konstanze hüpfte ein wenig in die Höhe und hob den Zeigefinger. »Sag nichts, sag nichts, ich will es erraten!«

»Also gut.«

Konstanze zog die Stirn kraus, hielt ihre Nase in die Luft und sagte schließlich mit großer Überzeugung: »Wolle und Hanf und vielleicht noch Tuch aus Thüringen. Aber es könnte natürlich auch englisches Tuch sein, das nach thüringischer Art hergestellt ist, oder vielleicht …«

»Schon gut, schon gut. Du hast recht, Tuch aus Thüringen, und du bist das einzige Kind, das ein Geschäft riechen kann. Das hast du von deiner Mutter.« Dann griff er in die Tasche und holte ein Geldstück hervor. »Da, für Naschwerk. Aber gib deinen Brüdern davon ab.«

»Jetzt gleich?«, fragte Konstanze hoffnungsvoll, doch ihr Vater schüttelte den Kopf.

»Du gehst zurück zum Unterricht. Und wenn der Mönch sich heute wieder über dich beklagen muss, dann setzt es eine Tracht Prügel.«

Konstanze verzog das Gesicht.

»Lass die Faxen«, sagte ihr Vater streng. »Du sollst lernen

und vor allem zuhören. Wer immer nur redet, der hört nicht, was der andere sagt.«

Konstanze seufzte, dann schlenderte sie langsam wie eine Schnecke die Treppe zum Schulzimmer hinauf. Sie sah nicht, dass der Vater ihr nachdenklich hinterherschaute.

Während Falk seiner Mutter glich und Konstanze eindeutig nach Bertram kam, war Gero dem alten Hellmund am ähnlichsten. Vielleicht war er deshalb der Liebling von Baptist, der zwar schon einige Zeit mit Petronella verheiratet war, aber noch immer keine eigenen Kinder hatte.

Sollte Gero einen Weg erledigen, sollte er zum Beispiel vom Haus Zum Raben in der Hasengasse hinüber zum Hellmundhaus im Großen Hirschgraben gehen, so ging er nicht die Töngesgasse oder den Holzgraben entlang, sondern kürzte ab. Er verließ das Haus Zum Raben nach hinten durch den Garten, lief zur Katharinenkirche, kroch durch den Zaun in den Kirchengarten, öffnete die Tür zur Sakristei, warf dem Pfarrer einen Gruß zu, war schon hinter dem Altar, nickte den alten Weiblein zu, die davor beteten, stürmte durch das Kirchenschiff und kam hinten schon fast am Großen Hirschgraben heraus.

Gutta schalt ihn, doch Bertram lachte. »Er nimmt den kürzesten Weg, geht gerade auf sein Ziel zu. Er weiß, was er will. Um ihn müssen wir uns nicht sorgen.«

Bertram war ausgeglichener als je zuvor. Im Grunde hatte er alles, was er wollte: Die meisten Frankfurter kannten ihn mit Namen, seit er im Rat saß und die schwere Ratskette trug. »Der Geisenheimer«, nannte man ihn, und niemand fragte mehr, woher er vor über zwanzig Jahren gekommen war.

Seine Kinder gerieten wohl, seine Frau verstand es, den Haushalt zu führen, und war in Geschäftsdingen beschlagener als der beste Handelsdiener. Sie machte etwas her. Wie sie am Sonntag durch die Gassen zur Kirche ging: gut gekleidet, aber nicht protzig. Sie hielt sich gerade, grüßte nach rechts und nach links, gab den Bettlern und Leprösen, trug nur wenig Schmuck, dafür aber kostbare Stücke. Ludovik hatte er einmal sagen hören: »Die Gutta kann in Sack und Asche gehen und wirkt trotzdem wie eine Königin.« Sie hatte sich verändert, das sah er wohl. Ihr Haar glänzte und war gut frisiert, ihre Kleider vom besten Gewandschneider. Sogar die Wangen färbte sie sich manchmal rot.

Nur Bertram wusste, dass alle Vornehmheit verschwand, sobald sie ihr Zuhause betrat. Dann fiel alles Strahlende von ihr ab. Sie krümmte die Schultern, strich das Haar müde zurück, bemühte sich weder um ein Lächeln noch um Haltung. Manchmal schien es Bertram sogar, dass sie einer Magd ähnlich war und die Burga einer Herrin.

Seine Geschäfte gingen glänzend, mit Baptist hatte er einen Partner gefunden, auf den er zählen konnte. Und die Liebe?

Die Magd des Hauses Stetten, die auf den ungewöhnlichen Namen Flora hörte, hielt, was ihr sinnlicher Körper versprach. Mehr noch: Durch Flora erfuhr er, was im Handelshaus Stetten geschah. Ludovik hatte sich nicht geändert. Noch immer tätigte er seine Geschäfte am liebsten in der Würfelstube, noch immer stellte er den Frauen nach. Sein helles Haar war noch dünner geworden, aber das störte die Frauen nicht. Ludovik hatte das vierzigste Jahr überschritten; seine Komplimente waren wohlfeiler formuliert. Wenn er ein Metier beherrschte, so war es das des Liebhabers und Schöngeistes. Doch die jungen Frauen verschmähten ihn schon, hatten nichts übrig für seinen weichen Händedruck und den aufgeschwemmten Leib. Witwentröster nannte man Ludovik hinter der vorgehaltenen Hand, und manch einer behauptete sogar, er ließe sich von den alten Frauen bezahlen, damit er sie beschlief.

Angelika fiel es nicht auf, dass die Warenlager seit langer Zeit leer und die beiden Handelsdiener den lieben langen Tag damit beschäftigt waren, ihren eigenen kleinen Geschäften nachzugehen. Nur die Handelsgesellschaften, die Ludovik mit Hainbuch betrieb, hielten die Familie über Wasser. Doch während Hainbuch immer prächtiger gekleidet ging, sich neue Häuser zulegte und seine Frau mit Schmuck protzte, wurde Ludoviks Kleidung schlichter, und Angelika musste schon so manches Schmuckstück verkaufen.

Flora berichtete Bertram eines Tages, was mit dem Geld geschehen war, welches für den Kauf des Klosters hatte sein sollen. Ludovik und Hainbuch hatte das von Aaron Zum Hirschen geborgte Geld in andere Unternehmungen gesteckt. Nun aber war bald – in zwei Jahren schon – der Zeitpunkt da, an dem die Rückzahlung der Schuldsumme fällig wurde.

»Gehört das Holzbachhaus, in dem die Stettens jetzt wohnen, noch ihnen?«, fragte Bertram. »Bitte, Flora, sei so gut und finde das heraus.«

Bald, das wusste er, würde das Haus ihm gehören. Aber noch war es nicht so weit, noch musste er sich gedulden.

Vorerst hatte er zudem andere Sorgen. Noch immer schwankte die Stadt Frankfurt, obwohl offiziell lutherisch, zwischen den beiden Konfessionen hin und her. Das ganze Heilige Römische Reich deutscher Nation war gespalten.

Auf der einen Seite stand die Allianz der lutherischen Fürsten und Städte, der Schmalkaldische Bund, auf der anderen Seite der Kaiser mit seinen Verbündeten.

Überall flammten Fehden auf, stritten die Schmalkaldischen gegen die Kaiserlichen. Ein Krieg konnte jeden Tag ausbrechen. Und Frankfurt musste sich endlich bekennen, sonst war es im Kriegsfall ganz ohne Schutz.

Bertram drängte im Rat auf den Beitritt zum Schmalkaldischen Bündnis. Er lieferte nicht nur Tinte, sondern auch Seidenwaren aus Antwerpen und die Produkte aus den Ostländern, die er über Dietz aus Leipzig bezog, an den Landgrafen. Philipp hielt sein Wort, zeigte sich großzügig. Umso dringender war es, dass Frankfurt dem Bündnis beitrat.

»Was das kosten wird!«, jammerte Justinian von Holzhausen, der Bürgermeister.

Der Kämmerer wiegte sorgenvoll den Kopf. »Wenn wir beitreten, beträgt unser ordentlicher Beitrag zur Bundeskasse der Schmalkaldischen jährlich dreitausend Gulden. An außerordentlichen Beiträgen müssten allein in diesem Jahr noch einmal sechstausend berappt werden. Viel Geld für eine Stadt wie unsere. Wir müssten neue Steuern einführen oder die, die wir haben, erhöhen. Oder aber«, und bei diesen Worten sah der Kämmerer sowohl Bertram als auch den Patrizier Fürstenberger an, »oder aber, wir bekommen das Geld von denen, denen der Bund so wichtig ist.«

»Wichtig ist der Bund für die Stadt. Für alle, die hier leben. Oder wollt Ihr, dass in einem drohenden Krieg unsere Stadt ohne Schutz ist? Wir werden alles verlieren, wenn wir nicht handeln. Und zuerst unsere Messe.«

»Ja, aber das Geld, das viele Geld! Die Kassen sind leer. Ohne Steuern geht gar nichts.«

»Der Bund stürzt uns alle ins Unglück. Frankfurt ist Reichsstadt. Hier werden die Könige gekrönt. Eine stolze Stadt sind wir, brauchen keinen Beitritt irgendwo«, schaltete sich Hainbuch ein.

Bertram lächelte. Er hat Angst um jeden einzelnen Gulden, den er vielleicht bezahlen soll. Der Zahltag mit Aaron Zum Hirschen rückte immer näher.

»Statt dem Bund beizutreten, schlage ich vor, den Dechanten des Bartholomäusstifts an den Erzbischof von Mainz auszuliefern, der kürzlich seine Stelle aufgegeben und die Bürgerswitwe Anna Remstorffer geheiratet hat. Man muss nach allen Seiten taktieren«, schlug Hainbuch vor, lächelte verschlagen.

Ludovik nickte zustimmend, und auch die, die in Hainbuchs Nähe saßen, bekundeten Zustimmung. Ein abtrünniger Priester! Wo kommen wir hin, wenn sich so was rumspricht. Das Zölibat mag eine Herausforderung sein, aber zuerst und zunächst war es ein Gelübde.

Bertram aber lachte laut, und Baptist lachte mit ihm. »Will sich die Stadt ganz und gar lächerlich machen? Wir sind lutherisch. Seit Jahren nun schon. Und da sollen wir einen Priester ausliefern, der das Zölibat gebrochen hat? Und nächste Woche vielleicht die Krämerin an der Ecke, die ihr Kind nach der Jungfrau Maria nennt und es lutherisch taufen lässt?«

»Der Erzbischof hat es verlangt«, bekräftigte Hainbuch.

»Und der Landgraf drängt auf den Bund.«

Der Bürgermeister schlug mit einem Hämmerchen auf den Holztisch.

»Ruhe!«, donnerte er. »Zölibat! Kleinkram ist das! Eine Entscheidung muss her! Eine Entscheidung, die auch in fünf

Jahren noch gilt. Ich habe sie satt, diese Streitereien um den rechten Glauben. Wir sind eine Handelsstadt und müssen so entscheiden, dass uns ein Bürgerkrieg nicht vor der Haustür stattfindet, Herrgott noch eins.«

»Philipp ist ein mächtiger Mann. Der Mächtigste nach dem Kaiser. Aber er ist vor Ort, während Karl V. sich nur alle Jubeljahre einmal hier blicken lässt und ansonsten in Spanien Hof hält oder mit den Türken streitet.«

Baptist war es, der dies sagte. Und leiser fügte er hinzu: »Der Papst hat nicht vergessen, dass es die kaiserlichen Truppen waren, die vor zehn Jahren Rom in Schutt und Asche legten. Wir sollten dem Bund beitreten. Eine Steuer erheben wir auf etwas, was jeder braucht – Brot oder Milch oder Wasser aus den städtischen Brunnen. Dann trifft es jeden.«

Zustimmung wurde gemurmelt, jetzt, da klar war, dass die eigene Börse weitgehend verschont blieb.

29

Flora war weg, und Bertram trauerte ihr nicht nach. Er war zu oft in Kassel gewesen, und Flora war keine Frau, die ohne Liebe leben konnte. Sie hatte sich mit einem Stadtknecht zusammengetan und ihn geheiratet. Es hätte schlimmer kommen können, dachte Bertram und erinnerte sich an Irmelin. Doch noch immer erfuhr er die Geheimnisse des Hauses Stetten.

Gutta war unbemerkt als Informantin an Floras Stelle getreten, sodass Bertram sich mehr als einmal fragte, ob sie etwas von seiner Liebelei mit Flora geahnt hatte. Es wäre mir recht gewesen, dachte er und schämte sich gleichzeitig für diesen Gedanken. Sieh her, so weit hast du mich gebracht. Sieh her, ich gehe zu einem anderen Weib, weil du mir nicht gibst, was ich brauche.

Aber Gutta schwieg. Immer, wenn sie von ihren Besuchen bei Angelika zurückkam, berichtete sie: »Ludovik und Hainbuch streiten sich. Angelika ist sehr besorgt. Es geht um Geld. Um viel Geld, das Ludovik nicht zurückzahlen kann. Hainbuch will ihm nichts leihen. Er will ihn lediglich auszahlen, aus der Handelsgesellschaft drängen. Dann steht Ludovik mittellos da.«

Sie schaute ihn dabei mit einem Ausdruck im Gesicht an, als warte sie auf ein Lob. Bertram wollte nicht, dass sie ihn so demutsvoll ansah.

»Hm«, brummte er. »Wer weiß, was dran ist an dem Geschwätz. Frauen reden, wie sie es verstehen.«

Guttas Gesicht fiel in sich zusammen, wurde klein, die Stimme blass, und Bertram wand sich, stand auf und ging hinunter ins Kontor.

Gutta litt, er litt. Aber sie waren nicht imstande, einander zu erlösen. Bertram wusste das, deshalb floh er. Es war das Einzige, was ihm dazu einfiel.

Dann kam das Jahr 1539, und mit dem Frühling kam Philipp der Großmütige, Landgraf von Hessen, nach Frankfurt.

Auf einer Tagung des Schmalkaldischen Bundes in Frankfurt gewährte Kaiser Karl V. im sogenannten »Frankfurter Anstand« seinem Reich einen befristeten Religionsfrieden. Er war auf die Unterstützung der Protestanten beim Krieg gegen die Türken angewiesen. Dass der Schmalkaldische Bund dadurch gestärkt wurde, musste er in Kauf nehmen und auch, dass der fünfunddreißigjährige Landgraf auf der Höhe seiner Macht war, denn es ließ sich nun einmal nur gut nach außen kämpfen, wenn im Inneren Ruhe herrschte.

Bertram wiegte sich in der Sicherheit eines guten Einvernehmens mit dem Landgrafen. Schließlich hatte er maßgeblichen Anteil daran, dass Frankfurt dem Bund beigetreten war.

Doch wie groß war seine Bestürzung, als Philipp bei der Tagung des Bundes in Frankfurt nicht in seinem Hause abstieg, sondern bei den Fürstenbergers. Auch zum Empfang am ersten Abend waren die Geisenheimers nicht geladen. Nicht geladen, obwohl sich Gutta nur dafür ein neues Kleid hatte machen lassen. Ein Kleid in den Farben des Landgrafen.

Drei Tage schon war Philipp in Frankfurt, und noch immer hatte Bertram keine Nachricht von ihm erhalten, keinen Besuch. Nichts.

Bertram ging selten in die Stuben der Alten Limpurger, heute aber trieb es ihn dorthin.

Da saßen sie alle, die Mitglieder des Rates und der Kaufmannschaft. Und verstummten, als er den Raum betrat. Er grüßte, doch die anderen schwiegen. Dann grüßte einer zurück, ein zweiter. Ein paar nickten.

Bertram setzte sich neben Hainbuch. »Was ist los?«, wollte er wissen.

»Was soll los sein?«, fragte Hainbuch. »Nichts, was Ihr nicht wisst. Der Landgraf ist in der Stadt, die anderen Fürsten des Schmalkaldischen Bundes ebenfalls.«

»Das ist nicht neu«, erwiderte Bertram.

»Mag sein. Neu ist auf jeden Fall, dass der Landgraf sich von nun ab nicht mehr von Euch beliefern lässt. Die Tinte bekommt er ab sofort von der Handelsgesellschaft Stetten und Hainbuch, die Seide aus Antwerpen in Kürze ebenfalls.«

Bertram kniff die Augen zusammen. Er starrte in Hainbuchs Gesicht, sah das Glitzern in dessen Augen, das hämische Lachen, den fetten Wanst, auf den er sich klopfte. Er saß zurückgelehnt, hatte die Beine weit von sich gestreckt.

»Ist das wahr, Ludovik?«

Ludovik, der neben Hainbuch saß, die Knie dicht aneinander, die Hände unter den Hintern geschoben, blies sich eine Haarsträhne aus der Stirn.

»Wir sind quitt, Geisenheimer. Du hast den Schuldschein von Aaron Zum Hirschen, wir haben deine Geschäfte übernommen. So geht es zu in der Kaufmannswelt. Heute wir, morgen Ihr.«

»Morgen Ihr. Ja, darauf könnt Ihr Euch verlassen.« Bertram wandte sich um, verließ die Stube, die Tür knallte hinter ihm ins Schloss. Wenig später stand er im Kontor des Hellmundhauses.

»Ludovik und Hainbuch haben mich beim Landgrafen ausgestochen. Weißt du, wie das passieren konnte?«

Baptist wiegte den Kopf, setzte sich, bot dem Schwager einen Platz an.

»Erzähl!«

Bertram berichtete, was er wusste. Baptist kratzte sich am Kinn.

»Die Tinte lassen wir in einem Kloster herstellen, nicht wahr?«

»Ja. In der Wetterau.«

»Ich fürchte, damit hängt es zusammen. Man munkelt, dass die Tagung unter einem schlechten Stern steht. Philipp drängt auf einen Krieg mit dem Kaiser. Der Kaiser will den Landgrafen endlich unschädlich machen. Auch Luther hängt in dieser Geschichte mit drin, aber ich weiß nicht genau wie.«

»Was hat Ludovik damit zu tun?«

»Ich weiß es nicht. Ich weiß nur, dass die Schwester Hainbuchs schon seit vielen Jahren am Hofe von Philipps Frau, Christine von Sachsen, dient. Der Landgraf mag sie nicht, aber Christine hält an ihr fest. Sie verbindet ein gemeinsames Schicksal. Hainbuchs Schwester war einem Höfling angetraut und bekam ein Kind von ihm. Es war eine Totgeburt. Seither hat sie keine Kinder mehr bekommen können. Ihr Schoß sei unfruchtbar, heißt es. Der Höfling hat sie verstoßen.«

»Christine hat sieben Kinder von Philipp bekommen. Ihre Ehe sei glücklich, sagt man«, erwiderte Bertram.

»Das ist richtig. Aber seit Kurzem hat Philipp eine Affäre, die ernster ist als jede zuvor. Margarete von der Saale heißt die siebzehnjährige Schöne, der er sein Herz schenkt. Margarete drängt auf eine Heirat. Er soll Christine verstoßen.«

»Und Philipp?«

Baptist lachte. »Er wird Christine nicht verstoßen, aber er kann auch von Margarete nicht lassen. Mit Luther und Melanchthon in Wittenberg streitet er.«

»Worüber?«

Wieder lachte Baptist. »Es hört sich wie eine Posse an, aber mein Informant schwört Stein und Bein, dass es die Wahrheit ist. Ich traf ihn heute Morgen.«

»Dein Informant?«

»Ja, Johann von Schlott. Ich lernte ihn in Florenz kennen. Er tätigte dort einige Geschäfte für den Landgrafen, mit dem er über dessen Mutter weitläufig verwandt ist.«

»Gut, gut. Aber was in Gottes Namen hat Ludovik damit zu tun? Von welcher Posse redest du?«

Baptist lachte immer noch, während Bertram eine Zornesader auf der Stirn schwoll. Der junge Hellmund ging, um Wein zu holen, brachte frisches Brot und geräucherten Schinken.

»Iss, Schwager. Auf leeren Magen kann ich dir diese tolldreiste Geschichte nicht zumuten.«

Mühsam nagte Bertram am Brot, kostete ein wenig vom Schinken. Ihm war mulmig, er spürte seine Eingeweide. Hatte er Philipps Zuneigung durch eine Intrige verloren? Er verdiente genug mit seinen anderen Geschäften, war auf den Landgrafen nicht angewiesen, aber vor allem ging es ihm um seinen Namen. Der Name, den Philipp sich gemerkt hatte. War er nun beschmutzt?

»Rede, Schwager!«, forderte er. Baptist trank genüsslich von seinem Wein.

»Wo waren wir stehen geblieben?«

»Bei Philipp und seiner Geliebten.«

»Ach ja. Nun, wie schon gesagt, Margarete von der Saale ist sich als Mätresse zu fein. Sie will Landgräfin werden. Philipp ist nicht nur großmütig, sondern auch klug. Der neue Glaube soll es richten. Steht nicht in der Bibel, dass auch Jakob zwei Frauen hatte? Rahel und Lea? Wenn also selbst in der Bibel einem Mann zwei Frauen gestattet waren, dann will Philipp nicht einsehen, dass er sich mit nur einer begnügen soll. An Luther hat er geschrieben und um die Erlaubnis gebeten, eine zweite Ehefrau nehmen zu dürfen. Auf die Bibel hat er sich dabei berufen. Aber Melanchthon und Luther haben seine Bitte zurückgewiesen. Christine von Sachsen war Philipps Begehr nicht unbemerkt geblieben. Es heißt, ein Brief an den Kaiser wäre unterwegs, ein geheimes Schreiben mit geheimer Tinte, welches Karl Philipps Pläne unterbreitet.«

Bertram starrte seinen Schwager an. »Ist das wahr?«

Baptist nickte. »So unglaublich es auch klingen mag.«

Eine Weile starrte Bertram Löcher in die Luft, dann fragte er leise: »Ist es möglich, dass an dieser Stelle Hainbuch und Ludovik ins Spiel kommen?«

Baptist hob die Hände.

Bertram stand auf. »Ich muss nach Hause«, sagte er. »Auf der Stelle.«

Baptist hielt ihn zurück, drückte ihn auf den Stuhl nieder. »Tu nichts Unüberlegtes. Bleib ruhig und warte ab. Ludovik und Hainbuch mögen schlau sein; klug sind sie nicht. Es geht um dich, Bertram. Sie wollen dich. Der Landgraf ist ihnen egal. Zu klein sind sie, um mit ihm Geschäfte zu machen. Was hast du gegen Ludovik und Hainbuch in der Hand?«

»Ich habe einen Schuldschein über beinahe das gesamte Vermögen der beiden. Der Schein wird im Frühjahr fällig. Können sie ihn nicht auslösen, so gehören mir ihre Häuser und Handelsgesellschaften.«

Baptist nickte. »Die Sache mit dem Barfüßerkloster, nicht wahr? Mein Vater hat mir davon erzählt. Auch er war daran beteiligt, allerdings mit einer kleineren Summe.«

»Du bist sein Erbe, Baptist. Ludovik und Hainbuch schulden dir fünftausend Gulden, die sie, nach allem, was ich weiß, nicht haben.« Bertram sprang auf: »Ich muss nach Hause.«

Baptist erhob sich ebenfalls. »Komm heute Abend wieder. Ich werde mich umhören, du hörst dich um. Dann beraten wir, was geschehen soll.«

Bertram hastete bereits die Treppe hinunter, den Großen Hirschgraben entlang, dann die Töngesgasse, und war schon bald im Haus Zum Raben.

Er schickte die Handelsdiener und Schreiber ins Lager und übergab der Amme die Kinder.

»Was ist los? Was hast du? Was soll das?«, wollte Gutta wissen.

»Das frage ich dich«, erwiderte Bertram. »Ich erwarte dich sogleich im Kontor.«

Wenig später stand Gutta vor ihm. Sie war blass, stellte er fest. In knappen Sätzen erzählte er, was bei den Alten Limpurgern vorgefallen war und was er von Baptist gehört hatte. Dann verschränkte er die Arme vor der Brust und blickte sie unverwandt an.

Sie wurde noch bleicher, sogar die Lippen verloren ihre

Farbe. Dann bemerkte er, dass sie zu zittern begann. Zuerst die Nasenflügel, dann der Busen, am Schluss der ganze Leib.

Sie schwankte wie damals am Grab, als sie nicht wusste, ob sie dem Vater hinterher oder dem Mann voran sollte. Jetzt stand sie zwischen Bertram und der Tür.

Bertram stand auf, ging um den großen Kontortisch herum, nahm Gutta am Arm und führte sie zu einem Lehnstuhl.

»Was weißt du darüber?«, fragte er energisch.

Guttas Blick war flehend. Sie griff nach seiner Hand, hielt sich fest an ihm, den sie so oft von sich gestoßen hatte.

»Erzähl es mir«, drängte er.

Ihre Augen füllten sich mit Tränen. »Du wirst mich verstoßen. So, wie es der Landgraf mit Christine vorhatte.«

Bertram schwieg.

»Ich … ich wusste nicht … ich wollte nur wegen Angelika … sie bat mich darum … ach Gott …«

»WAS?«

Gutta wischte sich mit dem Handrücken die Tränen aus dem Gesicht, schniefte einmal, straffte den Rücken. »Wenn du mich verstößt, so werde ich in ein Stift gehen«, sagte sie. »Ich verlange, dass du mir die nötigen Mittel dafür gibst. Meine Mitgift war groß.«

»Rede!«

Gutta sank zusammen, wurde klein und kleiner in dem Lehnstuhl. Dann richtete sie sich auf, sank aber erneut zusammen. Sie seufzte, schluckte, wand sich.

»Na?«

Erst als Bertram einen Schemel nahm, sich vor sie setzte, begann sie: »Angelika kam eines Tages zu mir. Sie wollte ein wenig von der Eisengallustinte. Ich gab sie ihr, weil ich glaubte, sie hätte einen heimlichen Liebhaber. Ich fragte sie sogar danach, und sie lächelte so, dass ich meine Annahme bestätigt sah. Später fragte sie nach der Geheimtinte. *Du schreibst deinem Liebhaber?*, fragte ich. Sie lächelte wieder, sagte nur: *Auch ich möchte endlich einmal ein bisschen Glück genießen. Ich habe lange genug nur danebengestanden. Der erste Mann tot, der zweite ein Schürzenjäger, den Pleitegeier stets auf dem Dachfirst. Ich habe doch auch ein Leben verdient, oder nicht?* Ich stimmte ihr zu, glaubte noch immer an den Liebhaber, war nur verwundert darüber, dass sie ihn nicht benannte. Wir sind Freundinnen seit der Kindheit. Ich nahm an, Hainbuch wäre der Galan, und verstand, dass sie den Mund hielt. Ich gab ihr von der Geheimtinte und verriet ihr auch, wie sie die Schrift wieder sichtbar machen kann. Sie strahlte, küsste mich auf die Wange und sagte einen Satz, der mich seither nicht wieder loslässt: *Was immer auch geschieht, Gutta, dir wird es nie an etwas mangeln.*«

»Wann war das?«, fragte Bertram behutsam.

Wieder sah sie ihn mit diesem Blick an, in dem die ganze Verzweiflung dieser Welt stand.

»Ich habe dich verraten, nicht wahr?«, fragte sie.

Bertram nickte. Sie tat ihm leid, und gleichzeitig war er wütend auf sie. Du hast mich mehr als einmal verraten, dachte er. Du hast dich mir verweigert. Immer wieder. Am Ende hast du dich auch dir selbst verweigert.

»Wann war das?«, wiederholte er.

»Vor einem Jahr wollte sie die Eisengallustinte, ein paar Monate später die Geheimtinte.«

Bertram nickte, dann fragte er weiter: »Glaubst du, sie hat sie ihrem Mann gegeben?«

»Ja«, erwiderte Gutta. »Denn einmal kam sie und erzählte,

dass ihr bald das Dach über dem Kopf fehlt. *Der Deine ist Schuld daran*, hat sie gesagt. Ich wollte Angelika helfen. Wenigstens sie sollte glücklich sein.«

»Wenn du es schon nicht bist, nicht wahr?«

Gutta sah Bertram an. Sie sah ihm in die Augen, hob eine Hand, als wolle sie ihn streicheln, ließ sie wieder sinken.

Aber Bertram wandte sich ab, ging zu seinem Schreibtisch, zog eine Schublade hervor, griff nach dem Kästchen mit dem Siegel und betrachtete es.

»War sie einmal allein in meinem Arbeitszimmer, deine Angelika?«, fragte er und starrte weiter auf das Siegel, als könnte es ihm die Antwort verraten.

Gutta hob die Schultern, runzelte die Stirn.

»Hier, in deinem Arbeitszimmer? Nein, was soll sie hier gewollt haben? … Oder doch? Ja, einmal war sie hier. Ganz kurz nur. Sie wollte deinen Schreibtisch sehen, hat nach dem Tischler gefragt. Ludovik brauchte wohl ein neues Möbel. Ich habe ihn ihr gezeigt. Dann kochte die Milch in der Küche über, und ich bin gerannt, weil die Magd nicht zur Stelle war.«

»Und Angelika hatte alle Zeit der Welt, mein Siegel auf ein Schreiben zu pressen«, stellte Bertram fest.

Gutta schrie leise auf, schlug die Hand vor den Mund, riss die Augen auf.

Bertram seufzte, dann sprach er weiter: »Es ist geschehen, Gutta. Du kannst nichts rückgängig machen, so gern du es vielleicht wolltest. Sehen muss ich nun, dass ich den Karren aus dem Dreck ziehe.«

»Ich habe alles falsch gemacht, Bertram. Es tut mir leid«, sagte Gutta leise.

»Es ist, wie es ist.«

»Ich habe keine Begabung zum Glück. Ich habe keine Begabung für die Liebe. Und nicht die Fähigkeit, sie zu lernen. Verzeih mir, Bertram. Angelika sollte wenigstens glücklich sein, wenn ich es schon nicht bin. Als ich merkte, dass etwas nicht stimmte, dass es keinen Liebhaber gab, da forschte ich nach. Aber ich erfuhr nur, dass Ludovik um seine Existenz bangt. Und Angelika mit ihm. Ich habe dir alles gesagt, was ich seither im Stettenhaus gehört habe. Wiedergutmachen wollte ich das alles, aber ich wusste nicht, dass es längst zu spät war.«

Bertram nickte und stand auf. »Ich muss nachdenken«, sagte er.

Auch Gutta erhob sich, langsam auf ihn zu, lehnte für einen winzigen Augenblick ihren Kopf zärtlich an seine Schulter.

»Ich habe alles falsch gemacht«, flüsterte sie.

Er hob die Hand, strich ihr kurz über das Haar. »Wir haben alle Fehler gemacht«, sagte er.

»Dann gehe ich jetzt und packe meine Sachen. In ein paar Tagen werde ich in ein Stift gehen.«

»Ich verstoße dich nicht, Gutta. Es gibt keinen Grund dafür. Wenn du aber lieber in einem Stift leben möchtest, so halte ich dich nicht.«

Sie ging. Drehte sich nicht um. Sie ging wie auf dünnem Eis.

Bertram erwartete, dass sie strauchelte und fiel. Einmal stolperte sie, breitete die Arme aus, fing sich im letzten Augenblick, hielt sich an der Türklinke. Dann war sie weg, und Bertram war allein, starrte auf die Tür, hinter der sie verschwunden war.

Dann seufzte er, schritt in seinem Arbeitszimmer auf und

ab, blieb manchmal stehen, fuhr sich mit dem Finger in den Kragen, als wäre ihm zu heiß, ging wieder ein paar Schritte, starrte blicklos aus dem Fenster, umrundete den Schreibtisch, setzte sich, stützte das Kinn in die Hand, stand wieder auf, lief auf und ab.

Als er schon beinahe die Strecke zwischen Frankfurt und Bornheim in seinem Zimmer zurückgelegt hatte, lachte er plötzlich auf.

»Das werde ich tun«, sagte er halblaut. »Genau das werde ich tun.«

30

Am nächsten Morgen stand Bertram vor Tau und Tag auf, wusch sich, zog sich an und ging, ohne zu frühstücken. Er lief durch die stillen Gassen der Stadt. Die Katzen kamen gerade von ihren nächtlichen Ausflügen zurück. Ein Mädchen begegnete ihm, das sich Strohhalme aus dem Haar zupfte und ihn mit wunden Lippen anlächelte.

Gemessenen Schrittes lief ein Mönch zur Liebfrauenkirche, und vom Markt auf dem Liebfrauenberg hörte Bertram die Geräusche der Krämer, die ihre Stände aufbauten.

Er blieb nicht stehen, bemerkte kaum, wie die ersten Sonnenstrahlen einen hellen Streifen durch die Dämmerung zogen. Schnurstracks ging er zum Hause der Fürstenberger, klopfte nicht vorn, sondern hinten an der Küchentür.

Eine schläfrige Magd öffnete ihm, ein Knecht eilte mit einem leeren Holzkorb an ihm vorbei.

»Was wollt Ihr so früh, Ratsherr Geisenheimer?«, fragte die Magd, unschlüssig, ob sie den Patrizier hereinbitten oder wegschicken sollte.

»Zum Landgrafen will ich.«

»Er schläft noch.«

»Umso besser.«

Bertram drängte sich an der Frau vorbei, lief die Treppe hinauf zu den Gästezimmern, blieb stehen, dachte nach, wo genau das mit den beiden Fenstern, das größte und prächtigste lag, dann klopfte er kurz und heftig an die Tür und betrat sogleich den Raum.

Philipp der Großmütige riss die Vorhänge zur Seite. »Seid Ihr von Sinnen, Geisenheimer?«

Bertram hob die Schultern. »Guten Morgen, mein Fürst. Ich wusste mir keine andere Wahl, um allein mit Euch zu sprechen.«

Philipp stand auf, legte sich einen Mantel um die Schultern. »Ich habe nichts mehr mit Euch zu besprechen, Geisenheimer.«

»O doch, mein Fürst. Ich bitte Euch, mir zehn Atemzüge lang Gehör zu schenken.«

Philipp seufzte. Bertram bemerkte das winzige Lächeln, das einen Lidschlag lang um seinen Mund aufblühte. Betont streng sagte Philipp: »Gut. Dann redet!«

Er setzte sich in einen Lehnstuhl am erloschenen Kamin.

»Ihr wollt Margarete von der Saale heiraten«, begann Bertram.

»Wenn Ihr gekommen seid, um mir noch mehr Neuigkeiten dieser Art zu vermelden, so habt Ihr Euch umsonst bemüht.«

»Ich weiß, wer den Brief an den Kaiser geschrieben hat, in dem von Euren Plänen die Rede war.«

»Ihr, Geisenheimer. Ich sah das Siegel, sah die geheime Tinte. Pech für Euch, dass meine Boten aufmerksam waren und verhindert haben, dass diese Schmähschrift zum Kaiser gelangte.«

»Nun, ich habe diesen Brief nicht geschrieben. Aber ich gebe zu, dass meine Tinte und mein Siegel dafür gebraucht wurden. Sagt selbst, mein Fürst, warum sollte ich diesen Brief geschrieben haben? Welchen Vorteil hätte ich davon?«

»Vielleicht habt Ihr Euch ausgerechnet, dass es besser wäre *kaiserlicher Hoflieferant* zu sein als nur landgräflicher.«

Bertram winkte ab. »Ich würde Verluste machen. Der Kaiser steht im Krieg mit den Türken. Wollte ich meine Waren zu ihm liefern, so würden sie wohl unterwegs dreimal gestohlen. Auch an seinen spanischen Hof möchte ich nicht liefern müssen. Wer bezahlt mir die ganzen Wegzölle? Nein, mein Fürst, dieses Geschäft würde sich für mich nicht lohnen.«

Philipp nickte. »Ihr habt recht. Warum also, Geisenheimer?«

»Ihr müsst die Frage andersherum stellen, mein Fürst. Wem nützt dieser Brief?«

»Dem Kaiser und allen Gegnern des Schmalkaldischen Bundes.«

»Das ist richtig, doch für eine politische Intrige nicht passend. Euren altgläubigen Gegnern stehen andere Mittel zur Verfügung, um Euch zu schaden.«

»Wer dann und warum dann?«

»Dieser Brief nützt denen, die mir schaden wollen.«

Philipp lächelte. »Habt Ihr solche Feinde?«

Bertram nickte. »Welcher Kaufmann hat die nicht? Die Konkurrenz ist groß. Ein jeder wäre gern Lieferant des Landgrafen. Nun, mein Fürst, wer ist in dieser Angelegenheit bei Euch vorstellig geworden? Und woher wussten die, dass da ein Brief an den Kaiser unterwegs war?«

Philipp stützte den Ellbogen auf die Lehne und das Kinn in die Hand. Er sah Bertram an, aber Bertram wusste, dass er durch ihn hindurchsah und nachdachte.

Nach einer ganzen Weile nickte der Fürst. »Was Ihr sagt,

klingt einleuchtend, Geisenheimer. Aber habt Ihr auch Beweise?«

»Ich kann nicht beweisen, dass mein Siegel unerlaubt benutzt wurde. Niemand hat es gesehen. Ich kann auch nicht beweisen, dass meine Gegner den Brief geschrieben haben. Ich habe es nicht gesehen. Beweisen kann ich jedoch, dass mir Ludovik Stetten und der Herr von Hainbuch, Eure neuen Hoflieferanten, Übles wollen.«

Er holte den Schuldschein von Aaron Zum Hirschen hervor, reichte ihm den Landgrafen. Philipp las, dann nickte er. »Was erwartet Ihr von mir?«

»Lasst eine Schriftprobe nehmen von Stetten, von Hainbuch und von mir. Dann vergleicht und fällt Euer Urteil. Haltet Ihr mich dann noch immer für schuldig, Euch verraten zu haben, so will ich gern meine Strafe annehmen. Seid Ihr Euch aber sicher, dass ich unschuldig bin, so gestattet, dass ich Euch bei der geplanten Ehe mit Margarete von der Saale zur Seite stehe.«

Wieder lächelte Philipp. Dann nahm er ein Blatt Papier von einem kleinen Schreibtisch, gab Bertram eine Feder in die Hand.

»Schreibt, Geisenheimer: Ich, Bertram Geisenheimer, schwöre beim Leben meiner Kinder, dem Landgrafen Philipp stets ein treuer und redlicher Untertan zu sein. Sollte ich gegen diesen Schwur verstoßen, so geht mein gesamtes Vermögen in die Hände des Landgrafen über.«

Bertram schrieb ohne zu zögern, setzte seine Unterschrift darunter.

»Das Schriftstück gilt, Geisenheimer. Sollte sich Eure Unschuld nicht erweisen, so steht Ihr ohne Vermögen da und könnt Euch höchstens im Spital als Knecht verdingen.«

»Ich bin mir dessen bewusst, mein Fürst. Und ich nehme auch nicht an, dass Ihr mich für schuldig befinden werdet, um nicht nur mein Vermögen, sondern auch das der Stettens und Hainbuchs, welches mir beinahe schon gehört, einzuziehen. Ihr seid ein redlicher Fürst und werdet zu Recht der Großmütige genannt.«

Philipp zog die Stirn in Falten. Bertrams Rede war keck gewesen, doch was hatte er noch zu verlieren?

»Geht jetzt, Geisenheimer. Ich werde Euch Nachricht zukommen lassen.«

31

Bertram wartete. Einen Tag, eine Woche. Er schickte Baptist in die Stube der Alten Limpurger, ging selbst in die Ratsschenke und ins Kaufhaus. Doch selbst die, die gewöhnlich am besten informiert waren, wussten nichts. Philipp ist mit der Tagung des Schmalkaldischen Bundes beschäftigt, hieß es. Die Fürsten berieten über Krieg und Frieden.

Gutta schlich um Bertram herum wie eine Katze. Wenn er sie anschaute, lächelte sie. Doch das Lächeln war demütig und unendlich traurig.

»Ich kann es nicht ertragen, dass du mich so ansiehst«, sagte er eines Mittags zu ihr.

»Soll ich ins Stift gehen?«, fragte sie sofort und schlug die Augen nieder.

Bertram seufzte. »Hör auf damit, Gutta. Wenn du nicht mehr hier leben willst, so geh. Bleibst du aber, so sei mir eine gute Gefährtin, wenn du schon kein Eheweib sein willst.«

Er stand auf und ging, lief durch seine Lagerräume, zählte Tuchballen und Fässer, Kisten und Säcke. Es war unnötig; seine Handelsdiener hatten jeden einzelnen Posten doppelt notiert, aber er wollte sich ablenken. Vergeblich. Immer wieder dachte er an Gutta. Daran, wie sehr er sie geliebt hatte. An ihr Temperament, daran, wie sie immer »Faxenkram!« gesagt hatte, wenn ihr etwas nicht passte. Wie lange war es her, dass sie zum letzten Mal dieses Wort benutzt hatte? Er wusste es nicht, aber er vermisste es. Er vermisste Gutta, vermisste die Liebe.

Langsam ließ er sich auf einem Sack nieder. Plötzlich, er wusste nicht warum, brach er in Tränen aus. Bertram weinte. Er saß in seinem Kontor und weinte. Er weinte um sich, um Gutta und um all die vergebliche Mühe miteinander. Es war, als stünde eine Mauer zwischen ihnen, die nicht zu überwinden war. Lange saß er und weinte, doch als er endlich aufstand, war in seinem Herzen Klarheit. Er hatte Gutta verloren, er hatte lange um sie geweint und getrauert. Doch jetzt war es vorbei, jetzt musste das Leben weitergehen.

Am letzten Tag von Philipps Aufenthalt kam endlich die ersehnte Nachricht. »Ich möchte, dass Ihr mir das Geleit aus der Stadt gebt«, schrieb Philipp. Mehr nicht.

Bertram lächelte, lief zu Gutta: »Die Geisenheimers werden Philipp zum Stadttor geleiten.«

Gutta strahlte. »Du hast es geschafft. Philipp glaubt dir. Ich bin so froh!«

Wenig später ritt er neben Philipp durch Frankfurt. Die Gassen waren gesäumt von Menschen, die dem mächtigen Lutheraner zujubelten. Philipp grüßte nach allen Seiten und unterhielt sich dabei mit Bertram: »Ihr hattet recht, die Schriftproben haben ergeben, dass Stetten den Brief geschrieben hat. Er ist schwach, hat nicht lange geleugnet. Ich hatte nicht einmal Lust, ihn zu bestrafen. Ihr, Bertram, seid nun wieder mein Hoflieferant.«

»Ich danke Euch, mein Fürst.«

»Ihr habt nichts zu danken, das wisst Ihr. Spart Euch die Gehorsamssätze.«

»Was wird mit Margarete von der Saale? Habt Ihr Nachricht von Luther?«

»Ja. Er schrieb mir, dass es auch bei den Lutherischen keine Vielweiberei gebe wie bei den Muselmanen. Eine Frau vor Gott und den Menschen. Der Mann sei nicht beschaffen, mehrere Frauen zu lieben.«

»Und nun?«

Philipp zuckte mit den Schultern. »Am Ende werde ich sie ohne seinen Segen heiraten, aber ehrlich gesagt, Geisenheimer, das wäre mir nicht recht. Gott soll den Bund segnen. Und Luther stellvertretend für ihn.«

»Auch Luther ist den Sinnesfreuden nicht abgewandt, ist es nicht so?«

»Man hört so einiges. Er ist ein Genussmensch, darin ähneln wir uns.«

»Werdet Ihr Christine verstoßen?«

»Gott im Himmel, nein. Ich liebe sie. Mein Pech ist es, dass ich in der Lage bin, zwei Frauen zugleich zu lieben. Aber hat nicht Gott mich so gemacht?«

Bertram lächelte. »Wenn das ein Mörder unter dem Galgen sagte, so würde er trotzdem gehenkt.«

»Ist das alles, was Euch dazu einfällt, Geisenheimer?«

»Die Fürstin ist eine zarte Frau, nicht wahr?«

Philipp nickte.

»Nun, von Euch hört man sagen, dass Eure Männlichkeit der eines Hengstes ähnelt. Die arme Landgräfin, die Euch schon sieben Kinder geschenkt hat, benötigt gewiss ab und zu Schonung.«

Philipp sah auf. »Ihr seid ein Schelm, Geisenheimer.«

Sie waren am Stadttor angelangt. Philipp und Bertram saßen ab. Dann umarmte der Landgraf den Frankfurter Kaufmann. »Einen Mann wie Euch hätte ich gern zum Freund«, sagte Philipp. »Aber auch als Feind hättet Ihr von mir viel Ehre zu erwarten.«

»Hoffen wir, dass es nie dazu kommt«, antwortete Bertram und ließ sich herzlich von seinem Fürsten umarmen.

Aus den Augenwinkeln sah er, dass auch Ludovik Stetten und Hainbuch unter den Jubelnden am Tor standen. Ihre Gesichter waren angespannt und blass.

»Gehabt Euch wohl, Geisenheimer. Und über Euern Einfall lasst mich nachdenken. Als Letztes noch: Was habt Ihr vor mit Euern Widersachern?«

Bertram lächelte. »Nichts, mein Fürst. Ich werde den Schuldschein einfordern, das steht mir zu. Alles andere überlasse ich Gott, unserm Herrn.«

Dann saß Philipp auf und ritt unter Fanfarenstößen zum Tor hinaus.

Bertram aber fühlte sich frei. So frei wie erst einmal in seinem Leben. Damals war er neben Ludovik in Frankfurt eingeritten, um sich einen Namen zu machen. Er hatte sich die Stadt erobern wollen, hatte unendlich viele Möglichkeiten vor sich gesehen. Jetzt hatte er einen Namen, hatte Geld und Einfluss, Macht und Bequemlichkeit. Aber etwas fehlte: eine Frau, die ihn so liebte, wie er es brauchte.

Einem nebligen Herbst folgte ein nasser Winter. Schnee fiel kaum, doch die Äcker und Wiesen in Ufernähe waren so nass und schlammig, dass die Huren sich ein anderes Plätzchen suchen mussten.

Gänse wurden gestopft, gerupft und zu Weihnachten gegessen. Von Straßburg hörte man, dass im Münster eine Tanne aufgestellt worden war, behängt mit Äpfeln und Strohsternen.

Der Rat langweilte sich nicht, aber auch er war in eine Art Winterstarre gefallen, die bis in das Frühjahr des Jahres 1540 anhielt. Melanchthon war nach Frankfurt gekommen und begegnete dort Johann Calvin, doch in der Stube der Alten Limpurger wurde nur am Rande darüber gesprochen. Das weitaus interessantere Thema war die zweite Heirat des Landgrafen. Im März 1540 heiratete der sechsunddreißigjährige Philipp die um neunzehn Jahre jüngere Margarethe von der Saale.

»Am Hofe Philipps erzählt man sich«, berichtete Baptist, der öfter in Kassel und Marburg weilte, »dass Luther der Bitte des Landgrafen um eine zweite Ehefrau abschlägig beschieden hat. Darauf hat der schlaue Landgraf einen Abdruck seiner Leibesmitte in Wachs machen lassen und diesen nach Wittenberg gesandt. *Potzdonner!*, soll Luther ausgerufen haben. *Das ist ja das Gemächt eines Hengstes. Der armen Christine muss geholfen werden.* Und schon gab er die Einwilligung. Allerdings nahm er diese zweite Hochzeit unter das Beichtgeheimnis.«

Die Männer in der Stube grölten, und manch einer rieb sich heimlich den Schritt.

»Was der Landgraf darf, das will ich auch«, schrie Hainbuch, griff nach dem Schankmädchen und zog sie auf seinen Schoß. »Ein Weib für den Haushalt und eines für das Bett, das könnte mir gefallen.«

»Wem nicht?«, rief der junge Holzhausen.

»Seid Ihr von Sinnen?«, fragte Johann von Glauburg. »Seht Ihr nicht, dass diese zweite Ehe Unglück bringen wird? Was dem Landgrafen recht, ist den anderen Fürsten nur billig. Alsbald wird ein jeder ein zweites Weib haben wollen. Stellt Euch das Gezänk in der Küche vor! Herr im Himmel, ich werde meinem einen Weib kaum Herr!«

Wieder grölte die ganze Stube, aber der Fürstenberger blieb ernst. »Das kann politisch äußerst nachteilig sein. Noch gilt das Gesetz des Kaisers. Ehebruch ist verboten, eine Zweitehe wird mit dem Tod bestraft. Wie will Philipp die Ehe geheim halten?«

Er sah dabei zu Hainbuch und Stetten. Hainbuch machte eine großspurige Handbewegung, doch Ludovik wurde blasser als sonst. Unruhig rutschte er auf dem Stuhl hin und her. Schließlich sagte er: »Diese zweite Ehefrau ist nicht rechtens. Ein jeder könnte jetzt kommen und sich auf den Landgrafen berufen. Aber schlimmer ist, dass die Moral dabei den Bach hinuntergeht.«

Diesmal lachten alle in der Stube und zeigten mit dem Finger auf Ludovik. »Du nimmst das Wort Moral in den Mund? Ausgerechnet du, den man den Witwentröster nennt?«

»Wenn es doch so wäre«, sagte Ludovik leise, dann stand er auf und ging. Hainbuch hielt ihn am Ärmel fest, doch Ludovik riss sich los: »Es ist alles deine Schuld!«, zischte er und strebte nach der Tür.

Je näher der Termin rückte, an dem der Schuldschein fällig wurde, umso schweigsamer wurde Bertram.

»Verschone Angelika«, bat Gutta. »Sie kann nichts dafür.«

»War sie es nicht, die das Siegel benutzt hat? War sie es nicht, die dich, ihre beste Freundin, betrogen hat?«

»Was hätte sie tun sollen? Sie musste doch für sich und ihr Kind sorgen.«

Dann kam der Stichtag. Bertram ließ sich Zeit, frühstückte ausgiebig, gab den Handelsdienern und Prokuristen Anweisungen und schlenderte durch das Kaufhaus, bis es fast Mittag war.

Als er vor der Tür des Stettenschen Hauses stand und den Messingklopfer betätigte, spürte er, wie sein Herz schneller schlug.

Die Magd öffnete.

»Ich möchte zu Eurem Herrn.«

Die Magd zog ein Schafsgesicht, legte die Stirn in Falten. Es schien, als müsse sie sich erinnern, was Ludovik ihr aufgetragen hatte.

»Der Herr ist … ist … er ist auf Reisen gegangen«, stammelte sie. »Aber die Herrin erwartet Euch.«

»Die Herrin?«

Wieder legte die Magd die Stirn in Falten, dann lächelte sie. »Ja, gewiss. Die Herrin erwartet Euch. In die Stube soll ich führen.«

Sie trat zur Seite und nahm Bertram den Umhang ab.

In der Wohnstube saß Angelika. Sie trug das Haar offen, hatte das Mieder nachlässig geschnürt, Lippenrot und einen starken Duft aufgelegt. So hatte er die Freundin seiner Frau noch nie gesehen.

»Wie schön, Euch zu sehen, Bertram Geisenheimer. Geht es Gutta gut?«

Bertram nickte. »Ich bin gekommen, um die Schulden Eures Mannes zu kassieren.«

Angelika verzog das Gesicht. »Wer wird an einem so schönen Mittag gleich mit der Tür ins Haus fallen? Seid ein Kavalier, Geisenheimer, und vertreibt mir ein wenig die Zeit.«

Bertram schüttelte unwillig den Kopf. »Hab keine Zeit zu verschenken. Und auch kein Geld.«

Angelika stand auf. Ihr Mieder rutschte dabei über die Schulter. »Ach, Bertram. Seid doch nicht so streng. Gutta klagt oft über Eure Starre, aber ich weiß, dass Ihr tief in Eurem Herzen ein empfindsamer Mann seid.«

Bertram betrachtete Angelika aus den Augenwinkeln. Ihr Auftreten, die gurrende Stimme, der stark duftende Wein, den die Magd gerade brachte. Was sollte das? Empfing man so einen Geldeintreiber?

»Tatsächlich?«, fragte er nach. »Ihr haltet mich also für einen empfindsamen Mann.«

»Aber ja! Schon immer. Ihr habt die Empfindsamkeit im Blut. Nur liegt sie nicht obenauf bei Euch, sondern ist tief verborgen. Eine warme Frau aber wüsste sie schon zu wecken.«

Sie kam näher, legte ihm eine Hand auf den Arm und beugte sich vor, sodass ihr Haar Bertrams Gesicht streifte. »Von Glück sollte Gutta reden, doch sie versteht es nicht. Sie war schon immer kalt. Dort, wo eine normale Frau ihr Herz hat, hat sie einen Rheinischen Gulden sitzen. Dort, wo die Seele einer warmen Frau schmachtet, ist bei ihr ein Kontorbuch.«

Bertram machte sich los. »So redet Ihr über Eure Freundin?«, fragte er, doch ein Lächeln umspielte seinen Mund.

Angelika zuckte mit den Schultern. »Nun, ich schätze sie sehr, aber ein Weib ist sie nicht. Sie hat andere Stärken.«

Wieder beugte sie sich nach vorn und streifte mit ihrem Haar sein Gesicht. »Schon immer habt Ihr mir gefallen, Geisenheimer«, flüsterte sie.

Da packte er sie bei den Schultern, stellte sie vor sich, sah ihr ins Gesicht. »Hat Euch Ludovik aufgetragen, mich in seinem Haus zu verführen, damit ich Euch die Schuld stunde? Steht die Magd vor der Tür bereit, um zu lauschen und mich später des Ehebruchs zu bezichtigen? Habt Ihr den Schöffen schon Bescheid gesagt? Läuft das Verfahren schon?«

Er stieß sie von sich, schüttelte belustigt den Kopf. »Für wie einfältig haltet Ihr mich?«

Da begann Angelika zu weinen. Die Tränen stiegen ihr in die Augen, traten schließlich über die Ufer und überschwemmten das Gesicht. Ein Schluchzen schüttelte sie, und sie ließ sich einfach zu Boden sinken, fiel Bertram vor die Füße.

Er wusste nicht, was er tun sollte, wusste nicht, was Ernst war und was Spiel, hockte sich schließlich neben sie und legte eine Hand auf ihre nackte Schulter.

»Steht auf, Ihr holt Euch den Tod auf dem kalten Boden«, sagte er.

Doch sie blieb liegen und weinte so qualvoll, dass Bertram das Gesicht verzog. »Ich rufe die Magd«, sagte er, »damit sie Euch das Riechfläschchen bringt.«

Angelika schüttelte den Kopf, weinte weiter, und Bertram saß auf einem Schemel daneben und sah ihr dabei zu.

Endlich hatte sie sich gefasst, endlich gelang es Bertram, ihr ein wenig von dem stark gewürzten Wein einzuflößen und sie auf eine Wandbank zu setzen.

Und da saß sie, das Gesicht fleckig und aufgeweicht, die Augen rot gerändert, die Nase voller Rotz.

Ihr Busen bebte stark, ihre Finger waren in den Stoff des Rocks verknotet.

»Verzeiht mir, Geisenheimer«, sagte sie leise. »Verzeiht einer Frau, die verzweifelt ist.«

Bertram setzte sich gegenüber, suchte in ihrem Gesicht nach Falsch, aber da war nichts als die nackte Verzweiflung.

»Ich habe solches Pech gehabt und die Eure, Gutta, ein solches Glück. Und dann wirft sie es einfach weg, dieses Glück. Mein erster Mann ist mir bei der Pest weggestorben. Er war ein guter Mann, wenn auch sehr spröde. Dann kam Ludovik. Er ist ein Kind, wird nie ein Mann werden. Mann sein, das heißt Verantwortung tragen für sich selbst, seine Familie und das Vermögen. Das hat er nie gewollt und nie gekonnt. Er hat uns ruiniert. Nicht nur das Unternehmen, nein. Er hat auch meine Seele ruiniert. Ich bestehe nur noch aus Angst und Abscheu. Er kommt am Abend, weinvoll, kriecht zu mir ins Bett wie ein Kind, kuschelt sich an und weint. Ich soll ihm helfen, greint er. Er sei betrogen. Aber ich weiß, dass er sich immer nur selbst betrügt. Hainbuch hat mit ihm machen können, was er wollte, weil Ludovik das zugelassen hat. Ludovik ist ein schwacher Mann, und ich bin nicht stark genug, dass es für uns beide reicht. Jetzt haben wir nichts mehr. Ihr kommt zu Recht, um unseren Untergang zu besiegeln.«

Sie schaute ihn an. »Was soll werden aus mir und dem Kind?«, fragte sie. »Sagt es mir, Geisenheimer.«

Er zuckte mit den Achseln. »Ich weiß es nicht. Und es ist nicht meine Schuld, dass Ihr nicht weiterwisst.«

»Soll ich als Magd gehen? Als Wäscherin? Oh, ich täte es, Gott weiß es. Aber ich kann es nicht. Seht Euch meine Hände an!«

Sie hielt ihm ihre schlanken Finger mit den glänzenden Nägeln unter die Augen.

»Geht in ein Stift«, schlug er vor.

Angelika schüttelte den Kopf.

»Einkaufen müsste ich mich. Wovon, Geisenheimer? Wisst Ihr es?«

Sie hielt noch immer ihre Hände ausgestreckt. Ihr Duft, ihr warmer Duft nach Weib, drang Bertram in die Nase. Vor seinen Augen bebte ihr Busen. Er sah die zarte Haut, sah das

Geflecht blauer Adern darunter. Ihr Mund war rot und voll, leicht geöffnet. Sie war nicht mehr jung, sie war nicht besonders schön, aber sie war ein Weib. Und Bertram war ein Mann, der sie schützen wollte, sich an ihrem Duft besoff – und sie schließlich in seine Arme zog.

Später lag er neben ihr auf den Fellen, die den Boden bedeckten. Sie hatte ihren Kopf auf seine Brust gelegt, war nun ganz ruhig. Nur ab und zu seufzte sie.

»Was wird aus mir?«, fragte sie wieder. »Was wird, wenn du uns alles nimmst?«

Bertram schüttelte den Kopf. »Ich nehme dir nichts. Ihr selbst habt alles so gemacht, wie es ist.«

Sie küsste ihn. Er schmeckte ihren Atem, spürte ihre Wärme. Sie hatte sich ihm hingeschenkt, hatte ihm alles gegeben, was ihr noch geblieben war. Ihren Körper, ihre Lust.

Sie hatte ihn nicht geliebt wie einst Giovanna. Nicht mit einem Lachen und mit Leichtigkeit. Sie hatte ihn mit großer Ernsthaftigkeit geliebt. So, als hätte sie sich lange darauf vorbereitet. Nein, da war kein Plan mehr. Da war nur noch die Suche nach Schutz, die bezahlt wurde mit dem, was Angelika besaß.

»Was wird aus mir?«

Er strich ihr über das Haar, zuckte mit den Schultern.

»Ich wünschte, du würdest mich lieben wie Gutta«, sagte sie leise. »Dann wüsste ich, dass mir nichts passieren kann in diesem Leben.«

Plötzlich richtete sie sich auf, war voller Wut. »Warum sie? Warum hast du sie geheiratet und nicht mich? Hast du kein Weib vermisst in all den Jahren?«

Sie fuhr mit ihrer Hand nach seiner Leibesmitte, spürte, wie er sich regte.

»Du willst doch lieben, willst doch ein Weib, hast dich immer danach gesehnt. Meinst du, ich hätte nicht bemerkt, wie du sie angesehen hast und mich? Meinst du, ich wüsste nicht, dass du verglichen hast?«

Bertram schwieg. Behutsam machte er sich von ihr los.

»Sie ist meine Frau. Sie wird es immer bleiben. Und merke dir eines, Angelika: Was immer auch geschieht, sie wird die Erste sein.«

Angelika schnurrte wie eine Katze, schlang ihre Beine um ihn, bewegte ihre Hände auf seinem Leib. Ja, das hatte er gewollt. Immer. Nur Gott wusste, wie sehr er sich nach einem Weib gesehnt hatte.

Jetzt befreite er sich, zog sich an, sagte dann: »Dir wird es an nichts fehlen. Der Landgraf hat sich eine zweite Frau genommen. Nun, ich werde es ihm gleichtun. Die Schulden aber wird dein Mann mir zahlen.«

Er sog noch einmal ihren Duft ein, fühlte noch einmal ihre Wärme, schmeckte sie noch einmal, dann ging er die Treppe hinunter und in die Ratsstube, erfuhr, dass Ludovik gerade gegangen war, kehrte um und stand wenig später wieder vor dem Stettenhaus.

Die Magd öffnete. »Der … der Herr ist noch immer auf … auf … ja, auf Reisen. Und die Herrin ist unpässlich. Ihr müsst ein anderes Mal wiederkommen, Ratsherr.«

Er stieß sie beiseite, packte sie bei den Haaren, bog ihr den Kopf zurück. »Halt den Mund, Weib. Verhalte dich so ruhig, als wärst du tot. Ein Wort, und ich schlage dich windelweich.«

Die Magd starrte ihn aus großen Augen an und nickte.

Bertram schlich die Treppe hinauf bis zur Wohnstube. Er hörte Ludoviks Stimme: »Bist du denn zu gar nichts nütze, dämliches Weib? Verführen solltest du ihn, abhängig machen von dir.«

»Er ist nicht so«, hörte er Angelika wimmern. »Er liebt seine Frau, lässt sich nicht verführen.«

Er hörte Ludoviks Schritte, hörte ein Klatschen, ahnte, dass es der Kaufmann war, der die Faust in seine Hand klatschen ließ.

»Hast du ihn wenigstens vertröstet? Hast du ihm gesagt, dass ich auf Reisen bin?«

Angelika lachte bitter. »Wie dumm du doch bist, Ludovik. Trägst mir auf, ich solle etwas von Reisen lügen, und sitzt doch unter den Augen der ganzen Stadt den lieben langen Tag in der Ratsstube. Bertram ist ein kluger Mann. Du bist ihm nicht gewachsen.«

»Halt's Maul, du Schlampe. Seit Jahren füttere ich dich durch, und nun bist du nicht einmal in der Lage, dich dankbar zu erweisen.«

Er verstummte, dann schrie er seine Frau an: »Hässlich bist du! Das ist es. Deshalb hast du ihn nicht verführen können, Gott im Himmel!«

Jetzt hielt Bertram den Zeitpunkt für gekommen, die Tür zu öffnen. Das Klopfen sparte er sich.

»Gelobt sei Jesus Christus«, sagte er.

»In Ewigkeit, Amen«, erwiderte Angelika.

»Was zum Teufel machst du hier?«, schrie Ludovik.

»Ich bin gekommen, um mein Geld zu holen.«

Ludovik wandte sich an Angelika. »Verschwinde, Weib!«

Als sie fort war, ließ sich Ludovik auf die Wandbank sinken, strich mit der flachen Hand über seine Stirn.

»Ich gebe es dir, Bertram. Du kannst mir vertrauen. Gleich nach der Messe hast du es.«

Bertram schüttelte den Kopf. »Morgen, Ludovik. Keinen Tag später. Ich werde morgen mit einem Advokaten kommen, der das Überschreiben deines Hauses und der Handelsgesellschaft gleich vornimmt. Es ist nicht nötig, dass du anwesend bist. Gib das Geld deiner Frau, wenn du es hast. Hast du es nicht, so kannst du dich gleich um eine neue Bleibe kümmern.«

Mit diesen Worten drehte er sich um und ging. Ludovik schrie ihm nach: »Das kannst du nicht machen, Bertram. Um unserer alten Freundschaft willen.«

Bertram antwortete nicht und hörte Ludovik gleich darauf weinen. Jämmerlich und würdelos weinen. So weinen, wie es die Geringste der Frauen nicht könnte.

Unten, im Flur, traf Bertram auf Angelika. Sie war blass und zitterte.

»Sorge dich nicht«, sagte er. »Du hast mit diesen Dingen nichts zu schaffen, kannst ruhig schlafen.«

»Was hast du vor, Bertram?«, fragte sie.

Er lachte. »Ich werde deine Tochter mit meinem Sohn Falk verloben. Aber nur, wenn du den Mund hältst über das, was zwischen uns war.«

Angelika nickte.

»Schwöre es! Schwöre bei Gott, dem Allmächtigen, dass weder Gutta noch Ludovik erfahren, was heute Nachmittag geschehen ist.«

Angelika schwor.

Dann ging er.

Zwei Tage später war er im Besitz des Stettenhauses, der Handelsgesellschaft und eines Sacks voller Rheinischer Gulden. Hainbuch hatte sie ihm lächelnd ausbezahlt.

»Hier meine Schulden an Euch, Geisenheimer«, hatte er gesagt und die Magd, die mit Wein kam, wieder hinausgeschickt. »Das hättet Ihr nicht gedacht, was?«

Er lachte hämisch. »Stetten ist ein Narr. Mich aber könnt Ihr nicht übertölpeln und ruinieren. Ich habe längst andere Handelsgesellschaften gegründet, die mich wohl ernähren. Nehmt das Geld und geht.«

Hainbuch hatte ihn rausgeworfen. Wie einen Bettler. Hatte dabei Bertrams Gesicht studiert, doch das war gleichmütig geblieben. Auf der Schwelle hatte Bertram noch gesagt: »Ihr seid ein Schwein, Hainbuch. Fast tut mir Ludovik leid. Er hat Euch vertraut, und Ihr habt ihn nur benutzt.«

Hainbuch breitete die Arme aus, zog ein unschuldiges Gesicht. »Nicht anders als Ihr, Geisenheimer. Ich habe ihn nicht gezwungen. Er war es, der Euch immer übel wollte. Eure Geschäfte wollte er, und er wollte Euer Weib.« Wieder lachte Hainbuch. »Wusstet Ihr, dass sie die Einzige war, die je sein Herz berührt hat?«

Bertram ging. Er lief die Straßen entlang, und der Beutel mit den Rheinischen Gulden wog schwer, drückte ihn fast nieder.

Als er an der Liebfrauenkirche vorüberkam, verharrte er und betrat schließlich das Gotteshaus. Er kniete vor dem Altar nieder, betete. Er hatte seit Jahren nicht mehr gebetet. Jetzt hatte er die Hände gefaltet: »Verzeih mir, Herr«, murmelte er. »Du weißt, dass ich nie vorhatte, andere ins Unglück zu stürzen. Aber ich werde mich um Angelika kümmern.«

Dann gab er eine großzügige Spende in den Kasten und ging.

Zwei Tage später hörte er, wie es nachts an der Haustür klopfte.

»Gutta«, schrie eine Stimme. »Gutta, Bertram, schnell!«

Es war Angelika, die mit zerzausten Haaren und nur einem Umhang über dem Nachtgewand vor der Tür stand.

»Er hat sich aufgehängt«, schrie sie, als Bertram ihr öffnete. »Er hat sich im Kontor aufgehängt.«

Bertram geleitete die Schreiende ins Haus.

»Wer?«, fragte er, obwohl er es bereits wusste.

»Ludovik«, hauchte Angelika, dann sank ihr Kopf auf die Tischplatte, und ihre Stimme erstickte unter Schluchzen.

Gutta kam, ebenfalls im Nachtgewand, die Haube nachlässig auf das Haar gestülpt.

»Was ist?«, fragte sie.

»Ludovik ist tot«, erwiderte Bertram.

Da traf ihn ein Blick seiner Frau, der ihm durch und durch ging.

Ludovik wurde in aller Stille an der Friedhofsmauer begraben. Selbstmörder hatten keinen Anspruch auf einen Platz auf dem Gottesacker. Nur Angelika, ihre Tochter Margarete, Bertram und Gutta waren dabei.

Ein Jahr später heiratete Falk Geisenheimer Margarete Stetten. Eine schlechte Verbindung, fanden die Alten Limpurger. Falk Geisenheimer hätte jedes Patriziermädchen haben können. Doch niemand sagte ein Wort in dieser Richtung. Im Gegenteil: Bertrams Ansehen, durch den Freitod Ludoviks ein wenig ins Wanken geraten, stieg wieder. »Er hat doch ein Herz«, sagte man von ihm. »Geld ist ihm nicht alles. Auch um die Seelen kümmert er sich.« Die Lutherischen nickten dazu, während die Altgläubigen sich bekreuzigten.

Nur Hainbuch hatte noch eine Anmerkung: »Ein gutes Geschäft hat er wieder gemacht, der Geisenheimer. Das Haus Stetten stand nicht schlecht; immerhin waren wir Geschäftspartner. Nur meiner Voraussicht ist es zu verdanken, dass ich nicht ebenfalls am Balken baumeln musste.«

»Halt den Mund«, beschied ihm der Fürstenberger. »Die meisten von uns wissen, wer Ludovik wirklich in den Tod getrieben hat.«

Hainbuch lächelte maliziös. »Das Leben ist ein Kampf«, sagte er. »Und nicht alle sind stark genug.«

Dann bekreuzigte er sich. Die Lutherischen blickten auf. War er zurück zum alten Glauben gegangen?

Das Mädchen Margarete war mit seinen fünfzehn Jahren noch zu jung für eine Ehe, aber die Umstände erforderten diese Lösung. Sie hatte das blonde Haar ihres Vaters geerbt, die weichen Züge, die weiße Haut. Von Angelika aber hatte sie das Temperament. »Sie wird Falk guttun«, war sich Bertram sicher. »Sie hat alles, was ein Mann wie er braucht. Seinen Jähzorn wird sie zu dämpfen wissen, seine Leidenschaft beleben.«

»Du musst es ja wissen«, bemerkte Gutta spitz.

Zur Hochzeit bekam das Paar von Bertram das Stettenhaus im Holzgraben übertragen. Angelika erhielt lebenslanges Wohnrecht in einem Seitentrakt mit separatem Eingang.

Jeden Mittwoch und jeden Samstag kam Bertram, schlüpfte ungesehen in Angelikas Räume und ging nach zwei Stunden wieder.

»Du hast Angelika zur Geliebten«, sagte Gutta eines Abends, als Bertram in ihr Gemach kam, um sich für die Nacht zu verabschieden.

Sie saß vor dem Kamin, hielt einen Stickrahmen in den Händen.

Bertram stand neben ihr. »Ja«, sagte er schlicht.

Gutta warf den Stickrahmen zur Seite, stand auf. »Was hat sie, was ich nicht habe?«, fragte sie. »Ist sie schöner, klüger, großzügiger als ich?«

Bertram schüttelte den Kopf. »Es geht nicht darum, ob eine schöner ist. Es geht um die Wahrheit. Immer nur darum.«

»Die Wahrheit! Faxenkram! Was soll das sein, die Wahrheit? Und wieso hat Angelika mehr davon als ich?«

Bertram setzte sich. Er sah in die Flammen des Kamins.

»Ich will nicht werten und richten«, sagte er. »Das steht mir nicht zu.«

Aber Gutta sprang auf, rüttelte an seinen Schultern. Ihr Gesicht war verzerrt. »Du sollst es mir sagen! Wissen will ich, warum gerade Angelika! Was findest du bei ihr, was ich dir nicht geben kann?«

Bertram fing ihre Hände ein, stand auf, drückte sie auf den Stuhl hinunter. »Du weißt es, Gutta. Neben dir friere ich, sie dagegen ist warm.«

»Deshalb ist sie deine Geliebte?«

»Darum und weil ich ohne den warmen Leib und den heißen Schoß einer Frau nicht sein möchte.«

Gutta war errötet, bückte sich nach dem Stickrahmen, setzte sich hin, fuhr mit der Nadel hin und her. Ihr Mund war schmal und nach unten gebogen wie der Neumond.

Bertram zog die Schultern hoch und ging.

32

Im Jahre 1541 gelang es dem Rat der Stadt Frankfurt unter dem maßgeblichen Einsatz von Bertram und Johann von Glauburg, die Ablösung des Ewigen Zinses zu erwirken. Auf diese Art glückte es, die vielen leer stehenden Häuser in der Stadt vor dem Verfall zu bewahren. Bertram kaufte, war bald schon Besitzer von über zehn Häusern. Es war ihm ein Leichtes, die Handelsgesellschaften seines großen Sohnes Falk zu unterstützen. Die Steuerlisten für das Jahr wiesen aus, dass Bertram Geisenheimer der drittreichste Kaufmann der Stadt war. Es gab niemanden mehr, der seinen Namen nicht kannte – freilich einige, die ihn nicht in den Mund nahmen.

Falk, auch er Mitglied der Stubengesellschaft der Alten Limpurg, war bald das jüngste Mitglied im Rat.

Konstanze, nun fünfzehn Jahre alt, wollte nicht heiraten. Und Bertram war mächtig genug, ihr den Willen zu lassen. Sie sollte selbst wählen, so wie ihre Mutter einst gewählt hatte.

Gero sollte studieren. Er war jetzt dreizehn Jahre alt, aber längst kein Kind mehr. In einigen Jahren würde er zuerst nach Marburg an die Universität des Landgrafen und dann nach Italien zum Studium der Rechte gehen.

Gutta war fromm geworden. Sie ging jeden Tag in die Kirche, zündete Kerzen an, half im Hospital. Sie war berühmt für ihren einfühlsamen Umgang mit den Kranken. Selbst die niedrigsten Arbeiten tat sie mit Freude, führte dabei stets das Wort Gottes im Mund.

»Wenn die Kinder aus dem Haus sind, werde ich in ein Stift gehen. Dann kannst du allein mit Angelika leben«, war ihre stete Rede, auf die Bertram schon längst nicht mehr einging.

»Tu, was für dich richtig ist«, sagte er. Manchmal kam es ihm vor, als erwarte Gutta, dass er sie hielt. Doch er war müde. Lange genug hatte er um sie gekämpft, nun kümmerte er sich um andere Dinge.

1542 kaufte er für den Landgrafen Philipp von Hessen Waffen und rüstete einen neuen Söldnertrupp für einen weiteren Türkenfeldzug aus.

Seine Geschäfte gingen glänzend, die Geldtruhen im Haus waren wohlgefüllt. In den Steuerlisten rangierte er nun auf dem zweiten Platz.

1543 sorgte er mit seiner Stimme im Rat dafür, dass die erste Wasserleitung der Stadt gelegt und auf dem Römerberg ein Springbrunnen errichtet wurde. Das Volk strömte zusammen, um den Wasserspielen zuzusehen.

1545 wurde auf dem Römer das Schauspiel von der keuschen und gottesfürchtigen Frau Susanna aufgeführt, ein Drama in fünf Akten, verfasst von Luthers Freund Paul Rebhun. Konstanze spielte die Susanna, und danach wurden die Brautwerber beinahe jeden Tag vorstellig.

Fast die gesamte Patrizierschaft der Stadt war bestrebt, mit dem Hause Geisenheimer eine Verwandtschaft herzustellen. Doch Konstanze lachte nur.

Der Schmalkaldische Bund rüstete auf, obwohl sein Untergang längst eingeläutet war. Der Kaiser hatte die Türken zur Ruhe gebracht und hatte nun Zeit, sich um die Dinge in seinem Land zu kümmern. Er war nicht mehr auf die Kriegshilfe der Protestanten angewiesen, und Dankbarkeit für ihre Dienste kannte er nicht. Die Doppelehe Philipps war es, die dem Schmalkaldischen Bund schließlich das Genick brach.

Der Kaiser hatte davon erfahren und ließ mitteilen, dass Bigamie mit dem Tode bestraft werde. Philipp war nun auf die Gnade Karls V. angewiesen. Er machte im Namen des Schmalkaldischen Bundes Zugeständnisse, die der lutherischen Bewegung schadeten.

Nun war der Kaiser wieder so erstarkt, dass er die lutherischen Städte und Fürstentümer angriff. Der Schmalkaldische Krieg hatte begonnen und kostete Tausenden das Leben, nur weil Philipp dem Glühen seiner Lenden nicht ohne Trauschein hatte nachgeben wollen. Noch aber stand Frankfurt zum Bund und zum Landesfürsten. Als Philipp bei seinem Rückzug von Oberdeutschland durch die Stadt kam, wurde er vom Rat begrüßt und von Bertram fürstlich in seinem Haus empfangen.

»Geisenheimer, hätte ich den Sieg der Lutherischen nicht so bitter nötig, ich gäbe unsere Sache geschlagen«, sagte Philipp, der grau und müde aussah.

Die Magd reichte die Platten mit den Bratenstücken herum, brachte Krüge mit Wein aus dem Chianti, einen Korb mit Feigen und Apfelsinen.

»Stehen die Chancen so schlecht für die Lutherischen?«, fragte Bertram.

Philipp nickte. »Die Leute sind des Kämpfens müde. Sie wollen in Ruhe ihr Land bestellen, Kinder kriegen und sie in Frieden großziehen. Die Fürsten fallen ab, die Städte lassen den nötigen Kampfgeist vermissen. Noch nicht jetzt, Geisenheimer, aber sehr bald schon werden sich die Unsrigen gegen uns stellen, um ihre Haut zu retten. Der Kaiser zieht von überall Söldner heran. Es stehen noch genug vom Türkenfeldzug in seinen Reihen, erfahrene Männer, die ihren Schnitt machen wollen. Und er hat das Geld dazu.«

»Ihr übertreibt, mein Fürst.«

Philipp betrachtete den Weinbecher, der ganz aus ziseliertem Silber war, trank, wischte sich den Mund mit einem Stofftuch. »Mag sein, dass ich übertreibe. Vielleicht, mein Freund, kommt noch alles ganz anders. Aber dazu fehlt mir das Entscheidende.«

Er machte mit Daumen und Zeigefinger eine reibende Bewegung.

»Wie viel?«, fragte Bertram.

»So viel Ihr aufbringen könnt«, erwiderte der Landgraf.

Bertram lehnte sich zurück. »Ich fürchte, nicht viel, mein Fürst. Der Rat hat mich beauftragt, herauszufinden, welche Hilfe die Stadt im Krieg von den Schmalkaldischen für ihre jahrelangen Bundesbeiträge bekommt. Ihr erinnert Euch, mein Fürst? Seit zehn Jahren jährlich dreitausend Gulden, dazu noch dreimal außerordentliche Beiträge von sechstausend Gulden. Frankfurt hat achtundvierzigtausend Gulden an Euch bezahlt. Der Rat fragt sich mit Recht, was er nun, da Gefahr droht, dafür bekommt.«

Philipp verschränkte die Arme vor der Brust. »Noch einmal achtzehntausend Gulden braucht der Bund«, sagte er. »Ihr allein, Geisenheimer, seid in der Lage, eine solche Summe aufzubringen. Meine Kassen sind leer, der Krieg hat alles verschlungen. Sagt dem Rat: *Ein jeder Fuchs verwahre jetzt seinen Balg!*«

Er breitete die Arme aus. »Ich will Euch nicht belügen, mein Freund. Ohne Geld ist nichts mehr zu gewinnen. Ihr tätet Frankfurt einen unschätzbaren Dienst, würdet Ihr Eure Geldlade für mich öffnen.«

Bertram lächelte. »Sagtet Ihr nicht selbst, Ihr gebt die Sache verloren? Kaufmann bin ich, kein Politiker. Als Kaufmann widerstrebt es mir, in ruinöse Unternehmungen zu investieren.«

»Wollt Ihr lieber an den Kaiser zahlen, Geisenheimer?«

Bertram wiederholte: »Kaufmann bin ich, kein Politiker.«

Und doch musste wenig später zur Begleichung der Kriegskosten der Ratsschatz angegriffen werden, und die Bürger mussten ihr Silbergerät opfern.

Aus den Niederlanden zogen vierzehntausend Mann zur Verstärkung des kaiserlichen Heeres heran. Die Stadt verrammelte ihre Tore, Frauen und Kinder saßen zitternd und weinend in den Häusern. Das Heer unter Graf Büren zog plündernd und brandschatzend über die Dörfer Rödelheim und Eckenheim an Frankfurt vorbei und setzte das Dorf Bonames samt seinem Schloss in Brand.

Die Frankfurter standen auf den Gassen, den Blick nach Westen und auf das brennende Bonames gerichtet, und beteten um Gnade.

Die ersten Stimmen im Rat wurden laut: »Stellt die alte Ordnung wieder her«, forderte der Freiherr von Sülz. »Nur so kann die Stadt überleben!«

»Recht hat er!«, riefen andere. »Während Augsburg und Ulm sich den Frieden erkauft haben, drängt der Erzbischof von Mainz erneut darauf, die Messen in seine Stadt zu verlegen.«

Auch die Advokaten forderten: »Unterwerft Euch dem Kaiser! Er hat das Sagen. Philipp hat ausgedient!«

Der Rat bot kurz darauf dem Kaiser die bedingungslose Übergabe der Stadt an. Die Bürger atmeten auf. Noch einmal, glaubten sie, wären sie dem Krieg davongelaufen.

Doch zum Jahresende 1546 hielten die Niederländer unter dem Oberbefehl des Grafen Büren ihren Einzug. Zum ersten Mal in seiner Geschichte wurde die Stadt von fremdem Kriegsvolk besetzt: sechzehntausend Mann krankes, wüstes, stinkendes Kriegsvolk gegen noch nicht einmal zwölftausend Frankfurter Bürger.

Die Armen der Stadt waren gezwungen, bis zu sechs abgerissene Kriegsknechte aufzunehmen. Bertram musste dreißig Krieger versorgen. Er wählte sorgfältig, fragte nach dem Beruf, nach den Eltern.

Dann hatte er, was er wollte: die Kaufmannssöhne und Seidenweber, die niederländischen Ritter und Patrizier.

»Sorge gut für sie«, bat er seine Frau. »Philipp ist vom Kaiser gefangen genommen und in die Niederlande verbracht worden. Seine engsten Anhänger werden ebenfalls verhaftet. Wir müssen aufpassen.«

Gutta tat, was er ihr aufgetragen hatte. Freundlich, wenn auch ohne allzu große Herzlichkeit, pflegte sie die Kranken, wusch ihre Wunden, schnitt ihnen das Haar. Konstanze half der Magd beim Kochen.

Einmal sah Bertram seine Tochter zu einem der Seidenwebersöhne gehen. »Jan« nannte sie ihn. Aber so, wie sie den Namen aussprach, war er ihr mehr als ein Name. Einige Zeit später sah er sie, wie sie Hand in Hand im Lager standen. Jan küsste Konstanze auf das Haar, flüsterte: »Ik hou van jou, Schraatje.«

Bertram brauchte nur ein paar Minuten, um herauszufinden, dass »Ik hou van jou« »Ich liebe dich« heißt und dass ein Schraatje ein Schätzchen war.

Er lächelte, war es zufrieden.

Von Gero kam Post aus Bologna. Er war nicht nach Marburg gegangen, Bertram hatte ihn gleich nach Italien geschickt. »Auf die Universität des Landgrafen? Besser nicht. Die Zeiten sind nicht danach.«

Er schrieb wenig, doch es ging ihm gut. Bertram wusste, dass sein jüngerer Sohn nicht viel sagte. Aber er wusste ebenso, dass er sich gehörig die Hörner abstoßen würde. Wenn er zurück nach Frankfurt kam, würde er bereit sein, die Nachfolge Bertrams anzutreten und eine Familie zu gründen. Denn Gero würde die Unternehmungen weiterführen. Falk, der nach dem Recht des Erstgeborenen diese Rolle hätte übernehmen sollen, war inzwischen ein guter Kaufmann, der sich besonders in Antwerpen und den Niederlanden hervortat.

Bertram selbst eilte von einer Ratssitzung zur nächsten. Plötzlich waren die meisten Patrizier wieder altgläubig, schworen Stein und Bein, es immer gewesen zu sein. Sie taten alles, damit der Kaiser ihnen wohlgesinnt war, und setzten mithilfe des Ratsschatzes den Huldigungseid für den Kaiser durch. Die Vertreter der Stadt schworen ihrem Belagerer Graf Büren als Stellvertreter Karls V., dass sie Ihrer Majestät dem Kaiser gehorchen und das Bündnis mit den Lutherischen aufgeben würden. Einen stattlichen Pokal, gefüllt mit tausend Goldgulden, erhielt Graf Büren dafür. Und der Kaiser ließ sich herab, die Stadt wieder in Gnaden aufzunehmen, allerdings ließ er sich diese Gnade mit achtzigtausend Goldgulden bezahlen. Nun war der Ratsschatz aufgebraucht.

Im Rat fragte Hainbuch: »Wem haben wir dies alles zu verdanken? Wer hat den Rat vor Jahren dazu gedrängt, dem unsäglichen Schmalkaldischen Bund beizutreten? Diese sind es, die nun dafür mit ihrem Vermögen herhalten müssen.«

Da herrschte Schweigen unter den Patriziern und Zunftoberen. Beinahe jeder von ihnen war in bestimmten Zeiten lutherisch gewesen; sie alle hatten Kinder zu Hause, die nach dem neuen Glauben getauft waren. Sie bangten um ihr Vermögen, hätten andererseits aber zu gern einen gehabt, dem sie die Schuld in die Schuhe schieben konnten.

Hainbuch versammelte seine Leute in der Stube der Alten Limpurger. »Der Geisenheimer war es. Er hatte die Kontakte zu Philipp. Nur wegen ihm sind wir dem Bund beigetreten. Er hat die Stadt ruiniert.«

Und damit die Leute ihm glaubten, brachte er noch einmal das Gespräch auf die Kindsmörderin Irmelin und auf Ludoviks Freitod.

»Blut und Tod säumen seinen Weg. Er geht über Leichen, der Geisenheimer. Zeit wird es, dass er dafür bezahlt.«

»Wir können ihn nicht enteignen«, warf ein anderer ein. »Auch andere haben dem Bund zugestimmt.«

Hainbuch hob die Arme, grinste in die Runde. »Wer sagt denn etwas von Enteignen, he? Es gibt andere Mittel.«

Johann von Glauburg stand auf. »Da mache ich nicht mit. Wir alle haben unsere Fehler gemacht. Wir alle werden dafür bezahlen. Einen Sündenbock zu suchen, das ist nicht rechtens.«

Zwei standen auf, schlossen sich ihm an, dann noch einer und noch einer. Aber die, die blieben, waren in der Überzahl.

33

Eines Morgens stand Baptist vor der Tür.

»Was ist, Schwager?«, fragte Bertram und bat ihn hinein.

»Hast du gehört, was gegen dich gesprochen wird?«, fragte er.

Bertram schüttelte den Kopf. »Wie du weißt, gehe ich nicht in die Stubengesellschaft, und im Kaufhaus erfährt man nichts von der Politik.«

»Sie wollen dich loswerden, dein Vermögen einziehen.«

»Mein Vermögen?« Bertram lachte. »Wieso das denn? Wer ist denn auf diese Idee gekommen? Und vor allem: mit welcher Begründung?«

Baptist seufzte. »Du weißt wirklich gar nichts, wie? Hast du keine Zuträger?«

Bertram warf sich in die Brust. »Zuträger? Ich sitze im Rat, dergleichen brauche ich nicht.«

Baptist sah ihn an. »Hochmütig bist du geworden, Ratsherr Geisenheimer. Und Hochmut, du weißt es ja, kommt vor dem Fall.«

»Willst du damit sagen, dass ich im Fallen begriffen bin?«

Baptist nickte. »Ja, Bertram. Das bist du. Und meine Schwester mit dir.«

»Was wirft man mir vor?«

»Gepanschten Wein.«

»Gepanschten Wein?« – »Bertram, es ist nicht die rechte Zeit, Echo zu spielen. Man hat eine Ladung Wein konfisziert, die nach dem Vogelsberg unterwegs war. Sie befindet sich in den Römerhallen. Morgen schon soll der städtische Kellermeister prüfen, ob dein Wein mit Wasser verlängert ist oder nicht. Geprüft wird auch, ob du vielleicht billige Sorten mit kostbaren Sorten vermischt hast.«

Bertram blieb ganz ruhig. »Ich habe nichts zu befürchten. Mein Wein ist so, wie er ausgeschildert ist. Kein Wasser, kein Verschnitt.«

»Nun, das mag sein. Aber wenn es dem Rat und einigen Patriziern gelegen kommt, so wird sich herausstellen, dass du gepanscht hast, verlass dich drauf. Es ist ein Leichtes, du weißt es selbst.«

»Aber warum?«

»Die Stadt will sich beim Kaiser angenehm machen. Überdies verlangt der Kaiser für den Abzug der kaiserlichen Besatzungstruppen – du weißt, die sechzehntausend Niederländer – eine Ablöse von genau einhundertviertausend und neun hundertsechsundzwanzig Gulden an Sold für die Truppen. Die Stadt aber ist pleite. Sie brauchen Geld, Bertram. Geld und einen Schuldigen.«

»Steckt Hainbuch dahinter?«

Baptist nickte.

»Ja, aber er ist auf offene Ohren gestoßen. Die Alten Limpurger verzeihen es nicht, einen in ihren Kreis aufzunehmen, der sich nicht beteiligt. Du wolltest immer in die Stubengesellschaft, doch seit du aufgenommen bist, warst du nicht mehr als ein halbes Dutzend Mal in der Stube. Dein Sohn Falk im Übrigen auch nicht.«

»Angehören wollte ich den Alten Limpurgern. Mein

Name sollte in ihrem Stammbuch stehen. Am Geschwätz dieser Leute bin ich nicht interessiert.«

Baptist beugte sich nach vorn. »Bertram, du hast keine Zeit mehr. Sieh zu, dass du so viel Bargeld wie nur möglich aus der Stadt schaffst. Am besten wäre es, du gingest selbst mit. Hainbuch und die anderen wollen ein Exempel statuieren. Im Kerker wollen sie dich sehen!«

Bertram überlegte. »Wenn sie mir unbedingt die Weinpanscherei nachweisen wollen, dann habe ich schlechte Karten. Sie werden wahrhaftig mein Vermögen einziehen.«

Er stand auf. »Komm mit«, bat er seinen Schwager und führte ihn ins Kontor.

Umständlich öffnete er die Geldlade, zählte mehrere Säcke Goldgulden ab. Einen reichte er Baptist. »Hier, der ist für Gutta. Schon lange trägt sie sich mit dem Gedanken, in ein Stift einzutreten. Nun soll sich ihr Wunsch erfüllen. Kauf sie im Cronstettenstift ein, Schwager. Tu es mir und deiner Schwester zuliebe. Und vor allem: Tu es noch heute.«

Baptist nickte, nahm den Beutel, verstaute ihn.

»Ich werde Boten nach Leipzig schicken. Sie sollen Dietz alles Geld bringen, das ich noch hier habe.«

Baptist schüttelte den Kopf. »Ich sage es dir nicht gern, Schwager, aber du stehst bereits unter Beobachtung. Es wird schwer für dich sein, Geld außer Haus und gar aus der Stadt zu schaffen. Auch deine Häuser kannst du niemandem mehr überschreiben. Die Advokaten sind angewiesen, derlei Anliegen nicht stattzugeben.«

Bertram ließ sich auf seinen Arbeitsstuhl sinken. Er wirkte nicht traurig oder verzweifelt, sondern eher wie einer, der bezahlen musste, was er längst verbraucht hatte.

»Ich danke dir, Baptist«, sagte er.

Der Schwager nickte. »Versprich mir, dass du auf Gutta achtest«, bat Bertram.

Baptist nickte wieder, reichte Bertram die Hand. »Ich weiß nicht, was ich dir wünschen soll, Schwager.«

»Wünsch mir, dass mir nur das widerfährt, was ich verdient habe.«

Kaum war Baptist weg, ließ er Jan van der Staade zu sich rufen. Der junge kaiserliche Söldner erschien.

»Du liebst meine Tochter?«, fragte Bertram.

Auf das Gesicht des jungen Mannes trat ein Lächeln. »Von ganzem Herzen.«

»Gut. Willst du sie heiraten?«

Der junge Mann wurde feuerrot. Er nickte, so schnell, dass Bertram beim Zusehen schwindelig wurde.

»Heute noch?«

»Wie meint Ihr?«

»Ich fragte, ob du Konstanze noch heute zur Ehefrau nehmen möchtest.«

Der junge Mann hob die Arme. »Ja, nun … aber … ich bin der älteste Sohn meiner Eltern. Auf das Wort meines Vaters wollte ich hoffen …« Er brach ab und schwieg.

Bertram betrachtete ihn genau. Der Junge gefiel ihm. Er hatte breite Schultern, kräftige Hände, sah aus, als ob er arbeiten könne. Aber am meisten gefiel ihm die Ernsthaftigkeit.

»Bist du sicher, dass du Konstanze willst?«, fragte Bertram noch einmal.

»Ja«, erwiderte Jan mit fester Stimme.

»Gut, dann lasse ich nach dem Priester schicken. Entweder heiratest du sie heute oder nie.«

»Warum die Eile?«, fragte der Niederländer.

Bertram bot ihm einen Platz an. »Eure Truppen werden

abgezogen. Sehr bald schon. Ich werde dich vorher freikaufen. Nein, nicht ich, meine Frau wird es tun. Noch heute wird sie zum Grafen Büren gehen und dich auslösen. Fünftausend Gulden sollten genügen. Dann wirst du mit Konstanze in deine Heimat reisen. Die Mitgift übergebe ich dir, sobald der Priester eure Ehe gesegnet hat.«

»Warum?«, wiederholte Jan.

Bertram seufzte, dann fragte er: »Welchen Glaubens bist du?«

Der Junge schwieg.

»Also Protestant.«

Der Junge rührte sich nicht.

»Konstanze ist nach dem protestantischen Ritual getauft.«

Jetzt lächelte der Junge, und Bertram fuhr fort: »Dein Vater wird dich in das Heer gegeben haben, um sich dem Kaiser nicht unbeliebt zu machen, nicht wahr?«

Jan nickte.

»Nun, er wird sich nicht dagegen sträuben, dass du eine protestantische Ehefrau mit einer ansehnlichen Mitgift mit nach Hause bringst.«

»Warum noch heute?«, fragte Jan nun zum dritten Mal.

Bertram legte beide Hände vor sich auf den großen Schreibtisch. »Der Rat der Stadt Frankfurt ist dabei, ein Exempel zu statuieren. Ich habe damals dafür gesorgt, dass die Stadt dem Schmalkaldischen Bund beitritt. Nun wird ein Sündenbock gesucht. Mit meinem Vermögen soll der Sold an eure Truppen bezahlt werden. Ich allein bin ausersehen, zu büßen. In wenigen Tagen schon werden die Stadtschergen kommen. Bis dahin musst du mit Konstanze weg sein. Ich übergebe dir einen Teil meines Vermögens. Du wirst es investieren und mir später zurückzahlen.«

»Mijnheer, Ihr kennt mich doch gar nicht.« – »Das ist richtig, und leider fehlt mir die Zeit, dich kennenzulernen. Konstanze aber ist wie ich; ich vertraue ihr und ihrer Menschenkenntnis.«

»Dann lasst den Priester kommen.«

Während ein Knecht zur nahen Kirche geschickt wurde, ging Bertram zu Gutta.

»Es ist so weit, meine Liebe. Dein Wunsch wird sich erfüllen. In wenigen Tagen schon wirst du in ein Stift eintreten können. Baptist wird dich dort einkaufen.«

Gutta erschrak, wurde weiß wie Schnee. »Warum so plötzlich?«

In kurzen Worten schilderte Bertram, was geschehen war, was er befürchtete, berichtete auch, was er in den Stunden, die ihm blieben, zu tun gedachte, um seine Familie zu versorgen.

Er hatte damit gerechnet, dass Gutta ihm Vorwürfe machte, dass sie weinte, ihn anklagte. Aber nichts davon geschah. Sie straffte die Schultern und hob den Kopf. »Ich werde dir helfen. Sag, was zu tun ist.«

Dann machte sie sich an die Arbeit, ging mit einem Sack Goldgulden zum Grafen Büren, danach bestellte sie eine Kutsche nach Holland, packte Hausrat, Kleider, Möbel zusammen.

Zwei Stunden später waren Konstanze und Jan verheiratet. Drei Stunden später war alles Bargeld aus dem Haus. Es blieben nur die Häuser und die Handelsgesellschaften, die ohne Falks und Baptists Zutun entstanden waren. Vier Stunden später war Falk über alle Vorkommnisse in der Leipziger Faktorei informiert. »Du gehst nach Sachsen, mein Sohn«, befahl Bertram. »Unsere Familie wird in Frankfurt geächtet sein. Keinen Schritt wirst du hier noch tun können. Deshalb begib dich nach Leipzig, leite von dort die Geschäfte. Doch geh zunächst allein, damit kein Verdacht aufkommt. Geh so, wie es sich für einen Handelsherrn geziemt, auf Handelsreise.«

Falk nickte, ging zu Margarete und gab ihr Anweisungen.

Die Hochzeitsnacht verbrachten Jan und Konstanze im Schlafzimmer von Bertram und Gutta, das seit Jahren nicht mehr benutzt worden war.

Doch in dieser Nacht, der letzten Nacht ihres alten Lebens, kam Gutta in Bertrams Kammer. Sie schlüpfte durch die Tür, legte sich unter sein Deckbett, faltete die Hände und sah zur Decke.

Wie in der Hochzeitsnacht sagte sie: »Nun, also.«

Und Bertram antwortete: »Ja, dann also.«

Dann legte er sich zu ihr und liebte sie mit demselben Ungestüm und derselben unsicheren Behutsamkeit wie damals vor über zwanzig Jahren. Alle Scham und jede Angst, die Gutta in all den Jahren mit sich herumgetragen hatte, all das, was verhindert hatte, dass sie ihren Gefühlen vertraute und nachgab, all die Sperren brachen weg. Sie öffnete sich ihm, schenkte sich hin. Ihr Kuss nahm ihm fast den Atem. Ihre Arme hielten ihn, so fest sie nur konnte. Und ihr Schoß öffnete sich, lud ihn zu sich ein. Als er in sie eindrang, schloss sie nicht die Augen, sondern suchte seinen Blick, hielt ihn fest, flüsterte: »Ich liebe dich, Bertram. Ich habe dich immer geliebt.«

Am nächsten Morgen frühstückten sie alle gemeinsam: Falk und Margarete, Konstanze und Jan, Bertram und Gutta. Auch Angelika war dabei.

Bertram sah jeden von ihnen an. Es ist vielleicht das letzte Mal, dachte er.

Er hatte ein wenig Angst, aber er verspürte keinerlei Zorn. Ich hatte so viel Glück, dachte er. Ich habe erreicht, was ich mir immer gewünscht habe: Dass jeder meinen Namen kennt und zuerst grüßt. Zeit wird es, dass sich das Blatt wendet. In den letzten Jahren konnte ich das Glück nicht mehr schätzen. Vielleicht gibt Gott mir die Möglichkeit zur Besinnung.

Gutta sah ihn an, streckte die Hand über den Tisch, legte sie auf seine. Sie sahen sich an, und in ihrem Blick war ein stilles Einverständnis. Angelika schaute zur Seite, Wehmut im Blick.

Sie hatten nicht darüber gesprochen, wie es nun weitergehen sollte. Aber sie wussten, dass es weitergehen würde. Irgendwie.

»Mein Gott«, klagte Angelika. »Wenn ich nur daran denke, was dir alles genommen werden soll. Deine schönen Häuser! Deine Waren in den Lagern und Kontoren. Mir wird ganz schlecht.«

Aber Bertram schüttelte den Kopf. »Häuser, Waren, Geld, Gold. Ich hatte mehr davon, als ich brauchte.« Er zuckte die Schultern.

Konstanze sah ihn mit großen Augen an. Sie war gerade mal vierzehn Stunden verheiratet, hatte sich noch nicht an den neuen Stand gewöhnt. Und nun sollte sie fort von hier.

»Werde ich eines Tages wiederkommen?«, fragte sie leise. Jan legte den Arm um ihre Schulter, zog sie an sich.

»Wenn du es willst, Schraatje«, erwiderte er. »Wir werden so oft nach Frankfurt reisen, wie es möglich ist.«

Auch Gutta nickte ihr zu. »Dein Platz ist an der Seite deines Mannes. Du selbst hast ihn gewählt. Man muss immer auf etwas verzichten, wenn man etwas anderes will.«

Konstanze nickte, aber die Traurigkeit stand in ihrem Gesicht. »Was wird aus dir, Mutter?«

Gutta straffte sich. Sie stand auf, nahm die Haube vom Kopf, die sie seit einigen Jahren im Hause trug, schüttelte ihr Haar, das dünn und grau geworden war, aber noch immer lang über ihren Rücken hing, und warf sie ins Feuer.

»Ich?«, fragte sie. »Was aus mir wird, willst du wissen?«

Alle am Tisch nickten, aber Gutta lachte mit zurückgeworfenem Kopf. »Was aus mir wird, wollt Ihr wissen? Ja? Nun, aus mir wird eine Kaufmannsfrau werden. Das wird sein!«

Und dann lachte sie wieder.

Angelika fasste sie am Arm. »Hast du keine Angst, Gutta? So allein und ohne Schutz?«

»Angst? Faxenkram! Ich habe nur Angst, mich selbst zu verlieren. Sonst vor nichts und niemandem.«

Da lächelte auch Konstanze. Sie griff nach Jans Hand und nach der Hand von Margarete, die neben ihr saß. »Fasst Euch an!«, bat sie. »Fasst Euch alle miteinander an.«

Die anderen reichten sich die Hände. Margarete griff nach Falk, Falk nach Angelika, Angelika nach Gutta, Gutta nach Bertram und Bertram nach Jan.

Dann beugte sich Konstanze ein wenig nach vorn: »So, wie wir jetzt hier sitzen, werden wir wieder sitzen. Wir werden mit geradem Rücken und hoch erhobenen Köpfen sitzen. Das versprechen wir uns.«

Und sie taten es, und Gutta fügte ein »Gott segne Euch alle« an, da klopfte es an der Tür. Der Kutscher, der Konstanze und Jan nach Holland bringen sollte, war da.

Der Abschied war kurz. Sie standen einfach auf und gingen. Sie gingen, als würden sie gleich wiederkommen, als wären sie gerade nur zum Abtritt gegangen oder für kurze Zeit auf den Markt.

Margarete begann zu schluchzen, da zog Falk sie hoch. Er hob die Hand zum Gruß und fasste nach seiner Frau, führte sie zur Tür hinaus.

Auch Angelika stand auf. »Ich habe ein Zimmer für dich eingerichtet«, sagte sie zu Gutta, drehte sich um und ging ebenfalls.

Bertram und Gutta waren allein, saßen sich am Tisch gegenüber, der plötzlich riesig erschien. Das Geschirr der anderen stand noch da, ein angebrochener Brotlaib, ein Käsestück, der Kessel mit der Grütze, der Krug halb voll mit Milch, der Topf mit Honig.

Sie saßen da und schauten sich an. Sonst nichts. Sie schwiegen, aber es war kein drückendes Schweigen. Sie warteten, und sie waren ganz ruhig dabei.

Dann erhob Bertram seine Hand, strich sanft über die Wange seiner Frau, und Gutta schmiegte ihr Gesicht in seine Hand.

»Am Ende dieses Tages werden wir bettelarm sein. Du wirst deine Sachen packen, um in das Stift zu gehen. Ich werde in einem Verlies sein.«

»Ja«, erwiderte Gutta fröhlich. »Wir werden bettelarm sein. Aber wir werden es nicht bleiben, das verspreche ich dir.« Das Stift erwähnte sie mit keinem Wort.

Bertram starrte seine Frau an, als hätte er sie noch nie zuvor gesehen. Und so war es auch. Er hatte sie seit vielen Jahren nicht mehr betrachtet, nichts mehr gesucht in ihrem Gesicht. Jetzt erschien sie ihm wie neu. Fremd und doch so eigentümlich vertraut. So war sie gewesen, als er sie kennengelernt hatte.

»Du hast vorhin *Faxenkram* gesagt«, stellte er fest.

»Ja, und?«

Er lächelte. »Du hast dieses Wort seit Jahren nicht mehr benutzt. Überhaupt scheinst du mir verändert.«

Sie pustete sich eine Haarsträhne aus der Stirn, lächelte verlegen, wurde sogar rot dabei, sagte aber nichts.

Bertram griff nach ihrer Hand. »Ich wollte das alles nicht, Gutta. Ich wollte nie, dass du in Armut leben musst, dass du nicht gegrüßt wirst von den Leuten. Ich wollte dich beschützen vor allem Übel, solange ich lebe. Ich habe es deinem Vater versprochen. Es tut mir leid, dass ich dieses Versprechen nicht einlösen konnte.«

»Es ist gut, mein Junge«, sagte Gutta. »Es gibt nichts, das dir leid tun muss.«

Sie öffnete den Mund, um noch mehr zu sagen, doch in diesem Augenblick donnerten schon die Stadtschergen gegen die Tür.

»Es ist so weit«, sagte Bertram.

Sie standen auf, standen voreinander. Bertram strich über Guttas Wange, über ihre spröden Lippen, die seit dem Morgen wieder Farbe bekommen hatten. Er suchte in ihren Augen, ihren blauen Augen mit dem braunen Kranz um die Iris, doch es war Guttas Mund, der antwortete: »Ich liebe dich, Bertram Geisenheimer. Du bist mein Mann, und ich bin deine Frau.«

Und dann drangen die Schergen auch schon in den Flur, stießen die weinende Magd zur Seite, stürmten in die Küche und packten Bertram an den Armen, als wäre er ein tollwütiges Tier. Ein Advokat war bei ihnen und las vor: »Im Namen des Rates der Stadt verhafte ich Euch, Bertram Geisenheimer, wegen des Vergehens der Weinpanscherei. Euer Vermögen wird auf der Stelle eingezogen.«

Sie warteten nicht, bis er seine Frau umarmt hatte, sondern zogen ihn fort, steckten ihn in einen Wagen und gaben den Pferden die Peitsche.

Vor dem Haus standen all die ehrbaren Bürger der Stadt, die Rechtschaffenen und Gerechten, und brüllten: »Recht geschieht ihm! Zum Henker mit dem, der die Stadt und uns ins Unglück gestürzt hat.«

Gutta lehnte an der Haustür und sah dem Wagen nach, bis er um die nächste Ecke gebogen war.

34

Ein paar Augenblicke blieb Gutta noch vor der Tür stehen, dann ging sie zurück ins Haus, packte unter den Augen eines Büttels eine Truhe mit ihrer Kleidung und dem Bettzeug, holte aus dem Lager einen Karren und bat den Büttel, ihr mit der Kleidertruhe zu helfen. Sie verschloss das Haus, übergab dem Büttel den Schlüssel, umarmte die Magd, dann schob sie den Karren durch Frankfurts Gassen bis zum Haus ihres Sohnes und nahm Unterschlupf bei der Geliebten ihres Mannes.

Am nächsten Morgen ging sie zu ihrem Bruder.

»Nun, hast du überlegt, wann du in das Stift gehen willst?«, fragte Baptist. »Ich habe dich bereits bei den Cronstetterinnen eingekauft.«

Sie schüttelte den Kopf.

»Ich gehe nicht ins Stift, nicht, solange Bertram in Gefangenschaft ist. Arbeiten werde ich, das Handelshaus zurückerobern. Ich will zeigen, was ich kann.«

»Nein, meine Liebe, das wirst du nicht. Ich werde dich selbstverständlich begleiten und dem Stift übergeben.«

Gutta erwiderte nichts, sah ihn nur an, mit festem Blick und geraden Schultern.

Er öffnete den Mund, brach dann ab und betrachtete seine Schwester. »Du trägst die Haube der ehrbaren Frau nicht mehr. Dein Haar ist unbedeckt? Wie siehst du denn aus, Gutta?«

Er öffnete die Arme, damit sie an seiner brüderlichen Brust Trost finden konnte, doch Gutta blieb stehen. Stand ganz gerade, die Beine eine Handbreit auseinander, damit sie so viel Halt hatte wie ein Mann.

»Ich gehe nicht ins Stift. Ich werde die Geschäfte weiterführen.«

Baptist lachte, aber es klang nicht fröhlich. »Es gibt keine Geschäfte mehr, die du führen kannst, Gutta. Da ist nichts, gar nichts.«

»Doch. Ich werde es dir und allen anderen beweisen.«

Sie sprach ganz ruhig und lächelte dabei. »Leih mir das Geld, das du dem Stift gegeben hast. Leih mir hundert Gulden.«

Baptist nickte, sah sie mit heruntergeklappter Kinnlade an und fragte mit einem Schafsgesicht: »Du willst bitte was, Gutta?«

»Ich werde die Geschäfte meines Mannes weiterführen. Hörst du schwer? Du wirst mir bitte die hundert Gulden aushändigen, und schon morgen werde ich einen Stand auf dem Markt haben.«

Baptist schüttelte sich. »Du … du willst auf dem Markt stehen? Das glaube ich nicht! Was willst du verkaufen? Du bist doch keine Krämerin!«

»Ich werde das verkaufen, was ich im Kaufhaus günstig erwerben kann. Ich muss haushalten, also werde ich wohl mit einfachen Dingen beginnen. Ein paar Nadeln, ein wenig Garn, Stickrahmen. Später dann bestickte Kissen und Läufer, Bänder und Gürtel.«

»Bestickt? Du?«

»Ja. Ich.«

»Gutta, du kannst doch nicht sticken. Beim besten Willen

nicht, das wissen alle. Ein Stickrahmen in deiner Hand ist dem Untergang geweiht.«

Gutta lächelte. »Aber ja, du hast recht. Ich weiß. Doch nicht ich werde sticken, sondern Angelika und Margarete. Übrigens: Frag doch Petronella bei Gelegenheit, ob sie nicht auch etwas Gesticktes beitragen möchte.«

»Petronella?«

»Ja, Petronella. Und nun gib mir das Geld, ich habe heute noch einige Wege zu erledigen.«

Baptist starrte sie noch immer an, als glaubte er ihren Worten nicht.

»Ich muss zum Rathaus und mir die Genehmigung holen. Da könntest du mich begleiten. Du bist Ratsherr, das macht es leichter. Dann muss ich zum Nadelmacher und Nadeln besorgen, ins Kaufhaus muss ich, um nach den Stickrahmen zu sehen, und dann zum Garnmacher. Du siehst, ich habe wirklich nicht viel Zeit.«

Gutta reichte Baptists seinen Umhang, der über einem Stuhl lag.

Baptist zog sich ohne ein Wort an, aber er betrachtete dabei seine Schwester, als wäre sie von Sinnen.

»Zum Tischler musst du auch noch«, sagte er schließlich, und dieses Mal war sein Lächeln spitzbübisch. »Er muss dir einen Stand bauen.«

Gutta erwiderte sein Lächeln. »Ja, das muss er wohl.«

Dann hakte sie sich bei ihm unter und ging mit ihrem Bruder zum Rathaus.

Zwei Tage später regnete es in langen dünnen Fäden. Der Tag war für den Mai recht kalt, Nebel lag über den Wiesen am Fluss. Die Morgendämmerung kämpfte sich ans Licht, als

Gutta mit klammen Händen ihren Stand aufbaute. Sie war ganz allein, hatte alle Hilfe abgelehnt.

»Ihr werdet sehen, dass ich noch immer Gutta, die Tochter des Kaufmanns Hellmund bin. Die, die ein Geschäft riechen kann.«

Dann stand sie da, hatte ihre Waren ausgebreitet, doch schon bald war die Plane durchgeregnet. Die anderen Krämer packten ein. »Es hat keinen Sinn heute. Das Zeug wird nass. Verdorben ist es, ehe die ersten Kunden kommen.«

»Faxenkram!«, erwiderte Gutta, rief einen jungen Mann, der des Weges kam, ihr zu helfen. Sie schob die Waren, die auf zwei Tischen ausgebreitet waren, zusammen, sodass ein Tisch frei wurde.

»Helft mir, den Tisch nach oben auf den anderen Tisch zu heben, sodass ein Dach entsteht und die Ware nicht nass wird«, bat sie den jungen Mann, packte selbst mit an, und schon war ihre Ware geschützt.

Am Nachmittag war sie bis auf die Knochen durchgeweicht. Sie hatte nur eine einzige Kundin gehabt, eine Bäuerin, die für ihre Gevatterinnen mit einkaufte. Eine Bäuerin, die nur einmal im Jahr nach Frankfurt in die Stadt kam und dann alles kaufte, was sie übers Jahr brauchte. Alle anderen aber waren vorübergegangen.

Das liegt am Regen, tröstete sich Gutta. Der Regen macht die Leute unwillig. Sie kaufen nicht, wenn sie nass dabei werden. Morgen wird es besser gehen.

Abends, als sie neben Angelika in deren Stube saß, zählte sie das Geld. Zählte es einmal, zählte es zweimal. Dann sagte sie stolz: »Eine Frankfurter Mark Gewinn habe ich heute gemacht.«

Angelika lächelte schief. »Oh, eine ganze Mark!«

»Ja. Und dafür kaufe ich morgen neues Garn und verkaufe dieses für zwei Mark. Und dann kaufe ich wieder Garn dafür und bekomme von den Verkäufen vier Mark. Und immer so weiter.«

»Und wenn du hundert Jahre alt bist, hast du die Summe zusammen, um Bertram freizukaufen.« Angelika lächelte nicht, als sie das sagte.

Gutta stand auf, ging zum Fenster, sah auf die Straße hinunter. »Es wird lange dauern, da hast du recht. Aber ich werde es schaffen.« Sie hatte ganz fest gesprochen, aber in ihr waren die ersten Zweifel gewachsen. Ihre Füße brannten, der Rücken tat ihr weh, und ihre Hände waren rot und rau durch die Nässe. Sie hatte sich zwei Fingernägel abgebrochen und sich einen Splitter eingezogen. Ihr Rocksaum war schwarz und regenschwer, das Umschlagtuch war klamm und roch nass. Sie war so müde, dass sie auf der Stelle einschlafen wollte, doch sie ließ sich nichts anmerken.

»Du könntest es leichter haben. Zwanzigtausend Gulden will der Rat, dann gibt er Bertram frei. Baptist würde dir helfen; von Falk kannst du die Hälfte der Summe sofort haben. Gutta, denk doch mal nach! Mit deinen Nadeln wirst du Jahre brauchen.«

Da drehte sich Gutta um. »Das macht nichts. Dann werde ich eben Jahre brauchen. Aber ich nehme kein Geld von euch. Ich werde alles alleine schaffen. Ich hole meinen Mann da raus, ich allein. Ihr helft mir, indem ihr stickt.«

Angelika sah sie an, schüttelte den Kopf. »Ich verstehe dich nicht, Gutta. Warum machst du es dir so schwer? Und warum lässt du Bertram so lange schmoren?«

»Nein, nein, ich lasse ihn nicht schmoren. Nein, wirklich nicht.«

Sie sah wieder aus dem Fenster, schaute lange, lange auf die Straße, ehe sie langsam weitersprach. »Das Gefängnis und die Armut, Angelika, die haben wir uns verdient. Ich sehe sie nicht als Strafe, sondern als Wiedergeburt. Wir dürfen noch einmal von vorn beginnen, dürfen aus unseren Fehlern lernen. So viel Glück hat nicht jeder.«

Sie drehte sich um. »Verstehst du, was ich damit sagen will?«

Angelika dachte lange nach, ehe sie nickte. »Ja, Gutta, du hast recht. So viel Glück hat nicht jeder.« Dann stand sie auf, ging zu ihrer Freundin, streckte ihr die Hand entgegen und fragte wie damals, als sie noch kleine Mädchen waren und zusammen zum Stift der Weißfrauen gingen. »Darf ich dir helfen, Gutta? Auch ich möchte noch einmal neu anfangen. Mit dir zusammen habe ich den Mut. Allein wage ich es nicht.«

Gutta nahm ihre Freundin in den Arm, so fest, dass nichts dazwischen passte, und dann streckte sie ihr die Hand hin und sagte: »Abgemacht. Auf Ehre und Gewissen.«

»Auf Ehre und Gewissen«, wiederholte Angelika; dann nahm sie den Stickrahmen und stickte so schnell und so sorgsam sie konnte.

Gutta ging am nächsten Tag wieder auf den Markt. Dieses Mal schien die Sonne vom Himmel. Gutta stand mit offenem Haar, hatte ihre Waren vor sich ausgebreitet und wartete auf Kunden. Doch die Mägde blieben nicht stehen. Im Gegenteil: Sobald sie auf Guttas Höhe waren, wandten sie den Blick ab.

Dann kam die Frau von Melem vorbei, und auch sie sah zur anderen Seite.

Als die Glocke zu Mittag schlug, hatte Gutta noch nicht einen einzigen Kunden bedient.

Da begann sie zu rufen: »Gute Nadeln, feines Garn, Stickrahmen nach bester Machart.«

Doch wieder blieb niemand stehen, wieder wandten alle den Blick ab.

Sie sah einige Frauen, die sie kannte. »Fürstenbergerin, ich weiß, wie gern Ihr stickt. Hier, das feinste Garn zu einem günstigen Preis.«

Die Fürstenbergerin zuckte zusammen, als sie ihren Namen hörte, drehte sich auf dem Absatz um und verschwand. Ihre Magd folgte ihr auf dem Fuß.

Gutta stiegen die Tränen in die Augen. Schon wieder schmerzten ihre Füße, und der Rücken tat so weh, dass sie sich kaum bewegen konnte. Doch sie kam hinter ihrem Stand hervor, stellte sich mitten in das Marktgedränge. Sie hielt eine Magd am Ärmel, die bei der Nachbarskrämerin geschaut, aber nicht gekauft hatte.

»Kommt, seht Euch meine Waren an. Beste Beschaffenheit, reines Garn, feinste Nadeln. Kommt nur, kommt!«

»Fasst mich nicht an, Krämerin!«, zischte die Magd, riss sich los und lief davon. Im Gehen wischte sie abschätzig über den Ärmel, gerade dort, wo Gutta sie gehalten hatte.

Gutta stand im Gedränge, sah der Magd nach. »Warum kauft Ihr nicht bei mir?«, fragte sie. Zuerst leise, dann lauter und schließlich rief sie es über den ganzen Markt. »Warum kauft Ihr nicht bei mir?«

In Windeseile leerte sich der Gang. Die Krämerin vom Nachbarstand kam, stieß Gutta grob am Arm. »Haltet das Maul, Kleinkrämerin. Ihr verjagt uns die ganzen Kunden.«

»Aber niemand kauft bei mir«, sagte sie und hob die Schultern. »Warum nur? Warum wenden sich alle ab und gehen weiter?«

Die Krämerin sah sie an, und Gutta erkannte das Mitleid in ihrem Blick. »Vielleicht habt Ihr zu viel auf dem Kerbholz?«, fragte sie. »So etwas spricht sich schneller herum, als man glauben mag.«

Doch Gutta schüttelte den Kopf. »Auf dem Kerbholz?« Sie hatte nichts auf dem Kerbholz.

Den Rest des Tages stand sie da, sah auf die Menschen, die den Blick abwandten, packte am Abend ihre sieben Sachen und zog ihren Karren langsam nach Hause.

Angelika hatte mit dem Essen auf sie gewartet. Auch die Magd sah sie gespannt an.

»Und? Wie viel hast du heute verkauft?«, plapperte Angelika los. »Denk dir, Petronella war da und hat einiges Gesticktes gebracht. Ich selbst bin mit einer Haube fertig geworden, Margarete hat ein paar Bänder gebracht.«

Gutta ließ sich müde in den Armlehnstuhl sinken. »Das ist schön«, sagte sie leise.

Angelika betrachtete das vor Erschöpfung graue Gesicht, die tiefen Ringe unter den Augen.

»Was war los?«, fragte sie. Da hielt Gutta nichts mehr, und sie brach in Tränen aus. »Niemand hat bei mir gekauft. Nicht eine einzige Kundin hatte ich. Sie gehen vorbei, ohne zu grüßen. Sie sehen mich nicht einmal an.«

Angelika schwieg betroffen. Die Magd wandte sich um und ging hinunter in die Küche.

Angelika trat zu Gutta, streichelte ihr die Schultern, das Haar. »Sie müssen sich erst daran gewöhnen, dass da jemand Neues ist«, versuchte sie zu trösten. »Du wirst sehen, morgen hast du neue Kunden, morgen werden sie bei dir kaufen.«

Gutta zwang sich ein Lächeln ins Gesicht, nickte tapfer und ging bald zu Bett.

Sie lag lange wach und dachte nach. Vielleicht sind meine Waren zu teuer, überlegte sie, doch dann schüttelte sie den Kopf. Die Waren an den anderen Ständen hatten ähnliche Preise. Vielleicht bin ich zu fein angezogen? Aber nein, auch das konnte es nicht sein, denn sie hatte ein einfaches Leinenkleid getragen. Vielleicht sehen sie in mir nur die Frau des Geisenheimers? Faxenkram, dachte Gutta. Auch das konnte es nicht sein. Es musste an etwas anderem liegen, doch sie kam nicht darauf. Schließlich, der Nachtwächter verkündete die zehnte Stunde, schlief sie ein.

Am nächsten Morgen stand sie wieder auf dem Markt. Sie hatte sich ein Lächeln um den Mund gelegt, das schmerzte, noch bevor es Mittag war. Wieder kaufte niemand bei ihr. Wieder stand sie allein mit ihren Nadeln, ihrem Garn und ihren gestickten Gürteln, Hauben, Bändern und Tüchern. Einmal blieb ein junges Mädchen stehen und betrachtete die bunten Bänder. »Schön sind Eure Sachen«, sagte sie leise und lächelte scheu. Doch schon kam eine ältere Frau herbei, eine Handwerksmeistersfrau vielleicht, und zog das Mädchen mit sich fort.

Als die Fahne am Rathaus eingeholt und das Marktrecht aufgehoben wurde, hatte Gutta nichts verkauft. Nicht eine Nadel, nicht einen Faden Garn.

Vor Müdigkeit und Enttäuschung waren ihre Arme so schwer, dass sie beinahe nicht imstande war, den Karren zu beladen. Dann spannte sie sich selbst vor die Deichsel, ging mit schweren Schritten und schmerzenden Schultern ganz allein nach Hause. Sie fühlte sich einsam, so unendlich einsam. Aber dann dachte sie an Bertram, der ebenso allein hinter dicken Mauern sitzen musste. Es hatte geheißen, er wäre wie der Landgraf nach den Niederlanden gebracht worden, aber im Rathaus erfuhr man nicht, ob das stimmte. »Ach, Bertram«, murmelte sie leise. »Du fehlst mir so.«

Sie stellte den Karren unter, schleppte sich mühsam die wenigen Stufen hinauf zum Haus.

Als Angelika »Und?« fragte, schüttelte sie stumm den Kopf. Da trat die Freundin zu ihr, nahm sie in den Arm, und Gutta begann zu weinen. Lange und beinahe schon tränenlos. Sie schluchzte und wischte sich die Tränen vom Gesicht. »Angelika, die Leute kaufen nicht. Sie meiden mich. Als wüssten sie, dass ich keine von ihnen bin. Als hätten sie vereinbart, mich zu schneiden.«

»Glaubst du, der Hainbuch steckt dahinter?«

Gutta hob die Schultern. »Ich weiß es nicht. Ich weiß es wirklich nicht.«

Da fiel auch Angelika nichts mehr ein. »Dir tun die Füße weh; ich werde dir ein Fußbad bereiten«, sagte sie und floh beinahe aus der Wohnstube.

Mit dem Fußbad kamen Baptist und Petronella, wenig später Margarete, die, seit Falk in Leipzig war, viel stärkeren Anschluss an ihre Mutter und Schwiegermutter suchte. Gutta wusste nicht, ob Angelika sie informiert hatte oder ob sie alle zufällig des Weges kamen.

Aber sie alle wussten bereits, dass Gutta nichts verkauft hatte. Nun saßen sie um den großen Tisch, hatten die Hände darauf gelegt und sahen Gutta abwartend an.

»Sie meiden mich«, sagte Gutta, hob die Schultern und lächelte verzagt. »Ich werde nichts verkaufen. Morgen nicht und nächste Woche nicht und in einem Monat auch nicht.«

Sie sah sie alle nacheinander an, dann fuhr sie leise fort: »Es tut mir leid.«

Margarete räusperte sich. »Schwiegermutter«, sagte sie und sah zu Baptist, der ihr zunickte. »Schwiegermutter, du musst dich nicht auf den Markt stellen wie eine Krämerin. Baptist und Falk haben das Geld, um Vater freizukaufen.«

Gutta sagte lange nichts, aber das Lächeln auf ihrem Gesicht zeigte, dass sie ihre Schwiegertochter gehört hatte. Dann sagte sie: »Das ist lieb von euch, doch es würde nichts nützen. Es herrscht Krieg im Land. Noch immer schlagen sich die Lutherischen mit den Kaiserlichen. Solange dieser Krieg dauert, gibt es für die Geisenheimers in dieser Stadt keinen Platz. Solange der Krieg dauert, werden wir die Schuldigen daran sein. Bertram ist im Gefängnis. Dort mag es bitter sein, aber bitterer für ihn wäre es, das hier mitzuerleben. Nein, ich muss ganz allein beweisen, was in mir, was in uns steckt. Muss es mir selbst, Bertram und der ganzen Stadt beweisen.«

Angelika zog die Stirn kraus, Baptist aber nickte anerkennend. »Ich verstehe dich, Schwester. Du hast Mut. Nicht in jeder Frau steckt solch eine Stärke, Tochter des Hellmund.«

Diese Worte waren für Gutta wie Balsam. Sie straffte die Schultern, reckte das Kinn. Petronella aber, die kleine Petronella, die noch immer Puppen in ihrem Bett sitzen hatte, reichte Gutta über den Tisch hinweg die Hand.

»Morgen«, sagte sie. »werde ich mit dir auf dem Markt stehen.«

Verblüfft sahen alle sie an. »Du, Petronella? Warum denn? Meinst du, das hilft irgendwem?«

Petronella nickte fest und nachdrücklich. »Ihr habt immer geglaubt, ich sei dumm. Vielleicht bin ich das auch. Aber ich weiß, dass es die Patrizier nicht verzeihen, wenn einer von ihnen in Armut gerät. Du kannst lügen, du kannst betrügen, das ist alles nicht schlimm, solange es nicht ruchbar wird. Das Schlimmste aber ist, in Armut zu geraten.«

Sie hörte auf zu reden, senkte den Blick. Doch ihr Lächeln blieb.

Baptist sah seine Frau überrascht an. »Du hast recht, Liebes«, sagte er. »Deshalb meiden die Leute Guttas Stand. Armut ist für die Alten Limpurger schlimmer als die Pest. Sie haben Angst, sich anzustecken. Sie haben Angst, auch nur ihren Blick auf die Armut zu richten. Sie haben so viel Angst, dass sie es nicht ertragen können, wenn eine von ihnen arm und trotzdem stolz ist. Unverzeihlich ist es, eines Tages kein Geld mehr zu haben. Eine Schande ist es, mit den eigenen Händen zu arbeiten. Lieber in Mailänder Samt und brüchiger Spitze aus Brüssel in aller Stille verhungern. Das nennen sie Würde. Immer schon hat sich das Leben in Frankfurt nach den Patriziern gerichtet. Wer von ihnen gemieden wird, wird von allen gemieden.«

»Ich hab's von der Magd«, warf die schüchterne Margarete ein. »Sie hat mir erzählt, dass die Mägde der Ratsherren Anweisung haben, nicht bei Gutta zu kaufen. Die haben es am Brunnen weitergetratscht. Nun kaufen auch die Handwerkermägde nicht bei Euch. Und wo die nicht kaufen, da kaufen auch die Hausfrauen nicht. Nicht einmal die Wäscherinnen.«

Angelika sah beschämt auf die Tischplatte. »Ja, es ist genau, wie ihr sagt. Ich habe es am eigenen Leib erlebt. Die Leute grüßen mich nicht mehr, seit das Handelshaus Stetten untergegangen ist, seit Ludovik tot ist und ich auf Hilfe angewiesen bin. Ich wage es kaum noch, aus dem Haus zu gehen.«

Sie sah Gutta an. »Wäre Bertram nicht gewesen, dann wäre ich wohl ins Wasser gegangen. Keinen Brotkrumen hätten die, die sich früher Freunde schimpften, für mich übrig gehabt. Ich weiß, wie es sich anfühlt, wenn man über Nacht zum Abschaum wird.«

Sie verstummte, und man konnte Tränen in ihren Augen schimmern sehen. »Nicht die Armut ist das Schlimme. Das Schlimmste ist, keine Würde mehr zu haben.«

Dann sah sie hoch, sah Gutta an. »Ich werde morgen ebenfalls neben dir auf dem Markt stehen. Du bist stark, Gutta. Ich will von dir lernen, möchte mir meine Würde wiederholen. Sie können uns nicht alle schneiden.«

Am nächsten Tag stand Gutta wieder hinter ihrem Stand, eingerahmt von Angelika und Petronella. Angelika hatte sich auf einem Schemel niedergelassen und war mit ihrem Stickrahmen beschäftigt. Petronella stand strahlend da und rief den Leuten Grüße zu: »Gelobt sei Jesus Christus, Fürstenbergerin. Na, geht es gut zu Hause? Steht alles zum Besten?«

Die Fürstenbergerin zeigte sich überrascht. Sie blieb stehen, erwiderte Petronellas Gruß. Die junge Hellmundin, Ehefrau des Ratsherrn und Schöffen Baptist Hellmund, durfte man nicht übersehen.

»Gut geht es, Hellmundin. Aber sagt, was verschlägt Euch hinter einen Marktstand?«

Petronella lachte. »Nun, zu Hause langweilt es mich. Ich habe es satt, den ganzen Tag untätig herumzusitzen und zu sticken. Eine ganze Truhe habe ich voller Stickereien, aber ach, mein Leben reicht nicht, um all die Kissenhüllen und Deckchen aufzubrauchen.«

Sie machte mit dem Arm eine ausholende Handbewegung und deutete über das gesamte Warenangebot.

Die Fürstenbergerin schaute und staunte. »Oh, wie hübsch dieses Band hier ist. Und die Farben! Ich nehme es für meine Tochter.«

»Aber gern«, erwiderte Petronella, und schon wechselte das Band den Besitzer.

Die Fürstenbergerin sah sich noch ein Weilchen um. Ihr Blick huschte immer wieder zu Angelika und ihrem Stickrahmen. »Darf ich wohl fragen, wie Ihr dieses Muster angelegt habt?«, fragte sie schließlich fast schon schüchtern.

Angelika sah auf. Sie sah die Fürstenbergerin lange an, dann antwortete sie: »Aber ja. Es ist ganz einfach …«

Während Angelika mit der Fürstenbergerin redete, blieb eine Magd vor dem Stand stehen. Sie betastete die Waren, sah fragend hin und her, dann ging sie doch weiter.

Eine andere aber blieb, grüßte Petronella ehrerbietig und kaufte ein Bündel Nadeln.

Was sie am Abend eingenommen hatten, reichte noch nicht einmal für die Standmiete, aber das war den drei Freundinnen heute ganz gleichgültig. »Sie haben gekauft«, jubelte Gutta. »Vier Kundinnen haben wir gehabt. Und morgen werden es vielleicht schon fünf sein.«

35

Mitte August 1548 sprengten die Stadtboten vom Römer aus zu allen Plätzen und jagten durch alle Gassen. Aus dem Stegreif verlasen sie, was Kaiser und Rat den Bürgern der Stadt mitzuteilen hatten. Als Ergebnis des Augsburger Reichstages wurde das »Augsburger Interim« verkündet, welches besagte, dass ab sofort die katholische Lehrauffassung und deren Zeremonien wiederhergestellt waren. Dom, Liebfrauenkirche und Leonhardskirche wurden den Katholischen zurückgegeben. Die Lutherischen mussten sich mit der Barfüßerkirche begnügen.

Um dem Ganzen Nachdruck zu verleihen, weihte Weihbischof Michael Helding am 4. Oktober den Dom von Neuem.

Noch gab es vor allem im Süddeutschen kriegerische Auseinandersetzungen der kaiserlichen Truppen mit den lutherischen Fürsten. Aber Gutta kümmerte sich nicht darum. Sie verkaufte Nadeln und Garn, Gesticktes und Gestricktes. Schon immer hatte sie jeden Stoff nach Herkunft und Machart bestimmen können, nun aber brauchte sie nur ein Stück zwischen den Fingern zu halten und daran zu riechen, und schon wusste sie, aus welcher Fabrikation der Stoff stammte.

Sie kaufte nicht mehr nur die billigen Tuche, sondern immer öfter auch Waren von hoher Qualität.

»Es herrscht Krieg, Gutta«, merkte Angelika an. »Ist es richtig, sich in solch schweren Zeiten zu schmücken?«

Gutta lachte. »Mehr denn je. Was haben die Leute denn sonst noch? In schlechten Zeiten ist die Sehnsucht nach Luxus und Zerstreuung am größten.«

Und sie behielt recht, verkaufte, legte Gulden auf Gulden und hatte vier Jahre später, 1552, die Ablösesumme für Bertram zusammen.

Sie war nicht gealtert in diesen sechs Jahren seit Bertrams Verhaftung, im Gegenteil. Ihr Körper hatte sich gestrafft, das Haar war nicht dünner geworden, die Falten weniger ausgeprägt. Sie lachte wieder, strahlte Kraft und Zuversicht aus, obwohl sie inzwischen Großmutter geworden war. Margarete hatte einen kleinen Jungen zur Welt gebracht und zwei Jahre später ein Mädchen. Gero war aus Italien zurückgekommen. Jurist war er geworden, wie es seine Eltern gewünscht hatten, doch er zeigte keinerlei Interesse für das Kaufmannsgeschäft oder die Juristerei. Bei Gero ging es ums Geld. Kredite, Wechsel, Schuldverschreibungen, Obligationen. Dafür schwärmte er, stand beinahe jeden Tag in den Wechselstuben und drängte danach, selbst eine solche zu führen. Die Chancen darauf standen nicht schlecht.

Die Frankfurter kauften inzwischen sehr gern bei der fröhlichen Krämerin; längst hatte sie ihren Stand vergrößert.

Und nun, im Frühling des Jahres 1552, hatte sie das Geld für Bertrams Loslösung zusammen. Sie hatte ihr schönstes Kleid aus der Truhe geholt, hatte das Haar mit Kamille und Essig gespült, damit es glänzte. Sie hatte sich die Augenbrauen gezupft und mit einem Kohlestift nachgezeichnet. Sie zählte die zwanzigtausend Gulden in eine Schatulle, legte ihren feinsten Umhang über die Schulter und ging zum Rathaus.

Sie schritt schon über den Römerplatz, schaute nach oben und ließ für einen Augenblick die Sonne auf ihr Gesicht scheinen. Da kam ein reitender Bote, der lauthals den Ratsherren die sofortige Ankunft eines französischen Gesandten ankündigte, der im Auftrag Moritz von Sachsen unterwegs war.

Gutta blieb stehen, sah zu, wie aus dem stillen Rathaus plötzlich ein von Menschen wimmelndes Gebäude wurde. Flaggen wurden gehisst, die Stadtpfeifer auf dem Balkon postiert. Die Ratsherren eilten auf den Platz, rückten an ihren schweren Ketten. Die Büttel standen breitbeinig neben dem Eingang, die schweren Hakenbüchsen an der Seite.

Ein altes Weib, das mit einem Reisigkorb über den Platz schlurfte, wurde vertrieben. Stadtknechte, die gerade einen Beutelschneider am Rathaus festketten wollten, wurden gehindert und der Beutelschneider ins Verlies gebracht.

Handwerker legten die Pfützen, die ein Frühlingsgewitter auf dem Pflaster hinterlassen hatte, mit Stroh aus. Boten eilten zu den besten Gasthäusern der Stadt und gaben Bestellungen auf.

Und dann wurden alle Gaffer, auch Gutta, vom Platz gescheucht. Der Gesandte kam, stieg mit wichtiger Miene aus seiner Kutsche und ging geraden Schrittes in das Rathaus.

Am Abend berichtete Baptist, dass der Bote ein Schreiben des Sachsenherzogs überbracht habe, in dem er die Stadt Frankfurt aufforderte, sich für oder gegen die protestantischen Fürsten zu erklären.

Der Rat, trotz des Augsburger Interims noch lutherisch,

war sich einig. Noch einmal konnte sich die Stadt nicht gegen den Kaiser stellen. Noch einmal brachten sie die Summe für die Wiedererlangung der kaiserlichen Gnade nicht auf. Noch immer hatte sich die Stadtkasse nicht von der Belagerung 1546 erholt.

»Wir stehen zum Kaiser«, hatte der Bürgermeister verkünden lassen. Baptist beendete mit diesen Worten seinen Bericht.

»Und was wird mit Bertram?«, fragte Gutta.

Baptist und auch Falk, der nach Frankfurt gekommen war, um Margarete und seine beiden Kinder für immer nach Leipzig zu holen, meldeten Bedenken an. »Es sieht alles danach aus, dass Frankfurt erneut belagert wird. Der Kaiser sieht die Stadt als Knotenpunkt. Die lutherischen Fürsten werden gegen Frankfurt ziehen. Bertram ist im Augenblick gut aufgehoben, wo er ist.«

Gutta senkte den Blick und ließ die Schultern hängen.

»Nicht mehr lange, Gutta. Nur noch die Belagerung müssen wir überstehen. Ein paar Monate noch, dann wird wieder alles wie früher.«

Gutta schüttelte den Kopf. »Nicht wie früher soll es werden, sondern richtig diesmal. Ich werde warten.«

Am 10. Juli 1552 streiften die ersten feindlichen Reiter um Frankfurt, trieben das Vieh zusammen, verwüsteten die Felder. Über dreißigtausend Mann und über fünfzig Geschütze lagerten vor den Toren der Stadt.

Das im Herzen noch immer lutherische Frankfurt wurde vom Heer der lutherischen Fürsten belagert und von den kaiserlichen Truppen verteidigt.

Die Lebensmittel wurden knapp. Gutta und Angelika haushalteten noch sparsamer. Sie gingen in den Stadtwald, sammelten mit eigenen Händen das Holz vom Boden, um den Herd zu heizen. Sie buken ihr Brot selbst, mischten Roggen mit Kleie. Die Kinder bekamen Leibschmerzen davon. Falks Lager waren gut gefüllt und auch die von Baptist, doch die Geisenheimers und Hellmunds sparten. Niemand wusste, was noch kommen würde.

Seuchen krochen durch die Stadt. Die Ärzte kamen nicht nach mit der Versorgung der Kranken. In vielen Häusern lagen die Leichen tagelang. In den Gassen herrschte gespenstische Leere, auch die Märkte waren nur noch für wenige Stunden in der Woche geöffnet. Auf den Friedhöfen kamen die Leichengräber mit der Arbeit nicht nach. Und in den Kirchen, ganz gleich ob lutherisch oder katholisch, stifteten die Menschen Kerzen und beteten zu Gott.

Die Äcker und Gärten vor der Stadt lagen verwüstet. Es fehlte an Lebensmitteln. Doch die, die noch etwas hatten, teilten mit denen, die nichts mehr besaßen. Jetzt, im Krieg, machte niemand mehr einen Unterschied zwischen lutherisch und katholisch, zwischen arm und reich. Sie alle waren bedroht, sie alle hatten Angst, sie alle wussten, dass nur gegenseitiger Beistand ihre Lage erleichtern konnte.

Die Männer, die Frankfurter Handwerker und Gesellen, die Arbeiter und Knechte, aber auch die Patrizier kämpften um ihre Stadt, um das Wohl ihrer Familien.

Der Chronist schrieb am 20. Juli in die Annalen: »Heute hat der Bürger Stephan Pfeilstücker, ein wohlgeübter Schütze, ein schweres Kanonenstück gegen den vordersten Geschützwall des Feindes losgebrannt. Die Kugel zerschmetterte einen Mörser, dessen umherfliegende Stücke den Herzog Georg von Mecklenburg töteten.«

Die Stadt jubelte. Der Feind war empfindlich getroffen

worden, die Moral der Truppen geschwächt. Doch noch immer waren die Belagerer stark und vor allem listig.

Die kaiserlichen Truppen, die innerhalb der Stadtmauern lagerten, standen den lutherischen in nichts nach. Am selben Abend – und auch dies wurde in der Stadtchronik notiert – wendete der kaiserliche Hauptmann Lehner eine Kriegslist an. Drüben, auf der anderen Mainseite in Sachsenhausen, befand sich ein leer stehendes Haus, das für die Belagerer gut sichtbar war. Lehner ließ in diesem Haus Lichter aufhängen und durch Seile hin- und herbewegen, sodass es schien, als bauten die Kaiserlichen an einem neuen Wehr. Der Plan gelang; am nächsten Morgen fand man in der Nähe des Hauses zweihundert Kugeln.

Kurz danach fiel eine drei Zentner schwere Kugel in das Deutsche Haus, eine andere Kugel brach während der Frühpredigt in den Dom. Wie durch ein Wunder wurde dabei niemand getötet.

Am Sonntag, dem 24. Juli 1552, kam der böhmische Vizekanzler Heinrich von Plauen in das sächsische Lager vor Frankfurt. Er hatte den langen Weg von Passau gemacht, um Moritz von Sachsen und dem Sohn des eingekerkerten Landgrafen Philipp, Wilhelm von Hessen, den sogenannten Passauer Vertrag zur Unterzeichnung vorzulegen. Hierin stand geschrieben, dass allen Lutherischen völlige Religionsfreiheit zugesichert wurde, das Augsburger Interim aufgehoben sei und Philipp von Hessen freizulassen sei.

Damit war die Belagerung der Stadt Frankfurt zu Ende. Die Menschen atmeten auf, steckten sich bunte Bänder an die Kleidung. Die Märkte öffneten wieder, Korn und Getreide aus der Wetterau kam in die Stadt, und bald musste niemand mehr darben.

»Jetzt«, jubelte Gutta. »Jetzt endlich kann ich zum Rat gehen und Bertram loskaufen. Gleich morgen früh werde ich im Römer sein.«

Baptist und auch Falk mahnten zur Geduld. »Lass den Rat erst seine normalen Amtsgeschäfte wieder aufnehmen. Noch haben sie damit zu tun, die kaiserlichen Truppen aus der Stadt zu bringen, noch ist kein Alltag in der Stadt.«

Gutta tat, was die beiden Männer ihr vorschlugen, und beschäftigte sich intensiv mit dem Brief, den Konstanze aus Antwerpen geschickt hatte.

Liebe Mama, schrieb sie, *noch immer gefällt es mir in Antwerpen, noch immer fühle ich mich wohl in dieser Familie, mit Jan, mit seinem Glauben und der Martinskirche. Doch immer öfter sprechen die Antwerpener Großkaufleute und Seidenweber davon, ihre Heimat zu verlassen. Sie wollen ihre Religion offen leben, und das in einer Stadt, die dem Handel zugetan ist. Mama, stell dir vor, wir kämen nach Frankfurt? Wäre das nicht wunderbar? Oh, ich brenne darauf, dir deine beiden Enkel vorzustellen. Katharina hat dein Haar und deine Augen; Martina kommt ganz nach Jan. Ich bete für dich, Mama, und für alle, die ich kenne und liebe.*

Deine Konstanze.

Gutta ließ den Brief sinken. Sie fragt nicht mehr nach Bertram, dachte sie. Konstanze, das Vaterkind, fragt nicht mehr nach ihm. Weiß sie mehr als wir alle?

Gutta sprang auf, holte alle Briefe Konstanzes hervor, vertiefte sich darin. Vor zwei Jahren hatte die Tochter aufgehört, von Bertram zu schreiben. Es hieß, er wäre in der Nähe der Stadt Antwerpen. Wusste Konstanze mehr als sie?

Unruhig ging Gutta hin und her, dann schlug sie die Worte ihres Bruders und ihres Sohnes in den Wind und machte sich auf zum Römer. Das Geldsäckchen nahm sie mit.

In dem Augenblick, als sie aus dem Haus auf die Gasse trat, zogen zwei Totengräber einen Karren voller Leichen vorbei. Der Schatten der Deichsel, der auf ihr Kleid fiel, hatte die Form eines Kreuzes.

Gutta sah – und begriff. Ihre Angst, die sie seit Tagen unruhig sein ließ, hatte einen Namen bekommen: Tod. War Bertram tot? Schrieb Konstanze deswegen nicht mehr von ihm? Wollten Baptist und Falk deshalb nicht, dass sie zum Römer ging und dem Rat zwanzigtausend Gulden für einen Toten bezahlte, der längst irgendwo verscharrt war? Ohne Grabstein, auf dem sein Name stand?

Ihr wurde schwarz vor Augen, das Herz schlug schmerzhaft schnell. Die Welt begann sich um sie zu drehen, und sie ließ sich auf der Hausschwelle nieder. Gutta fror und schwitzte zugleich. Ist er tot?, fragte sie sich. Ist er wirklich tot?

Sie saß eine ganze Viertelstunde auf der Schwelle. Eine Nachbarin kam vorüber. »Geht es Euch gut, Geisenheimerin?«, fragte sie.

»Was?« Gutta hob den Kopf. »Ja, ja, es ist alles in Ordnung.«

Die Nachbarin blieb noch einen Augenblick stehen, dann sagte sie: »Na, wenn alles in Ordnung ist …« und ging.

Gutta sah ihr nach, ohne sie zu sehen. Doch sie war aus ihrer Erstarrung aufgewacht. Bertram, dachte sie immer und immer wieder. Sie schloss für einen Moment die Augen und holte sich sein Bild aus ihrer Erinnerung. Groß, das Haar an den Schläfen schon grau, der Kinnbart ordentlich gestutzt, noch immer schlank. Ein paar Falten um die Augen und Lider, die im Laufe der Jahre schwerer geworden waren.

»Lebst du noch?«, flüsterte sie. »Du bist nicht tot, nicht wahr? Ich hätte es gespürt, wenn du stirbst.«

Dann schüttelte sie sich, warf den Kopf zurück. »Faxenkram!«, sagte sie. »Da sitze ich hier auf der Türschwelle und grübele. Ins Rathaus sollte ich gehen. Dort wissen sie doch, wo Bertram ist.«

Sie stand auf, strich ihr Kleid glatt. Ihre Füße waren schwer, doch sie achtete nicht darauf, sondern schritt fest und energisch zum Römer.

Dort ließ man sie warten. Lange. Sie war keine Patrizierin mehr, sondern eine Krämerin, deren Mann in Haft saß. Gutta hatte Geduld. Als sie endlich zum Schreiber des Bürgermeisters vorgelassen war, hatte die Glocke der Nikolaikirche bereits den Mittag verkündet.

»Nun, Geisenheimerin?« Der Schreiber sah auf, behielt aber die Feder in der Hand, um anzuzeigen, wie beschäftigt er war.

»Wo ist mein Mann?«, fragte Gutta.

»Das wisst Ihr nicht?« Der Schreiber lachte keckernd.

Gutta schwieg.

Der Mann ließ sein Lachen verklingen, räusperte sich. »Ja, also dann.« Er stand auf, blätterte in Büchern, in Listen, kam dann zu ihr.

»Ich habe keinen Hinweis zum Aufenthalt Eures Mannes gefunden. Er war in den Niederlanden, im selben Gefängnis wie der Landgraf, aber das wisst Ihr ja bereits. Das Einzige, das ich Euch sagen kann, ist, dass der Rat die Lösesumme von zwanzigtausend Gulden ausgesetzt hat.«

»Was heißt das?«, fragte Gutta atemlos und presste eine Hand auf ihr schnell schlagendes Herz.

Der Schreiber hatte plötzlich Mitleid im Blick. »Ich

kann es Euch nicht sagen, Geisenheimerin. Ich weiß es nicht.«

»Er ist tot, nicht wahr?«, fragte sie leise.

Der Schreiber zuckte die Schultern. »Ich weiß es nicht, Geisenheimerin«, sagte er mit plötzlicher Sanftheit, die sich in der Amtsstube seltsam ausmachte. »Aber ich werde für den Euren beten.«

Gutta ging. Draußen schien die Sonne, doch sie fror, zog das Umschlagtuch fester um sich.

Plötzlich war ihr, als wäre nur sie allein blind und taub für all die Zeichen gewesen. Alle, dachte sie, wussten von Bertrams Tod. Nicht sicher, aber doch wahrscheinlich. Nur sie hatte nichts gespürt. Nun machte sie sich Vorwürfe. Ich habe ihn nie so geliebt, wie er es gebraucht hätte, schalt sie sich im Stillen. Ich war kalt. Dabei habe ich ihn doch geliebt. Immer. Mein Gott, warum habe ich mit meinen Gefühlen so sparsam gewirtschaftet? Warum nur? Nun ist es zu spät. Bertram wird nie erfahren, wie viel er mir bedeutet. So viel, dass ich meine Empfindungen fest in der Brust verschnürt lassen musste, um nicht zu zerspringen. Ach, könnte ich doch nur die Zeit zurückdrehen. Ach, wenn ich ihn doch nur noch ein einziges Mal sehen könnte!

Gutta merkte gar nicht, dass sie eher schlich als ging, dass ihre Schultern hingen und der Blick auf dem Pflaster klebte. Sie schlurfte einher und fragte sich, warum sie eigentlich noch am Leben war und was das alles noch für einen Sinn hatte. Die Kinder waren versorgt. Bertram war tot. Warum in Gottes Namen sollte sie weiter Krämerin sein? Wäre es nun nicht wirklich besser, in ein Stift zu gehen? Sie könnte jeden Tag für Bertram beten und darum bitten, bald zu ihm zu können.

Bei diesem Gedanken wurde ihr ein wenig leichter. Sie war nur noch wenige Meter von ihrem Zuhause entfernt. Nun, da die Entscheidung für das Stift gefallen war, schaute sie auf – und dann blieb sie mit weit aufgerissenen Augen wie angenagelt stehen!

Vor dem Stettenhaus stand ein Mann, der ihr vage bekannt vorkam, sodass ihr Herz rascher schlug, der aber doch keine Ähnlichkeit hatte mit irgendwem, den sie kannte.

Der Mann hatte tiefe Falten im Gesicht. Das Haar hing ihm bis auf die Schultern, war ganz und gar grau. Er hielt sich gebeugt, als hätte er starke Rückenschmerzen, doch sein Mund … Dieser Mund, der sich beim Lächeln verzog. So sehr, dass die Mundwinkel mit einer Narbe zusammentrafen, die einst ein Peitschenschlag ihm ins Gesicht gerissen hatte. Dieser Mund! Es war der Mund, nach dem sie sich so gesehnt hatte.

Sie stand da, dann breitete sie die Arme aus und rannte los. Im Rennen rief sie seinen Namen: »Bertram!«

Und auch er breitete die Arme aus, und Gutta stürzte hinein, stürzte an seine Brust.

Und Bertram hielt sie, so fest er nur konnte, und Gutta hielt ihn mit aller Kraft. So standen sie, beide grauhaarig, beide faltig und beide so alt und immer noch voller Hoffnung.

Es dauerte, bis sie im Haus waren, und Gutta war aufgeregt. Sie hatte rote Wangen und glänzende Augen. Sie brachte Schinken aus der Speisekammer und Räucherwurst und Speck. Dann holte sie Käse und Butter, lief hin und her und plapperte dabei unentwegt.

»Soll ich dir eine Suppe kochen? Oh, ich habe hier noch guten Wein, der wird dir schmecken. Gleich schlage ich ein rohes Ei hinein.«

Da griff Bertram nach ihrem Arm, zog sie auf seinen Schoß. »Ich habe in all den Jahren nur an dich gedacht, Gutta. Ich habe mich gesehnt nach dir. Und in meinem Herzen war große Ruhe und Zuversicht, weil ich wusste, dass es dir gutgehen wird. Eine Frau wie du, Gutta, geht doch nicht unter. Deine Stärke war es, die mich in all den Jahren getragen hat.«

Sie schmiegte ihren Kopf an seine Brust: »Ich habe mich ebenfalls so nach dir gesehnt, Bertram. Unsere Geschichte war noch nicht zu Ende, nicht wahr? Jetzt erst wird sie beginnen. Ganz von vorn.«

»Ja, Gutta. Wir fangen noch einmal ganz von vorn an.«

Epilog

Kaiser Karl V. stellte am 12. September 1556 den Kurfürsten seine Abdankungsurkunde zu. Es war das erste Mal in der Geschichte, dass nicht der Tod, sondern der Wille des Kaisers eine Regierungszeit beendete.

Karls Sohn Philipp II. wurde König von Spanien und Burgund, sein Bruder Ferdinand I. Kaiser.

Philipp hatte die Gefangenschaft zur Ruhe gebracht. Er verbrachte die Jahre bis zu seinem Tod am 31. März 1567 auf dem Kasseler Schloss.

Die Stadt Frankfurt am Main blieb lutherisch.

1554 kam Konstanze mit ihrem Mann und dessen Familie als Glaubensflüchtlinge zurück nach Frankfurt. Sie gründeten dort eine Seidenweberei und führten ein Leben mit Höhen und Tiefen, aber doch immer auf der Seite derer, die sich um das tägliche Brot nicht sorgen müssen. Als Mitglieder der deutsch-reformierten Gemeinde legten sie, gemeinsam mit den anderen Glaubensflüchtlingen, den Grundstein für ein friedliches Nebeneinander der Religionen in einer Stadt.

Als Gutta 1568 im Alter von vierundsechzig Jahren am Schlagfluss starb, zog Bertram in das Haus seiner Tochter und stand seinem Schwiegersohn mit Rat und Tat beim Verkauf der Seidenwaren zur Seite. Doch er kam nicht über Guttas

Tod hinweg und folgte ihr zwei Jahre später im Alter von siebzig Jahren ins Grab.

Falk wurde ebenfalls Witwer. Margarete starb im Kindbett und ließ Falk mit zwei Töchtern und einem Sohn allein. Doch nicht lange, dann heiratete er erneut und begründete in Leipzig das Handelshaus Geisenheimer, das sich auf den Verkauf von Antwerpener Seidenwaren spezialisierte, die in Frankfurt gefertigt wurden.

Baptist brachte es zum Bürgermeister der Stadt Frankfurt. Seine Ehe mit Petronella blieb kinderlos, und sein riesiges Vermögen vererbte er an seine Nichten und Neffen.

Gero bekam durch Ausdauer und Fleiß das, was er sich immer gewünscht hatte: Er war einer der Mitbegründer der Frankfurter Börse, die 1585 eröffnet wurde. An diesem Tag aber feierte er nicht mit den anderen, sondern ging abends auf den Friedhof. Dort legte er vor dem Grabstein, auf dem in großen Lettern der Name Bertram Geisenheimer stand, eine einzelne Rose nieder. »Ich werde deinen Namen in alle Welt tragen, Vater«, schwor er dort. »Du hast den ersten und schwierigsten Schritt getan, hast uns einen Namen gegeben. Ich aber werde dafür sorgen, dass dieser Name bleibt. In Frankfurt und in der Welt.«